翁银陶 著

# 闽地文学之璀璨星空
## ——晚唐五代

海峡出版发行集团
福建教育出版社

图书在版编目（CIP）数据

闽地文学之璀璨星空：晚唐五代/翁银陶著. —福州：福建教育出版社，2024.6
ISBN 978-7-5334-8951-9

Ⅰ.①闽… Ⅱ.①翁… Ⅲ.①古典文学研究－福建－晚唐 ②古典文学研究－福建－五代十国时期 Ⅳ.①I206.424

中国版本图书馆 CIP 数据核字（2020）第 263058 号

Mindi Wenxue zhi Cuican Xingkong — Wantang Wudai
**闽地文学之璀璨星空——晚唐五代**
翁银陶　著

| | |
|---|---|
| 出版发行 | 福建教育出版社 |
| | （福州市梦山路 27 号　邮编：350025　网址：www.fep.com.cn |
| | 编辑部电话：0591-83716932 |
| | 发行部电话：0591-83721876　87115073　010-62024258） |
| 出 版 人 | 江金辉 |
| 印　　刷 | 福建新华联合印务集团有限公司 |
| | （福州市晋安区福兴大道 42 号　邮编：350014） |
| 开　　本 | 710 毫米×1000 毫米　1/16 |
| 印　　张 | 20.75 |
| 字　　数 | 298 千字 |
| 插　　页 | 2 |
| 版　　次 | 2024 年 6 月第 1 版　2024 年 6 月第 1 次印刷 |
| 书　　号 | ISBN 978-7-5334-8951-9 |
| 定　　价 | 58.00 元 |

如发现本书印装质量问题，请向本社出版科（电话：0591-83726019）调换。

谨以此书纪念闽王王审知（862—925）诞辰1162周年，纪念闽王王审知之宰相、晋国公翁承赞公（859—932）诞辰1165周年。

# 闽王王审知开四门学颂

翁银陶

一自远瞻开四门,书声百代动晨昏。
喜添邹鲁海滨地,更出状元荒僻村。
儒说纷纭新学派,词坛豪放伟昆仑。
三坊宛在扬风气,外裔吟哦每与论。

注:闽地泰宁县于北宋、南宋分别出状元叶祖洽、邹应龙。宋代闽地永泰(一说长乐)豪放派爱国词人张元幹《贺新郎·送胡邦衡待制赴新州》有"底事昆仑倾砥柱"句(此词写于福州)。三坊,指福州之三坊七巷。宛在,指福州西湖之宛在堂。

# 闽王王审知之宰相、晋国公翁承赞公颂

翁银陶

闽地生人杰，天街故里思。
书堂启聪慧，养济展仁慈。
减政招骐骥，观涛说海丝。
溯源知贵显，检史忆神奇。
帝武乾坤喜，原城雁字移。
江阴云树列，翔达赋新支。

注：唐朝天复二年（902），翁承赞公上疏昭宗皇帝，力谏设"养济院"，收容抚恤各地乞丐孤老（麻风病者），昭宗帝当即准其奏。《诗经·生民》："履帝武敏歆。"原城，古地名，在今河南省内。翁承赞公的翁氏家族自唐至清共出104名进士，居全国各家族之前列。

# 前　言

在我国文学发展史上，位于东南海滨的闽地文学，在很长一段时间里落后于北方，甚至也落后于同为南方的邻省江西、浙江、广东。就唐代而言，在初唐、盛唐时期，广东出了著名诗人兼名相张九龄；浙江出了贺知章、虞世南、骆宾王；江西出了綦毋潜，而且"初唐四杰"之首的山西王勃经过江西南昌时，还在滕王阁上留下不朽杰作《滕王阁序》，盛唐伟大诗人李白特地漫游到江西，登上庐山，留下《望庐山瀑布》《庐山谣寄卢侍御虚舟》等名篇，王勃、李白虽然不是江西人，但他们的骈文、诗作，无疑给江西增添了亮丽的文学色彩。相比之下，福建不免有些逊色。

不过，在大唐绚丽文风的熏陶下，福建人在文学方面的禀赋渐渐有所显露。唐中宗神龙二年（706），福建长溪（今属霞浦）人薛令之进士及第，这是福建历史上第一位进士，《全唐诗》卷215录其诗二首。其后，林藻、欧阳詹、陈诩、邵楚苌、许稷在唐德宗年间相继进士及第，其中欧阳詹在散文方面的成就较大，在当时文坛上，有一定的知名度。

当历史进入晚唐时代，八闽大地相继出现翁承赞、王棨、黄滔、徐夤、林宽、陈陶、孟贯等颇有成就的闽籍文学家。其中王棨、黄滔、徐夤三人的律赋，在当时即享有声誉，如渤海国人得徐夤《斩蛇剑赋》《御水沟赋》及《人生几何赋》，"家家皆以金书，列为屏障，其珍重如此"（见《十国春秋·闽六·徐夤传》）。他们的赋作尽管有歌美帝王的华丽词句，但更多的是新见解的提出，或个人情感的抒发。如王棨在《牛羊勿践行苇赋》中，告诫世人对大自然的林木苇草要"流德泽""示仁心"，而不可

"纵三牺而蹂躏,放千足以跳踉",这无疑是一千多年前的超前的"环保"赋作;又如黄滔《送君南浦赋》,虽是泛写离别,但却融进自己为应进士试、在二三十年间多次奔走于故里莆田与长安之间的离愁别恨,该赋也因此成为黄滔律赋的名篇;再如,徐寅在赋作中,不止一次提醒唐朝廷:要防止帝祚被朱全忠篡夺,于此可见徐寅政治洞察力之锐利。

黄滔、徐寅又是存诗颇多的诗人,二人与翁承赞、林宽、陈陶、孟贯等人及流寓入闽的韩偓、崔道融、周朴等人的诗歌创作丰富多彩,以及彼此寄赠唱和,比如,黄滔与翁承赞的寄赠唱和、黄滔与林宽的寄赠之作,徐寅与他妻子的寄赠之作,等等,在晚唐五代的福建诗坛上掀起一个不大不小的高潮。徐寅于65岁彻底回莆田延寿村隐居时,曾作《自咏十韵》,其末两韵写道:"僧俗共邻栖隐乐,妻孥同爱水云清。如今便死还甘分,莫更嫌他白发生。"为了能回到故里和妻子在一起,徐寅竟然发下狠誓"如今便死还甘分",这真是感天动地的狠誓,古今少有。

晚唐五代流寓入闽的韩偓、崔道融、周朴等诗人中,韩偓的成就最高。他的诗,反映了晚唐时期的北方战乱、大军阀梁王朱全忠的专横跋扈。他的颇遭人误解的《香奁集》即编定于入闽之后。

本书下编,还收录了28位晚唐五代闽籍及流寓入闽的其他文人的作品。

从以上简析不难看出,晚唐五代闽地文学之群星璀璨,这种现象之所以出现,与以下两个原因有关:其一,从唐代闽地文学的发展脉络看,从第一位进士薛令之开始,以及继之其后的林藻、欧阳詹、陈诩、邵楚苌、许稷等人,他们的文学创作始终都在进行,只是他们的作品大都散佚,因而当历史进入晚唐时代,八闽大地的文学创作自然会出现初次繁荣的景象。其二,当时闽地最高军政长官、闽王王审知重视文学发展,对文人比较器重。比如,莆田黄滔考中进士后得不到重用,后在翁承赞劝说下,回到闽地,王审知立即任命黄滔为节度使属下"推官"(掌勘问刑狱)这一要职;莆田另一文学家徐寅回闽后,王审知任命他为节度使属下之"掌书记";翁承赞回闽后,王审知任命他为"门下侍郎同平章事"(相当于宰相），后又封为晋国公。而外省流寓入闽的文人，王审知也同样器重或重用，有的还结为儿女亲家。如崔道融入闽后，女儿嫁给王审知长子王延翰；晚唐颇有名望的诗人韩偓入闽后，出于各种考虑，没在王审知手下任职，而且一年后便离开福州，准备前往江西，王审知得知后，立即派"急脚"追上韩偓，极力挽留，终于以真心诚意打动他。韩偓后来定居于泉州府的南安，并始终得到王审知之兄、泉州刺史王审邽的多方照顾。

闽王王审知对文学发展的重视、对文人的器重，自然推动了晚唐五代闽地文学的发展，以至出现群星璀璨的美好局面。

关于闽王王审知：

唐朝末年，在黄巢起义的大潮中，河南寿州王绪、刘行全拉起一支五千多人的队伍，并攻占寿州、光州，当时被称为"王家三龙"的光州固始县王潮、王审邽、王审知三兄弟也在军中。队伍在南下入闽后的一次兵变中，王绪自杀，众人共推王潮为首领。这支队伍于唐僖宗光启二年（886）攻占泉州，于唐昭宗景福二年（893）五月攻克福州。当年十月，朝廷封王潮为都团练观察使，唐昭宗乾宁三年（896），朝廷升福州为福州威武军，封王潮为威武军节度使。乾宁五年（898），王潮病逝，由王审知继任。同年，朝廷正式任命王审知为威武军节度使，兼任三司发运使。福建历史从此开始了闽王王审知执政时期，时间为公元898年至925年，前后共28年。在这期间，闽地社会稳定，人民安居乐业，文学、教育、文化、农业、经济等方面均获得全面发展，为后代史学界、研究者所称道、赞颂。

本书所论述的文学家，在综合性的《中国文学史》中，极少被提及，更多的是只字未提；再者，他们的作品，也极少入选一般的文学作品选。鉴于以上两方面的情况，以及笔者对家乡前辈文人的偏爱，本书对晚唐五代闽籍及流寓入闽作家的论述、分析均特别详细，引用的诗例、赋例也特别多，笔者希望读者通过本书，对晚唐五代闽地文学有一全面而深入的了解。

# 目　　录

## 上编　晚唐五代之闽籍作家

**第一章　自豪于"读书声里是吾家"的翁承赞公**/3
　　第一节　翁承赞公诗作的内容/5
　　第二节　翁承赞公诗作的艺术性/17
　　第三节　翁承赞公的文章/22

**第二章　强调对大自然之林木苇草要"流德泽""示仁心"的王棨**/25
　　第一节　王棨的省题诗/26
　　第二节　王棨律赋的内容/31
　　第三节　王棨律赋的艺术性/50

**第三章　被誉为"闽中文章初祖"的黄滔**/63
　　第一节　黄滔诗作的内容/64
　　第二节　黄滔诗作的艺术性/76
　　第三节　黄滔律赋的内容/80

第四节　黄滔律赋的艺术性/91
第五节　黄滔的文章/93

## 第四章　担忧唐帝祚被篡夺的徐夤/104
第一节　徐夤诗作的内容/105
第二节　徐夤诗作的艺术性/129
第三节　徐夤律赋的内容/136
第四节　徐夤律赋的艺术性/154

## 第五章　有豪侠之气，却又内心苍然的林宽/166
第一节　林宽诗作的内容/167
第二节　林宽诗作的艺术性/174

## 第六章　既想为国建功立业，又想修道成仙的陈陶/178
第一节　陈陶诗作的内容/179
第二节　陈陶诗作的艺术性/189

## 第七章　因留恋园林而放弃西征志向的孟贯/196
第一节　孟贯诗作的内容/196
第二节　孟贯诗作的艺术性/202

# 中编　晚唐五代之流寓闽地作家

## 第一章　既是唐朝忠臣，又写香奁诗的韩偓/209
第一节　唐昭宗天复三年（903）之前诗作/209
第二节　唐昭宗天复三年（903）至唐哀帝天祐三年（906）诗作/212
第三节　入闽之后诗作（906—923年）/215
第四节　关于《香奁集》及词/239

第五节　韩偓诗作的艺术性/248
第六节　韩偓的赋文/253

## 第二章　善于描述人之心理情感的崔道融/257
第一节　崔道融诗作的内容/258
第二节　崔道融诗作的艺术性/269

## 第三章　风趣幽默的周朴/274
第一节　周朴诗作的内容/274
第二节　周朴诗作的艺术性/283

# 下编　晚唐五代之闽籍及流寓闽地其他作家

一　陈黯/291

二　林嵩/291

三　黄璞/292

四　郑准/294

五　陈乘/295

六　柯崇/295

七　郑良士/296

八　萧项/297

九　王涤/298

十　陈贶/301

十一　梁藻/301

十二　王感化/301

十三　王继勋/302

十四　刘乙/303

十五　夏鸿/304

3

十六　颜仁郁/304

十七　王延彬/304

十八　徐昌图/305

十九　陈金凤/306

二十　杨徽之/307

二十一　江为/307

二十二　林同颖/309

二十三　陈致雍/309

二十四　詹敦仁/310

二十五　詹琲/311

二十六　王瞻/311

二十七　留从效/312

二十八　林仁肇/313

后　记/314

【附录】主要参考资料/316

上编
晚唐五代之闽籍作家

# 第一章  自豪于"读书声里是吾家"的翁承赞公[①]

翁承赞公（859—932），字文尧，一作文饶，晚年号"狎鸥翁"，又号"螺江钓翁"。祖籍京兆（今陕西西安）。高祖翁轩，唐朝德宗年间入闽为官，先后任福州、泉州、漳州刺史，定居漳州，后落籍于莆田兴福里竹啸庄。祖父翁何，迁至今福清。父翁巨隅，曾任大理司直、光禄大夫、恭王（又称"荣王"）府咨议参军、少府监。翁巨隅极重视家庭教育，他曾在故乡的草堂山上建家庭私塾，号"漆林书堂"，教育子弟，故他的三个儿子承赞、承裕、承颖均先后进士及第。

唐宣宗大中十三年（859），翁承赞公出生于今福清市新厝镇漆林村。翁承赞公少时，勤奋好学，立志功名。唐昭宗乾宁三年（896），中进士第四名，因缺第二名，故实为第三名，并被选为探花使。次年又中博学宏词科，授京兆尹参军，后擢升为秘书郎、右拾遗、户部员外郎等职。翁承赞

---

[①] 据林秋明《开闽宰辅翁承赞》（香港：华文作家出版社，2010年）载，翁承赞公出生于今福建福清市新厝镇漆林村，后其长子翁玄度（其妻为闽王王审知之女）由漆林村迁至福清江阴镇之银坑底、琴江，为江阴镇琴江翁氏始祖；后翁玄度之曾孙翁瓒、翁璋、翁珪分别定居于江阴之卓山、潘厝、芝山，为这三个地方之翁姓始祖。（见该书第19、20、23页）又，该书引《江阴宗教史》云，翁玄度后"隐居江阴银坑底村"，又云"玄度裔孙后卜迁芝山、潘厝、浔头、南曹、岭口、蓝田、岸头、沙园外、前坂等村"。（见该书第108页）其中"芝山、潘厝、浔头、南曹、岭口、蓝田、岸头"，连同上文之银坑底、琴江、卓山，均在江阴镇境内。敝人之高祖、曾祖，于清朝后期由福清江阴迁至福州，故敝人作为江阴翁氏后人，于本书尊称翁承赞为"翁承赞公"。

上编  晚唐五代之闽籍作家

公在朝任职期间，目睹藩镇割据、藩镇与朝廷掌兵权的南北司权要内外勾结，深感忧虑，曾上疏指陈"方镇交结权幸，终必误国"，可谓揭出当时的严重问题。几年后，唐朝政权被手握重兵的藩镇梁王朱全忠篡夺，其最重要的原因就是"方镇交结权幸"。翁承赞公在京担任右拾遗期间，见不少麻风病者（当时俗称"孤老"）沦为乞丐，遂于天复二年（902）向唐昭宗上奏"天下残疾老稚无所依怙，何忍听其沦落，宜加赈恤"，建议设立"养济院"，以收容乞丐及残疾孤老。此奏言得到当时朝野人士的普遍赞扬，昭宗皇帝准其奏，并颁令各地设立"养济院"，定期派医疗人员予以诊治，并告知喜丧人家，如有养济院孤老来"贴票"（乞讨钱物），应诚意救济。乞丐孤老为感激翁承赞公的恩德，凡到福清地界，均不侵扰翁承赞公故里光贤乡（今福清新厝镇），故有"光贤乞丐无分票"的传说。至今，在翁承赞公生前所居住过的新厝镇光贤里，还立有明代崇祯初年由光贤里人、时任东阳令的郑为所树的"养济院"古碑，盛赞翁承赞公这一充满爱心的谏言。

　　翁承赞公在京期间，常因思念故乡而生归意，唐昭宗遂于天祐元年（904）赐翁承赞公以金紫，命他以右拾遗、朝廷正册封使的身份回闽，册封王审知为琅琊王。翁承赞公到达福州后，受到王审知的隆重礼遇，王审知极力想挽留翁承赞公，翁承赞公因朝命在身，只能婉言谢绝，返回长安。天祐四年（907），已经完全控制唐朝政权的梁王朱全忠逼迫唐哀帝退位，并篡夺唐朝帝祚，改国号为梁（史称"后梁"），定都开封。王审知为保闽地平安而承认朱全忠的政权。后梁开平三年（909），朱全忠任命萧项、翁承赞公为正、副册封使，册封王审知为闽王。翁承赞公再次回到闽地后，本想就此留在闽地，只是朝命难违，只好再次返回开封。此后，翁承赞公见后梁皇帝日渐凶悍、好色淫暴、滥杀百官，遂于后梁贞明二年（916）毅然辞官，返回闽地。

　　翁承赞公回到闽地后，王审知立即委以重任，先是任命他为大中大夫，不久升为右谏议大夫。两年后，又升其为门下侍郎同平章事，后又封之为晋国公，特地在福州东关外的易俗里康山之阳，为他建造一座府邸，内有亭榭、楼阁、池馆之胜；并将翁承赞公出生地之乡名改为"文秀"，里名改为"光贤"，庄名改为"昼锦"，以示荣宠。翁承赞公因即造"文秀亭""光贤阁""昼锦堂"，并赋诗，以表谢意。

翁承赞公任闽相期间，积极辅佐王审知整饬吏治，实行屯兵制度；发展经济，加强海上贸易；搜求书籍，并建议在福州设立供庶人入学就读的"四门学"，"以教闽士之秀者"，在各州县广设庠序，此后州有州学、县有县学、乡有私塾，大大促进了闽地的文化发展，为宋代造就大批"闽学"学者打下坚实基础，翁承赞公也因此被称为"办学兴闽第一人"。

后唐同光三年（925），王审知去世，翁承赞公为之撰写墓志铭。此后，王审知诸子为争夺政权而自相残杀，闽政日非，翁承赞公劝谏无效，遂称疾致仕，隐居于建州（今建瓯）之崇安县（今武夷山），建挂冠园、狎鸥池，自称"狎鸥翁""螺江钓翁"，与释道交游。后唐长兴三年（932）去世，享年74岁，葬崇安县新丰乡，被追谥"忠献"。

元代辛文房《唐才子传·翁承赞》称，"（承赞）工诗，体貌甚伟，且诙谐，名动公侯"，又说"他诗高妙称是"。翁承赞公生前著有《谏议集》《昼锦集》《宏词·前后集》等，后多毁于兵燹。后人辑有《昼锦堂诗集》，计诗48首，其中37首又见于《全唐诗》；今人林秋明《开闽宰辅翁承赞》中"翁承赞诗选"又辑得8首，共56首，其中《哭熙河师刘平仲死于战场》为北宋末福清人翁熙载所作，故实为55首；另有文4篇，为今所能见到的翁承赞公诗文作品的全部。本书即以林秋明所辑之本为分析依据。

## 第一节　翁承赞公诗作的内容

翁承赞公流传于今的诗作虽然不是很多，但就其内容而言，却明显看出他是一个情感极为丰富的人，在他现存的诗作中，绝大多数是各种情感的抒发。

第一，抒发进士科、博学宏词科接连及第的喜悦之情。

翁承赞公在37岁时就高中进士第三名，并被选为探花使，而且于次年复中博学宏词科,这在"三十老明经,五十少进士"的唐代,是非常罕见的。兴奋激动的翁承赞公为此写下《擢进士》《擢探花使三首》《题槐》《复中博学宏词科》等诗。唐代新及第进士必于杏园举行"探花宴",以第三名进士为探花使,带领诸新科进士遍游名园,摘取名花。南宋以后,始称第三名进士为探花。翁承赞公被选为进士中的探花使,自然十分得意,他在《擢进士》中写道:"霓旌引上大罗天,别领新衔意自怜。蝴蝶流莺莫先去,满城春色属群仙。"翁承赞公把进士及第比作"引上"道教诸天之"大罗天",别领探花新衔的他甚感得意,并以探花的身份叮嘱"蝴蝶流莺",说今天的"满城春色",属于犹似"群仙"的新科进士,尔等"莫要先去"。他又在《擢探花使三首》(其一)中,再次下令"深紫浓香三百朵,明朝为我一时开",凡人的翁承赞公几乎在一夜之间,变成了"百花之神"。读了这些诗,我们仿佛看到一个不仅喜形于色,而且喜形于言的翁承赞公。当他在"九重烟暖折槐芽"(其二)时,自然会想起"长安虚过四年花"的进士应试的艰难,于是他在"每到黄昏醉归去,纻衣惹得牡丹香"(其三)的"探花时节",又在《题槐》中写道:"雨中妆点望中黄,句引蝉声送夕阳。忆昔当年随计吏,马蹄终日为君忙。"唐代参加朝廷进士试的各州府应试者,都是由各州府到京城汇报赋税、人口的"计吏"带领去京城,参加进士试。又,元代辛文房《唐才子传》卷十"翁承赞"云:"唐人应试,每在八月,谚曰:'槐花黄,举士忙。'承赞《题槐》云……(诗已见上,此从略)甚为当时传诵。"苍天不负好学苦读、"终日为君忙"的翁承赞公,进士及第的次年,他复中博学宏词科。他在《复中博学宏词科》诗中写道"蓬山景物年年好",说自己"紫阳新籍两重新",得意于自己进士科、宏词科的"两重新籍"。

第二,抒发浓烈的思乡之情。

唐昭宗景福元年(892),翁承赞公赴京应进士试,但初试不利,此后,他留居都城长安读书,准备再试。他的《晨兴·其一》即写于留居长安、准备再试期间。其诗云:

鼓绝天街冷雾收，晓来风景已堪愁。槐无颜色因经雨，菊有精神为傍秋。自爱鲜飙生户外，不教闲事住心头。披襟徐步一潇洒，吟绕盆池想狎鸥。

诗中提到"天街"，说明此诗写于都城长安，因古代称都城的街市为"天街"。诗的第三句"槐无颜色因经雨"，暗示进士初试落榜，因唐代有"槐花黄，举士忙"俗语，言每年槐树开花之时，便是举子忙于进士试之时，翁承赞公四年后（896）进士及第时所写的《题槐》云"雨中妆点望中黄"，即用"槐花黄"象征进士试及第。可是《晨兴·其一》中的"槐"却是"槐无颜色因经雨"，显然，这是象征进士试落榜。虽然"槐无颜色"，但"菊有精神为傍秋"，翁承赞公仍然精神十足，准备再次参加每年秋天的进士试，为此，他一门心事只想进士试，"不教闲事住心头"。可是，就在这时，他却在"披襟徐步""吟绕盆池"时，又突然想起故乡漆林村的狎鸥生活，于此可见其思乡之情之浓烈。可以说，翁承赞公不论是在都城准备进士再试期间，还是进士及第后任职于都城期间，其思乡之情始终萦绕于他的心中。他在《华下雾后晓眺》中说，虽然有"千嶂华山云外秀"的美景，但"万重乡思望中深"，说这种思乡之情，"花畔水边人不会"，他人是无法理解的。他的《晓望》一诗写道："清霜散漫似轻岚，玉阙参差万象涵。独上秦台最高处，旧山依约在东南。"在"玉阙参差"的帝都，他之所以要"独上秦台最高处"，是为了"晓望"在东南方的"依约旧山"，以满足自己对故乡的渴念。其《晨兴》其二云："旅食甘藜藿，归心忆薜萝。一尊如有地，放意且狂歌。"这是他旅食在外时思念故乡，他想，要是有一樽酒，一定要借酒狂歌故乡。他在《离东都日书怀》中写道："单车晓出洛阳城，未肯将心羡长卿。科第四重官四品，收园归去也胜耕。"翁承赞公说，经过三次进士考试及一次博学宏词科考试共"科第四重"、如今已官居四品的自己，对汉代甚得汉武帝赏识的司马相如已不怎么羡慕，如今最大的愿望就是回乡，"收园归去也胜耕"，即使归去后耕田务农亦可胜任。翁承赞公在闽地之外思念闽地，而在闽地的故园之外，他则思念故园。他在《泊舟南匿山，遥望竹啸故山，怅然成咏》中写道："自恨悠悠再别家，维舟遥忆旧生涯。"南匿山是福建南日岛的古称，今属莆田市。南匿山距竹啸山并不远，翁承赞公站在南匿山上，竟然因遥望竹啸故山而怅然成咏，并"晚风吹泪对烟霞"，说"到头不及园桑好，六印苏秦莫漫夸"，认为不管官做到多大，也比不上"园桑好"。

翁承赞公曾先后两次作为朝廷使者，回闽册封闽王王审知。在他现存的有关册封的诗作中，不论是第一次册封，还是第二次册封，人们都能读到他浓烈的思乡情及回到故乡时的欣喜、激动之情。他在《文明殿受册封闽王》一诗中，在"龙墀班听漏声长，竹帛昭勋扑御香"的描写后，想到的第一件事就是"登车故里"。在《延英殿辞日书事》一诗中说"等闲归去犹堪喜，何况丝纶在手中"，在翁承赞公心中，"等闲归去"、回到故乡是第一喜，而"丝纶在手"只是第二喜。其《奉使封闽王归京洛》云"泥缄紫诰御恩光，信马嘶风出洛阳。此去愿言归梓里，预凭魂梦展维桑"，说我刚离开都城洛阳，魂梦就已经回到故乡。

在前往闽地册封的路上，当他走到湖北汉江、准备登舟南下时所作的《汉上登舟忆闽》一诗，说"久客自怜归路近"，为归乡之路有所接近而兴奋，又说"一片归心随去棹，愿言指日拜文翁"，希望能尽快回到故乡，拜见功如西汉文翁的闽王。当他走到江西宜春时，他又写了《奉使封王，次宜春驿》一诗：

> 微宦淹留鬓已斑，此心长忆旧林泉。不因列土封千乘，争得衔恩拜二天。云断自宜乡树出，月高犹伴客心悬。夜来梦到南台上，遍看江山胜往年。

在南行的路上，他几乎天天都是"此心长忆旧林泉"。在宜春驿，他认定天上的"断云"是从故乡飘来的，一路上陪伴他思乡"客心"的，是高悬于天上的明月，难以抑止的思乡之情使得他在宜春驿做了一个梦，梦中他回到福州，登上福州的南台山，高兴地看到"江山胜往年"的欣欣向荣景象。在《御命归乡，蒙赐锦衣》中，翁承赞公又进一步写道："更待临轩陈鼓吹，星轺便指故乡归。"在他的想象中，在一片热烈的"鼓吹"声中，他所乘坐的轺车像流星一般回到了故乡。读这两句诗，我们仿佛看到他手指远处的故乡，及回到故乡时欣喜激动的神情。

从上举诗作不难看出，翁承赞公思乡情结之浓烈，真乃古今少有，难怪与翁承赞公第二次一同使闽的正使、莆田人萧项在《赠翁承赞漆林书堂诗》中，说翁承赞公"轺车故国世应稀"。与翁承赞公同时代的闽地另一诗人、莆田黄滔在《奉和翁文尧十九员外中谢日蒙恩赐金紫之什》中说"面蒙君赐自龙墀，谁是还乡一袭衣"，在《奉和翁文尧员外文秀、光贤、锦昼之什》中说"谁是还家宠自天""君王面赐紫还乡"，在《奉和翁文尧戏赠》中说"两度还家还未有"，又在翁承赞公第一次使闽后北返时所作的《送翁拾遗》诗中说"还家俄赴阙，别思肯凄凄"。还有与翁承赞公同时代的其他诗人，如崔郾《赠翁承赞》云"骢辔临丹陛，扬帆入故乡"；常衮《赠翁承赞》说"故乡多少吟诗客，共看元侯礼使臣"；王溥《赠翁承赞》说"衔命还家足胜游"；等等。上述萧项、黄滔、崔郾、常衮、王溥等人或奉和或寄赠翁承赞公使闽的诗作中，都说到"故国""还乡""还家""故乡"，这说明他们都深知翁承赞公的两次使闽，最让他激动的是回到故乡，其次才是朝廷所任命的册封使，无疑，他们都是翁承赞公的知己。

第三，抒发兄弟情谊。

在现存翁承赞公的诗作中，有三首是写给他弟弟的，其中《寄舍弟承裕员外》是寄给他二弟翁承裕的。其诗云：

> 江花岸草晚萋萋，公子王孙思合迷。无主园林饶采伐，忘情鸥鸟恣高低。长江月上鱼翻鬣，荒圃人稀獭印蹄。何事斜阳再回首，休愁离别岘山西。

翁承裕于唐昭宗光化三年（900）进士及第，官至检校尚书水部员外郎。

另，清代郑方坤《全闽诗话·翁承赞》引明代福建闽县徐㷆《榕阴新检》云："余家收得册封闽王时律诗三十余首，中多佳句，如……长淮月上鱼翻鬣，荒渚人稀獭印蹄……"（此处作"长淮""荒渚"，恐为流传异本，今据《全唐诗》。）据此可知，翁承赞公的这首诗应写于南下册封闽王期间，诗中写到流经湖北的"长江""岘山"，联系到翁承赞公南下册封闽王、进入湖北期间，有《汉上登舟忆闽》，据此，这首《寄舍弟承裕员外》应当作于湖北，其间也许翁承裕因某事也在湖北，兄弟二人因此而相会，又因翁承赞公公务在身而分别，此诗应当是分别后寄给翁承裕的。诗的首联说兄弟二人，即"公子王孙"见面时，都谈到福清故里"晚萋萋"的"江花岸草"，都因思念故里而"思合迷"；次联则进一步描写兄弟二人交谈中的故里情况：因兄弟三人均不在福清故里，（翁承赞公还有三弟翁承颖，于906年进士及第，估计此时也不在福清故里。）故"无主园林饶采伐"，只有"忘情鸥鸟"依旧在自由地飞翔；三、四两联，翁承赞公特别点出湖北的"长江""岘山"，说明这次相会是在湖北，相会的时间是"长江月上"，环境是"鱼翻鬣""荒圃人稀"，唯余"獭印蹄"；最后两句，翁承赞公先是说自己因与弟弟分别而屡屡"斜阳回首"，同时又劝弟弟"休愁离别岘山西"，以免愁坏了身子，浓厚的兄弟之情在这首诗中表现得淋漓尽致。翁承赞公还有两首寄给他族弟翁承检的诗，其中《对雨述怀示弟承检》云：

    淋淋霎霎结秋霖，欲使秦城叹陆沉。晓势遮回朝客马，夜声滴破旅人心。青苔重叠封颜巷，白发萧疏引越吟。不有惠连同此景，江南归思几般深。

诗的前三联说："淋淋霎霎"的秋雨，几乎淹没了秦城长安，早上的秋雨挡住了我上朝的"客马"，夜晚的雨声"滴破"了我这个"旅人心"，在秋雨中长出的"重叠青苔"封住了我所居住的"颜巷"，"白发萧疏"的我，不由得动起像庄舄那样的思乡之"越吟"。诗的尾联说：可惜颇有谢惠连之诗才的承检弟此时不在我身边,我的"江南归思"因此又增添了"几般深"。谢惠连是谢灵运的族弟,《南史·谢方明传》云:"(谢方明)子惠连,年十岁能属文,族兄灵运嘉赏之,云:'每有篇章,对惠连辄得佳语。'尝于永嘉西堂思诗,竟日不就,忽梦见惠连,即得'池塘生春草',大以为工。常云'此语有神助,非吾语也'。"据此典故,翁承检可能是翁承赞公的族弟,因为翁承赞公的同胞弟弟只有翁承裕、翁承颖二人;或者翁承检即翁承颖。总之,翁承赞公在这首诗中所抒发的兄弟之情,不仅有血缘之情,而且还有对承检诗才的赞许,故而在翁承检进士及第时,翁承赞公又作《喜弟承检登科》以贺喜。翁承赞公在这首诗中,说他这位弟弟的诗作文章"两篇佳句敌琼瑰",祝贺他通向高如道教"三清"的道路已经打开;诗的尾联说"知尔苦心功业就,早携长策出山来",希望他早日施展"长策"之才,早日实现建功立业的抱负。

第四,表达对儿孙学业的特别关注。

翁承赞公有两首自感得意的七绝《书斋谩兴二首》,其诗云:

  池塘四五尺深水,篱落两三般样花。过客不须频问姓,读书声里是吾家。

  官事归来衣雪埋,儿童灯火小茅斋。人家不必论贫富,惟有读书声最佳。

笔者说翁承赞公"自感得意",不是说翁承赞公得意于这两首诗写得如何如何好,而是说他得意于诗中所说的"读书声里是吾家",自豪于"惟有读书声最佳",我想任何一个读者读到这两首诗,都能体会到翁承赞公的这种心情。翁承赞公的父亲翁巨隅曾在故乡建漆林书堂以教育子弟,翁承赞公不仅继承了其父的漆林书堂,就像黄滔在《奉和翁文尧员外文秀、光贤、昼锦之什》所说的"珍重朱栏兼翠拱,来来皆自读书堂",而且又将此重学理念加以发扬,在都城为官任职期间,也开办私家书堂。上诗其二

"官事归来衣雪埋，儿童灯火小茅斋"，从中可知：翁承赞公家中儿童读书的小茅斋，应当是在翁承赞公为官于唐朝及后梁时，冬天"衣雪埋"的寒冷的长安或洛阳，而不可能在暖和的福州或福清，因为这两个地方，不可能有冷到"衣雪埋"的冬天。与翁承赞公同时代的刘崇慕、薛廷珪、郑衍、司徒方雷都有同题诗作《和书堂》，如"男儿曾昼锦，回日别翱翔"（刘崇慕），"从此江南为学士，下帷应倍读儒书"（薛廷珪），"于今若作还乡侣，谁是西垣侍从臣"（郑衍），"皇华君命重，昼锦使车荣"（司徒方雷），这说明，翁承赞公引以为豪的读书堂，在当时有着颇广的知名度，而翁承赞公对儿孙学业的特别关注，也必定广为人知。

翁承赞公还有《寄示儿孙》，此诗遣词用语颇为奇特。诗云：

力学烧丹二十年，辛勤方得遇真仙。便随羽客归三岛，旋听霓裳适九天。得路自能酬造化，立身何必恋林泉。予家药鼎分明在，好把仙方次第传。

翁承赞公此诗是写给儿孙的，见《全唐诗》，而林秋明《开闽宰辅翁承赞》收录此诗时还加注曰："此诗古存福清江阴鳌峰书院。"可是翁承赞公在这首诗中写的是烧丹、炼药、成仙之事，难道翁承赞公要教他的儿孙如何炼丹、如何成仙？当然不是，从现存史料看，翁承赞公从未有过烧丹、炼药、求仙的经历，故这首诗中的烧丹、炼药、成仙，只是比喻。翁承赞公的目的是教育他的儿孙，说读书就像烧丹一样，只有付出努力，才能遇到真仙，才能到达仙境三岛，才能听到九天的霓裳羽衣曲；又说只要读书的路子走对了，就能达到"造化"的境界；并说要早树"立身"之志，而不可"恋林泉"。古代"恋林泉"的人多为隐士或道士，"立身何必恋林泉"这句话，从反面证明翁承赞公并不是真的教儿孙要烧丹、炼药、修炼成仙，而是借以比喻要勤奋读书，并说我今天把读书的"仙方"传给你们，你们以后也要一代一代往下传。从此诗可以看出，翁承赞公对儿孙的关爱之情，不是着眼于生活，而是着眼于读书、做学问。在他的教育下，他的四个儿子均功业有成：长子翁玄度，进士及第，官至大理寺评事；次子翁弘度，官至给事郎中左春坊太子正字；三子翁贞度，官至著作郎；四子翁昭度，官至推官。不仅如此，翁承赞公的后代裔孙也一直延续这种对儿孙学业特别关注的传统，而翁氏家族也因此成了古代考中进士最多的家族。林秋明在《开闽宰辅翁承赞》一书之首页及封底云："每个家族在其漫长的发展过程中，总有一些标志性的记忆。一个家族从唐朝至清朝共出了104名进士（尚有遗漏。其中，3名状元，1名武进士）、23名举人，在中国科举史上绝无仅有，堪称奇迹。这个家族就是翁承赞的翁氏家族。"

第五，抒发友情。

唐昭宗景福元年（壬子年，892），翁承赞公赴京应进士试，但初试不利。次年，即癸丑年，他去拜访圭峰寂公。几年后，他吟就《寄圭峰寂公》，诗中先是回忆那次拜访、听泉："屈指闲思癸丑年，共师曾听翠微泉。高梧疏冷月才上，古屋荒凉人未眠。"接着描述他们二人分别后的情况：圭峰寂公如"青云"随处"寄迹"，而自己经历战乱之后，"白发欲垂肩"。诗的尾联说自己"无端贫病莲峰下，一半乡心属暮蝉"。在翁承赞公的心中，这位圭峰寂公显然是他的挚友，所以才会向他诉苦：每当自己听到"暮蝉"鸣声，思乡之苦就愈益强烈。在《酬韦二十二行次见寄》中，韦二十二同样也是翁承赞公的挚友，诗的首联说"风触离肠雪满襟，晚来惆怅两难任"，翁承赞公推己及人，说在"风触离肠"之时，"惆怅两难任"，无论是我，还是韦二十二，都很难承受分别的惆怅痛苦。诗的三、四联，翁承赞公称赞韦二十二的志向与诗作，说"曩眷已坚金石志，新诗重壮岁寒心"，并相信他"他时挂壁尘冠在，不为闲人取次寻"，说韦二十二他日辞官后，必定会继续他自己的"金石志"，他人不可能"取次"（随便）说动他重返官场，由此可见翁承赞公实乃韦二十二之知己。在《送刘光载归宁》中，翁承赞公在称赞这位"少年才子"的"满袖新诗敌绮霞"的同时，说这次"归宁"，"趋庭虽未擎丹桂"，虽然遗憾于进士试的失利，但又再次肯定他的"赋《白华》"之才（《白华》为《诗经》逸诗之一，有篇目而亡其辞，《文选》卷十九载有晋代束皙所作之《白华》补诗）。诗的尾联，翁承赞公鼓励他"莫为时危翻自滞"，相信他"回头一步是星槎"，下次再试定能进士及第，进入皇宫。这些鼓励的诗句、相信的话语，自是挚友之言，发自肺腑。

翁承赞公在担任册封使、使闽经过闽北建阳时，还特地拜访原先在华山的旧友僧人亚齐，并作《访建阳马驿僧亚齐》，诗说自己与僧亚齐是"十年旧识华山西"的老朋友，夸赞他到建阳后的诗作"一轴新诗剑潭北"。"剑潭"即今闽地南平，建阳在南平之北，故云"剑潭北"。翁承赞公在遗憾于亚齐"吟魂惜向江村老"的同时，又钦佩他"空性元知世路迷"的高深的佛学修养。由于翁承赞公公务在身，这次拜访的时间比较短暂，故诗的尾联写道"应笑乘轺青琐客，此时无暇听猿啼"，这种半认真半开玩笑又带有自我解嘲意味的话语，只有对交情甚深的朋友才会说出来。

在翁承赞公的所有朋友中，与黄滔是最亲密无间的。在黄滔存世的208首诗作中，有17首与翁承赞公有关，或奉和，或寄赠，或送别，二人友情之亲密，可与中唐的元稹和白居易相比。翁承赞公有一首寄给黄滔的诗《寄黄二校书》（黄二校书指"黄滔为御书，弟蟾为校书"）。此诗是写翁承赞公在使闽期间，与黄滔兄弟同游神泉之事，其诗云：

> 旧爱神泉结胜游，金台上客驻骅骝。岩云断处僧开阁，海日中时树映楼。红叶低应迎短景，朱颜莫惜舍寒愁。还京未卜重来计，借笔联名与惠休。

广东濒海之惠来县神泉镇有一神泉，终年不涸，惠来县距闽地不是很远，故诗中所说的"神泉结游"，应当是惠来县的神泉之游。诗的首联说能够与黄金台上客黄滔兄弟结伴游"旧爱神泉"，自然是一件十分愉快的事；诗中借用战国时燕昭王筑黄金台招引天下人才的典故，称赞黄滔兄弟无疑就是黄金台上的人才，就像马中的"骅骝"。三、四、五句均为写景，神泉濒海，故而日是名副其实的"海日"；第六句劝黄滔应当舍弃"寒愁"、保住"朱颜",这是对老朋友的关怀。诗的末联说自己朝廷使命在身,必须返京,请黄滔也把这首诗给"僧人"看看。此诗先是说"岩云断处僧开阁",末句又说"借笔联名与惠休"(惠休为南朝宋诗僧),诗中的"惠休"是谁?笔者以为极有可能是"僧亚齐",也许当时僧亚齐刚好也在神泉镇的某寺院中。翁承赞公早年就认识僧亚齐,"十年旧识华山西",出使闽地经过建阳时,又作《访建阳马驿僧亚齐》。又据林秋明《开闽宰辅翁承赞》引《武夷山志》云:翁承赞公晚年隐居闽北崇安后,"即往安国寺访寺僧亚齐,常与僧道交游"。(第179页)翁承赞公在这首诗中,既抒发了与黄滔的友情,又提及对僧亚齐的思念。

黄滔在收到翁承赞公的"神泉游"诗作后,随即和了一首《奉酬翁文尧员外神泉之游见寄嘉什》,黄滔在他的和诗中,说这次结伴游是"野外嘶风""喜同游"。黄滔知道翁承赞公很想念僧亚齐,故而他在和诗中,特地说到亚齐的"松竹迥寻青障寺""僧语离经妙破愁"。和诗的尾联说"争奈爱山尤恋阙,古来能有几人休?"黄滔比翁承赞公年长19岁,二人早就认识,在长安期间,二人与闽地其他诗人徐夤、陈峤等常有诗酒唱和,唐昭宗乾宁二年(895),黄滔进士及第,次年,翁承赞公也进士及第,但至公元899年,朝廷方授予黄滔四门博士之职,很快又改任监察御史里行,这是低俸禄的衙门官员,黄滔心中自然很郁闷;两年后,即公元901年,经翁承赞公劝说,黄滔带着翁承赞公写给闽王王审知的推荐信回闽,(翁承赞公与闽王王审知是儿女亲家关系,详下。)立即得到王审知的重用。故翁承赞公两次使闽期间,黄滔均在闽地,二人有十几首的奉酬、寄赠之作。黄滔在这首"奉酬"诗中说"古来能有几人休",将翁承赞公因公务在身、不得不回京复命,说成"恋阙",这自然是老朋友之间的调侃,也寄予黄滔的希望,希望翁承赞公也能早日回闽与他做伴,共同辅佐王审知。

第五,抒发对闽王王审知治闽功绩的颂扬之情、知遇之恩的感激之情。

翁承赞公曾先后两次担任册封王审知的使臣,第一次在唐昭宗天祐元年（904），册封王审知为琅琊王。这一年翁承赞公45岁，但在这之前，翁承赞公与王审知已经成了儿女亲家。据林秋明《开闽宰辅翁承赞》，王审知的一个女儿（王审知共七个女儿）嫁给翁承赞的长子翁玄度。（见该书第19、105页）古人结婚都比较早，公元901年42岁的翁承赞公为黄滔写推荐信时，公元904年45岁的翁承赞初次担任册封使时，与闽王王审知的感情都显得特别亲近，故而他在初次使闽所作的《汉上登舟忆闽》中说"愿言指日拜文翁"，将王审知比作汉景帝时在蜀地办学兴文、教化百姓、改易民风的蜀郡太守文翁加以赞颂。翁承赞公的这一比拟，可以说是十分确切，在王审知治闽期间，闽地社会安定、经济繁荣，尤其是文化教育方面的成就，更是前所未有，为历代史学家所公认、所称美，如在闽都福州开四门学，在其他地方广设庠序，广招闽人子弟入学。作为地道闽人的翁承赞公，通过此前他对王审知治闽理念的了解、治闽功绩的耳闻目睹，相信这次使闽回到闽地时，必定"遍看江山胜往年"（《奉使封王，次宜春驿》），对王审知的治闽业绩充满由衷的敬意。他在第二次使闽所作的《文明殿受册封闽王》诗中说"吟寄短篇追往事"，激动的翁承赞公在接受册封的使命后，还没离开京城，就先写了这首诗寄给王审知，诗中再次颂扬王审知"留文功业不寻常"。

翁承赞公在第一次使闽结束、离开福州时所作的《甲子岁衔命到家至榕城，册封次日，闽王降旌旗于新丰市堤饯别》一诗中，（按，福州别称"榕城"，始于翁承赞公此诗，时为公元904年，而非一般所说的公元1064—1067年宋英宗治平年间任福州太守的张伯玉。）说"此时暂与交亲好，今日还将简册回。争得长房犹在世，缩教地近钓鱼台"，说自己回到长安后，希望能得到仙人费长房的缩地术，让长安"地近福州钓鱼台"，借助神话，表达对王审知的怀念及对气象一新的闽地的怀念。在第二次使闽结束、离开福州所作的《闽王以海舰送至广陵赴阙，于新堤饮饯；月色如昼，睹墙池横壮，因寄闽王》一诗中，说"万井人家坐晏清"，又说"瑞烟浓盖亚夫营"，歌颂王审知治理下的闽地，不仅"万井人家"享受着"海晏河清"的生活，而且在当时藩镇军阀横行的年代，唯独闽地的军队军纪严明,就像西汉名将周亚夫军队所驻扎的细柳营,以致使他"回顾扁舟不忍行"。

翁承赞公对闽王王审知,除了颂扬其功绩,还有感激对个人的知遇之恩。如在《蒙闽王改赐乡里》一诗中,说:"乡名文秀里光贤,别向钧台造化权。阀阅便因今日贵,德音兼与后人传。"翁承赞公感激闽王王审知不仅为他特地营建府第、赐予佳名,而且还委以宰辅重任,使其家族进入高贵的"阀阅"行列,而且"德音兼与后人传"。翁承赞公的另一首感恩之作《蒙恩改乡曰文秀,里曰光贤,因卜城东康山之阳,构小斋以所赐之字而名其亭阁,诗以题之,盖明感恩叙事,非一时之盛》云:

随分营心土木新,旌儒恩德出洪钧。四邻父老初相面,三径园林好退身。文翰敢凭稽古力,子孙仍荷凤池春。一千年后丈夫志,且对相如占使臣。

翁承赞公在诗中说:我按我的职分行事,闽王为我建了一座崭新的府第,表彰我儒者之心;这府第正好作我退身后的隐居之处;我仍然要凭借原有的"稽古"之力撰文,不敢怠慢;我的子孙可以因我而获得"春风",但千年后的远代裔孙,一定要树立"丈夫志",就像汉代司马相如出使蜀地,不辱使命。此外,翁承赞公又在其他诗作中,表达对闽王王审知的感激之情,如《题昼锦堂》云"他年了却功名事,归挂儒冠向此堂",又如《题狎鸥池》云"承恩特改里光贤,又向荀地戴二天"。就连翁承赞公的好友黄滔也感觉到了他的感恩之情,在《奉和翁文尧员外文秀、光贤、昼锦之什》中,说"乡名里号一朝新,乃觉台恩重万钧"。可以说,王审知与翁承赞公,是互为知己的亲密的王侯与臣僚关系。

## 第二节 翁承赞公诗作的艺术性

翁承赞公的诗作,不仅情感的抒发浓烈而深沉,而且艺术手法也丰富多样，其中最突出的是多视角的描写手法、诙谐风趣的风格、暗示的艺术手法。

第一，多视角描写的艺术手法。

"描写"是文学作品的重要特征，而多视角描写，更是文学作品艺术美的高层次体现。在流传至今的翁承赞公五十多首诗作中，就有多视角描写的灵活运用。如《题莒潭安闽院》，莒潭在今闽地建阳，此诗是翁承赞公担任册封使，经过建阳莒口镇、游览莒潭安闽院时所写的一首诗。其诗云：

> 桃宗营祀舍，幽异胜珠林。名士穿云访，飞禽傍竹吟。窗含孤岫影，牧卧断霞阴。景福滋闽壤，芳名亘古今。

诗的首联说，这是一个可用以祭祀祖宗的寺院，其"幽异"之佳美，胜过任何一座"珠林"。此联点明"幽异"是莒潭安闽院的最大特点，其后六句，则从不同视角描写其"幽异"。"名士穿云访"，写安闽院位于白云深处，描述安闽院之"幽"，来访者多"名士"，描述安闽院的高雅之"异"；"飞禽傍竹吟"，写安闽院周围多竹多禽鸟，描述其"幽"；"窗含孤岫影"，以"窗含"显"孤岫"，写出安闽院窗外犹如"山水画"，突出其"异"；"牧卧断霞阴"，此乃世外桃源的"幽"美；末联"景福滋闽壤，芳名亘古今"，以安闽院给闽地父老乡亲带来"景福"，并因此而"芳名亘古今"，再次写其"异"。全诗从"名士""牧童"之人物，从天上之"云""断霞"，从近处、远处之"竹""孤岫"各个不同视角写莒潭安闽院，给读者以深刻的印象。

再如《题河阴崔少府素幛》，这是一首五言古风，写崔少府府第中一幅纯素白布幛。"白色"是很难描写的，翁承赞公在这首诗中却能从不同角度写布幛之"素白"。如"真玉不显文，至人不逞迹"，"何必玩画屏，留连假泉石"，"非无丹青妙，点污吾所惜"，这是正面写布幛之"白"，布上不留任何人为痕迹；又如"皎若朗月升，皓如繁霜积"，这是借助"朗月""繁霜",比喻布幛之"白";又如"清晨卷帘望,秋天横半壁,昼景当户窥,晴云拂瑶席",秋天的清晨,天上的"晴云"必定是白色的,这是从天上的白云与白布幛相映衬的角度,写布幛之"白";又如"君见华堂幛,转觉虚室白",观者看后,感觉整间屋子都是白的,这是借助观者的感觉,从侧面写布幛之"白";又如"世事巧乱真,我将世情隔","自持纯素质,可悦神仙客",这是通过主人对"白"的钟爱,写布幛之"白";等等。可以说此诗是翁承赞公多角度描写的又一成功之作。

又如《柳》其五云:"缠绕春情卒未休,秦娥萧史两相求。玉勾阑内朱帘卷,瑟瑟丝笼十二楼。"此诗写一对情侣。先是以"缠绕春情"做正面的情感描写,继之对这一情侣所居住楼阁之精美做进一步的描写,"玉勾阑内朱帘卷,瑟瑟丝笼(珍珠装饰的'丝笼')",最后,又引用神话故事来描写,"秦娥萧史两相求",这一对情侣就像秦穆公的女儿秦娥与天上的吹箫仙人萧史,他们所居住的楼阁,就像昆仑山上的"十二楼"。一首二十八字的七绝,翁承赞公就从三个角度来描述一对情侣。

第二,诙谐风趣的风格。元代辛文房《唐才子传》说:"(承赞)工诗,体貌甚伟,且诙谐,名动公侯。"文如其人,诗如其人,翁承赞公既然性格诙谐风趣,那么诙谐风趣的性格自然会在他的诗作中有所体现。在现存翁承赞公的诗作中,就有一些属于诙谐风趣风格。其《题故居》云:

  一为鹅子二莲花,三望青湖四石斜。惟有岭湖居第五,山前却是宰臣家。

据林秋明《开闽宰辅翁承赞》引《武夷山志》(第179页)记载,此诗为翁承赞公晚年隐居崇安(今武夷山)新丰乡白水村时所写的一首咏其居所的诗。此为数字诗,是将十以内的数目字用于诗句中,或顺数或倒数而连贯成的一种诗。翁承赞公的这首数字诗,借助从一到五的数目字,铺排出故居四周的优美环境:第一是讨人喜爱的活泼的鹅子,第二是赏心悦目的莲花,第三是青湖,第四是弯弯曲曲的石板路,第五是岭湖。这些铺排,既形象，又使人仿佛看到故居主人悠然逍遥、诙谐风趣的性格。

翁承赞公的《隋堤柳》云："春半烟深汴水东，黄金丝软不胜风。轻笼行殿迷天子，抛掷长安似梦中。"从诗中的"隋堤"、"汴水东"可推知，诗中的"行殿"指的是开封，即朱全忠篡夺唐朝帝祚所建立的后梁政权的都城开封。翁承赞公以诙谐的笔调讽刺朱全忠：你为什么"抛掷长安"，不做唐朝的臣子，而来到开封的"行殿"？大概是"天子"的美梦迷住了你的心窍吧？朱全忠本是一个穷苦的农民，后参加黄巢起义军；见黄巢大势已去，又背叛黄巢投降唐朝；唐朝皇帝委以重任，朱全忠逐渐成为手握重兵的藩镇大将，却恩将仇报，弑杀唐昭宗、唐哀帝，篡夺唐朝帝祚，自称皇帝。此诗以优美的文辞、诙谐的语调，讽刺朱全忠对唐朝政权的篡夺。翁承赞公后来之所以离开后梁、回到闽地辅佐王审知，对朱梁政权不满也是一个重要的原因。

又如，翁承赞公的《松》云："倚涧临溪自屈蟠，雪花销尽藓花干。幽枝好折为谈柄，人手方知有岁寒。"这首诗，同样是以诙谐风趣的笔调奉劝世人，要想认识松树"岁寒不凋"的本性，必须去看当"雪花销尽藓花干"时"倚涧临溪自屈蟠"的松树，而不能等到"幽枝好折为谈柄"时，"人手方知有岁寒"。也就是要按儒家"格物致知"的理论，只有深入接触事物，才能获得此事物的知识，而靠"折为谈柄"的"幽枝"，当然不可能获得对松树的本性认识。翁承赞公借助形象的语言、诙谐的语调，阐述了认识事物的哲理，艺术效果非常好。

其他如《甲子岁衔命到家至榕城，册封次日，闽王降旌旗于新丰市堤饯别》云"争得长房犹在世，缩教地近钓鱼台"，翁承赞公希望能得到费长房的缩地术，使得长安地近福州钓鱼台，以便能经常登上钓鱼台。《题槐》云"忆昔当年随计吏，马蹄终日为君忙"，翁承赞公对槐树说：为了应进士试，那两三年，我每一天都在为你槐树而奔忙。《擢进士》云"蝴蝶流莺莫先去，满城春色属群仙"，翁承赞公对蝴蝶流莺说：你们今天就别去百花园了，今天的春色属于我们新进士群仙。《擢探花使三首》云"深紫浓香三百朵，明朝为我一时开"，翁承赞公嘱咐群花，说：明天所有的花，都要为我们新进士而盛开。以上表达均生动谐趣。即使在发牢骚时，翁承赞公也带有风趣的意味。翁承赞公于唐昭宗乾宁三年（896）中进士，次年又考中博学宏词科，这在唐代科举考试中是较为少见的，因为博学宏词科只有进士及第者才能参与考试，而且录取率极低，但博学宏词科及第者，在此后的仕途升迁中会比较顺利。可是翁承赞公在两年之内接连进士及第、博学宏词科及第之后，朝廷授予他的官职，却是九品小官"参军"，故他在《初授京都府参军寄亲友》诗中写道："两枝丹桂虽堪贵，九品青袍又似卑。俸薄只能供买德，曹闲赢得学咏诗。"翁承赞公虽然感叹九品小官的俸禄只能买到"德"，但又风趣地说"曹闲赢得学咏诗"，说职务清闲，正好可以借此机会学学写诗。这是翁承赞公无可奈何的自我解嘲。

第三，暗示的艺术手法。古典诗词讲求含蓄，而暗示则是为获得含蓄艺术效果的一种颇为重要的艺术手法。所谓"暗示"，就是作者在诗中写的是甲，但所要表达的真正意思却是乙，即以甲暗示乙。在传世不多的翁承赞公诗作中，就有一些暗示的妙作。如《万寿寺牡丹》云：

烂熳香风引贵游，高僧移步亦迟留。可怜殿角长松色，不得王孙一举头。

唐朝是一个崇尚牡丹花的时代，牡丹花又被称为富贵花，如白居易在《秦中吟·买花》中说的"一丛深色花，十户中人赋"。翁承赞公在这首诗中，说在"烂熳香风"之中，富贵人家纷纷涌向万寿寺观赏牡丹花，就连寺中大德高僧也"移步迟留"于牡丹花前。观赏牡丹花无可厚非，但与之形成反差的是，殿角的长松却"不得王孙一举头"。翁承赞公借助这些叙述，目的是向读者暗示一个非常严峻的社会现象：盛唐时期所流行的崇尚顽强刚毅的青松气魄正在丧失，而追求牡丹的富贵之风却仍在蔓延。

又如《文会咏筝柱子》的后二联云："且愿声相应，宁辞迹屡迁。知音如见赏，雅调为君传。"筝柱在筝弦调音时会做些移动，以使筝弦音高符合规定，如果没有筝柱，古筝就发不出声音。翁承赞公这首诗，说的虽然是古筝弹奏，却有其暗示之意：国君和臣子，如果彼此音声能相互呼应，那么做臣子的即使屡次迁移官职或为官之地，也在所不辞；国君如果能真正欣赏臣子，臣子自然愿意为国君弹出雅调。

再如《登水阁》云："轧轧朱轮下九霄，登庸门内驻星轺。他年若问今时事，只看南边是旧桥。"诗中的"旧桥"含义有二：一指翁承赞公此时登上福州登庸门附近之水阁所见到的桥，二是暗示他年"旧桥"附近必有另一座"新桥"，有旧必有新，进而进一步暗示他年的福州必有进一步的发展，必定再次出现"遍看江山胜往年"（《奉使封王，次宜春驿》）的美好景象。其他如《柳》其二："高出营门远出墙，朱阑门闭绿成行。将军宴罢东风急，闲衬旌旗簸画堂。"暗示诗中的将军，不仅军纪严明如汉代周亚夫将军，而且还有文雅斯文的另一面：军营中设有"画堂"。又如《柳》其三："彭泽先生酒满船，五株栽向九江边。长条细叶无穷尽，管领春风不计年。"暗示陶渊明不仅爱喝酒，而且还如唐代太上隐者在《答人》中所说"山中无历日，寒尽不知年"，能忘掉人间是非。又如《晨兴》其一，以"槐无颜色因经雨"暗示自己进士初试落榜；《题槐》以"雨中妆点望中黄"，暗示自己进士试及第。

## 第三节　翁承赞公的文章

翁承赞公流传于今的文章有《闽王王审知墓志铭》《闽王王审知夫人任内明墓志铭》《充闽王册礼使谢恩表》《蒙赐章服谢恩表》，共四篇。

《闽王王审知墓志铭》洋洋洒洒，三千多字。作为"墓志铭"，文中除了叙述王潮、王审邦、王审知三兄弟率兵入闽，并据有全闽的史实外，主要是颂扬王审知的治闽功绩。如行政方面，"显七德，敦五常，政善人和，示其略也；先长幼之序，次征讨之条，宽猛酌中，德刑俱举；孜孜惕惕，夙夜罔怠；戒以视听，杜诸谄谀；坚执纪纲，动无凝滞；抚俗乃不严而理，教民且不令而行"。文化方面，"以文，即举君使臣以礼，臣事君以忠之义；岁声鹿鸣，广设庠序；至于礼闱考艺，无不言文物之盛、俎豆之风"。军事方面，"以武，即举重门击柝，以待暴客；整八阵之名，说六韬之要；示廉直之道，辟宽恕之闸；使将将无欺，杀杀为止；蜀相之且耕且战，恒在言前；晋师之入守出攻，不差料内"；又说"凡部伍劳逸，王皆躬视；士未食，不亲匕箸；士未饮，不近杯水；耕织无妨，歌谣满路"；还说"创筑重城，绕郭四十余里，露屋云横，敌楼高峙，保军民之乐业，镇闽越之江山；而又战舰千艘，每严刁斗，奇兵四出，克静烟尘"。经济方面，"公暇之际，必极劝农桑，恳恤耆耋；数千里略无旷土，三十年卖剑买牛；但闻让畔之谣，莫有出征之役；江南雄镇，欢好会盟；外域诸番，琛赆不绝；其廪庾之丰盈，帑藏之殷实，虽鲁肃之囷，铜山之冶，比之霸赡，彼乃虚言"；等等。王审知的治闽功绩为历代史学家所公认，为当时及其后的闽人所颂扬，故翁承赞公在这篇墓志铭中深情地写道："（闽王）劳不坐乘，暑不张盖；民仰之如夏日之阴、冬日之阳；其代天理物，可以盖天下也；守志化俗，可以仁天下也；岂钟鼎盘盂之铭镂，日月星辰之照临，而能穷斯玄功正道者哉？"对于王审知的去世，翁承赞公悲号道："呜呼！社稷丧元勋之德，生灵失慈父之恩；连营比屋以皆号，牧竖樵童而出涕。"

除上述外，翁承赞公这篇墓志铭中某些段落的叙述，还可补充当时的某些史实。如说当时有"西北洞穴之甿，昔聚陆梁之党"，"恃险凭凌，据岩扼拒。王乃先与指挥，喻之向背，以怀土者计于耕织，伐叛者须用干戈"，在"三令五申、一鼓再鼓"之后，"号令才施，旗鼓齐震。有攀木缘崖之士，舍悬车束马之劳；弯弧而兔伏麇惊，举刃而冰消瓦解；以此庙略，除定边陲；化战垒为田畴，谕编甿于礼义。而政出汤仁，劳于禹足；示久安之基址，廓永逸之筹谋"。王审知治闽期间，曾任命浦城人章仔钧为西北防御使，翁承赞公的叙述，可以作为王审知任命的注脚。

又如翁承赞公在这篇墓志铭中，还说到甘棠港的事："古有岛外岩崖，蹴成惊浪，往来舟楫，动致败亡。王遥祝阴灵，立有玄感，一夕风雷暴作，霆电呈功，碎巨石于洪波，化安流于碧海，敕号甘棠港。至今来往蕃商，略无疑恐。"王审知时代的甘棠港，在当时发展闽地的海外贸易中起了重大作用，但甘棠港的具体位置，今已很难确定，学术界有福鼎说、连江说、福州说、长乐说等，翁承赞公此文，是现存史料中最早最直接对闽地甘棠港所作的描述。

《闽王王审知夫人任内明墓志铭》，是王审知夫人任内明于后梁末帝贞明四年（918）去世时，翁承赞公为之作的墓志铭。文中除了叙述任氏夫人不同寻常的家族史之外，重点是颂其美德及辅佐王审知治闽的功绩，"内助贤王，扶天立极。历事四帝（按，指唐末梁初四帝），光启七闽"；颂扬她"礼义神资，惠和天赋"；称美她从儒、释、道三方面辅佐王审知，如说"晓悟三乘，崇醮九箓。凡于檀施，莫不同贤王之行愿，修梵果之因缘"，"儒典经心，生慕螽斯之义；金文启卷，靡劳师授之明；揭尽箧而周给孤茕，启妆奁而均怜幼稚；慈爱形于颜色，弘益及于公私；正德素风，郁标女史"等等。这些描述，可以为研究晚唐五代福建历史提供一些参考。

此外，《充闽王册礼使谢恩表》《蒙赐章服谢恩表》，均为翁承赞公担任册封副使时所写的谢恩表，对两次册封闽王这一史实做了详尽的描述，是对此段历史的最好还原。

# 第二章　强调对大自然之林木苇草要"流德泽""示仁心"的王棨

关于王棨的生平，新旧《唐书》均无传，根据存留下来的古文献及当代有关王棨的学术研究，可以将王棨的生平作一简单梳理。

王棨，字辅之，福唐（今福建省福清市）人，大约出生于唐文宗大和六年（832）前后。约唐宣宗大中十一年（857）参加府试，作《三箭定天山赋》；唐懿宗咸通三年（862）进士及第，作《倒载干戈赋》《天骥呈材》。同年六月，回乡省亲，同乡陈黯作《送王棨序》，当年即入福建观察使杜宣猷幕府，任团练巡官。咸通六年（865），王棨中博学宏词科，试题为《玉不去身赋》《春水绿波诗》《古公去邠论》。咸通九年（868），入江西观察使李鄠幕府，任判官。后朝廷"平判入等，授大理司直；未几，除太常博士；入省为水部郎中"（黄璞《王郎中传》）。故后人称其为"王郎中"。唐僖宗广明元年（880），黄巢大军攻占长安，王棨离开长安，入淮南节度使高骈幕府，先后任丹阳监事、右司马、盐铁出使巡官等职。唐僖宗光启三年（887），淮南发生兵变，高骈被杀。黄璞《王郎中传》曰："公既遇离乱，不知所之，或云归终于乡里焉。"清嘉庆十五年（1810），闽省福鼎王学贞于麟后山房再刻王棨《麟角集》毕，撰《书后》一文附于书末，云："学贞忆曾过先生启福院界北址，有其墓存焉，则为归终乡里无疑也。"黄璞《王郎中传》曰："公风姿雅茂，举措端详；时贤仰风，盛称人瑞。"又曰："公初上第，乡人李颜累举进士，郁有声芳，赠公歌诗云：'蓬瀛上客颜如玉，手探月窟如夜烛。笑顾姮娥玉兔言，谓折一枝情未足.'时谓颜状得共美,若有前知。公十九年内三捷,(按,指进士及第、中博学宏词科、平判入等,三者合而为'共美'。)其于盛美,盖七闽未之有也。"

王棨著作,今传有《麟角集》,专收律赋,书末附有王棨省试诗21首,为南宋时其八代孙王频任著作郎时,于馆阁内见之,而录附之。

## 第一节 王棨的省题诗

省题诗,又称"省试诗",即唐代由尚书省礼部(原先是吏部,唐玄宗时改为礼部)组织的进士考试中的"诗之试题"。在唐朝,允许参加进士考试的有两部分人:一是中央、地方各学馆学生,经学业考试合格者,称"生徒";二是经县、府两级考试合格的读书人,称"乡贡"。进士考试在每年的秋季举行,次年春天发榜。进士试考"诗""赋"两项,"诗"即省试诗,考生按规定的诗题、规定的韵部,写一首十二句五言排律;"赋"即省试赋,考生按规定的赋题、韵部,写一篇律赋。唐代每年进士试录取的人数很少,一般为一二十人,或二三十人。

唐代有的诗人会留下一些省试诗、省试赋,其中有的是作者参加进士考试时所写的;有的是作者根据进士试的规定,平时个人练习时写的。另,唐朝有些应试者平时会集中在一起,聘请一位朝廷官员担任考官,出题、阅卷、评判,此称"私试",如现今之"模拟考试"。王棨留下来的省题诗共21首,而王棨于公元857年参加进士初试,862年即及第,顶多只考六次,故21首省题诗中,顶多只有6首是他进士试写的,其余均为他此前平时练习或"私试"时写的。但不论是他进士试写的,还是他平时练习、"私试"时写的,都是王棨思想情感、艺术风格的体现。下文试做分析,其诗见于《全唐诗外编》上册。

第一,王棨省题诗之思想内容。

其一,表达志向,相信自我,希望能展示自己的才华。

王棨在《寒梧凤栖》一诗中写道:"本向高冈植,宁将众木齐。虽随杨柳落，长待凤凰栖。"王棨这是借梧桐树，表达自己高洁的志向：说自己志在"高冈"，而非"众木"所在的平地；说自己等待的是凤凰的栖息，而非一般鸟雀的筑巢。王棨对自己的才华曾经有过怀疑，如他的《文不加点》前十句极写"文不加点"者之才："娱宾初命赋，摛翰已堪夸。思发才无滞，文成点不加。笔端舒锦绣，手下走龙蛇。罢益银钩势，休添丽泽华。误蝇宁复见，倚马未为嘉。"他人日书万言，倚马可待；而诗的最后两句，说自己"有愧当明试，含毫到日斜"，自己口含笔毫，至傍晚还写不出，与前面的"文不加点"者，形成极大反差。然而，也许正是王棨的这种自我内省，使得他的文才与日俱增，进而由自我怀疑变而为自信。他在《天骥呈才》诗中，说自己这匹马"过去王良喜，嘶来伯乐惊"，不论是"过去"还是"嘶来"，都能让御马专家王良、相马专家伯乐惊喜。因而他特别希望能遇到知音，《风中琴》云"若与钟期会，还知天地心"，他相信，只要遇到知音，自己的"天地"之才就能获得赏识，自己的志向就能获得实现。然而命运的道路从来不是平坦的，他在《上巳日曲江锡宴群臣》诗中说："诏出倾兰省，筵开对杏园"，"杏园宴"是宴请百官或新科进士的，而王棨却是"常陪观者列，低首望馀喧"，他只是"陪观者"，这自然令他痛苦异常。但功夫不负有心人，唐懿宗咸通三年（862），他在省试诗《天骥呈才》中写道："马知因圣出，才本自天生。驵骏何烦隐，权奇愿尽呈"，说自己欣逢圣人出的时代，想尽展才华；他又说"唯待金鞭下，春风紫陌情"，希望自己能手持金鞭、骑着马走在"春风紫陌"的新进士行列中。而这一次，他果真进士及第，如愿以偿，这可以说是唐朝科举史上的一段佳话。

其二，表达对现实的忧虑。

我国古代是农业社会，所以历代统治者都极重视农业，都有籍田制度：每年春耕前，帝王带上百官，到事先规划的农田做春播之事，史称"籍田"。王棨《甸服耆旧望籍千亩》诗所叙述的，就是唐朝后期的籍田。诗中写道："不展三推礼，如今已几年。郊畿春又至，父老颈空延。扶杖沟塍侧，倾心日月边。……未睹公卿从，长愁犬马先。幸同黄耇意，因此愿闻天。"（三推，即帝王籍田时，掌犁推行三周。）诗中说，籍田时，皇帝没来，公卿大臣也没来，"父老颈空延"，自然也是王棨"颈空延"；父老边"扶杖沟塍侧"，边想着皇上与大臣。诗的最后说，我王棨与父老一样，都希望能听到天子来籍田的消息，可是最终结果可想而知，而且这种现象"如今已几年"，这自然会引起王棨深深的忧虑。

王棨的另一首《未明求衣》写道："夙夜宁无准，忧勤事万机。良宵犹未曙，深殿早求衣。长乐钟才动，华胥梦已归。丝纶传紫禁，黼黻进彤闱。被处烛仍在，垂时星始稀。岂惟汉文帝，因此致巍巍。"《汉书·邹阳传》云："始孝文皇帝据关入立，寒心销志，不明求衣。"邹阳说，汉文帝刚即位时，战战兢兢，戒除逸乐之志，天未明即索衣起床，处理政务。王棨认为，能做到"未明求衣"的，岂止汉文帝一人？其言外之意是：希望如今的唐朝皇帝也能像汉文帝一样，戒除逸乐，勤于朝廷大事，未明求衣，若能如此，唐朝社稷必定能"因此致巍巍"。

其三，抒发情感。

省题诗是唐代官方进士试的试题诗，因而不论是官试的或"私试"的，还是平时学子用作练习的，都多用以阐述传统的儒家学说，或表达拥戴皇帝、忠于朝廷的理念，可是王棨有的省题诗，却用以抒发其个人情感。如《寒雨滴空阶》，说自己在"霏霏飘永夜，滴滴落空阶"的夜晚，不禁"天涯思旧友，江上忆闲斋"，想起自己与旧友当年在"闲斋"度过的美好日子。《山明松雪》说自己在气寒月残的雪夜，忽然"披衣凝望久，无限剡溪情"，情不自禁动起像东晋时王子猷雪夜访戴安道那样的念头。《月前菊》说自己在"秋菊近重阳"之时，自问"篱下何人采，樽中满座香"，并因客未归而"对此欲沾裳"。这三首都与友人有关，可见王棨对友情的重视。

王棨在《三峡闻猿》中，说自己驾着扁舟来到巫峡，在五更夜之时，听到"凄凄流洞壑，杳杳透烟氛"的猿啼声，不禁"悲失侣""恨离群"，"听后盈巾泪"，想起"接海澨"的家乡福唐。

第二，王棨省题诗的艺术风格。

其一，多角度的描写。

描写是文学的基本手法，而多角度的描写，则是描写手法的进一步精细化。王棨的省题诗虽然只有短短的十二句，但也不乏多角度的描写。

《晓日禁林闻清漏》云"晓过宫垣侧，犹闻漏水频"，写的是王棨凌晨经过皇宫宫墙外，听到从宫墙内传出的铜壶滴漏声，这是通过亲耳听到的声音来描写，是正面角度的听觉描写。诗篇接着写王棨借助铜壶滴漏声想象宫墙内的情况，"风和玉佩振"，仿佛看到宫内人行走时身上玉佩摆动的样子；"仿佛辨鸡人"，仿佛看到宫内的报时人；"彤闱渐向晨"，仿佛看到宫内渐渐天亮的情景。上述是借助想象来描写，是侧面角度的描写。

《曲江春望》写王棨"暇日来南陌，春晴望曲江"所看到的种种景观，所采用的也是多角度的描写方法。"地方骈绮席，城过拂霓幢。宝塔摇铃铎，云楼辟琐窗"，这四句采用的是仰视的角度：抬头望，城墙高而拂霓幢，宝塔顶的铃铎在风中摇动，入云的楼阁开着琐窗。"落风花片片，掠水燕双双"，这两句采用的是俯视的角度：低头看到风中片片花落地，燕子双双贴水而飞。"游女红银鞚，王孙白玉缸"，这两句采用的是平视的角度，写王棨眼中的游女、王孙。全诗采用不断变换角度的艺术手法，描写都城长安曲江的游乐活动，展示唐帝国的气象："莫论仙禁里，只此见雄邦。"

《边城晓角》也是从多个角度，描写边城拂晓时的角声。"十年抛故国，五夜在边城"，从离家十年、边城五更夜的角度写角声；"月照沙千里，风吹角一声"，从千里沙漠、月夜寒风的角度写角声；"清音飘远戍，残韵落荒营"，从远戍、荒营的角度写角声；"背雪征鸿报，眠霜野马行"，从远送家书、野马眠霜的角度写角声；"李陵应下泪，蔡琰岂胜情"，从投降匈奴、心怀愧疚的李陵的角度，以及流落匈奴、故国情浓的蔡琰的角度写角声；"直是吴儿听，乡关梦不成"，从从军塞外、乡梦不成的吴儿的角度写角声。全诗从多角度描写角声，反映出晚唐边塞的方方面面。

在王棨采用多角度描写的诗作中，最典型的莫过于专门描写"清"的诗作《咏清》。在中国古代众多的咏物诗中，有咏天上日月星辰、风雨雷电,咏地面各种动物、植物,以及咏人使用的日用品,等等,而王棨此诗,咏的却是"清"的现象、特点,可谓绝无仅有。诗云"洁澈浮天色","洁澈"的天空即为"清",此角度之一;"锵洋入乐声"是"清"的,此角度之二;"露零金掌满",汉宫铜制仙人掌上承接的露水是"清"的,此角度之三;"冰结玉壶盈",玉壶内所凝结的冰是"清"的,此角度之四;"屏障排云母",屏风上所镶嵌的云母是"清"的,此角度之五;"帝栊动水精",窗帘上所装饰的无色透明"水精(晶)"是"清"的,此角度之六;"南山秋雨霁",雨过天晴的终南山是"清"的,此角度之七;"北牖晚风生",傍晚暮色刚降临时,吹进北窗的风是"清"的,此角度之八;"裴楷当年意",西晋裴楷性宽厚,美容仪,时称"玉人",裴楷的外貌、内心是"清"的,此角度之九;"胡威近日名",西晋胡威为官清介,为人清慎,其声名是"清"的,此角度之十;"未知尧舜化,寰宇一时清",尧舜时期,寰宇天地人世,处处是"清"的,此角度之十一。全诗十二句,从十一个角度描述"清"。读这种类型的诗,如果不了解这是作者多角度的描写,那是很难了解全诗主旨的。

其二,善用比喻。

文学作品讲求形象,而使用比喻则是增强形象的一种方法。王棨的省题诗虽然是以官方进士试的方式出现的,但王棨也能在这种诗作中恰如其分地运用一些比喻,为诗作增添华彩。

如《月前菊》"乍疑金散野,遥误叶经霜",白天,阳光下的菊花,好像一片黄金散于原野;夜晚,月光下的菊花,叶子好像抹了一层霜。又如《文不加点》"笔端舒锦绣,手下走龙蛇",以"锦绣"比喻高雅的文章,以"走龙蛇"比喻书法的刚健、灵动。再如《寒梧凤栖》的"既同丹穴树,那肯宿群鸡",比喻自己只与凤凰一样的高人来往,而绝不与群鸡似的小人同宿。又如《原隰荑绿柳》的"叶少眉难短,条新带未齐",以柳叶比喻女子的眉毛,以柳条比喻女子身上披的彩带。

王棨省题诗中的比喻,除了上述单层次的比喻,还有双层次的比喻。

如《上德不德》,以"海宁言我广",比喻"圣者如非圣,贤者不自贤"。首先，诗以"大海"比喻圣人、贤者，此为比喻的第一层；其次，说圣人在平时就不是圣人的样子，贤者也从不夸耀自己就是贤者，就像大海从不夸耀自己的宽广无边，以大海之"宁言我广"，比喻圣者之"如非圣"，贤者之"不自贤"，这是比喻的第二层。

又如《风中琴》"如筝飘阁上，似瑟鼓江浔"，此言古琴声如筝之声，飘于楼阁之上；又如瑟之声，鼓动着江边的浪潮，此为比喻之第一层；再者，王棨又以古琴声还具有"如筝"的音色、"似瑟"的情调，比喻自己具有多方面才能，进而希望能得到钟子期的赏识，实现自己的"天地"之志，"若与钟期会，还知天地心"，这是比喻之第二层。

再如《咏菊》"闲叶玉如栗，满丛金出沙"，以"玉"与"金"，分别比喻菊花的叶与花，这是比喻的第一层；"蕊散非红艳，香飘异绮葩"，王棨又借菊花的"非红艳""异绮葩"，比喻自己不羡慕荣华富贵的高洁人格，这是比喻的第二层。

## 第二节 王棨律赋的内容

律赋是赋的一种。班固《两都赋序》云："赋者，古诗之流也。"即赋是从古诗流变而成的。古诗的形式多为整齐的四言、五言、六言、七言，而一篇赋的句子，四言、五言、六言、七言都有可能出现。现存最早以"赋"名篇的，是战国时荀子的《礼赋》《知赋》《云赋》《蚕赋》《箴赋》。在唐代进士科考试中，考生必须在规定的时间内完成一篇律赋。律赋有严格的要求：一、每一句都有平声、仄声的格律要求；二、上句与下句要对偶；三、按要求押韵，一般以考题列出的八个字所在的韵部押韵。如王棨《倒载干戈赋》，以"圣力克彰，兵器斯戢"为韵。

王棨现存律赋共46篇，见《全唐文》卷769、770。在全面分析王棨律赋之前，先将他的46篇律赋作一简单题解。

1.《元宗幸西凉府观灯赋》 王棨在这篇赋中，借叶尊师带唐玄宗神游西凉府观灯之事，提出"帝王出行，应微服私行、不扰民"的思想。

2.《诏遣轩辕先生归罗浮旧山赋》 此赋借轩辕先生之口,肯定世人对健康长寿的追求,但否定长生不老,否定成仙。

3.《端午日献〈尚书〉为寿赋》 王棨借苏威于端午节向隋炀帝进献《尚书》一事,提出他的政治理念:以史为鉴,以德为立国之本。隋炀帝违背此政治理念,而导致身死国灭的下场。

4.《白雪楼赋》 全赋借助多侧面的描写,为读者呈现出一座丰富多样、独具特色的白雪楼。

5.《盛德日新赋》 帝王在道德方面,必须"日日以勤修",保持"惕""慎"之心,怀"好生"之德,唯有如此,方能继承前代之"昌运"而进入"鼎盛"之世。

6.《一赋》 王棨列举带"一"之史实、典故,告诫世人,凡事不可一概而论,既有流芳后世的,又有遭人非议的;同时表明自己对唐朝的忠诚,相信自己定能进士及第,月宫折桂。

7.《神女不过灌坛赋》 王棨借"神女不过灌坛"的神话故事,指出以"敬德保民"为立国治国之本的统治者,必定会得到上天的奖赏,风调雨顺,得到民众的尊敬拥戴。

8.《沛父老留汉高祖赋》 此赋叙述刘邦登上帝位、创建汉朝后,回到沛县故里,与父老乡亲相会的历史史实,表现刘邦与乡亲之间浓浓的乡里之情、君臣之情。

9.《四皓从汉太子赋》 此赋是依据《史记·留侯世家》所记载的商山四皓辅佐太子刘盈之史事而写,王棨借商山四皓之口,表达对敢于藐视帝王权势之人士的赞赏。

10.《手署三剑赐名臣赋》 汉章帝时,曾同时向韩棱、郅寿、陈宠三位大臣分别赐予龙泉剑、汉文剑、椎成剑,用以"表经邦佐命之贤"。王棨因此事而作此赋,并希望"吾皇""颁赐尽归其公共",凡有政绩之官员,均应予以奖赏。

11.《牛羊勿践行苇赋》 王棨在此赋中指出,对大自然的林木苇草要施以"仁爱之心",要"戒彼畜之奔逸,免斯条之折伤",相信行此国策，必定会出现"国有殷充之实，家无罄匮之忧"的美好图景。

12.《圣人不贵难得之货赋》 王棨认为君王治国，应当"不贵难得之货"，成为可与神农氏"齐圣"的帝王。

13.《耀德不观兵赋》 此赋通篇陈述国君的治国理念应当"耀德"，而不要"观兵"即炫耀武力。王棨所处的晚唐时代，国家的军事实力已大幅下降，而各地藩镇却不断扩大势力、相互征战，故王棨此赋应当是针对藩镇而作。

14.《倒载干戈赋》 王棨说，国君在"有罪必伐，无征不克"之后，应当立即"罢师旅，休甲兵"，放牛归马，将兵器"长包于虎皮"，同时"垂仁于王道之中"。这表现了王棨一种理想化的反战思想。

15.《握金镜赋》 王棨认为，对帝王而言，既有现实生活中的"金镜"，更要有心中的"金镜"：明道。有此"明道"金镜，就可"含万灵于睿圣"，"洞达千里，高临兆人"；就可"宜乎永保清平，长称明圣"。

16.《义路赋》 王棨指出，人生应当行走在"义路"之上：先人后己；拒绝邪僻，为人正直；结交重义气、舍生取义之人；以"仁"立身，行事合"礼"。只要行义路，人生之路就必定越走越平坦。

17.《鸟求友声赋》 本赋借黄鸟"关关嘤嘤"以求友，叙述世人求友之艰难：或无回应，或被猜疑，或为流言蜚语所诬陷。作者在赋末告诫世人：不要忘了求友之原则，即坚持不懈。

18.《松柏有心赋》 本赋从总说、外在形体、内在质性及与他物对比四个方面描写松柏，塑造出有品格且生动的松柏形象。

19.《跬步千里赋》 王棨运用排比句式，反反复复、不断论说世间事"但勉行之，终能及之"的道理，以防止有人半途而废。王棨说："中途傥废，诚惭跛鳖之人。"

20.《樵夫笑士不谈王道赋》 王棨借"士不谈王道"而被"樵夫"耻笑这种现象展开议论，指出"士"不仅要谈王道，而且还要对国君有所讽谏。

21.《耕弄田赋》 王棨借汉昭帝九岁时亲自耕于弄田之事，指出帝王应当重视农业生产，应当坚持"籍田"制度，借以教化天下的平民百姓。

22.《延州献白鹊赋》 王棨借延州献白鹊一事，以歌颂"斯鹊来仪，惟天瑞圣；俾尔羽之洁朗，彰我时之清净"的方式，劝谏唐朝皇帝应当注重治国之"洁朗""清净"。

23.《阙里诸生望东封赋》 王棨借鲁国诸生之口，歌颂唐朝的盛世气象，表达鲁诸生希望皇帝再次东登泰山以封禅的愿望；同时又借此指出当时唐朝各节度使之间混战，劝谏当今皇帝应当尽快解决这些混战。

24.《三箭定天山赋》 全赋通过初唐薛仁贵"已僵尸于一骑"，"胡雏又毙，惊绝艺以无双"，"又流镝以虬飞，复应弦而狼狈"的"三箭定天山"，塑造出一个英武、雄威的神箭手将军形象。

25.《离人怨长夜赋》 此赋写思妇于长夜"闻满檐之寒雨""抚角枕以增伤"的同时，又意识到"吾生既异于匏瓜，又安得不伤乎离别"的深明大义。

26.《秋夜七里滩闻渔歌赋》 此赋是律赋中少有的专写歌声之形象的作品，王棨运用多种艺术手法，描写七里滩隐士多种风格的渔歌，体现出王棨语言描述之深厚功力。

27.《贫赋》 此赋塑造了一位虽"载渴载饥""无衣无褐""绳枢瓮牖""缊袍露肘"，却始终"未尝挫念"，对未来"终自怡情"的有才有志的贫士形象，表达了作者对此类贫士的崇敬之情。

28.《鱼龙石赋》 此赋从神话的角度，叙述"有石类鱼龙之状"的鱼龙石的形成，并借织女支机石、望夫石、楚熊渠子夜射入石没金饮羽及叱石成羊等故事，描述鱼龙石之特性。

29.《珠尘赋》 王棨在此篇赋中说"珠尘"虽然"其珠轻细，风吹如尘埃"，但其作用却不小，借以告诫唐朝皇帝：不应当忽视小的人才。

30.《烛笼子赋》 王棨此赋写的虽然是"烛笼子"，但字字句句皆用以比喻象征作者心中理想的人：既有高尚的情操，又有灿烂的内才；他是王棨推荐给世人的楷模。

31.《缀珠为烛赋》 此赋写皇宫中的帝王妃嫔为寻欢乐,竟然用各种珍贵的夜明珠、美玉照明;王棨指责这种"终罹好宝之诮,不免穷奢之诟"的行为,并借此劝谏帝王不可追求奢侈豪华。

32.《琉璃窗赋》 王棨借琉璃窗的豪华奢侈,以及商代帝辛"国以奢亡,位由侈失"的事例,劝谏唐朝皇帝:"何用崇瑰宝兮极精奇,置斯窗于宫室?"

33.《吞刀吐火赋》 此赋专写来自天竺的魔术师之神奇技艺:"吞刀之术斯妙,吐火之能又玄","俄而精钢充腹,炽烈交颐;冈有剖心之患,曾无烂额之疑",等等。但王棨认为,这些天竺人"虽夸外国之献,本匪王庭之伎",并强调"吾谓吞词锋者可尚,吐智烛者为是",认为只有靠言辞表现的智慧,才是智慧的最高境界。

34.《沉碑赋》 王棨此赋是因杜预"刻石为二碑,纪其勋绩,一沉万山之下,一立岘山之上"而作。王棨在赋中指出:"事若美于一时,语自流乎千载。亦何必矜盛烈,沉丰碑,欲功名之长在。"

35.《梦为鱼赋》 王棨依据"梁世子梦为鱼而乐"的历史故事,揭示"尘世多故"的社会本质,抒发了作者及广大中下层文人处境艰难的伤感。

36.《蟭螟巢蚊睫赋》 此赋写蟭螟虽小,但"成形自天",故不应被嘲笑;"论其分而物我何殊",蟭螟同样也有生存的权利、行动的权利。王棨以蟭螟比喻社会上的小人物,呼吁帝王将相及世俗社会各阶层的人,不应忽视小人物的权利。

37.《江南春赋》 王棨此赋,在描绘了江南春天"有地皆秀,无枝不荣"的美景之后,讽谏帝王权贵不可追求奢侈豪华,否则必将导致或如陈后主亡国,或如齐废帝失位的悲剧下场;此外,王棨还讽谏帝王权贵应当多关心民生疾苦。

38.《黄钟宫为律本赋》 此篇从天文之日、月与金、木、水、火、土五星,地理之四面、八方,动物、植物,季节之春、夏、秋、冬,十二个月、八方风等方面阐述音乐理论。中国传统音乐理论有神秘的一面,此赋所论亦不例外。

39.《马惜锦障泥赋》 此赋写"王武子所驭之驹,障泥特殊;念美锦以斯制,对深泉而不逾",王武子遂"令左右以解之,果腾骧而济矣"。王棨就此事例,劝谏帝王及达官贵族应当戒奢侈,否则连动物都不如。

40.《回雁峰赋》 鸿雁每年秋冬时自北往南飞,止于衡山回雁峰,待来年再北返;王棨借此赋予鸿雁"识分""守心""有则""有常"的品格,并借此以喻人。

41.《芙蓉峰赋》 王棨借助正面直接描写以及形态、想象、对比等侧面描写,描绘出芙蓉峰既有山之壮美又有花之柔美,既有自然之品格又有文化之意蕴的独特之处。

42.《凉风至赋》 王棨在这篇赋中,从传统文化中的"金方气劲"以及"扫荡千山,萧条万里","愁杀骚人"来写秋风的巨大影响力,更借用"张翰庭前暗度,正忆鲈鱼;班姬帐下爱来,已悲纨扇"等典故,对秋风作全方位的描写,使得此赋成为王棨赋作中的名篇。

43.《曲江池赋》 此赋是对唐代长安游乐美地——曲江池作全方位描写:沧漪、嘉树、云楼、莺啭、鱼跃、公子王孙、蛾眉蝉鬓以及在杂伎妙唱声中的"天子降銮舆"。王棨在赋末衷心祝福:"愿千年兮万岁,长若此以无穷。"

44.《水城赋》 此赋的主角黄河神,是拥兵自重、"有侵伐之心"之藩镇的象征;他认定自己"左负沧海,前临孟津。乐毅将攻而莫可,鲁连欲下以无因"。但王棨严正指出:只有"赖吾唐之圣君",才能"四郊清矣"。

45.《多稼如云赋》 此赋通过"彼盈畴之多稼,乃极目以如云"的正面描写,"几多嘉穗,高低稍类于垂天"的借喻描写,以及对"农夫既惬于望岁,野老咸欣其有年"的情感描写,写出庄稼丰收的喜庆景象。

46.《武关赋》 此篇论点之一:以兵而备者,莫之能守;以道而居者,无得而逾。论点之二:武关在先秦时"关防日修","云屯貔虎,雪耀戈矛";可进入唐朝,到了作者所处的晚唐时代,因"隆平已久","文修武偃",而"萧条故垒",作者为此而深感忧虑,希望朝廷切"不可忘战"。

王棨律赋之内容分析如下：

第一，阐述治国之大政理念。

其一，提出对大自然的林木苇草要"流德泽""示仁心"，认为"斯乃家国攸用，华夷所同"。

王棨的这个观点，是在《牛羊勿践行苇赋》中提出的。王棨先从正面写道，"育物恩广，垂衣道丰；流德泽于行苇，示仁心于牧童"，指出世人对大自然的林木苇草要"流德泽""示仁心"。他告诫世人，"戒彼畜之奔逸，免斯条之折伤"，"驱尔牛羊，勿近萋萋之道；恐其蹄角，践伤泥泥之丛"；又说"伊方苞方体之地，匪或寝或讹之所"，"安可纵三牺而蹂躏，放千足以跳踉？"王棨相信，在这种"流德泽""示仁心"的教育下，"牧者既以承其教，虞人得以修其职"，相信那些草木之地，"未逢至化，其生有类于蒿莱；今被仁风，所贵不殊于稷黍"，相信必定会看到"绿野分驱，苍葭共保"，"霏靡而争芳荇叶，参差而竞秀兰芽"，"国有殷充之实，家无罄匮之忧"的美好图景。这些对未来美景的想象，使得王棨动情地写道："伟夫至理弥彰，前经可驾；远符大雅之什，允协文王之化；因知皇王之教，所忧不惟禾稼。"王棨又进而从治理国家的高度，指出"斯乃家国攸用，华夷所同"的论点，认为不论是华夏族，还是其他民族，都必须遵守此治国理念。王棨的这个思想，是孟子"数罟不入洿池""斧斤以时入山林"（《孟子·梁惠王上》）思想的重大发展。在一千多年前的晚唐时代，王棨的这个理论，无疑是一种超前的治国思想。

其二，表达应以"敬德保民"为立国治国之本。

王棨《端午日献〈尚书〉为寿赋》云：端午节，当众大臣纷纷"冀尽竭于忠勤"而向隋炀帝"竞荐珍奇"时，唯独尚书右仆射苏威向隋炀帝进献《尚书》一书。苏威之所以如此，一是因为当时隋朝"邦纪将紊，皇图渐倾"，苏威"欲讽江都之幸，思停辽水之征"，故而献此书。二是因为《尚书》乃是一部史书，"文尽雅言，事传上古，前王之善恶足征，历代之安危可睹，自然于礼无爽，于君有补"。苏威又说"愿陛下察所以是，究所以非"，"阅斯而北阙长存"，"愿因犬马之心，取为龟镜"，要隋炀帝以史为鉴。三是因为《尚书》的中心是十九篇"周书",而"周书"的中心是"敬德保民"思想;隋炀帝的治国之策,恰恰违背了"敬德保民"思想,故苏威献上此书,希望隋炀帝能以"德"为立国之本。然而隋炀帝听不进忠言,最后导致身死国灭。所以王棨在赋末说"向使其乙夜能观,岂死乎贼臣之手",最后怎么会为自己手下将领宇文化及所杀。

王棨的《神女不过灌坛赋》也是一篇提倡"敬德保民"思想的赋。此赋是根据《搜神记》等书所记载的一则神话而写的。神话略云:周文王以姜太公为灌坛令,期年,风不鸣条;文王梦一妇人,当道而哭,问其故,曰:"我泰山神之女,嫁为西海妇,今欲归,灌坛令当道,有德,废我行,我行必有大风疾雨,是毁其德也。"文王觉,召太公问之,是日果有疾风暴雨从太公邑外过,文王乃拜太公为大司马。王棨在这篇赋中说,因了太公以"敬德保民"思想治理灌坛,故而"谧尔封疆,无破块之时雨;恬然草木,绝鸣条之晓风",这种理想结果,显然是上天对太公"敬德保民"思想的奖赏;而泰山神之女不敢"暗恃威灵,长驱徒御",而是让"疾风暴雨从太公邑外过",这自然是出于对"敬德保民"的执政者的敬重,而她也因为此举而"历千秋而更彰"。王棨在赋末说:"则知执德感幽者系乎真,操心耆物者由乎正;苟在神而犹惧,岂于人而不敬!"

上述二赋云,隋炀帝因违背"敬德保民"思想而身死国灭;姜太公因以"敬德保民"思想治理灌坛而得到上天的奖赏、神女的敬重、周文王的器重。

其三,劝谏唐朝皇帝应当重视农业生产。

王棨《耕弄田赋》是依据汉昭帝九岁时耕于弄田之事而写的。古代帝王有"籍田"制度:每年春耕之时,皇帝率大臣到事先规划的农田从事春播。《汉书·昭帝纪》云:"己亥,上耕于钩盾(按,钩盾为宦者近署之地。)弄田。"汉昭帝耕于弄田时刚九岁,谈不上"籍田"。颜师古《汉书》注:"弄田为宴游之田,天子所戏弄耳,非为昭帝年幼创有此名。"昭帝耕于弄田,原本只是儿童的戏弄玩耍,但王棨仍以帝王籍田的角度写作此赋。赋说:"当昭帝之御乾,时犹眇年;能首率于农务,遂躬耕乎弄田",

"理叶生知,早识邦家之本;事殊儿戏,斯为教化之先"。接着,王棨又按正规的"籍田"方式继续写道:"有司于是整沟塍,修耒耜,另置膏腴之所,取法百廛",此写有司的事先准备。接着写小昭帝的亲耕:"帝乃驾雕辇,出深宫。展三推而不异,籍千亩以攸同。"又说昭帝"岂无宴乐,不如敬顺于天时;亦有游畋,莫若勤劳于农事。是则非同学稼,粗表亲耕"。王棨之所以要强调小昭帝的亲耕"事殊儿戏","非同学稼",而是"敬顺于天时","斯为教化之先",目的是想借此规劝当时的唐朝皇帝:要行籍田,要重视农业生产,而不能如"自昔庸君,多昧三时之务"。王棨在省题诗《甸服耆旧望籍千亩》中写道:"不展三推礼,如今已几年。郊畿春又至,父老颈空延。"显然,唐朝皇帝多年"不展三推礼",令王棨深感不安,因而他既写了省题诗,又作此赋,可见其用心之良苦。

其四,讽谏当政者既不能有好战思想,但又不能忘战。

王棨《耀德不观兵赋》的主题是尊崇道德、反对好战,因而也是一篇反战的赋。他在赋中写道"立武必伤乎性命","立武",即以"战争"作为立国之本,即"好战",这自然是王棨所反对的。"执锐被坚之役,尽复人寰",战争将给遭受战争灾难的地区、社会造成毁灭性的灾难。为了制止好战思想,王棨提出的策略是"销剑戟于烘炉","豹略龙韬,不授将军之柄",即销毁各方所有兵器,不再向将军传授军事知识。如果这样,就会出现"秋风榆塞,不闻金革之音",进而"囊其弓矢,俾海内以惟清",海内天下就会呈现清静、和谐的美好氛围。王棨的论述虽然过于理想化,却反映了他的反战思想。

王棨反对好战,但不反对正义的战争。他在《倒载干戈赋》中指出:在"有罪必伐"的正义战争结束后,应立即"罢师旅,休甲兵",同时"垂仁于王道之中",认为"以此怀柔,而何人不至?以此亭育,而何俗不康?"王棨的论述虽然仍过于理想化,但他反对战争的精神,仍然值得肯定。

王棨在强调反对好战的同时,又针对当时强敌环伺、边关空虚的现实,在《武关赋》中对唐朝皇帝提出"不可忘战"的忠告。王棨在该赋中说：当时的唐朝因"隆平已久"，故而"虽设险以犹在，顾戒严而则不"；因"文修武偃"，而"萧条故垒""寂寞空扉""鼙鼓无喧""旌旗常卷"。这一切，令"经其所，感其事"的王棨忧心忡忡地问道："谁是识终童之吏？"即今天有谁像汉朝少年终军那样，敢于为国请缨、保卫唐王朝？唐朝末年，整个国家的命运被十几个拥兵自重的藩镇掌控，他们对唐王朝形成巨大的政治、军事威胁，故而王棨在《水城赋》中警告各路拥兵自重的藩镇，不可有侵伐之心。

王棨《水城赋》的主角是黄河神，作者以黄河神吕公子来比喻当时拥兵自重的藩镇。吕公子认定自己"左负沧海，前临孟津，乐毅将攻而莫可，鲁连欲下以无因"，自己必将无敌于天下。但王棨立即对黄河神即有野心的藩镇提出三个反问："测彼浅深，岂有不沉之板？"你的城池岂能不被攻破？"司其启闭，谁为坚守之人？"谁会为你坚守城池？"伟夫势压重泉，功齐百雉；咽喉苟有于九曲，襟带讵雄乎千里？"朝廷大军必定会将你们灭掉。最后王棨说道：只有"赖吾唐之圣君，四郊清矣"，即天下只有依赖我唐朝皇帝的力量，才能"四郊清矣"。王棨只是一介书生，上述对藩镇的警告自然起不到什么作用，但反映出他对藩镇的不满与愤怒，同时也借此提醒朝廷，必须严防藩镇叛乱，切不可忘战。

第二，阐述关于帝王个人修养的问题。

其一，帝王心中应当有一"明道"金镜，用以照自己、照臣民、照奸邪小人。

王棨的《握金镜赋》说帝王心中的"金镜"即"明道"，说帝王"若百炼于宸襟"，"禀气于无形"，若"洁澈在心，深沉似古"，那么他的心中就必定有此"明道"金镜。有此金镜，就可"考理而贞明在身"，就可"含万灵于睿圣"，变得睿智圣明，就可"洞达千里，高临兆人"，了解天下亿万人，于是"魑魅于焉而远矣，奸邪无所以藏之"，最后"宜乎永保清平，长称明圣"，就可名入三皇五帝之列。在王棨笔下，"明道"金镜之功用可谓神乎其神。文章虽然描述得有些夸张，但并不过分。

其二，帝王应加强道德修养，使之盛德而日新。

传统文化甚为重视道德修养，但多是对常人而言，而王棨的《盛德日新赋》则是专为唐朝帝王而写。王棨说，即使"皇德弥盛"，也必须"宸心未休"，不断加强道德修养，"虽昭昭而光启，犹日日以勤修"。对帝王而言，传统道德中的"惕""慎"特别重要，故王棨说"惕如驭朽，化行克协于明哉；忧若纳隍，令出必资乎慎乃"。王棨认为，国君要像驾着用烂绳子套马的车子一样，时刻保持惕惧之心、谨慎心理，唯有如此，方能创造出圣明时代。王棨又进而论道："怀德兮如斯，好生兮何已；承昌运兮咸称鼎盛，在圣躬兮宁惟玉比。"帝王必须心如美玉，心怀"好生"之德，关心黎民百姓，唯有如此，方能"导乎邦政，万物而无偏无颇"，方能继承前代之昌运而进入鼎盛之世，方能使得周边的"凿齿雕题，具怀之而纳贶"，方能真正"纂尧""超汉"。

其三，帝王应"不贵难得之货"。

《老子》第三章云："不贵难得之货，使民不为盗；不见可欲，使民心不乱。"王棨的《圣人不贵难得之货赋》，乃是就老子这条语录而展开论述。王棨曰："披老氏之遗文，见圣人之垂则；戒君上之所好，虑天下之为惑。且物有藏之无用，求之难得，若其贵也，则廉贞之风不生；吾苟贱焉，庶嗜欲之源可塞。斯乃复道德之本，为政化之端。"王棨认为，帝王对于难得之货的态度有两种：一、贵之，则其国的廉洁正风就不可能出现；二、贱之，则其国的贪欲之源就能被堵住，就能回到道德的根本，"上崇朴素之道，下率廉隅之性"，这是君王治国教化的开端。王棨将能否"不贵难得之货"提高到治国的高度而加以论述，认为"以此行道而大道复隆，以此移风而元风再播"，就能"节俭之德既著，饕餮之名何有"，就能"义动贪夫，皆少私而寡欲；化移流俗，尽背伪以归真；可使路不拾遗，人忘好货"。这样的帝王，几乎"可与大庭而齐圣"，即可与古之炎帝神农氏"齐圣"。

其四，帝王应及时奖赏有功之臣。

王棨的《手署三剑赐名臣赋》，写汉章帝赏赐有功之臣之事："示署剑推恩之礼，表经邦佐命之贤。"赋中写道："乃署龙泉之名，以表韩棱之德。"韩稜尝任尚书令,数举良吏,以才能称,故汉章帝赏赐以龙泉宝剑,奖励他既有才干,又有"霜风雪凝"之品德。"乃署汉文之号,以旌郅寿之能",郅寿任冀州刺史时,曾严惩诸王宾客之放纵者,无所容贷,故汉章帝赏赐以汉文宝剑,奖励他"威能禁暴"、刚正不阿的精神。"乃署椎成之字,以彰陈宠之操",陈宠不论是任地方官,还是任朝官,均多有政绩。任尚书时,曾上疏刚即位不久的汉章帝,认为此前政令过于严切,而应济之以宽,汉章帝"敬纳宠言","是后人俗和平,屡有嘉瑞"(《后汉书·陈宠传》)。故王棨在赋中称赞陈宠"故得光生环佩,荣冠簪裾;见鱼水相逢之际,是云龙契会之初。"王棨在赋末联系到当时的唐朝,写道:"洎吾皇威被华夷,德安岐雍。锋锷不自其手署,颁赐尽归其公共。"说我唐朝"威被华夷",其颁赐已广泛涉及"公共",而并非只局限于个别人。王棨的真正意思是说,我朝的奖赏应当进一步扩大,凡是做出政绩的都要奖赏。王棨这句话,显然是针对晚唐的皇帝、朝廷而说的。

其五,帝王不应当忽视小人物,小人物也有生存权,小人物也会起大作用。

《列子·汤问》云:"江浦之间生么虫,其名曰焦螟,群飞而集于蚊睫,弗相触也。栖宿去来,蚊弗觉也。"王棨据此而作《蟭螟巢蚊睫赋》:"万物生兮,巨细相悬。蚊之睫兮,蟭螟在焉。虽受气以具体,亦成形而自天。"蟭螟能够在几乎看不见的蚊子的眼睫毛上筑巢,而且蚊子还感觉不到,可见蟭螟之小。但王棨认为,蟭螟再小,其"成形而自天","论其分而物我何殊",蟭螟与任何一个动物都毫无区别,不仅都是来自天,是上天赐予,而且都拥有生存的权利。王棨在此显然是以蟭螟比喻社会上的小人物,呼吁帝王将相及世俗社会各阶层的人,不应忽视小人物的存在,小人物虽小,但其生命也是来自天,因而也有居住的权利、生存的权利、行动的权利。与此赋相类似的还有《珠尘赋》。

王棨《珠尘赋》所描绘的"珠尘",因其珠轻细,风吹如尘埃,故名,又称"青砂珠"。珠尘虽轻如尘埃,但也是珠的一种,因而也必然具有珠的可贵用处,"縈空而耀耀奚匹,散彩而冥冥相似",同样能照亮冥冥星空；"影寒于云母屏中，或委空床光乱于水精帘里"，珠尘同样能作云母屏、水精帘的装饰；"集素衣而不垢，侵晓镜以逾明"，如果素衣缀上珠尘，将永不沾污垢，用珠尘装点晓镜，晓镜将愈益明亮；等等。王棨为何要如此赞美珠尘？答案在赋末："或曰：泰山犹不让微尘，况是珠玑之类。"王棨用了李斯写给秦始皇的奏疏《谏逐客书》的立意："泰山不让土壤，故能成其大；河海不择细流，故能就其深；王者不却众庶，故能明其德。"显然，王棨是将"珠尘"比作社会上的小人物，也就是《谏逐客书》中的"众庶"，告诫当时的唐朝皇帝，不应当忽视小人物，小人物也有他的可贵作用，就像"珠尘"。如战国时代齐国孟尝君手下会鸡鸣狗盗的门客（连名字也没有留下来），就是王棨此赋所说的"珠尘"；孟尝君就是靠了这两位门客，才得以逃出秦国的虎狼窝，逃回齐国。

其六，帝王出行，应微服私行，不扰民。

王棨《玄宗幸西凉府观灯赋》，赋写叶尊师带着唐玄宗游西凉府观灯之事。按惯例，皇帝出行，必定有文武百官、大队人马随从，一路上，沿途张灯结彩，官员组织百姓迎接、送行，等等。但王棨在这篇赋中，却虚构一个叶尊师"请宸游，凭妙术，将越天宇，俄辞宣室"，"倏忽乘虚"，来到西凉府的故事。一路上，微服私行，所有的随从、迎接、送行等，一概免掉。到西凉府后，观灯时的"一游一豫"，仍然"微行"，因而百姓也"不识不知，竟何人而望幸"，"莫不混迹尊卑，和光贵贱，亦由凤隐形于众鸟，众鸟莫知；龙匿影于群鱼，群鱼不见"，因而也就不可能扰民。王棨能够借唐玄宗游西凉府观灯的神话故事而提出"帝王出行，应微服私行，不扰民"的观点，实属难得。

其七，帝王权贵不可追求奢侈豪华。

王棨《江南春赋》，在描绘了一番"兰泽先暖，蘋洲早晴"，"有地皆秀，无枝不荣"的春色之后，立即转入讽谏："朱雀之航头柳色""乌衣之巷里莺声"，虽然"柳色""莺声"仍在，但朱雀桥边、乌衣巷里的豪门大族，却因追求奢侈豪华，早已消失在历史的长河中，"朱雀桥边"只剩"野草花"，"乌衣巷口"唯有"夕阳斜"。王棨又在"几多嫩绿""无限飘红"的春色描写之后，分别接以"犹开玉树之庭""竞落金莲之地"；前者指陈后主因追求奢侈豪华而唱着《玉树后庭花》亡国（见《南史·陈后主本纪》），后者指"齐废帝凿金为莲花以贴地，令潘妃行其上，曰：'此步步生莲花也'"，齐废帝因此而遗臭万年。（见《南史·废帝东昏侯本纪》）王棨之所以在描写春色之后，要接着揭示或亡国或失位的历史悲剧，目的是讽谏帝王不可追求奢侈豪华，否则必将导致或失位或亡国的悲剧命运。

王棨的强调"帝王权贵不可追求奢侈豪华"的赋作，除《江南春赋》外，还有《缀珠为烛赋》。

东汉张衡《西京赋》说，西汉有的皇帝为了追求夜以继日的奢华，寻欢作乐，不惜花巨资，用"翡翠火齐，络以美玉；流悬黎之夜光，缀随珠以为烛"，以照亮皇宫，就是将发光的火齐珠、随侯珠与翡翠、美玉、悬黎缠绕在一起，用以照明。王棨的《缀珠为烛赋》就是据此而作，王棨希望借此赋正面劝谏当时的唐朝皇帝：不可追求奢侈豪华。

还有《琉璃窗赋》。王嘉《拾遗记》卷八记：三国时吴国皇帝孙亮"作琉璃屏风，甚薄而莹澈，每于月下清夜舒之。常与爱姬四人，皆振古绝色：一名朝姝，二名丽居，三名洛珍，四名洁华。使四人坐屏风内，而外望之，了如无隔"。王棨据此而作《琉璃窗赋》，警告后代皇帝，自然包括当时唐朝的皇帝："国以奢亡，位由侈失。"

还有《马惜锦障泥赋》。此赋是根据晋代王武子的真实之事而写。《世说新语·术解》载："王武子善解马性。尝乘一马，箸连钱障泥，前有水，终不肯渡。王云：'此必是惜障泥。'使人解去，便径渡。"王棨在赋的开头写道："王武子所驭之驹，障泥特殊。念美锦以斯制，对深泉而不逾。"马"对深泉而不逾"，说明马也有情性，也知道此障泥乃是用"连钱美锦"制成，故"常怜焕烂"，"岂忍沾濡？"障泥的作用，不过是不让溅起的泥水溅到马的身上，用一般的粗布做就可以了，何必用"连钱美锦"？故王棨的用意很明显，这是借王武子的事例劝谏帝王及达官贵族，应当戒奢侈，否则还不如马。

王棨用四篇赋，劝谏帝王不可追求奢侈豪华，可见他对此事的重视。

第三，表达作者的人生理念。

其一，人生应当行走在"义路"之上。

孔子的中心思想是"仁"，说"杀身成仁"，为了"仁"，可以牺牲生命；孟子的中心思想是"义"，说"舍生取义"，为了"义"，可以舍弃生命。王棨的《义路赋》的中心思想，就是首先，"莫不亘深仁宅，遥通礼园"，以"仁"为立身原则，行事要符合"礼"；其次，以"义"作人生之路的引导。如何让自己行走在"义"之路上？王棨在赋中说：之一，"驰骛于中，必先人而后己"；之二，"既绝回邪，无差正直"；之三，"相逢尽重气之士，相护皆舍生之子"。王棨在赋中还指出，行走在义路上，会给人带来诸多好处：首先，"有如入颜巷之中，恬然自乐"，就像孔子弟子颜回，虽贫困，但生活在无穷的乐趣之中；其次，"复似经桃蹊之上，寂尔无言"，必定会得到世人的赞颂；再次，"则蹍跂所为，坦夷斯谕"，在义路上，只要认真用心做事，人生之路就会越走越平坦。相反，如果不走"义路"，必定"昧其所在，迷吾道之康庄"，必定迷失方向，人生之路就会越走越昏暗。

其二，赞赏敢于藐视帝王权势之人士。

《史记·留侯世家》载：汉高祖刘邦欲废太子刘盈，立赵王如意，张良为吕后计，请来商山四皓。后于某次酒宴上，刘邦见太子身后立商山四皓，"乃大惊"，曰："吾求公数岁，公辟逃我，今公何自从吾儿游乎？"四人皆曰："陛下轻士善骂，臣等义不受辱，故恐而亡匿。窃闻太子为人仁孝，恭敬爱士，天下莫不延颈欲为太子死者，故臣等来耳。"刘邦知太子羽翼已成，遂不废太子。王棨的《四皓从汉太子赋》，即据此而作。关于刘邦与商山四皓的这一段对话，王棨在赋中写道：

> 上曰："自朕之兴，待贤而用；顾朝廷之未治，念先生之所共。昔何远迹，不为率土之臣；今乃辱身，尽作承华之从。"对曰："陛下扫荡寰宇，秦降楚平；未有称臣之意，惟闻慢士之名。

太子则卑谦守节，柔顺利贞；理有承圣，斯宜继明。臣等惟义所在，非道不行；虽蹈夷齐之洁，更无伊吕之情。故得随鸡戟之差肩，向龙墀而接武。星星于朝行之列，济济于王人之伍。"

较之《史记》，上述赋中四皓的"对曰"，不仅篇幅有所增加，而且语气也变得慷慨有力："未有称臣之意，惟闻慢士之名"，"臣等惟义所在，非道不行"。这种语气，当然不是历史上商山四皓的语气，而是王棨的语气，王棨这是借商山四皓之口，表达自己对敢于藐视帝王权势之人士的赞赏。

其三，世人应当遵守社会法则、条令。

自然界中，鸿雁每年秋冬之际，便从北方往南飞，但飞到湖南衡山回雁峰便停住，不再往南飞，到次年春天时，再飞回北方，年年如此。这是作为候鸟的鸿雁随季节迁徙的自然现象，但王棨的《回雁峰赋》，却将此现象上升为"有则有常"的品格。赋中写鸿雁南飞，即使"遇瀑布而如惊飞缴，映垂藤而若避虚弓"，纵然"绝顶千仞，悬崖半空"，但"遥观增逝之姿，似随风退；潜究知远之意，不为途穷"。其所以如此，是因为鸿雁"盖以应候无差，来宾有则"，"识其分而不越，守其心而有常"，正是因为鸿雁的"识分""守心""有则""有常"，才能每年"应候无差"，全都飞到衡山回雁峰前。王棨写此赋，绝不仅仅是为了歌颂鸿雁，而是借鸿雁以告诫世人：首先应当"识分"，认清自己的本分；而后"守心"，守住本分之心，尽本分之责；而且在尽本分之责时，应当"有则"，行事有原则，应当"有常"，行事要符合各项条令。不难看出，王棨所归纳、提炼出的人生理念，对今天的国人仍有其现实意义。

其四，事若美于一时，语自流乎千载。

据《晋书·杜预传》载，杜预文武全才，功业卓著，为此，他"刻石为二碑，纪其勋绩：一沉万山之下，一立岘山之上"，曰："焉知此后不为陵谷乎！"不管以后是"高岸为谷"，还是"深谷为陵"，都会有"纪其勋绩"的一碑留存于世。王棨的《沉碑赋》即为此而作。赋中写道："剖彼贞姿，余烈必期乎不朽；藏斯浚壑，垂名庶及于无穷"，"然则千古无坏，双碑可凭"。有此二碑，杜预的勋绩，自有"可凭"，自可"不朽""无穷"。但王棨又写道："然则伊尹之作阿衡，姬公之为太宰，迈古之芳猷克著，迄今而英风未改。"王棨认为，历史上的商朝初年大臣伊尹、周朝初年大臣周公，二人都为各自王朝的创立发展建立不朽之大功，他们都没有为自己立碑或立牌，但"迄今而英风未改"。王棨据此又进一步得出结论："是知事若美于一时，语自流乎千载。亦何必矜盛烈、沉丰碑，欲功名之长在。"这是王棨对世人的忠告，也是对帝王将相的忠告：只要为时代做出美事，赞美之声必定能流传千古。

其五，民间之"士"在赞扬帝王的同时，还应当有所讽谏。

王棨的《樵夫笑士不谈王道赋》，是依据西汉扬雄《长杨赋》的"士有不谈王道者，则樵夫笑之"这句话而写的。古代的士多指学识渊博、能言善辩者，或任一官半职，或散布于民间，王棨此赋的"士"，指散布于民间者。王棨在赋中说："多辩名士，能文硕儒；或有不谈于王道，终知取笑于樵夫。"不谈王道的"多辩名士，能文硕儒"之所以会被樵夫取笑，一是因为对士而言，谈王道是很平常的事，如果不谈，自然会被人嘲笑；二是因为谈王道，必定对帝王有所讽谏，不谈王道，不作讽谏，自然更会为樵夫所嘲笑。

王棨在赋末写道："是知运属无偏，合著奚斯之颂；时当有截，须陈吉甫之谈。"王棨说《诗经·鲁颂·闷宫》作者鲁大夫奚斯对鲁僖公的颂扬自然是必要的；而《诗经·大雅·嵩高》中，作者尹吉甫对周宣王的委婉讽谏也是必要的。王棨之所以对民间之士提出"既要有所颂扬，又要有所讽谏"的要求，是因为王棨所处的晚唐后期，唐朝的社稷江山已经岌岌可危，朝中官员或依附宦官，或替藩镇说话，或噤若寒蝉，曾在朝中任过职的王棨，希望民间能够出几位为国分忧的"义士"，可是没有。

其六，肯定对健康长寿的追求，但否定成仙。

据史载，唐武宗（一说唐宣宗）曾将"善能摄生，年龄亦寿"的罗浮山处士轩辕集召至京，问以长寿之术，轩辕集对曰："彻声色，去滋味，哀乐如一，德施周给，自然与天地合德、日月齐明，何必别求长生也。"

(《旧唐书·武宗本纪》）王棨据此而作《诏遣轩辕先生归罗浮旧山赋》。

首先，王棨在这篇赋中，充分肯定借助养生可以健康长寿。他说，轩辕与唐尧，"虽则临治，皆思养生"，即借助养生以健康长寿。世上任何一个人，包括帝王在内，都希望自己既健康又长寿，这种追求，应当予以充分肯定。至于如何健康长寿，轩辕先生说："彻声色"，在行为方面，不要追求声色享受；"去滋味"，在饮食方面，不要追求山珍海味；"哀乐如一"，在心理方面，遇到欢乐之事或悲哀之事，都能平静对待；"德施周给"，要有善心，有行善之举，人在行善施舍之后，会感到很快乐，这有助于身体健康。轩辕先生所归纳的养生之道，还是很全面的。

其次，王棨在赋中又进一步指出：世人无法追求长生不老，更不可能企求成仙。

唐朝皇帝姓李，自称是道家创始人老子李耳的后代，而产生于东汉末年的道教，又尊奉老子李耳为其创始人，因而在唐朝，上自帝王贵族，下到平民百姓，都有不少人希望自己也能像道士所说的，通过服丹而成仙。而唐武宗却能保持清醒的头脑，他曾嘲笑秦皇、汉武为方士所迷惑。王棨在此篇赋中也明确指出：如果真能彻底否定企求成仙，则"于秦无徐市（福）之惑，在汉免文成之误"。秦始皇派方士徐市带着三千童男童女去寻找不死之药，结果有去无归；汉武帝时方士文成说可带汉武帝去见神仙，结果骗术败露而被杀。这充分证明：追求长生不老，企求成仙，绝不可能成功。这在今天，已经是常识，但在道教盛行的唐朝，要让世人相信此说，可没那么容易。

其七，世事本就纷繁复杂，处世本就艰难曲折，世人对此应有充分认识。

王棨的《梦为鱼赋》开头写梁世子"宴息而魂交成梦，分明而身化为鱼"。继之，王棨又进而描述梁世子梦为鱼之后，"恍兮惚兮，岂悟益刀之兆；今夕何夕，空怀畏网之情"，梦中化为鱼的梁世子不再有王濬那样预兆升官的"益刀"之梦，也无须畏惧生活于人世、遭人陷害而落入罗网。在感受了"有鱣有鲔以相亲"的快乐之后，梁世子不觉梦醒。梦醒后觉得

"其梦也何乐如之，其觉也何愁若斯"，于是梁世子自问："复是鱼由我变，抑当我本鱼为？"梁世子当然希望自己原本就是鱼，其所以如此，乃"良由尘世之多故，难及深渊之或跃"。王棨又接着说，梁世子如果"不因一梦之中，岂信濠梁之乐？"又怎能相信庄子"濠水之鱼很快乐"的话语？王棨借助梁世子梦中变为鱼之事，揭示"尘世多故"的本质，告诫世人对此应有充分认识。

其八，世人应当在生前身后留下美名，而不可留下骂名甚至恶名。

王棨在他的《一赋》中，别出心裁地罗列了二十多条与"一"有关的人物及事件，王棨借用这些事件，表达自己的处世思想。首先，世人应当让自己的言行在生前身后留下美名，流芳后世。如，伏羲画"一"象征阳；尧时，许由隐居，民众以"一瓢遗之"，表达对许由的敬意；商汤"网开一面"，显示仁德；周天子赐给晋文公重耳"彤弓一"，以奖励他匡护周室之功劳；孔子最得意的弟子颜回，虽然每天只有"一箪食，一瓢饮"，但仍不改其对知识追求的乐趣；孟子以"千年一圣，五百年一贤"，预示圣贤即将出现；战国时齐将田忌用兵"一而当十"，展示其军事天才；荆轲以"壮士一去兮不复还"，表示自己刺秦王之决心；人们以"一诺千金"颂扬季布的坚守诚信；南昌太守陈蕃特设"一榻"，以接待高士徐稚；徐稚以"生刍一束"，象征自己的"其人如玉"；等等。

其次，王棨又另举一些别类之"一"，以提醒世人。如，"智者千虑，必有一失"，提醒智者不要麻痹大意；以《易经》"见豕负涂，载鬼一车"，提醒世人，前程或遇一车之鬼；以孔子的"譬如为山，未成一篑"，提醒世人，做事不要功亏一篑；等等。

最后，还有一些"一"是被人嘲笑或批评的。如，以"百鹭不如一鹗"，嘲笑庸才；以"一毛不拔"，嘲笑吝啬鬼，或极端自私者；以"一尺布，尚可缝"，批评汉文帝不顾兄弟之情；以"一顾倾人城"，提醒世人不要沉迷女色，否则"一言丧邦"，导致国家灭亡；等等。

王棨在赋末写道："愚则立节无二，干时未偶。幸麟角以成功，庶桂枝而在手。"王棨说：自己"无二"的立节信念就是儒家思想，忠于唐朝，为国家建功立业。又说：我也曾拜谒过朝廷要员，但未遇好运；幸好我的《麟角集》已获成功，此后之进士试大概可以及第，可以摘得月宫桂枝。王棨对自己的"唯一"，还是很满意的。

## 第三节　王棨律赋的艺术性

第一，善于塑造人物形象。

评价一篇作品之艺术性或高或低，一个很重要的标准，就是分析其形象塑造是否感人：凡感人的，艺术性高；反之，艺术性低。律赋属文学体裁，王棨又是晚唐律赋高手，因而在他的律赋中，自然少不了感人的人物形象，下略举数例。

其一，泰山神女之形象。

《神女不过灌坛赋》中的神女乃泰山神之女，嫁为西海妇，欲东归，行至灌坛，灌坛令姜太公有德，而神女若行经灌坛，则必有大风疾雨，必毁掉庄稼，如此则必毁太公之德。神女因此而进退两难：若退，"旧祠已别，固难返驾于今辰"，若进，则"暗恃威灵，长驱徒御；不惟流麦以斯恐，抑亦偃禾而是虑"，而且她也不可能取途于他处。关于此时神女的形象与心理，王棨在赋中写道："泪脸红失，愁蛾翠销。驻霞车而色敛，停宝盖以香飘。潜羡羿妻，明月先逾于清夜；却惭巫女，轻云已度于晴朝。谁见其回惑蕙心，踟蹰兰质。感教化之均适，患奔驱之迅疾。花颜惨淡，非嫌胜母之时；玉趾迟留，异恶朝歌之日。"王棨借助正面描写、侧面描写，又引用羿妻、巫山神女的神话故事，和胜母、朝歌之地名，选取泪脸、愁蛾、色敛、潜羡、回惑、踟蹰、惨淡、迟留等意象、词汇，刻画出一个既着急又无奈，既痛苦又无助，既羡慕又惭愧的神女形象。幸亏她在梦中见到文王，最后才如愿以偿，让"疾风暴雨从太公邑外过"。（张华《博物志》卷七）

其二，"三箭定天山"之薛仁贵形象。

"薛仁贵三箭定天山"是非常有名的一个历史故事。《旧唐书》卷八十三《薛仁贵列传》载：薛仁贵曾领兵击九姓突厥于天山，将行，高宗内出甲，令仁贵试之。上曰："古之善射有穿七札者，卿且射五重。"仁贵射而洞之，高宗大惊，更取坚甲以赐之。"时九姓有众十余万，令骁健数十人逆来挑战，仁贵发三矢，射杀三人，自余一时下马请降。""军中歌曰：'将军三箭定天山，战士长歌入汉关。'九姓自此衰弱，不复更为边患。"

《旧唐书》作为史书，只需以"仁贵发三矢，射杀三人"作简单叙述即可，而王棨《三箭定天山赋》是文学作品，则需从艺术的角度，作生动而形象的描绘。"既而胡兵鸟集，贼骑云屯。将军于是勇气潜发，雄心自论。拈白羽以初抽，手中雪耀；攀雕鞍而乍逐，碛里星奔。由是控彼乌号，伸兹猿臂。军前而弦开边月，空际而鹗鸣朔吹。声穿劲甲，俄骇胆于千夫；血染平沙，已僵尸于一骑。"上述所写为第一箭，以浓墨重彩描述薛仁贵之勇气、雄心、拈白羽、乍逐、控乌号、伸猿臂、弦开、鹗鸣、声穿、骇胆、血染，最后"已僵尸于一骑"，整个过程，犹如在快速放映一组幻灯片。第二箭的描述是："是用再调弓矢，重出麾幢。曜英武于非类，昭雄棱于异邦。赤羽远开，骋神机而未已；胡雏又毙，惊绝艺以无双。"第二箭，主要从内在的英武、雄棱等气势方面描述。第三箭的描述是"又流镝以虻飞，复应弦而狼狈"，以具体的流镝、应弦结束。王棨对三箭的描述，各有侧重，从而塑造出一个英武、雄棱的神箭手将军形象。

其三，思妇形象。

唐代有关游子思妇的作品，屡见于诗词，辞赋中也有一些，但极少见于律赋。律赋是因进士考试而出现的，故唐代文人的思维定式，自然会觉得只有王朝兴衰、百家思想、天下治乱等大事，才能写入律赋，而游子思妇、卿卿我我，岂能登大雅之堂。但凡事都有例外，王棨的律赋《离人怨长夜赋》写的却是游子思妇，而且思妇形象写得特别感人。如形容外在形貌动作方面，"闻满檐之寒雨"，"回身吊影"，"对一点之银釭"，"支颐而不寐"，"抚角枕以增伤"，"我展转以空床，固难成梦"，"俯衾裯而起怨，几度沾襟"。其内在心理精神方面，"坐感夫君之别，谁怜此夜之心"，"怨复怨兮斯别，长莫长乎此宵"，"幽壁而徒闻蛩响，顿觉漫漫"，"杳向晨而若岁，嗟达旦以无聊"。这位思妇在经过漫长的闻寒雨、对孤影、抚角枕、杳若岁、梦难成之后，终于明白，自己这种"展转空床""闻蛩响"的悲伤是不可避免的，"苟四方之志斯在，则五夜之情徒切。然哉！吾生既异于匏瓜，又安得不伤乎离别"，自己既欣赏夫君的四方之志，夫君也不想做"徒悬的匏瓜"，则夫妻离别自是难免。不难看出，赋中思妇的思想境界，明显要高于一般思妇诗中只知伤感、怨恨的思妇。

其四，贫士形象。

我国古代因各方面原因而生活贫困者甚多，这些人又可分两类：贫者、贫士。贫者，指生活贫困，且没文化、也没有志向的人，多为平民百姓。贫士，指虽然生活贫困，但有文化、有志向的人。王棨的《贫赋》所描写的，为贫士形象。对于贫士的"贫"，赋中写道："载渴以载饥"，"无衣而无褐"，"寂寞一瓢"，"绳枢瓮牖"，"缊袍露肘，曲突沉烟"，"家如磬悬"，这是贫士的外在形象。但赋中贫士虽贫，却"未尝挫念"，始终对自己的前程抱有信心，故"终自怡情"。赋中贫士在与来访的"温足公子，繁华少年"对话中，列举了历史上的颜回、曾子、原宪、陈平、司马相如、东郭先生、袁安、朱买臣等贫士，他们虽贫，但因有志有才，最终或成为儒家思想的重要人物，或成为天子重臣，或成为辞赋大家。这是贫士的内在形象。从此赋的字里行间，人们不难看出王棨对现实中此类贫士的崇敬之情。

其五，隐士之音声形象。

文学作品中的形象，一般指有形可视的人、动物、植物、山、河、云、雨、霜、雪、雹等形象。但大自然与人类社会是纷繁复杂的，除了有形可视之形象外，还有众多只闻其声、未见其形的，如话语声、歌声、器乐声、各种动物的鸣叫声、大自然的海涛声、水流声、雷声、风声、雨声等等，这些也应当归入形象的范畴，只是这些形象，多表现为音声特点，故应称之为"音声形象"。王棨的律赋中，既有对有形可视之形象的描写，如对思妇形象的描写，又有对有声却未见其形的音声形象的描写，如《秋夜七里滩闻渔歌赋》中对歌者之歌的描写。"七里滩急，三秋夜清；泊桂棹于南岸，闻渔歌之数声"，此渔歌之音声形象如何？首先，"初击楫以兴词，人人骇耳"，此借用东晋初年祖逖率军渡江北伐、中流击楫、发誓收复中原之典，并以"骇"来形容，故其音声形象必定慷慨激昂；又，"激浪不停，高唱而时时过去"，此以"激浪"为喻，加正面描写"高唱"，为热烈豪爽之音声形象；"凉飙暗起，清音而一一吹来"，以"凉飙"为喻，以"清音"修饰，此为流畅欢快之音声形象；"潺潺兮跳波激射，历历兮新声不隔"，以水之潺潺、跳波、激射为喻，又以"新声"修饰，此为跳跃新颖之音声形象；"初闻而弥觉神清，再听而惟忧鬓白"，以"神清""忧鬓白"修饰，此为清新转忧伤之音声形象；"杳袅悠扬，深山夜长。殊采菱于镜水，同鼓枻于沧浪"，以"悠扬"形容，以"鼓枻沧浪"描述，此为舒缓悠长浪漫之音声形象；等等。赋中歌者能够唱出风格迥异的多种渔歌，如果从有形可视的角度分析，这位歌者必定是一位具有高超歌唱技巧、对社会各种现象有着深邃洞察力、内心感情极为丰富的人，而且极有可能是一位隐士，因古代文学作品中的渔夫、渔父多借以指隐士。此外，这篇赋又体现出王棨语言描述之深厚功力，因为无形之音声形象，是很难用语言描述的。

第二，运用丰富多彩的叙述手法。

其一，借助神话思维以叙述。

王棨《元宗幸西凉府观灯赋》所描述的叶尊师（即叶法善）带着唐玄宗"云举""飙疾""乘虚"飞至西凉府的带有神话色彩的故事，在唐代颇为流行，唐代薛用弱《集异记·叶法善》即有叙记此事。但薛用弱只是一般的叙述，如从长安到西凉府，该文写道，"闭目距跃，已在霄汉，俄而足已及地"，来到西凉府；其神话思维的叙述，不过蜻蜓点水而已。而王棨这篇赋，则是全方位借助神话思维以叙述：叶尊师"于是请宸游，凭妙术，将越天宇，俄辞宣室。扶凤辇以云举，揭翠华而飙疾。不假御风之道，倏忽乘虚；如因缩地之方，逡巡驻跸。已觉夫关陇途尽，河湟景新。到沓杂繁华之地，见骈阗游看之人"。其神话色彩之浓烈，显而易见。二人在西凉府赏完灯、准备回都城长安，薛用弱简单写道："复闭目腾空而上,顷之已在楼下",已经回到长安皇宫中。而王棨在赋中则写道:"仿佛而方离边郡,斯须而已在神州;稍异穆王,至自瑶池之会;非同汉武,来从柏谷之游。"其神话思维的特征,依然明显。

又如《水城赋》。王棨的《水城赋》,是一篇警告各路拥兵自重之藩镇不可生侵伐之心的赋。这是非常严肃的话题,但王棨借助神话思维来写:一、以黄河神吕公子作藩镇的象征,"吕公子兮谁与营,鱼为庶兮水为城",黄河神吕公子以"水"建造城,"鱼"就是他众多的兵士。二、"不假人徒,构神功而日就;宁劳版筑,叠素浪以云平",无须"人徒",不用"版筑",运用"神功",垒叠"素浪",一天之内,就建造起齐云高的水城。三、黄河神又立即建贝阙、设龙门,以显示自己神祇的地位,并"昭鳞介之尊",喻指藩镇想篡夺唐朝皇帝之位。四、黄河神"荡荡而欲吞江汉,沉沉而自恃山河",喻指藩镇有了侵伐之心,认定自己"左负沧海,前临孟津;乐毅将攻而莫可,鲁连欲下以无因",自己必将无敌于天下。王棨最后说,黄河神"虽则都于坎,据于水",但唯有"赖吾唐之圣君,四郊清矣",并正告黄河神以及各路拥兵自重的藩镇:天下只有依赖我唐朝皇帝的力量,才能"四郊清矣"。

其二,借助寓言思维以叙述。

王棨《梦为鱼赋》,写"梁世子以体道安居,逍遥有余;宴息而魂交成梦,分明而身化为鱼"。梁世子于梦中化为鱼之后,"恍若有忘,顾物我以何异;悠然而逝,失形骸之所如",竟然忘掉自己原先乃是人,与水中的其他鱼已经没什么区别:"謺鸒以俱生","有鳣有鲔以相亲"。俄而梦醒,"其梦也何乐如之,其觉也何愁若斯"。在经过一番寓言式的叙述之后,王棨推出赋之主题:梁世子之所以觉得化为鱼"何乐如之",而梦醒之后又回到原先的"何愁若斯",是因为"尘世之多故"。

又如,《蟭螟巢蚊睫赋》,写"蚊之睫兮,蟭螟在焉",想象蟭螟在蚊子的眼睫毛上筑巢做窝,这是寓言式的想象。"仰观厥首,谓如山岳之崇;旁睨其肩,意似丛林之大",在蟭螟的眼中,蚊子的头如高山、双肩如丛林,这是寓言式的极度夸张。"逼萤火兮,岂虑焚其;逢胦蟠兮,何惮居之",这是寓言式的绝对安全。"常笑鷦鷯,立彼苇苕之上;宁同玄燕,集于危幕之时",这是寓言式的嘲笑。王棨借助寓言式的思维,呼吁帝王将相及世俗社会各阶层的人,不应忽视小人物的存在,小人物也有行动的权利、居住的权利。

其三,采用层层递进、层层深入的叙述。

王棨的《鸟求友声赋》是一篇以鸟为喻,叙述求友者求友经历的赋。赋一开头,就直接点出求友:"有黄鸟兮,关关嘤嘤;始乘春而出自幽谷,俄择木而求其友声。"但求友者的求友过程并不顺利,"尚沮群猜,每念载鸣之侣;方期类聚,讵无相应之情",求友受阻,被人猜疑,没有得到呼应。这是第一层次的叙述。继之,王棨在作了一番春色描写之后,又作第二层次的求友叙述:"林间乍啭,诚谓乎知音可期;陌上频啼,似恨其离群已久",求友者本以为对方"离群已久",这次应当"知音可期",可结果是再次受挫:"得鹦鹉之流言不信,见灵鸟而白首如新",为流言蜚语所诬陷,且眼中所见,均为"白首如新"的泛泛之交。经历过两次求友失败,求友者的心情自然十分低落。继之,王棨又作第三层次的叙述:"想王雎兮从吾所好,知斥鷃兮谓我何求",黄鸟希望与雎鸠互成"所好",但斥鷃却从中作梗,问黄鸟有何企求。"岂比蜀魄衔冤,啼巴月于长夜;燕鸿失侣,叫边云于凛秋",求友者就像失侣的燕鸿,比冤屈而死之杜宇所化的杜鹃鸟更痛苦,他不曾料到,"想伊鸟也,犹推故旧之心;矧乃人斯,忍弃友朋之道",为何鸟都懂得求友,而人却抛弃"友朋之道"? 王棨在赋末又进一步写道:"已乎! 勿谓斯鸟之声至微,而忘其是则",劝世人不要忘了求友的原则:要坚持不懈,不能因为求友受挫而灰心、放弃。

其四,借助比喻象征以叙述。

王棨《烛笼子赋》,写的虽然是"灯笼子",但字字句句皆用以比喻象征作者心中理想的"人"。首先,"希拂拭以增光",此"人"常修饰自己,以增添自己光彩,包括品德的光彩与才华的光彩;修饰之后,"含明而每让清昼",此"人"有了谦让精神;"照环堵之中,虽孤洁以由己",此"人"虽处金钱社会,但仍保持高洁品格;"观乎表里无隐,方圆可分",

此"人"心胸坦荡,或方或圆,他人均可清晰分辨;"抱影求真,虚心有待",此"人"面对事物,极力求真,并耐心等待事物的结果;"处晦而宁欺暗室",此"人"即使处黑暗时代,仍不欺于暗室;"韬光之义可见,内热之情斯在",此"人"虽有时对外韬光,但内心火热;此"人"才能经修饰之后,"懿夫焕烂潜融",有了灿烂的内才;"常患影孤,终期势出",此"人"担心孤独,希望能出来施展抱负;"亦辉华而外扬",此"人"才华得以充分显扬;"俟提携而就列",此"人"希望得到提携,列入重要人才之列;等等。王棨笔下的此"人",几乎是完美的人,他是王棨心中的偶像,也是王棨推荐给世人的楷模。

此外还有借助对比以叙述。如《松柏有心赋》,作者以易凋谢衰败的兰、桂、荆棘、蒿莱、梧桐、藿、蓬与松树对比,进而衬托出松树坚贞的特质。

第三,采取多侧面的描写。

王棨省题诗的艺术特色中有多视角的描写,而他的律赋,也同样有多侧面的描写。作为文体的"赋",其最为明显、最为突出的艺术手法,就是采用"赋比兴"中的"赋",即朱熹在《诗集传·国风·葛覃》所说的:"赋者,敷陈其事而直言之者也。"即今之铺叙、多侧面的描写。王棨的律赋中也不乏这种艺术手法的运用。

如,王棨有《白雪楼赋》。白雪楼在郢州,即今湖北武昌一带,是古代歌咏《阳春白雪》《下里巴人》之地,故后人在此处建白雪楼。王棨在这篇赋中,先是以夸张手法正面写此楼之高:"奕奕云浮","栋触晴霞,檐侵虚碧","势耸晴蜃,梁横晓虹",说此楼的栋梁横在天上的红霞、彩虹之上,屋檐触碰到碧空,整座楼浮在云上,与蜃楼相邻。继之,又从侧面写此楼之高,"况复楚山入座,黛千点而暮清;汉水横帘,带一条而春绿",此楼因其高,故而是览"楚山"、观"汉水"的绝佳之处。再继之,又借助身处此楼者的种种感受以写其高,"旁瞻目尽于千里,俯瞰心悬于百尺",因此楼特高,故"心悬于百尺";"天未秋而气爽,景当夏以寒生",此楼因其高且幽深,故登上此楼者有"夏以寒生"的感觉。接着,又写此楼之美,"笼轻雾以转丽,带微霜而增美";写此楼之风格多样,"风触梦楣,仿佛杂幽兰之响;烟分井邑,依微闻下里之声",此楼既有"幽兰"之高雅品格,又不乏"下里"之民间样式。最后,王棨又借助对比夸赞此楼,"人或夸黄鹤奇落星,予云俱弗如也",黄鹤楼、落星楼(位于南京落星山上),都不如白雪楼。全赋借助多侧面的描写,在读者面前呈现出一座立体的、高耸入云、有声有色有温度的,既美丽又壮观,既高雅又具民俗风的白雪楼。

松柏是古代文人经常吟咏的对象,王棨的《松柏有心赋》,则专咏松柏之"心",即松柏的"本性"。王棨在该赋中,主要从四个侧面进行描写。首先,总说:"彼木虽众,何心可持;惟松柏其生矣,禀坚贞而有之。所以固节千岁,凝芳四时。"坚贞乃松柏之"心"。其次,作外在形体的描写:"积翠森疏,见冒雪停霜之性;攒空萧瑟,无改柯易叶之期。懿夫外耸森棱,内扶刚直。或盘根于幽涧之畔,或挺资于高山之侧。"即使寒冬霜雪,也不"改柯易叶",仍然"盘根于幽涧","挺资于高山"。再次,作内在质性的描写:"无惧于早落,何忧于后凋","终不乱于惊飙","既立端操,宁惊大寒","严气方劲,翠色犹增。亦何异君子仗诚,处艰危而愈厉;志人高道,当颠沛以弥宏"。松有"君子仗诚""志人高道"的质性。最后,借与兰桂、荆棘、梧桐、杨柳对比以描写:"岂侪兰桂,何惭荆棘。叶殊而可谓不同,节厚而尽云难测","岂无井上之梧,亦有园中之柳;当春色以自得,在岁寒而则否"。王棨通过上述从外在形体到内在质性的四方面的描写,塑造出形象而生动的松柏之形象。

南岳衡山,是中国的名山,而衡山的芙蓉峰,更以其如盛开的芙蓉花(荷花)而闻名于世,王棨的《芙蓉峰赋》就是一篇专咏芙蓉峰的赋。"懿乎巍若削成,端然杰起",这是惊叹芙蓉峰如刀削,耸立凸现于空中,这是正面直接描写。但赋中更多的是侧面描写:其一,借助比喻,描写芙蓉峰的形态,"耸碧空而出水无别,倚斜汉而凌波酷似",这座耸立于碧空的山峰,与出水的荷花毫无区别,又酷似浮在天河水面的芙蓉花。其二,借助想象以描写,"只可登也,诚难采之","秋风击而不落,秀色长浓",这朵芙蓉花永远浓丽，即使秋风摧残也不凋落；"若无冬而无夏，何代能枯"，不管盛夏还是寒冬，永不枯萎。其三，借助对比以描写，"名芳熊耳，影秀峨眉"，芙蓉峰的峰名，比熊耳山更芳美，芙蓉峰的形象，比峨眉山更秀丽。其四，引用古代诗句来描写，如"见《国风》隰有之体，嘉《离骚》木末之状"，《诗经·国风·山有扶苏》云："山有扶苏，隰有荷华。"屈原《九歌·湘君》云："采薜荔兮水中，搴芙蓉兮木末。"王棨借助多侧面的描写，描绘出芙蓉峰的独特之处。

王棨还有专门描写"凉风"即秋风的《凉风至赋》。该赋先是从传统文化的角度、自然的角度写凉风，如说"届肃杀而金方气劲"，"扫荡千山，萧条万里"。但该赋更多的是从人世社会方面写"凉风"："恨添壮士，朝晴而易水寒生；愁杀骚人，落日而洞庭波起"，"衡门凄紧，偏惊无褐之人"，秋风使得荆轲恨添、文人愁杀，使得无衣无褐的穷人只能柴门紧闭，更有"吹赋客而促征车，自是功名之未遂"，秋风使得落榜举子促征车而离开都城。最后，王棨又借用历史故事写秋风，"张翰庭前暗度，正忆鲈鱼；班姬帐下爱来，已悲纨扇"，张翰因秋风起而返乡品尝鲈鱼美味，班婕妤因秋风起而感伤自己失宠，如同此时纨扇被捐弃。王棨的这篇赋，可以说是古代有关秋风的成功之作。

唐代都城长安之曲江池，是当时著名的游乐之美地，王棨的《曲江池赋》就是对这个游乐美地的全方位描写。全赋从沦漪、高亭、嘉树、云楼，说到莺啭鱼跃、公子王孙、蛾眉蝉鬓，在杂伎、妙唱声中的"天子降銮舆"，以及在天子身边的"多士""群公"；在这一道道的风景线中，甚至还有"策蹇"之失意者、"扬鞭"之醉汉。王棨在赋末说，在这"轮蹄辐凑，贵贱雷同"的曲江池，"有以见西都之盛，又以见上国之雄"，并衷心祝福，"愿千年兮万岁，长若此以无穷"。但令人遗憾的是，很可能在王棨写完这篇赋的几年之后，长安又再次陷入战乱，曲江美地从此遍地狼藉、风光不再。

王棨是文人，是朝廷官员，但他也曾走到田间地头，看到眼前大获丰收之庄稼，令他心生激动，于是有了《多稼如云赋》的诞生。该赋从三个方面描写丰收。首先,正面直接描写丰收。"彼盈畴之多稼,乃极目以如云","满原隰以苍苍,遥迷晓雾;被沟塍而或或,常混晴烟","将其刈获,获千箱而有余",晓雾晴烟中,摇曳着苍苍、或或的庄稼,等等。其次,借比喻以描写。"观稼盛于五地,若云凝乎四野",丰收的庄稼,如无限云彩。"几多嘉穗,高低稍类于垂天;无限芳田,远近有同于抱石",满眼嘉穗,有高有低,就像悬挂于天边,无限芳田,或远或近,如同白云抱幽石,等等。最后,借助农夫情感、作者情感写丰收。"农夫既惬于望岁,野老咸欣其有年","若不属此以歌谣,终虑取嗤于樵者",等等。通过多侧面的描写,其丰收的景象更显丰满。

第四,进行别出心裁的巧妙劝谏。

其一,借延州献白鹊,劝谏唐朝皇帝应使政治洁朗、清净。

我国古代臣子劝谏皇帝的事例,数不胜数,但绝大多数是正面直接劝谏,指出皇帝的错误,要求皇帝必须改正。不同的是言辞或温和,或激烈。而王棨的劝谏却别出心裁,在歌颂之中寄寓劝谏,如《延州献白鹊赋》。王棨此赋,先是借白鹊的出现,歌赞这是大唐王朝的吉祥预兆,说明大唐王朝的恩泽已远播到"边鄙幽遐"之地。接着又说:"昔闻兴咏于《召南》,今见呈祥于塞北。斯乃发天庆、昭皇德。"《诗经·召南·鹊巢》说"唯鹊有巢","之子于归",鹊鸟出现,一般伴随着女子出嫁之喜事,那么今天鹊鸟出现,自然也预示着国有喜事。是何喜事?王棨说:"是知斯鹊来仪,惟天瑞圣。俾尔羽之洁朗,彰我时之清净。臣闻雁有歌而雉有诗,又安得不形于赞咏。"王棨认为,这只白鹊带来的喜事,是为了彰显当今皇帝治国之洁朗、清净,也因为这,王棨才写了这篇赋。难道王棨真的认为当时的皇帝治国已经洁朗、清净了吗?当然不会。王棨省题诗《甸服者旧望籍千亩》写道:"不展三推礼,如今已几年。郊畿春又至,父老颈空延。"作为朝廷重要大事的"籍田",皇帝与公卿大臣竟然这几年都没来,仅就这事,就足以说明当时皇帝治国不洁朗、不清净,而王棨之所以要说"彰我时之清净",是为了借歌美以提醒皇帝:要注重治国之洁朗、清净。

其二，借"阙里诸生望东封"，劝谏唐朝皇帝应尽快恢复盛世气象，尽快解决各藩镇之间的混战问题。

王棨的《阙里诸生望东封赋》写道："鲁国诸生，欣逢圣明。咸西向以迎睇，望东封而勒诚。"鲁国诸生希望皇帝再次东登泰山以封禅，原因是当时"河清海晏"，"兵偃三边，尘清万邑"，"山呈瑞应，水出荣光；国泰财阜，时丰俗康"。鲁国诸生说："自古帝王，功成业昌。尽皆增博厚，报穹苍"，都要登泰山以封禅，等等。王棨之所以要借鲁国诸生之口，描绘出登泰山祭天前的盛世气象，目的是问晚唐的皇帝：现今的大唐有此盛世气象吗？从而委婉劝谏皇帝应当尽快恢复盛世气象。王棨在赋末又写道："近虽下国枭鸣，边夷鼠盗。既有征而无战，尽推凶而剪暴。宜允儒者之心，登泰山而昭告。"所谓"下国枭鸣，边夷鼠盗"，指的是晚唐各藩镇之间的混战，王棨的言外之意是劝谏当今皇帝，应当尽快制止各藩镇之间的这些混战，只要如此，就可"登泰山而昭告"，得到上天的护佑。王棨这是借歌美盛世气象来劝谏。

第五，使用丰富的句式。

其一，运用流水对偶句，使得赋作有了动态之美。

赋注重对偶，律赋更是特别注重对偶。对偶有两种：并列对偶、流水对偶。并列对偶的前后两句所叙述的两件事、两种现象、两处景色等，是同时并存的，不存在时间上的一前一后关系，或逻辑上的前因后果关系，如果不考虑平仄格律及韵脚，两句可以互换位置；而流水对偶前后两句所叙述的，则有时间上的一前一后关系，或逻辑上的前因后果的关系，因而不能前后对调。并列对偶给人以和谐、稳定的美感，流水对偶给人以灵动、行进的美感。这两种美感，都只是艺术上的感受，与赋的内容无关。律赋的对偶，多数是并列对偶，流水对偶只占少数。

以《元宗幸西凉府观灯赋》为例，"千条银烛，十里香尘"，这两句描写的是西凉府上元节同时并存的两种景观。就内容而言，前后两句可以前后对调，属于并列对偶。同时该赋有不少流水对偶句，如"到沓杂繁华之地，见骈阗游看之人"，上句写来到西凉府，下句写于是看到了灯，上下句在时间上有前后关系，为流水对。"一游一豫，忽此地以微行；不识不知，竟何人而望幸"，上句写微服私行，下句写众游人故而"不识不知"，上下句有因果关系，属流水对。又如，"仿佛而方离边郡，斯须而已在神州"，上句写刚刚离开边郡，下句写很快就回到长安，在时间上有前后关系，属流水对。

再如《沛父老留汉高祖赋》，"白发多伤，凤辇愿停于此日；翠华一去，皇恩再返于何年"，上句写"停于此日"，下句写"返于何年"。"然而黄屋才降，丹诚未申；岂可风驰天仗，雷动车轮"，上句写"黄屋才降"，刚刚来到，下句写"雷动车轮"，马上离开。"隆准龙颜，昔是故乡之子；捧觞献寿，今为率土之人"，上句为"昔是"，下句是"今为"。"草泽初兴，云露而蛟龙奋翼；乡园重到，烟空而鸾鹤归林"，上句写昔日"草泽初兴"，下句写今日"乡园重到"。以上数例均为流水对偶句。

其他如《诏遣轩辕先生归罗浮旧山赋》"今朝北阙之前，已辞丹陛；几日南溟之下，再启玄关"，"当九重之宫里，思山之意则深；及万里之途中，恋阙之诚不浅"，《盛德日新赋》"虽昭昭而光启，犹日日以勤修"，"常怀姑务之情，渐宏帝道；转见增光之美，益阐王猷"，"诚荡荡之可及，故汲汲而罔怠"，以上数例亦为流水对偶句。

流水对的运用，使得赋作有了流动、灵动的美感，与并列对偶的静态美相映成趣。古人写律诗、律赋，都会尽量在作品中使用一些流水对，以增加作品的灵动之美。

其二，以排比句式，作反复论说。

所谓排比句式，指的是用结构相近的句子，就某一问题作反复的论说。如王棨的《跬步千里赋》，该赋的中心是"但勉行之，终能及之"，为了论证此论断，王棨在赋中，反复列举事例，并以排比句式，作不间断的论说。如，文章始则说"积一时之跬步，臻千里之遥程。亦如尘至微而结成山岳，川不息而流作沧瀛"，再说"欲追迢递，无或踟蹰；始谓与其进也，不亦远乎。玉趾勤迁，谅金城之可越；方城渐近，宁汉水之难逾"，又说"行行莫止，岂辞明月之程；去去不停，宁惮黄云之远"，再说"志弗休者，虽难必易；行不止者，虽远必臻。亦犹积水为莹冰之始，层台实累土之因"，等等。"但勉行之，终能及之"的道理不难理解，而王棨却要反反复复论说，其所以如此，是因为现实中不少人缺乏毅力，半途而废，故王棨说："中途傥废，诚惭跛鳖之人。"半途而废，等于前功尽弃，这种人连"跛鳖之人"都不如。为了鼓励人们积跬步而至千里，王棨运用排比句式，作反复不断的论说。

## 第三章 被誉为"闽中文章初祖"的黄滔

黄滔,字文江,福建莆田城东东里人,生于唐文宗开成五年(840)四月,卒于后梁太祖开平五年(911)三月。黄滔8岁后,入莆田"东峰书堂"读书,10年后转入县学,20岁后又回到"东峰书堂"主持教学。33岁,由莆田县学举荐,赴广州参加岭南东道节度使主持的南方数省举子考试,黄滔考试合格。35岁,动身入京应进士试。36岁,即唐僖宗乾符二年(875),初次参加进士试,但落第。此后,年年应试,年年落第,直到56岁时,即唐昭宗乾宁二年(895),方才进士及第。但及第后,朝廷并未授予黄滔官职,直到四年后,才授予他四门博士之职,但很快又改任为监察御史里行。"里行"是俸禄很低的散官,与后代某官的"行走"相类似。后在好友、福清诗人翁承赞公的劝说下,黄滔于62岁时回到闽地,投依闽王王审知。王审知见黄滔回闽,喜甚,立即任命黄滔为威武军节度推官(时王审知为唐朝威武军节度使),不久又擢升他为监察御史。

黄滔在闽期间,曾应王审知之命,写了不少碑记,为后代留下许多珍贵的文献资料。朱全忠取代唐朝、建立梁之后,"强藩多僭位称帝,太祖(即王审知,王审知在世时,并未称帝;公元933年,其子王延钧称帝后,追尊王审知为太祖)据有全闽,而终其身为节将者,滔规正有力焉。中州名士避地来闽,若韩偓、李洵数十辈,悉主于滔"(清·吴任臣《十国春秋·闽六·黄滔传》)。后梁太祖开平五年(911),黄滔卒于莆田东里巷祖居,享年72岁。

关于黄滔的著作,《新唐书·艺文志》著录有《黄滔集》15卷、《泉山秀句集》30卷，前者为黄滔的诗文集，后者为黄滔所编辑的唐代290多年间闽人的诗集，为福建第一部诗歌总集，惜已失传。今存黄滔后人所辑之《黄御史集》，《全唐诗》收录黄滔诗208首，《全唐诗外编》收1首，《全唐文》收录黄滔赋文共4卷。黄滔的诗与赋成就均极高，后人称其为"闽中文章初祖"（见明代福州陈鸣鹤《东越文苑》卷一"黄滔传"）。

## 第一节　黄滔诗作的内容

黄滔诗作的内容，主要有以下几方面。

第一，描述赴京城长安应进士试，及滞居长安期间的种种心路历程。

黄滔一生的生活居住地，主要有莆田、长安、福州三处，他35岁离开莆田前往长安应进士试，到62岁方才离开长安、返回闽地，在长安滞居长达28年。这28年，是黄滔一生中心路历程最为曲折的时期，而这一切都与进士试有关。黄滔36岁参加进士试，结果落榜，黄滔在《下第》中写道："昨夜孤灯下，阑干泣数行。辞家从早岁，落第在初场。"初场落第，对黄滔的打击可谓不小。黄滔在此前赴广州参加举子考试后，岭南东道节度使韦荷对他所作的《广州试越台怀古》《南海韦尚书启》大为赞赏，信心满满的他没想到会落榜。但他相信自己，在"阑干泣数行"之后，他又写道"何人立功业，新命到封王"。黄滔虽然说"何人"，但隐隐是说自己仍然保有"立功业"的志向，相信自己也能像其六世祖黄岸那样封侯、封公，乃至"新命到封王"。黄滔祖上郡望为江夏。远祖黄元方，唐初入闽为晋安郡（今福州）司法参军，卜居福州黄巷；六世祖黄岸，唐玄宗朝任大理寺评事、桂州刺史，封开国公。故黄滔相信自己也能像六世祖黄岸公那样封公乃至封王。可是，接下来一年又一年的进士试、一次又一次的落榜，让他一次又一次品尝失败的滋味："茫茫数年事，今日泪俱流"（《下第出京》），"杜鹃啼苦夜无人……南浦期来落泪频，莫道还家不惆怅，苏秦羁旅长卿贫"（《新野道中》）。黄滔以苏秦说秦失败返家，比附自己再次进士试落榜还家（黄滔滞居长安期间，曾返回过故里）。其《贫居冬钞》云：

> 数塞未求通，吾非学养蒙。穷居岁秒雨，孤坐夜深风。年长惭昭代，才微辱至公。还愁把春酒，双泪污杯中。

黄滔说自己不仅"学养"欠缺，而且在进士试中还"数塞"，故而"穷居""孤坐"，"年长"的他深感"惭昭代"，且更痛心于自己"才微辱至公"。唐诗中的"至公"有作"最为公正之考场"解，但这里的"至公"，笔者以为应作"最杰出的某公"解，应即指黄滔的六世祖开国公黄岸。黄滔在《代郑郎中上兴道郑相启》中，代郑郎中写信给郑相，说我与郑相"既情非曩旧，复地隔尊卑。尚能感动至公，遭逢殊礼"，这里的"至公"，显然指郑相这个人。又，黄滔《祭陈侍御》说"难亨者吾道，难偶者至公"，这里"至公"指陈侍御这个人。故黄滔此诗中的"至公"，应当指他的六世祖开国公黄岸。黄滔认为，自己年年落榜不仅是自己个人的失败，而且还连累到黄氏家族，使六世祖开国公黄岸蒙羞受辱，不断自责的他不禁"双泪污杯中"。年年落榜的打击，使得黄滔甚至不敢去看进士榜，"愁闻南院看期到，恐被东墙旧恨侵"（《投刑部裴郎中》）。黄滔甚至畏惧每年的秋试之期，"重叠愁肠只自知，苦于吞蘖乱于丝……故国田园经战后，穷荒日月逼秋期"（《旅怀寄友人》）；"试期交后犹为客，公道开时敢说冤……举头尽到断肠处，何必秋风江上猿"（《关中言怀》）。

然而，黄滔虽有落榜的"泣数行""泪俱流""落泪频""泪污杯"，但他并没有被失败击垮，他以顽强的毅力坚持下来，为了个人"立功业"，为了家族的荣耀，他不断激励自己、劝勉自己。他的《入关旅次言怀》写道：

> 寸心唯自切，上国与谁期？月晦时风雨，秋深日别离。便休终未肯，已苦不能疑。独愧商山路，千年四皓祠。

黄滔认为，在都城，唯有自己才能关心自己，尽管"时风雨"，但进士及第的路"便休终未肯"，已经没有退路，自己已不想追求四皓的长寿，其言外之意，即自己只能拼命苦读、不断写作。故而他又在《书怀寄友人》中说："常思扬子云，五藏曾离身。寂寞一生中，千载空清芬。"他以西汉扬雄为创作《甘泉赋》而思虑精苦、梦中五脏离身出于地的事激励自己，说扬雄虽然一生寂寞，但留下无边无际的清芬，故而他说自己虽然"逐贡愧行朝"，但"谁怕秋风起，听蝉度渭桥"（《书怀》），认定"莫论蟾月无梯接，大底龙津有浪翻"（《酬俞钧》），坚信自己定能"跳过龙门"。功夫不负有心人，56岁时，黄滔果然进士及第。该年进士试颇为曲折，发榜时录进士25名，黄滔榜上有名，但落第举子颇为不满，指斥主考官崔凝受人请托、营私舞弊，昭宗皇帝决定重考，并亲自阅卷，最后录取进士15人，黄滔依然榜上有名，排名第10，这说明黄滔的诗赋水平是经得起考验的。

及第后的黄滔自然既欣喜又激动，此前他对放榜，是"愁闻南院看期到"，而对这次的及第榜，他写道："吾唐取士最堪夸，仙榜标名出曙霞。白马嘶风三十辔，朱门秉烛一千家。"（《放榜日》）写出放榜日的喜庆气氛。他的《二月二日宴中贻同年封先辈渭》写道，"帝尧城里日衔杯，每倚嵇康到玉颓"，放榜那几天，他每天都喝得如嵇康之玉山颓倒；他还说，及第意味着命运的根本转变，"如从平陆到蓬壶"（《成名后呈同年》）。但是，黄滔在欣喜激动的同时，仍然保持清醒的头脑，他虽然说"如从平陆到蓬壶"，但又告诫自己"敢将恩岳怠斯须"，不能有斯须的懈怠；在《和同年赵先辈观文》中他还说"事主酬恩难便闲"，从黄滔留存于世的诗赋文数量之多、艺术性之高，都证明黄滔确实从未"闲"过。

在黄滔这一时期的心路历程中，与上述悲伤、自勉、欣喜相伴随的，还有浓烈的思乡心理。漫长的28年，黄滔几乎无时不在思念故乡，"寒为旅雁暖还去，秦越离家可十年"（《归思》），他说大雁尚能每年南来北返，而自己离开南方越地（福建古称"闽越"）、来到秦地长安已经快十年了还无法回去，所以他说"乡心随去雁，一一到江南"（《旅怀》），只能让自己的"乡心"随同大雁飞到南方故里。他还说"孤枕忆山千里外"（《客舍秋晚夜怀故山》），"每忆家山即涕零，定须归老旧云扃"（《寓题》）。他还在《故山》中，一方面"支颐默省旧林泉，石径茅堂到目前"，另一方面又问自己"何事苍髯不归去，燕昭台上一年年"，既然这么想念故乡，为何又不回去？关于此中的原因，黄滔在《旅怀》中，有所道及：

> 雪貌潜凋雪发生，故园魂断弟兼兄。十年除夜在孤馆，万里一身求大名。空有新诗高华岳，已无丹恳出秦城。侯门莫问曾游处，槐柳影中肝胆倾。

"雪发生"时拜揖于侯门的黄滔之所以要在都城度过十个除夕，虽"故园魂断"而不回去，都是为了"万里一身求大名"，这个"大名"，自然是进士及第。唐代谚语曰"槐花黄，举子忙"，唐代举子应进士试，在每年八月槐花黄时，故曰"举子忙"，故而黄滔说"槐柳影中肝胆倾"。为了实现个人功业，为了延续家族荣耀，黄滔理所当然必须求此大名，没有退路。再者，黄滔家境贫寒，在长安的生活也很艰难，他说"若有水田过十亩，早应归去狄江村"（《长安书事》），又说"菜肠终日馁，霜鬓度年秋"（《出关言怀》），如果单从经济角度考虑，黄滔也必须进士及第，以便有固定的官员俸禄养家糊口、改善生活。他在进士及第的四年后，在得到四门博士官职后的次年终于回到闽地故里，此时，他已经有了进士功名，对祖宗也有个交代，在琅琊王王审知（唐朝封王审知为琅琊王，后梁朝封王审知为闽王）手下任职，也有俸禄收入，又可返回故里。

第二，反映唐代末年的社会现实。

当强盛开放的唐王朝走到最后五十年时，不仅已经没有了初盛唐的辉煌，连中唐的复苏之象也已消失，这一时期的唐朝，其主调是战争、饥馑、世风日下，这一切，都清晰地体现于黄滔的诗作中。他说"大国兵戈日，故乡饥馑年。相逢江海上，宁免一潸然"（《和友人酬寄》），写的是唐朝国内镇压黄巢起义军的战争、藩镇间的战争，以及饥馑。"游塞闻兵起，还吴值岁饥"（《晚春关中》），写的是外敌入侵的战争与岁饥。"五原人走马,昨夜到京师。绣户新夫妇,河梁生别离"(《河梁》),因为战争,使得新婚夫妇不得不分离,这是唐末版的杜甫《新婚别》。"豪门腐梁肉,穷巷思糠秕"(《秋夕贫居》),这是唐末版的"朱门酒肉臭,路有冻死骨"(杜甫诗句)。黄滔不仅斥责战争,而且还写出战争的惨状:"掘地破重城,烧山搜伏兵"(《塞上》);"荒骨或衔残铁露,惊风时掠暮沙旋。陇头冤气无归处,化作阴云飞杳然"(《塞下》),战死者已经化为"荒骨",而且荒骨上还带有箭镞等"残铁",可是却没人掩埋,真是惨不忍睹。写得最痛心、最深刻的是《书事》:

望岁心空切,耕夫尽把弓。千家数人在,一税十年空。没阵风沙黑,烧城水陆红。飞章奏西蜀,明诏与殊功。

黄滔于公元875年入京应进士试,880年黄巢起义军攻进长安,唐僖宗逃往西蜀,883年唐军又夺回长安。黄滔这首诗,写的就是这一段时间所目睹耳闻的有关长安之战的事。为了夺回长安,唐王朝到处抓丁,"耕夫尽把弓";加重赋税,"一税十年空";攻城之术无所不用其极,"烧城水陆红"。战争与饥馑又导致世风日下,他在《出关言怀》中写道"诗苦无人爱,言公是世仇",时人对公道话总是怀有敌意,黄滔所揭示的,是多么严酷的社会现象。他的《寄友人》又写道:"君爱桃李花,桃李花易飘。妾怜松柏色,松柏色难凋。当年识君初,指期非一朝。今辰见君意,日暮何萧条。入门有势利,孰能无嚣嚣。"这是借"妾"对"君"陈说,指出当时社会多数人已经抛弃正直刚毅的松树本色,而趋向轻浮奢华的桃李之风、势利之气。面对战争、饥馑、世风日下,忧国忧民的黄滔在《寄从兄璞》中说"待到中兴日,同看上国春",可是他等到的,不是唐朝的中兴,而是唐朝政权被朱全忠篡夺而灭亡。

第三,描述亲密的友情。

古代文人诗人都特重友情,故诗人之间彼此唱和寄赠的诗作也特别多,黄滔自然不会例外。其《寄题崔校书郊舍》云:"一片寒塘水,寻常立鹭鸶。主人贫爱客，沽酒往吟诗。"崔校书的郊舍有水塘有鹭鸶，环境不错，是吟诗的好地方；崔校书"贫爱客"，故黄滔先"沽酒"，然后再"往吟诗"，可见黄滔与崔校书关系之亲密随意、不讲客套，二人是"诗酒之情"，而非俗世之"酒肉之情"，"诗酒"与"酒肉"，一字之差，境界迥异。黄滔在长安应进士试期间，可能有一段时间找不到住处，热情的李少府邀黄滔住在他的园林中，黄滔作诗写道，"一壶浊酒百家诗，住此园林守选期"（《宿李少府园林》），黄滔与李少府之间，也是"诗酒之情"。

黄滔一生，曾经历过近二十次的下第痛苦，故而他对下第友人，自然是同病相怜、感同身受，当他得知"相知四十年，故国与长安"（《寄林宽》）的闽人林宽进士落第时，立即写了《送林宽下第东归》。其诗云：

> 为君惆怅惜离京，年少无人有屈名。积雪未开移发日，鸣蝉初急说来程。楚天去路过飞雁，灞岸归尘触锁城。又得新诗几章别，烟村竹径海涛声。

黄滔先是为林宽的下第而惆怅，为他无人赏识而惋惜，这是同情、安慰；但同时又在这送别之日，要他说说"来程"，即问他何时回长安，其言外之意是你一定要回来继续参加进士试；诗的末联说"又得新诗"，交代他一定要继续写诗，千万别放弃，这些都是亲密挚友的肺腑之言。这些肺腑之言，黄滔也同样对其他友人说过，其《贻林铎》云"终被春闱屈，低回至白头"，对林铎的进士试"受屈"深表同情。《别友人》云"莫恨东墙下，频伤命不通。苦心如有感，他日自推公"，唐诗中的"南院东墙"是进士榜公布之处，在礼部南院之东墙，黄滔对这位下第友人安慰道，你不要悲伤于频频落第，你的苦心一定会感动天神；诗的尾联说"越山烟翠在，终愧卧云翁"，说你回到"越山"后，必定会"终愧卧云翁"，黄滔的意思是，你不要去做隐士"卧云翁"，应当回都城继续参加进士试，你一定会成功的。黄滔在同情、鼓励下第友人的同时，也对友人的才华衷心称扬，如称赞"三征不起时贤议，九转终成道者言。绿酒千杯肠已烂，新诗数首骨犹存",屡试不第的晚唐著名诗人罗隐(《寄罗郎中隐》);称赞"长吟出点兵","边思杂诗情","西风严角声,吟余多独坐","文武全才"的从事(《寄边上从事》),称赞"茫茫名利内,何以拂尘襟"的友人(《寄友人山居》),称赞"超达陶子性,留琴不设弦",颇有陶渊明风格的友人(《赠友人》)。

  徐夤是黄滔的同乡好友,比黄滔小九岁,唐昭宗乾宁元年(894)进士及第,同年朝廷授予他秘书省正字之职。黄滔在《酬徐正字夤》中说"已免蹉跎负岁华,敢辞霜鬓雪呈花",说你虽然已"霜鬓雪呈花",但不能再说"蹉跎负岁华";秘书省正字的官位虽然不高,但"莫言蓬阁从容久,披处终知金在砂",你是"砂中金",必定会得到重用,必定会发出金子的亮光。从徐夤现存数量可观的诗赋看,徐夤的确称得晚唐五代闽地一大家。正因为黄滔视徐夤为"砂中金",故而他在《寄徐正字夤》诗中称徐夤为"美人",诗中说:"八月月如冰,登楼见姑射。美人隔千里,相思无羽驾。"黄滔将徐夤比作神话中姑射山的"美人",说自己虽然"相思",但可惜没有神鸟,无羽驾以飞到徐夤处。黄滔既称扬徐夤的才华,又将他视为知己,因为古代诗词中的"美人",有"才子"与"知音"两层意思。诗的末二句说"何当诗一句,同吟祝玄化","玄化",三国吴国歌曲名,颂仁德流洽、天下喜乐,黄滔希望能与徐夤再来一次你一句我一句的联句吟唱,共同祝愿唐朝的"玄化"美景。

  在黄滔的所有朋友中,翁承赞公(字文尧)是最亲密的一位。在黄滔现存209首的诗作中,有17首是写给翁承赞公的,或寄赠,或唱和,或奉酬。翁承赞公比黄滔年轻19岁,比黄滔晚一年进士及第,黄滔于公元901年回闽辅佐王审知,翁承赞公于904年、909年先后两次以正使、副使的身份回闽册封王审知(详见本书第一章第一节),故黄滔写给翁承赞公的诗,基本上作于翁承赞公两次使闽期间。这17首诗,或为歌美翁承赞公的两次使闽,或为奉和称扬翁承赞公的使闽诗作,而更多的是友情的叙写。黄滔在《翁文尧员外捧金紫还乡之命,雅发篇章,将原交情,远为嘉贶……辄滋酬和,以质奖私》诗中说:"两回谁解归华表,午夜兼能荐子虚。"黄滔自注曰："滔前年蒙文尧员外以长笺荐于时相。""时相"指当时的威武军节度使王审知，节度使相当于宰相。上文说及，黄滔进士及第后，朝廷并没有立即任命他官职，直到四年后才授予四门博士，但很快又改为官卑事杂的监察御史里行之职，黄滔心中自然颇为郁闷，这时好友翁承赞公便劝黄滔回闽辅佐王审知。中唐之后，进士及第者投奔节度使当幕僚是一种颇为普遍的现象，晚唐大诗人李商隐进士及第后，始终奔走于各节度使间当幕僚，直到去世，故翁承赞公才有此劝。出于友情，翁承赞公还特地向王审知写了封推荐黄滔的信，黄滔自然感激在心，故而于翁承赞公使闽期间，写了这首酬和之作，用了当年杨得意向汉武帝推荐《子虚赋》作者司马相如的典故，并加自注，说明黄滔对友人的举荐之情始终铭记在心。翁承赞公使闽期间曾患病，后痊愈，黄滔喜而作《喜翁文尧员外病起》，为他"昨日已如虎"，"尺璧无瑕疵"而高兴，二人友情之深，令人感动。翁承赞公两次使闽结束返京时，黄滔都有送别诗。第一次使闽即将结束时，黄滔在《奉和翁文尧员外经过七林书堂见寄之什》中说："定恐故园留不住，竹风松韵漫凄锵。"翁承赞公尚未动身北返，黄滔就担心"定恐故园留不住"，就"漫凄锵"。当北返的那一天终于到来时，他更作《送翁员外承赞》：

谁言吾党命多奇，荣美如君历数稀。衣锦还乡翻是客，回车谒帝却为归。凤旋北阙虚丹穴，星复南宫逼紫微。已分十旬无急诏，天涯相送只沾衣。

黄滔先是赞美翁承赞公的"荣美"，然后预祝他回到"南宫"后，一定会成为天子身旁的重臣，最后为今日的送别而"只沾衣"。几年后，当翁承赞公第二次使闽结束北返时，黄滔再次作诗送别，其《东山之游未遂，渐逼行期，作四十字奉寄翁文尧员外》云："轺车难久驻，须到别离时。北阙定归去，东山空作期。绿苔劳扫径，丹凤欲衔词。杨柳开帆岸，今朝泪已垂。""漫凄锵""只沾衣""泪已垂"，这绝非单纯的艺术描写，而是表现翁承赞公的北返确实令黄滔伤感。

第四，表现黄滔的归隐意念。

我国古代官居中下层或终身未仕的文人，或多或少都有隐居的意念，黄滔也不例外，只是黄滔的隐居意念出现得比较迟。黄滔36岁应进士试，56岁进士及第，60岁时朝廷才授予他四门博士之职，但很快又改任监察御史里行之职，62岁时回到闽地，投依辅佐闽王王审知。故笔者以为，黄滔在56岁进士及第前是不可能动隐居之念的，为了家族荣誉，他绝不能放弃进士试而去隐居。进士及第后，等候朝廷任命的那四年，他也不可能动隐居的念头，他要等待，希望甚至相信朝廷会给一个合乎自己理想的任命。故黄滔真正动起归隐之念的，应是他在60岁到62岁担任四门博士，但很快又改任监察御史里行之职时。"里行"是俸禄很低的散官，类似于某官的"行走"，这自然使黄滔感到很失望，他的归隐之念应当就产生于这一时期。他在《送陈明府归衡阳》一诗的后六句写道："三年两殊考，一日数离筵。久别湖波绿，相思岳月圆。翠萝曾隐处，定恐却求仙。"黄滔以羡慕的语气对陈明府说：你从此告别"三年两殊考，一日数离筵"的官场生活，回到你此前"湖波绿""岳月圆"的"翠萝曾隐处"，我猜测你以后说不定还会再进而求仙。从诗的字里行间不难看出黄滔对陈明府归隐的羡慕。他的《寄罗浮山道者二首》其一末两句写道："林间学道如容我，今便辞他宠辱喧"，如果罗浮山道者能容纳我，我立即辞官归隐罗浮山，加入你们学道的行列。他在《上刑部卢员外》诗中说："谁识在官意，开门树色间。寻幽频宿寺，乞假拟归山。"我虽然当了官，却经常夜宿寺院，以至早晨开门经常面对山树，我想请假回故山。"不知琴月夜，几客得同闲"，不知有几人如我，在"琴月夜"过着悠闲的生活，这是黄滔对自己退隐之后生活的想象。他的《上李补阙》，再次表达自己归隐的决心：

十洲非暂别，龙尾肯慵登。谏草封山药，朝衣施衲僧。月留江客待，句历钓船征。终恐林栖去，餐霞叶上升。

黄滔在诗中说：我要长别、而非暂别朝廷的宫廷乐曲《十洲》，皇宫内升殿的斜坡道"龙尾"我也不想再攀登。起草劝谏表的纸我都用来包山药，我把朝衣送给僧人。江上的明月正等我观赏，垂钓的诗句正等我思索，我必将归隐山林，过着"餐霞"的生活。显然，这是黄滔准备归隐前向李补阙告别的诗作。黄滔在担任四门博士、监察御史里行的两年之后，便辞职回到闽地福州，闽王王审知委以重任。福州有黄滔的祖宅，黄滔在王审知手下，过着悠闲的半官半隐生活。

第五，与闽王王审知有关的诗作。

黄滔回闽后的文学创作多集中于文、赋两方面，诗作中与闽王王审知有关的，只能就其内容予以确定。其《壬癸岁书情》的"壬"指唐昭宗天复二年壬戌年（902），"癸"指天复三年癸亥年（903），黄滔于901年回闽，故此诗应作于黄滔回闽之后。诗中说他回闽之前在都城长安"投文值用兵""垄上歉年耕"，当时"冠盖新人物"，掌权的尽是藩镇、宦官这些新人物；而对于黄滔自己来说，则是"疏柳恶蝉鸣"，蝉，喻高尚之士，借指自己遭人恶语诽谤；"青云失曩情"，往日的青云之志已无法实现；"难立是浮名"，靠浮名是很难立身行志的。黄滔正是将上述情况与王审知治理下的闽地吏治清明、文化繁荣、百姓安居乐业做一比较后，才决定回闽辅佐王审知，以实现自己的志向。正如黄滔在《司马长卿》中写的："一自梁园失意回，无人知有掞天才。汉宫不锁陈皇后，谁肯量金买赋来。"诗篇说司马相如之所以得以展示其文赋的才华，是因为他碰到陈皇后买赋的机会，其言外之意是，自己的文赋才华之所以得以展示，是因为闽王王审知对他的器重、重用。对此黄滔自然心存感激，但他没有明说，而是借用司马相如的典故含蓄表达。黄滔的《贾客》云："大舟有深利，沧海无浅波。利深波也深，君意竟如何？鲸鲵齿上路，何如少经过。"这首诗是送给做海上贸易的贾客，诗的内容是劝他少做一些海上生意，因为"沧海无浅波"。从诗的内容可以推知，此诗应当写于濒海的闽地，诗篇从侧面反映出当时闽地海上贸易的繁荣。王审知曾在闽地开凿甘棠港以加强海上贸易，黄滔此诗可以作为当时海上贸易繁荣的旁证。黄滔另有《辞相府》诗,并加自注云:"时蒙堂帖追赴阙。""相府",此指闽王王审知府邸。"堂帖",指王审知所签署之文书。黄滔自注之意为,王审知催促自己立即携此文书前往都城,报与朝廷殿阙。诗中说"闽江似镜正堪恋""匹马忍辞藩屏去",最后说"今朝拜别幡幢下,双泪如珠滴不休"。此诗不论作于黄滔返闽辅佐王审知之后还是之前,黄滔与王审知的感情之深,都是显而易见的。

第六,其他内容的诗作。

黄滔诗作的内容,除了上述五个方面外,尚有山水诗、怀古诗、闺怨诗等。

黄滔的山水诗有一特点,即多写山水景物中动物的鸣叫声。如《忆庐山旧游》,全诗写景的只有一句,"孤峰月狖啼",夜晚月色中,回荡于庐山孤峰中的是狖之啼声。《浙幕李端公泛建溪》全诗写景的也只有一句,"对坐宵听月狖频",月夜中频频传来的,依然是狖之啼声。在《和王舍人、崔补阙题天王寺》中,黄滔描写登上福州"郭内青山寺"时见到"白云生院落,流水下城池","极浦征帆小,平芜落日迟"之美景,同时又写到声音,"歇鹤松低阁,鸣蛩径出篱",时时传出松间的鹤鸣声、篱笆间的鸣虫声。在《游囊山》中,写出故乡莆田囊山"溪声寒走涧"的潺潺溪流声以及"庵外曾游虎"的虎之吼声。在五言古风《壶公山》中,黄滔描写莆田壶公山之山体特征、花草树木、溪流泉水、骚人吟诗作赋等,同时又写到声音,"谷语升乔鸟",从山谷时时传出鸟儿飞向山峰时的鸣叫声。上述山水诗中,黄滔对动物鸣叫声的特别关注,不是偶然的,而是黄滔在自然界中极力寻求生命之蓬勃活力的表现,是其精神世界中特别重视生命力的表现。黄滔在二十年的进士试历程中,虽有下第的悲伤,但从不言弃,及第四年后,朝廷方授予他监察御史里行的小官,他不愿自己的生命力就这样平平淡淡地过去,第二年便离开都城、回到闽地,从而使得他生命的最后十年发出绚丽的光彩。

怀古诗有两种,或是对古代人物作客观的评价,或是就古代人物抒发某种情感,黄滔的怀古诗多融合二者以议论抒情。其《马嵬》三首的其一云："锦江晴碧剑锋奇，合有千年降圣时。天意从来知幸蜀，不关胎祸自蛾眉。"黄滔认为，"天意"早就注定锦江必有"千年降圣时"，认为"安史之乱"并非源于杨贵妃。这是借助"天意"的解释，曲折指出"安史之乱"源于唐玄宗用错了人，且判断错误。其二云："铁马嘶风一渡河，泪珠零便作惊波。鸣泉亦感上皇意，流下陇头呜咽多。"黄滔说，"铁马"兵士也为杨贵妃的死而"泪珠零便作惊波"。这是借士兵的"呜咽多"，表达对杨贵妃之死的同情。其三云："龙脑移香凤辇留，可能千古永悠悠。夜台若使香魂在，应作烟花出陇头。"黄滔希望乃至相信杨贵妃的"香魂""应作烟花出陇头"，仍然飘游于天地之间。黄滔这三首《马嵬》，既有议论，又有情感的抒发。

又如《严陵钓台》："终向烟霞作野夫，一竿竹不换簪裾。直钩犹逐熊罴起，独是先生真钓鱼。"黄滔说严子陵是"真钓鱼"，即"真隐士"，而姜太公则是"直钩"钓人，而非钓鱼，并非隐士。黄滔虽然称赞严子陵是"真隐士"，但他并不想做隐士，其《辇下书事》云："北阙新王业，东城入羽书。秋风满林起，谁道有鲈鱼？"黄滔反用张翰见秋风起遂归隐故园品尝鲈鱼脍的典故，意谓值此国家朝廷多事之秋，谁说还有鲈鱼脍，意即自己岂能无视国家朝廷多事而归隐故里。再者，黄滔又在《寓题》中写道："吴中烟水越中山，莫把渔樵谩自宽。归泛扁舟可容易？五湖高士是抛官。"古代诗词中的"渔樵""扁舟""五湖""钓者"均为隐士的象征，黄滔说归隐故里是要弃官的，这容易吗？黄滔家境贫寒，故他不可能弃官归隐，即使他在任监察御史里行期间曾有过归隐之念，最终也没有归隐，而是回到闽地，在王审知手下任职，过着一种"官而带隐"的生活。

黄滔的闺怨诗不多，有的与传统的闺怨诗相近。如《闺怨》其一云："寸心杳与马蹄随，如蜕形容在锦帏"，"待到乘轺入门处，泪珠流尽玉颜衰"，妻子担心等到丈夫"乘轺入门"时，自己已"玉颜衰"。《闺怨》其二云："妾家五岭南，君戍三城北。雁来虽有书，衡阳越不得。别久情易料，岂在窥翰墨。塞上无烟花，宁思妾颜色。""妾"担心"夫君"的心变了，不再想起她的"颜色"，其主题是传统的，但写法却很巧妙：明明是

"夫君"久无书信来，而"妾"却替"夫君"辩解：送信的鸿雁被衡阳的回雁峰挡住，飞不到五岭。明明是"夫君"想不起"妾"，把"妾"忘了，而"妾"却替"夫君"解释：边塞没有"花"，"夫君"当然不可能想起"妾"。有的闺怨诗也有新的角度，其《去扇》云："城上风生蜡炬寒，锦帷开处露翔鸾。已知秦女升仙态，休把圆轻隔牡丹。"诗写新婚之夜，娇羞的新娘用团扇遮住自己"牡丹"之容的情态。《别后》云："梦里相逢无后期，烟中解佩杳何之。亏蟾便是陈宫镜，莫吐清光照别离。"黄滔希望一对只能在"梦里相逢"的夫妻能够破镜重圆。诗中巧妙地将失散的夫妻比作缺月，又将缺月比作"陈宫镜"，为双重比喻的手法。

## 第二节　黄滔诗作的艺术性

黄滔是唐末诗坛的大家，他的诗不仅内容广泛深刻，而且艺术性也甚高，其中以下两方面最为突出。

第一，形象的描写。形象描写是文学的重要特征之一，黄滔的诗作中就有不少形象的描写，既有环境之形象描写，又有人物之形象描写。

黄滔有两首《塞上》，一首《塞下》，应当是他北游边塞时所作，另有《送友人边游》《送友人游边》，也涉及边塞。黄滔在这五首有关北方边塞的诗作中，为今天的读者描绘出一幅唐代末年北方边塞图。

边塞之天，是"塞门关外日光微""角怨单于雁驻飞""关山色死秋深日"。

边塞之地，是"冲水路从冰解断""尘空北岳横""沙雨黄莺啭""平芜千里见穷边""惊风时掠暮沙旋""关河初落日""霜雪下穷冬""野烧枯蓬旋""沙风匹马冲"。

其大军驻地，是"辕门青草生""砂城经雨坏""蓟门无易过""千里断人踪"。

其守边将士，是"燕山腊雪销金甲""秦苑秋风脆锦衣""掘地破重城""烧山搜伏兵""金徽互鸣咽""玉笛自凄清""旷野宿无程""秋风鼓角鸣""鼓角声沉霜重天""荒骨或衔残铁露""陇头冤气无归处""化作阴云飞杳然""虏骑入秋狂""虏酒不能浓""纵倾愁亦重"。

综上不难看出,唐末北方边塞环境之恶劣、战争之残酷、将士情感之凄清、战死者之悲惨,都令人触目惊心,这就是黄滔的形象描写所起到的艺术效果。

黄滔不仅善于描绘广阔的边塞,而且对某人居处的小环境及其主人的描写,也同样形象而生动。其《敷水卢校书》云:"宅带松萝僻,日唯猿鸟亲。"简单十个字,写出卢校书居处的特点:偏僻山居,四周有松与萝等树木花草,猿猴、山鸟等动物是他的朋友。其《题友人山居》云:"到君栖迹所,竹径与衡门","新泉浮石藓,崩壁露松根。更说寻僧处,孤峰上啸猿"。竹径、衡门、新泉、石藓、崩壁、松根、孤峰、啸猿,借助这些形象的词汇,读者不难想象出此山居的模样及其主人清高的品格。黄滔在《题郑山人居》中写道:

履迹遍莓苔,幽枝间药栽。枯杉擎雪朵,破牖触风开。泉自孤峰落,人从诸洞来。终期宿清夜,斟茗说天台。

从诗中可以推知,郑山人的山居之所,必定是他人罕至之处,故而"遍莓苔";居所简陋,以致"破牖触风开";居所四周是幽深的林木,林木之间,有山人所种的药材,还有落自孤峰的泉水;山中的"诸洞",是崇尚道教的郑山人修炼之处,他经常来往于此,即使天寒地冻,"枯杉擎雪朵",也从不间断;某次作者来拜访郑山人,热情好客的郑山人留作者过夜,而在晚上品茗交谈中,郑山人说的依然是道教名山天台山的故事。经过黄滔的形象描写,郑山人的居所便自然而然浮现于读者面前,而崇尚道教的郑山人之形象也呼之欲出。

翁承赞公描述其自家居所的诗作仅存《题昼锦堂》,其余均已散失,幸有黄滔的《奉和翁文尧员外文秀、光贤、昼锦之什》三首七律的形象描述,使得后人得以窥见翁公故里文秀亭、光贤阁、昼锦堂当年的模样。如写文秀亭曰"清泉引入旁添润，嘉树移来别带春"，写出文秀亭四周的清幽、雅静；写光贤阁曰"鸟行去没孤烟树，渔唱还从碧岛川"，从光贤阁远望，可以看到飞鸟远去，可以听到渔舟唱晚。写昼锦堂曰：

> 君王面赐紫还乡，金紫中推是甲裳。华构便将垂美号，故山重更发清光。水澄此日兰宫镜，树忆当年柏署霜。珍重朱栏兼翠拱，来来皆自读书堂。

诗写翁承赞公穿着金紫的官服回到故里，闽王王审知为翁承赞公兴建华美的昼锦堂，故乡的山水顿时"更发清光"。昼锦堂内有红色回廊栏杆，绘以彩色的斗拱，四周植有柏树，池水清澈如镜，还不时从读书堂传来琅琅的书声。黄滔以其生花之笔写出了文秀亭、光贤阁、昼锦堂的精美之处。

第二，律诗和排律中工整且流畅、自然的对偶。

首先，运用工整、流畅、自然的对偶。南宋杨万里在《〈黄御史集〉序》中说："诗至唐而盛，至晚唐而工。盖当时以此设科取士，士皆争竭其心思而为之，故其工后无及焉。"杨万里还举例说："御史公（黄滔）之诗，如《闻新雁》（即《河南府试秋夕闻新雁》）：'一声初触梦，半白已侵头……余灯依古壁，片月下沧洲。'如《游东林寺》：'寺寒三伏雨，松偃数朝枝。'如《上李补阙》：'谏草封山药，朝衣施衲僧。'如《退居》：'青山寒带雨，古木夜猿啼。'此与韩致光、吴融辈并游，未知其何人徐行后长者也。"像杨万里所举的诗句，还有很多。黄滔诗中的对偶句，不仅工整，而且流畅、自然，语言清新。如《题道成上人院》："簟舒湘竹滑，茗煮蜀芽香。"如《逢友人》："瘴岭行冲夏，边沙住隔冬。"如《寄少常卢同年》："古器岩耕得，神方客谜留。"如《广州试越台怀古》："歌钟非旧俗，烟月有层台。北望人何在，东流水不回。"如《襄州试白云归帝乡》："高岳和霜过，遥关带月飞。渐怜双阙近，宁恨众山违。"等等。

其次，善于使用流水对。凡对偶，都有并列对与流水对之分。并列对上下句的内容是并列的，如上引"簟舒湘竹滑，茗煮蜀芽香"二句；而流水对上下句的内容，则有时间上的前后关系，或逻辑上的前因后果关系，或一件事分两句叙述。（详见第二章第二节"王棨律赋艺术性分析"第五其一）黄滔的律诗和排律，则善于将流水对与并列对综合使用，因而其诗作中的对偶更显丰富多彩。如《过商山》二、三两联："如何冲腊雪，独自过商山。羸马高坡下，哀猿绝壁间。"二联为流水对：为何我冒着寒冬大雪，独自一人来到商山？此联虽是两句，说的却是一件事。三联为并列对，"羸马""哀猿"是同时并存的。又如《题友人山居》二、三两联："亦在乾坤内，独无尘俗喧。新泉浮石藓，崩壁露松根。"二联为流水对，意为你我都生活于乾坤之内，但唯独你这里没有尘俗之世的喧哗声。此联上下句意思不能调换。三联为并列对，"新泉""崩壁"是同时并存的。一首律诗由首联、二联、三联、末联组成，二、三联要对偶，如果有流水对，多放在二联，并列对多放在三联。一首律诗，如果既有流水对，又有并列对，自然会提高诗的艺术性，如上举数例。又如《游山》二、三两联："曾有游山客，来逢采药翁。异花寻复失，幽径蹑还穷。"二联为流水对，三联为并列对，意为曾经有游山的游客，来到这里正好遇到采药的老翁。再如《下第》二、三联："辞家从早岁，落第在初场。青草湖田改，单车客路忙。"二联为流水对，三联为并列对，先说早年辞家之事，再说今天的科场落第，其中时间上的前后关系显而易见。其他如《别友人》："苦心如有感，他日自推公。雨夜扁舟发，花时别酒空。"《伤翁外甥》："独在异乡殁，若为慈母闻。青春成大夜，新雨坏孤坟。"《赠宿松杨明府》："若非似水清无底，争得如冰凛拂人。月狖声和琴调咽，烟村景接柳条春。"《催妆》："虽言天上光阴别，且被人间更漏催。烟树迥垂连蒂杏，彩童交捧合欢杯。"等等。以上均为兼用流水对与并列对，于此可见黄滔在律诗和排律创作方面的不凡功力。

最后，新颖自然的全名词对偶联铺叙。略早于黄滔的温庭筠（约812—866）有一著名的律诗对偶联："鸡声茅店月，人迹板桥霜。"（《商山早行》）鸡声、茅店、月、人迹、板桥、霜，均为名词，或名词加修饰语，上下句均不用动词，因而形成浓郁且独有的诗之韵味。其后南宋陆游的"楼船夜雪瓜洲渡，铁马秋风大散关"（《书愤》），元代马致远的"枯藤老树昏鸦，小桥流水人家，古道西风瘦马"（《天净沙·秋思》），都是诗史上有名的全名词或加修饰语的名词对偶联。这种对偶联在黄滔的律诗中也不乏其例。如《下第出京》二、三联："一生为远客，几处未曾游。故疾江南雨，单衣蓟北秋。"二联为流水对，三联为加修饰语的名词对偶联，不用动词。又如《寄李校书游简寂观》二、三联："梧桐四更雨，山水一庭风。诗得如何句，仙游最胜宫。"二联为加修饰语的名词对偶联，不用动词，三联为一般的对偶联。其他如《和友人酬寄》"大国兵戈日，故乡饥馑年"，《贻李山人》"松竹寒时雨，池塘胜处春"，《寄献梓橦山侯侍御》"直道三湘水，高情四皓山"，《壬癸岁书情》"冠盖新人物，渔樵旧弟兄"，《和王舍人崔补阙题天王寺》"紫微今日句，黄绢昔年碑"，等等，均为加修饰语的名词对偶联，不用动词，其独有的音韵美非常明显。作为律诗，其修辞方面的艺术美，主要体现于二、三两联，如果这两联能够适当运用流水对，或者使用加修饰语的名词对偶，不用动词，则整首诗的艺术性必定会提高一个档次。

## 第三节 黄滔律赋的内容

唐代的进士试考五言十二句排律及律赋。律赋，即讲求平仄格律、须对偶、须按规定押韵的一种赋，如黄滔的《省试王者之道如龙首赋》，即黄滔某年参加由朝廷尚书省礼部主持的进士试试题，并规定以"龙之视听，有符君德"这八个字所在韵部押韵。现存黄滔22篇律赋，有两篇为"省试"，两篇为"御试"，即由皇帝唐昭宗亲自主持的进士试，这4篇应当是"官试"之作，但所有22篇律赋均有注明所押韵部的八个字，故其余18篇应当是"私试"之作。所谓"私试"，即某些进士应试者平时私下会聚在一起，以"官试"的要求命题作赋。

黄滔现存律赋，见《全唐文》卷822。在全面分析这22篇律赋之前，先对其作简单的题解。

1.《周以龙兴赋》 此赋写自"吕望之钩"后,八百诸侯盟津契会,进而霹破殷辛之国,建立周朝;因行立德之国策,使得"老聃之道,汉祖之颜,永宜雌伏"。

2.《明皇回驾经马嵬赋》 此赋写唐玄宗回驾经马嵬时,积恨绵绵,伤心悄悄,纵然有龙脑呈香,也无法招回贵妃之魂魄,纵然雨铃制曲,也只是徒有感于宫商。九泉隔越,乃唐玄宗平生最凄恻之事。

3.《以不贪为宝赋》 该赋言以不贪为宝,乃清贞特禀之展示,乃"不润屋而润身",乃"非货而曰货"。以不贪为宝,可"使民知反朴之风,俗靡攫金之过",可洗涤人心中之芜秽。

4.《景阳井赋》 此赋写当北方隋朝大军攻破建康、攻进景阳宫时,陈后主带着两个妃嫔躲进一口枯井。黄滔在这篇赋中嘲笑道:"奔入泓澄之内,冀逃吞噬之艰","盖悲鲋蛰之穴,不见龙潜之地;所以避匿其中,莫比汉高之事"。

5.《课虚责有赋》 这是一篇说理赋,意为透过细小现象,即"有",发现大的规律,即"虚"。"致彼音尘,莫隐于秋毫纤芥;令其影响,俄通于万户千门。"

6.《送君南浦赋》 此为写离别之名赋。"一时之萍梗波涛,今朝惜别;千里之秦吴燕宋,何日言旋","是知无人免别,有别皆伤",而送者希望"且当蘋涧,把芳酒以留欢;莫被薰风,吹片帆而便发"。

7.《水殿赋》 此赋写隋炀帝为幸江都宫,而"制龙舟而碍日,揭水殿以凌空","百幅帆立,千夫脚奔"。隋炀帝的穷奢极欲激起民变、兵变,结果"銮辂而飘成覆辙,楼船而堕作沉舟",隋炀帝被部将所杀,隋朝灭亡。

8.《狎鸥赋》 此赋写对待鸥鸟的两种心理:一是"海童以泛泛浮浮,爱于白鸥;遂将穷于赏玩,乃相狎以遨游"。二是"其父既骇于斯,爰令执之;才及入笼之念,已兴登俎之疑"。黄滔劝"包含诡绐之流,宜览之而改易"。

9. 《知白守黑赋》 "白"即"吐耀含辉……洞彻万物，昭彰一时；故为祸患之所之"。"黑"即"光沉影匿，漫北水而成色，既视之而不见，亦晓之而莫得……故为安宁之所则"。作者告诫世人：为人处世须韬光用晦，而不可炫实矜华。

10. 《汉宫人诵〈洞箫赋〉赋》 此赋描述汉代王褒《洞箫赋》极受妃嫔、宫女喜爱，"三千玉貌，皆吟凤藻于春风"，感叹自己虽亦具王褒之才，然赋作却无人欣赏，"洞箫之作兮何代无，谁继当时之吟诵"。

11. 《省试人文化天下赋》 此赋述周公创礼仪教化，唐帝继延之，"彬彬乎哉，郁郁乎哉，有以见我唐之至化"。

12. 《馆娃宫赋》 此赋写春秋时期吴王夫差因迷恋西施美色，又杀忠臣伍子胥，最后导致越国入侵、吴国灭亡，"舞榭歌台，朝为宫而暮为沼"。黄滔希望后代国君要引以为鉴，"彼雕墙峻宇之君，宜鉴丘墟于茂草"。

13. 《陈皇后因赋复宠赋》 此赋写陈皇后阿娇失宠后，因花千金买得司马相如《长门赋》而复宠于汉武帝。黄滔在赋末指出，"方今妃后悉承欢，不是后贤无此作"，巧妙地抒发自己怀才不遇的感叹。

14. 《秋色赋》 此赋极写自然界之秋："数声之玄鹤惊时，九皋摇落；一夜之新霜扑处，百卉离披。"黄滔借自然界之秋，写自己心中之秋："驱走群言，写抑郁之怀矣。"

15. 《戴安道碎琴赋》 据《晋书·戴安道传》记载，戴安道为了不当王侯的伶人而宁可将琴摔碎，黄滔此赋即据此而作。赋中对戴安道称赞道："艺至者不可以簪笏拘，情高者不可以王侯致。"

16. 《融结为河岳赋》 此赋说随着"川岳形成"，于是"刚柔随之而汹涌，嗜欲继之而隆崇"，而且"舟楫风生，航利名于世世；轮辕雷起，驾祸福于人人"。黄滔希望世人"默默绵绵然，却归于无事"。

17. 《魏侍中谏猎赋》 此赋是就初唐大臣魏徵劝谏唐太宗勿事畋猎一事而创作。黄滔称赞魏徵"激扬丹恳，爰陈谏净之诗"；还说"我太宗之启圣崇基"，与魏徵的"推诚辅时"，"莫不大罄箴规，坚持谠直"有一定关系。

18.《误笔牛赋》 《晋书·王献之传》载："桓温尝使（献之）书扇，笔误落，因画作乌驳牸牛，甚妙。"黄滔的《误笔牛赋》即据此而作。赋中称赞王献之"则知负艺通神，呈功骇人；遽从无而入有，俄背伪以归真"。

19.《省试王者之道如龙首赋》 此赋主要叙述王者在修身方面的模范作用：应"视听无偏"，"聪明罔失"。故王者须加强自身的修养："非澄耳目，不可以烛暗通幽；非审细微，不可以开基建极。"

20.《白日上升赋》 此赋主要论道家人士得道升天成仙之事。赋中描述了乘凤、乘龙、乘鹤三种升天之术："有鸾凤兮盘旋半空"，"俄然乘轩后之龙"，"忽尔控王乔之鹤"。

21.《御试曲直不相入赋》 此赋由木有曲直说到人有曲直："人之道兮，切在忠直；直也不可以曲从，曲也不可以直饰。""小人曲媚，或乘造次以得时；君子直诚，可仗英明而辅国。"故治国应当"惟曲是斥""惟直是求"。

22.《御试良弓献问赋》 此赋说制弓之木心有正邪之别，"木若有邪，奚副准绳之一一？"又从木说到治国："岂于有国，不注意于英贤？否则何以宏丕图于赫赫，垂宝祚于绵绵者哉！"（此赋末尾一小节原缺）

黄滔这22篇律赋，或以议论为主，如《周以龙兴赋》《以不贪为宝赋》及两篇"省试"赋、两篇"御试"赋等；或以怀古为主，如《景阳井赋》《陈皇后因赋复宠赋》等；或以抒情为主，如《狎鸥赋》《秋色赋》等。

黄滔律赋的内容主要有以下几方面。

第一，阐述政治思想、治国理论。

黄滔的一生，在晚唐五代之际，虽然他不是政治人物，但也有自己的政治思想、治国理论。他在《周以龙兴赋》中，赞美周朝以仁政思想治国，说施仁政，则"泽霈六合，恩濡兆民"，并因此而"韬仁圣以表威灵，涌祯祥而呈气色"，更进一步，则"足以雄飞革命，首冠兴王"。在《省试人文化天下赋》中,在歌美"始则六十四位,演自周王;旋则三百五篇,删于孔氏"的周文王、孔子之后,又接着赞扬道:"故得有国之君,准绳斯文;诗书礼乐以表里,干戚俎豆以区分;莫不经天纬地,仿佛氤氲;布彼寰瀛,风行而草偃;被于亿兆,玉洁而兰薰。"说经过人文教化后的国人,必然个个"玉洁而兰薰"。黄滔对儒家"人文化天下"思想的崇敬,显而易见。

　　黄滔还在《省试王者之道如龙首赋》中,提出国君应兼听兼视的观点。赋的开头云:"王者以御彼万国,居于九重;既体天而立制,遂如首以犹龙。"这几句点题,指出"王者之道如龙首",应当"体天而立制"。如何体天而立制?黄滔接着明确地指出:"视听无偏,四海自看其波凑;聪明罔失,兆民咸睹其云从。""视听无偏","聪明罔失",即兼听兼视,这就是"体天而立制"的具体内涵。国君能做到这一点,就能"俾其矫举之形,无幽不鉴;媲彼孤标之貌,有象皆分",就能识破任何"矫举"之人,就能区分常人与"孤标"之人,进而天下人自然会如"波凑""云从"般拥戴国君,国君就会"播雍熙之化,为昭圣之君"。相反,如果偏听偏视,"非澄耳目","非审细微",其结果必然是"不可以烛暗通幽","不可以开基建极"。黄滔的分析,可谓既深刻又全面。在《御试良弓献问赋》中,黄滔借木心有邪正,提出自己的治国理论:"以木心之邪正既别,将理道之比方乃同。木若有邪,奚副准绳之一一;理如无苟,必资国祚之崇崇。"他说,箭杆的木心如果不正,就无法射中目标,同样,治国的理论如果没有苟且差错,国家就会欣欣向荣。那么治国理论中,哪些最主要?黄滔又接着写道:"言念为弓,尚穷玄于脉理;岂于有国,不注意于英贤?否则何以宏丕图于赫赫,垂宝祚于绵绵者哉!""注意于英贤",就是治国理论中最主要的一点,只有任用英贤,国家才能实现宏图大业,才能"垂宝祚于绵绵";相反,如果排斥甚至杀害英贤,任用奸佞,其结果就会像春秋时的吴王夫差那样身死国灭。黄滔在《馆娃宫赋》中说,吴王夫差杀死英贤伍子胥、重用奸佞伯嚭,最终导致越军攻入,"殊不知敌国来攻,攒戈耀空","甲马万蹄,卷飞尘而灭没"。在越国大军的凌厉攻势中,吴国的宫殿"琼楼百尺,爆红烬之冥濛","瑶阶而便作泉壤,玉础而旋成藓石","舞榭歌台,朝为宫而暮为沼",这就是不重用英贤的悲惨结局。黄滔在赋的末尾写道:"彼雕墙峻宇之君,宜鉴丘墟于茂草",这是黄滔在告诫当时的唐朝国君:要吸取当年吴国因杀英贤、用奸佞而导致"雕墙峻宇"化为"丘墟茂草"的教训。

第二,歌美赞扬。

《左传·襄公十五年》载:"宋人或得玉,献诸子罕,子罕弗受……曰:'我以不贪为宝,尔以玉为宝,若以与我,皆丧宝也,不若人有其宝。'"黄滔在《以不贪为宝赋》中,赞美子罕这种以不贪为宝的思想,说"此特禀其清贞",并称赞这种品格"莫不扫埃垢于嗜欲,扩规模于廉耻",并"卒使民知反朴之风,俗靡攫金之过",不论是国民素质,还是社会风气,都必然呈现美好景象。

在《狎鸥赋》中,黄滔还赞美人与人之间以诚相待、同心同德、彼此平等的社会思想;说"彼鸟何知,苟同心而同德;斯人足验,谅不忮而不求",又说"却尽猜嫌,皆得忘形之意",称赞"泛泛浮浮,爱于白鸥"的"海童",不论是对动物还是对人,都同心同德、无忌恨、无贪求、拒绝一切猜嫌,进而达到彼此"忘形"的精神境界。《晋书·隐逸传》载:"戴逵,字安道……性不乐当世,常以琴画自娱……太宰武陵王晞闻其善鼓琴,使人召之,逵对使者破琴曰:'戴安道不为王门伶人。'"黄滔在《戴安道碎琴赋》中,称赞戴安道宁可碎琴,也不愿为武陵王司马晞弹琴的不屈服于权贵的清高节操,称赞他"持诚慷慨,爱击碎以示胸襟;想夫名利莫羁,烟霞为赏"。赋末更进一步总结道:"则知艺至者不可以簪笏拘,情高者不可以王侯致。"

此外,在《魏侍中谏猎赋》中,黄滔还赞扬了唐代魏徵勇于劝谏唐太宗停止田猎的刚正精神,"我太宗之启圣崇基,魏侍中之推诚辅时;恐羽猎以失德,采风骚而属词。瞻仰皇情,欲止畋游之事;激扬丹恳,爱陈谏诤之诗",说这种精神是"大罄箴规,坚持谠直"之耿介人格的表现。

黄滔还在《御试曲直不相入赋》中,赞扬正能量的处世精神。赋中说,"至如木也,或表从绳之直,或叠来巢之曲",但"勿言同地而错杂,固乃殊途而瞻瞩";木虽有曲直之分,但各有用途,而世人的处世,却只能正直,而不可阿曲。黄滔说"人之道兮,切在忠直。直也不可以曲从,曲也不可以直饰",又说"顾惟忠谠之受性,岂与邪谀而同域",直与曲、忠与邪,绝不能共处同域。此外,黄滔的《知白守黑赋》,说的则是世人应牢记"韬光用晦"的道理,不要随便"炫实矜华"。他在赋中写道:"圣人所以立言于彼,垂训于后;将令学者,得韬光用晦之机,不使来人,有炫实矜华之丑。"又说:"故怀希代之珍者被褐,负不羁之才者草玄;然后弘彰典式,克免危颠。""韬光养晦",不随便"炫实矜华",就能成就功业,免遭危颠。黄滔的这些告诫,在官场斗争极为激烈的古代有一定的道理,作者在赋的末尾又再次叮嘱:"吾徒也勉之哉,佩带斯言而勿坠。"

黄滔还在《误笔牛赋》中,称赞王献之作乌牛图"失手而笔唯误点,应机而牛则真成"的艺术天才,说王献之因此而"垂千载之名"。黄滔之所以对王献之的乌牛图有如此高的评价,是因为这个图不是一般的构思、铺纸、下笔,而是就误落的墨点而画牛,而且是在扇面上作画,自然更见王献之的艺术功力。

第三,讽刺。

首先是讽刺历史上的某些人物。隋炀帝杨广为了巡游江南,不顾经几百年南北朝战争后的国力衰竭、民生凋敝,悍然征调几百万人力,开凿大运河,建造几百条龙舟巨舰,所经沿途,又责令地方官豪华迎送,调集民夫拉纤,终于导致民众起义,隋炀帝也身死国灭。黄滔的《水殿赋》,就是以这一历史题材创作的。"水殿",即隋炀帝所乘坐的龙舟,堪称水上宫殿。该赋前一大半,是对水殿"遗惊鬼瞰,遽及神谋"的铺叙描写;继之,笔锋陡转而讽刺隋炀帝的荒淫及灭亡:"銮辂而飘成覆辙,楼船而堕作沉舟。宝祚皇风,一倾亡于下国;霞窗绣柱,大零落于东流。"黄滔以对比手法,讽刺隋炀帝引为得意的銮辂、楼船、宝祚、皇风、霞窗、绣柱,顷刻间化为乌有,转眼间就身死国灭。赋的末尾,黄滔又尖锐指出:"嗟夫!驾作祸殃,树为罪咎。穿河彰没地之象,泛水示沉泉之丑。血化兆庶，财殚万有。所以汤武推仁，不得不加兵于癸受。"隋炀帝让亿万百姓"血化"、千万个家庭"财殚"，这就是他身死国灭的原因。因而，巡游江南的路上，他的每一辆车驾都会给他带来"祸殃"，沿途两岸每一棵缠着绸缎以迎送的大树都是他"罪咎"的证据，当他的龙舟穿行于江河之上或漂浮于波涛之中时，都是他"沉泉"身死、国灭"没地"的征兆。黄滔对隋炀帝讽刺之强烈之辛辣，他人罕及。

年代略早于隋炀帝的南朝陈后主陈叔宝，当北方隋朝大军（具有讽刺性的是，此隋朝大军的统帅就是日后的隋炀帝）兵临金陵城下时，他还在城内的皇宫里与众妃嫔一同欣赏《玉树后庭花》歌舞，当大军攻克都城、攻进皇宫时，惊慌失措的他匆忙与张、孔二贵妃躲进一枯井中，最后又非常狼狈地抓着井索爬出来。黄滔在《景阳井赋》中讽刺道，"叔宝以立作荒君，在为亡国。玉楼之丝管宵咽，桂岸之兵戈昼逼"，说这位正陶醉于"玉楼之丝管"的"荒君"转眼间便成了亡国之君；又讽刺道，"诚乖驭朽，攀素绠而胡颜"，问他爬出枯井后，还有什么脸面活在世间？黄滔还将陈叔宝的避匿枯井与刘邦的避匿芒砀山相比，讽刺道，"盖悲鲋蛰之穴，不见龙潜之地；所以避匿其中，莫比汉高之事"，说当年汉高祖刘邦所避匿的芒砀山，乃"龙潜之地"，故终成汉朝开国之君，而陈叔宝所避匿的枯井，不过是"鲋蛰之穴"，故顷刻间便成了亡国之君。陈叔宝亡国于公元589年，隋炀帝被杀于618年，二者相距不过29年，这自然会引起历史意识极强的黄滔的思考，会让他联想到当时的唐朝，故而他忧虑地写道，"莫可追寻，玉树之歌声邈矣；最堪惆怅，金瓶之咽处依然"，黄滔"金瓶之咽处依然"的忧虑，与略早于黄滔的杜牧"隔江犹唱后庭花"之忧虑何其相似。

黄滔的讽刺，既指向陈叔宝、隋炀帝这些昏君，也涉及社会上的某些人。在《以不贪为宝赋》中，他在称赞子罕"不润屋而润身，盖非货（非货，指廉洁的人格）而曰货"之后，又接着说："则知以非货而为宝者少，以所货而为宝者多。少则与珪璋而合美，多则与瓦砾而同科。"黄滔感叹当时社会上以人格美为宝的人太少了，讽刺以货物为美的人，不过是"瓦砾"而已，岂能与具有人格美的"珪璋"相比！在《狎鸥赋》中，在歌美海童的"以诚相待"后，又说到他的父亲，他父亲要海童明天捉几只海鸥回来，黄滔讽刺揭露道，"才及入笼之念，已兴登俎之疑"，"所谓祸机中藏，物情外释"，说他父亲此时已起宰杀海鸥之念，包藏祸心，暴露无遗。继之，又进一步写道："且斯鸟之犹尔，岂于人而能隔？则包含诡绐之流，宜览之而改易。"希望天下像他父亲这样的人，立即悬崖勒马，改易诡绐之心，以诚待人。

第四，述志，抒情。

首先是陈述志向。陈述志向不同于表达政治观点，后者是表达对政治的观点、看法，而前者仅是披露个人的志向。黄滔在《融结为河岳赋》中，先是描述天地形成过程："一浊一清，既定乾坤之体；或融或结，遂为河岳之形"。继之，叙写人世间之各种品德，或"航利名于世世"，或"驾祸福于人人"，或"致彼至柔，洒回邪而互急"，或"俾其峻极，干道德以全平"。最后，黄滔说出自己的志向："吾欲炭辅阴阳，炉燃天地；鼓将逦迤之浚谷，写破连延之积翠。令今日之形象，复当时之瘠瘵；默默绵绵然，却归于无事。"黄滔的志向是重新铸造天地阴阳，让世界重新回到淳朴无事的状态。这个志向虽然有点虚无渺茫，却反映出黄滔对当时社会风气的不满，以及想改变这种社会风气的志向。

其次，抒发怀才不遇的伤感。黄滔在《陈皇后因赋复宠赋》中说，失宠于汉武帝的陈皇后，因花千金请司马相如写《长门赋》，而汉武帝读了《长门赋》后，心生感动，重新宠幸陈皇后。此事令黄滔不禁赞叹道："苟非兹赋之赞咏，奚救当时之黜削。"然而，黄滔对《长门赋》的赞美并不是他的真正目的，在赋的末尾出人意料地写道："方今妃后悉承欢，不是后贤无此作。"意思是说，不是我等写不出《长门赋》这样的赋，而是没这个机会写，因"方今妃后悉承欢"。可见，抒发怀才不遇的伤感，才是黄滔作此赋的真正目的。黄滔的这种伤感也可以在他的《司马长卿》诗中得到佐证，其诗云："一自梁园失意回，无人知有揽天才。汉宫不锁陈皇后，谁肯量金买赋来？"如果说，《陈皇后因赋复宠赋》中的伤感抒发还比较含蓄的话，那么黄滔在《汉宫人诵〈洞箫赋〉赋》中的抒发则直白得多。在这篇赋中，黄滔花了大量笔墨描写王褒《洞箫赋》当时在皇宫中"三千玉貌，皆吟凤藻于春风"的盛况，继之，黄滔在赋末写道："方今天鉴求文，词人毕用。有才可应于妃后，工赋足流于嫔从。洞箫之作兮何代无，谁继当时之吟诵？"说方今词人、有才者，当然也包括自己在内，都能写出王褒《洞箫赋》那样的赋，可是"谁继当时之吟诵"？谁人会欣赏？字里行间透露出自己因诗作、赋作得不到主考官或掌权者的赏识，以致长年进士落第的牢骚不满。

再次，抒发对杨贵妃的同情。唐玄宗李隆基与杨贵妃之间悲欢生死的爱情，令后人既感叹唏嘘，又难以评说，唐代及其后的诗文，或斥责二人的误国，或同情他们的不幸，黄滔的《明皇回驾经马嵬赋》，则属于虽有斥责，但以同情为主。如赋中写杨贵妃在被赐死时的悲痛欲绝："千行之珠泪流下，四面之霜蹄践入。神仙表态，忽零落以无归；雨露成波，已沾濡而不及。"更写了唐玄宗回驾经马嵬时的内心痛苦，以及对杨贵妃的怀念："日惨风悲，到玉颜之死处；花愁露泣，认朱脸之啼痕"，"雨铃制曲，徒有感于宫商；龙脑呈香，不可返其魂魄。空极宵梦，宁逢晓妆。辇路见梧桐半死，烟空失鸾凤双翔"。从上述描述不难看出，黄滔对李杨二人的同情。赋末写道，"然则起兵虽自于青娥，斯亦圣唐之数"，意思是说，"安史之乱"的起因虽与杨贵妃有关，但也是圣唐之气数所决定的。其言外之意是，既然是圣唐气数决定的，那也不要太责怪杨贵妃。

最后，抒发离别的伤感。黄滔滞居长安二十多年，其间必然有几次南返莆田故里，与家人亲友相聚，然后再前往京城长安应进士试。如他在应进士试期间所写的《与蒋先辈启》（现存黄滔《与蒋先辈启》共有三启，此似为第一启）中说："滔自违门仞，寻达家山。拜慈亲而聚族生光，述宏造而一时泣下。"然而，在黄滔的二百多首诗作中，却看不到他辞别故里、再赴都城、留别亲友的诗作，也许屡屡进士落榜、内心本已十分痛苦的他，实在不忍心再去写伤感的留别诗，因此，他把离别的伤感全都注入《送君南浦赋》中。这篇赋没有任何现实或历史的故事依托，只是单纯写离别，而作为晚唐五代文学家的黄滔，必定会在这篇赋中融进自己的离别伤感，故而在黄滔的22篇律赋中，这篇赋写得最为感人。全赋为：

> 南浦风烟，伤心渺然。春山历历，春草绵绵。那堪送行客，启离筵。一时之萍梗波涛，今朝惜别；千里之秦吴燕宋，何日言旋？当其系马出船，候潮待月；低徊而少妇对景，怆恨而王孙望阙。莫不捻蘸竹以凄楚，拨湘弦而激越。且当蘋涧，把芳酒以留欢；莫被薰风，吹片帆而便发。君不见陌上尘中，奔西走东；车轮似水，马足如蓬。夜泊而猿啼霜树，晨征而月在烟空。争得枝间，比翼更同于越鸟；只应波上，离群便逐于燕鸿。莫不太苦行人，偏伤别妾。龙媒而嘶出金埒，鸾扇而持归玉箧。于时莫展歌喉，全沉笑靥。郊天路口，愁攀夹渡之柳条；采蕨山前，忍看解维之桂楫。是知无人免别，有别皆伤；使人落颜，貌枯肺肠；泪成雨，鬓侵霜；朝悲五岭，暮怨三湘；梦去不到，书来岂常。况一川之烟景茫茫，横冲楚徼；两岸之风涛渺渺，直截炎荒。无不销魂，如何举目？赍行而宝剑三尺，留下而明珠十斛。林骈樛木，推诚而敢望合欢；洲跃嘉鱼，取信而当期剖腹。及夫乐阕人散，龟飞日曛，遗鞭却取，解佩还分。玉窗之归步愁举，兰棹之移声忍闻。须知赤帝之江头，两心似火；莫自苍梧之岸曲，一去如云。虽伫锦衾而赠我，终摘锦字以酬君。已而谁不别离，别离如此；谁不相送，相送于是。则东门与北梁，不足云尔。

赋中写道"南浦风烟，伤心渺然"，"南浦"虽是泛指离别地（屈原《九歌·河伯》："送美人兮南浦"），但也可指南方黄滔故里的离别地。"一时之萍梗波涛，今朝惜别；千里之秦吴燕宋，何日言旋"，秦，指秦地长安，吴，指吴地莆田，黄滔在其诗作中，曾多次将故里闽地称作"吴"，因三国时，闽地属吴国。"争得枝间，比翼更同于越鸟；只应波上，离群便逐于燕鸿"，这两句暗含黄滔与其妻子离别；"朝悲五岭，暮怨三湘；梦去不到，书来岂常"，黄滔在赴长安应进士试前，曾由莆田县学举荐，赴五岭的广州参加岭南东道节度使主持的南方数省举子考试（见前文黄滔生平介绍），故云"朝悲五岭"，"须知赤帝之江头，两心似火；莫自苍梧之岸曲，一去如云"。"赤帝之江头"，自然是南方闽地莆田的离别之江头，因古代文化中，"赤帝"为南方之帝。"两心似火"，自然暗含黄滔与他妻子之间的相爱之心。上述诠释，虽是笔者的推测，但此赋蕴含着黄滔的离别伤感，则是可以肯定的。

## 第四节　黄滔律赋的艺术性

第一，形象的铺叙描写。作为文体的"赋"，其最主要的艺术手法就是"赋"，即铺叙描写，这在黄滔的律赋中，也同样有突出而形象的例子，除了见于上述内容分析所引的某些例句外，还可以举出一些。如《送君南浦赋》的"君不见陌上尘中，奔西走东；车轮似水，马足如蓬。夜泊而猿啼霜树，晨征而月在烟空"，这是描写离别之后在路上的奔波，既有奔波者的"奔西走东"，又有他们的所闻"猿啼霜树"、所见"月在烟空"。又如《水殿赋》的"昔隋炀帝，幸江都宫；制龙舟而碍日，揭水殿以凌空。诡状奇形，虽压洪流之上；崇轩峻宇，如张丹禁之中"，这是描写隋炀帝的水上宫殿，既写水殿的"压洪流之上"的位置，又写出其"凌空"的高度，更写出其"崇轩峻宇"的华丽壮观。再如《陈皇后因赋复宠赋》的"琼楼寂寂，空高于明月秋风；瑶草凄凄，莫辗于金舆玉辂"，这是描写长门宫的冷寂，汉武帝的"金舆玉辂"从未来过。《秋色赋》的"松柏风高兮岁寒出，梧桐蝉急兮烟翠死"，"数声之玄鹤惊时，九皋摇落；一夜之新霜扑处，百卉离披"，这是描写入秋之后，大自然的衰败。《融结为河岳赋》的"于是苍茫不定，奔为归谷之墟；积聚无从，叠作干霄之质。则令川陆天下，江山域中，浅深莫极，夷险难穷"，这是描写混沌初开时，天地山河的形成。《白日上升赋》的"当其瑞景融融，圆虚碧穹。有烟霞兮蓊郁数处，有鸾凤兮盘旋半空。竞瞩尘眼，谁原道风。俄然乘轩后之龙，朝辞水上；忽尔控王乔之鹤，昼入云中"，这是描写白日上升、进入仙界的情状；等等。上述所举诸例，既有对现实某物某事的铺叙描绘，如《水殿赋》《陈皇后因赋复宠赋》，又有借助神话思维的铺叙描绘，如《融结为河岳赋》《白日上升赋》；既有着眼于人之情感的铺叙描绘，如《送君南浦赋》，又有对大自然草木飞禽的铺叙描绘，如《秋色赋》。于此可见黄滔对形象的铺叙描写这一艺术手法的运用自如。

  第二，灵活多样的对偶。对偶是赋的重要艺术特征之一，特别是律赋。笔者在论述黄滔诗作艺术性时，曾说到黄滔善于将并列对与流水对非常自然流畅地融于一首诗作中，这种艺术美也同样体现于黄滔的律赋中。如"台城破兮烟草春，旧井湛兮苔藓新。自亡迹于天子，几兴怀于路人"（《景阳井赋》），前两句为并列对，写陈朝灭亡后的惨状，后两句为流水对，写陈朝灭亡后路人的无限兴怀。"叔宝以立作荒君，在为亡国。玉楼之丝管宵咽，桂岸之兵戈昼逼。御天失措，且四方之大何从；没地无惭，顾九仞之深可匿。便委鸿业，旁携绿鬓。奔入泓澄之内，冀逃吞噬之艰。殊不知理昧纳隍，处穷泉而讵得；诚乖驭朽，攀素绠而胡颜。既而出作穷鳞，夺归偏爵。一时之覆辙如此，千载之遗波俨若。陌上澄澈，邱中寂寞。暗淘人事以冰释，旁写江天而镜扩。"（《景阳井赋》）这一大段例句中，从开头到"千载之遗波俨若"，均为流水对，几乎是一部陈朝亡国的简史。后四句为并列对，写陈朝之后的事。"春山历历，春草绵绵。那堪送行客，启离筵。一时之萍梗波涛，今朝惜别；千里之秦吴燕宋，何日言旋。"（《送君南浦赋》）前四句两两为并列对，写离别之时；后四句为流水对，写离别之后的漂泊无定。"焉有平生，探乐府铮钹之妙；爰教一旦，厕侯门戛击之徒。于是贲出月窗，毁于蓬户。掷数尺之鸾凤，飒一声之风雨。"（《戴安道碎琴赋》）前四句为流水对，说戴安道岂能让"探乐府之妙"的自己成为"厕身侯门之徒"，写出戴安道的清高人格；后四句两两为并列对，写戴安道的碎琴，表现他的愤怒。

  对于诗赋的吟诵者而言，流水对会给他们以流畅、灵动、活泼、自然的美感，而并列对带给他们的美感，则是凝重、厚实、稳定、规范，黄滔将这两种对偶综合运用于他的律赋中，这就让读者、吟诵者同时享受到上述两种美感。

第三，对比衬托。在黄滔的律赋中，常将对比与衬托这两种艺术手法巧妙而自然地融为一体，作品借助对比，以衬托主题，使得主题的揭示更为有力。如《明皇回驾经马嵬赋》的"茫茫而今日黄壤，历历而当时绮陌"，这是以李杨二人当年恩爱时的"历历绮陌"，衬托今日面对着杨贵妃坟墓的"茫茫黄壤"，在对比中衬托，写出了唐玄宗李隆基内心的悲伤痛苦。又如《水殿赋》的"銮辂而飘成覆辙，楼船而堕作沉舟"，借助"銮辂"与"覆辙"、"楼船"与"沉舟"的强烈对比，衬托出隋炀帝因不顾民力、追求豪华享受而导致"覆辙""沉舟"的悲惨结局。再如《馆娃宫赋》的"舞榭歌台，朝为宫而暮为沼"，"往日层构，兹辰古壕"，通过"宫"与"沼"、"层构"与"古壕"的对比，衬托出吴王夫差因迷恋西施而导致身死国灭的历史悲剧。

## 第五节　黄滔的文章

黄滔现存文章共67篇，见《全唐文》卷823。

### （一）书启

黄滔的书启共35篇，其中5篇为代他人而作，两篇述文学理论，一篇为寄给诗友罗隐，其余27篇均为黄滔写给当时朝中某些官员，写的缘由都只有一个：进士试。进士试始于隋炀帝，唐朝进士试的应试者之姓名是不糊名的，考官既要看应试者的考试成绩，也要结合他们的诗文在社会上的知名度及流传情况，这有其合理性，避免单凭一考定终生。但中唐之后，于考试成绩之外，应试的关键，逐渐变成是否有朝中官员特别是要员的举荐、称扬。于是广大举子在考之前，纷纷干谒朝中官员、要员，呈上自己写的诗赋，有的还有"传奇"，即文言小说，让朝中官员、要员了解自己的文才，后人称之为"行卷"；等考完之后，又再次呈上诗赋等，称"温卷"。黄滔的27篇书启，就是他在"行卷""温卷"时，呈给某些官员的类似信函的文字。这些文字虽是干谒性质，但折射出黄滔当时复杂的心理。黄滔在这些书启中，不止一次说到官员举荐、称扬的重大作用。如说"苟有所称，便驰殊誉；然后方冲桂月，递蹑蓬山"（《薛推先辈启》），又说若"荐向良时而角逐，则何患龙宫之杳杳，何忧蟾月之高高"（《与蒋先辈启》之第二启）。相反，如得不到举荐、称扬，则前程渺茫，"苟非先鸣汲引，哲匠发挥，纵或自强，行将安适"（《卢员外浔启》）。此外，黄滔几乎在每一篇书启中，都用华美的词汇、理想的典故赞美对方。如赞薛推曰："提江笔以云飞，掷孙金而羽化。"（《薛推先辈启》）赞刑部郑郎中曰："郎中乐府至音，儒家上瑞；既负雄文于卓绝，仍搜律韵于精微。"（《刑部郑郎中启》之第二启）赞南海韦荷尚书曰："文章则游夏固迁，事业则伊皋周召。"（《南海韦尚书启》）赞侯圭博士曰："博士负掷地鸿名，标掞天逸势；吐扬雄之五藏，陋班固之两京。"（《侯博士圭启》）赞韦舍人曰："舍人义路无疆，词源绝岸。"（《与韦舍人启》）等等。上述陈说举荐的重要及赞美对方，其目的自然是希望得到对方的举荐、称扬，这是他心中最大的愿望。他说："今者或因荐士，敢乞编名。所希从数仞墙，伴二三子，增辉琐质，擅价主人。"（《卢员外浔启》）又如："伏惟员外学士义路连天，仁心匪石；敢希援拯，毕赐生成。"（《赵员外启》）有的书启，则近于诉苦："哀滔昔年五随计吏，刖双足以全空；今复三历贡闱，救陆沉而未暇。许垂敏手，拯上重霄。谨以誓向鬼神，刻于肌骨。"（《翰林薛舍人启》）"下情无任攀托依投激切惕惧之至。"（《工部陆侍郎启》）为了进士及第，黄滔不由得说出这样弥漫着悲情的话，令一千多年后的人们不禁为之一洒同情之泪。不过，黄滔心中尽管有悲情，但他对未来进士试的乐观，却从未丧失。他在《与杨状头书》中说："故天将假后贤以援之，必先否其人之数，而后克亨其道。"意思是，我这几年的落榜，是上天为了让我"而后克亨其道"，而让我"先否其人之数"。黄滔还以经二十年举场失利、最终高中状元的杨状头为例，说明相信自己进士试的前途必定是光明的。其后的事实果真如他所说，"必先否其人之数，而后克亨其道",56岁时,他终于进士及第,并以其文学才华,被后人誉为"闽中文章初祖"。

## (二)序、赞、杂文

黄滔的"序"共两篇,一为文集之序,一为送别之序。

黄滔在《颍川陈先生集序》中,对陈黯先生评道:"先生之文,词不尚奇,切于理也;意不偶立,重师古也。其诗篇词赋檄,皆精而切,故于官试尤工。"但陈先生却无所成,对此,黄滔对当时的科举考试是否公正提出质疑。他说:"唐设进士科垂三百年,有司之取士也,喻之明镜,喻之平衡,未尝不以至公为之主。而得丧之际,或失于明镜,或差于平衡。何哉?俾其负不羁之才,蕴出人之行,殁身末路,抱恨泉台者多矣。呜呼!岂天之否其至公之道邪?抑人之自坎其命邪?颍川陈先生,实斯人之谓与。"黄滔写这篇序时陈黯已去世二十年,他自己经二十年的落榜,才获进士及第,可以想见,黄滔写这篇序时,一定感慨万千,他的质疑,绝非臆想。

《送外甥翁袭明赴举序》是黄滔送外甥翁袭明赴试的赠序。翁袭明少年时即"以词学擅州里誉",后"旋振于府帅州牧",并成为贡士,有资格赴长安应进士试。但翁袭明挂念母亲舍不得离开,他母亲因此而"悄焉如疾",黄滔见此,遂"得以与内外之亲辈流之善者,日激其行",临别时,黄滔作此文以赠之。文中称赞"袭明孝于家也",并说"今辈利于公道",以安慰他。后翁袭明于唐哀帝天祐三年即公元906年进士及第。

黄滔的"赞"共有两篇。

《龙伯国人赞》,说龙伯国人"一钓联六鳌",使得海上神山只剩蓬莱、方丈二山,因而"龙伯之钓兮钓减嬴刘",意即因神山减少,故而世上像嬴姓秦始皇、刘姓汉武帝那样迷信神仙的人也大为减少,故黄滔赞曰:龙伯人之钓,"岂惟一时兮表奇东海,抑乃万祀兮垂祉中洲"。

《一品写真赞》是黄滔对汉宣帝时麒麟阁所列十一位功臣画像的赞美,黄滔称他们是"嵩华干天,气貌斯然;溟渤纪地,胸襟靡异"。

黄滔的杂文共有8篇。

《祷说》说百姓关心的是"江山之祷"而非"日月之祷"。《夷齐辅周》说伯夷、叔齐的"首阳之饿乃谏死",因而他们也像周公、召公一样,都是有功于周朝的"辅周之臣"。《吴楚二医》说:"殷之亡也,疾之甚矣;秦之亡也,医之罪也。"意即殷纣王的灭亡,是因为纣王已无药可治;而秦朝的灭亡,则是医者李斯的罪过。《噫二篇》感叹无"自鉴"之明的人;感叹草木喻于君子则荣,喻于小人则耻。《文柏述》说"圣人之道,未尝不缺也","缺",即憾事。黄滔举例道,"故圣人穷于陈蔡宋卫",又说"设使不有陈蔡宋卫之事,则何以象天地日月之盈虚乎?"《公孙甲松》借东方朔之口,说公孙甲画的松"假能夺真",并由此联系到"妲己之假,夺比干之真;靳尚之假,夺屈原之真"。汉武帝听后,"悄然改容",次日,遂"雪司马史于既刑,台戾太子于不反"。《唐城客梦》说,客有宿唐城之鄙者,梦一神曰:"吾幸以神神之道,获司兹土之休戚。"黄滔借此小故事,表达自己"颇愤其神神之言"的唯物观念。《巫比》告诫世人应听士人之言,莫听巫者之言。

### (三)碑记铭

黄滔的碑记铭共有10篇,分记人与记事两类。

记人的为:

《绵上碑》。此碑是对春秋时晋国介之推的评说。黄滔说:"且重耳得国之初,赏功之际,钟鼎鳞次,独推漏泽。觉然而索,恳至焚林。而推以一时之失,为殁身之怨,可乎?"介之推用自己的被焚而死,表示对晋文公的一时过失(指没有及时封赏介之推)的不满,作为一个臣子,这样做行吗?对此,黄滔显然是否定的。但黄滔又说:"(介之推)既得其与尔俱隐之言(按,指介之推之母与介之推偕隐之言),从其德则其言晦,逃其迹则其言彰。其言彰,则其母名斯大,孝之至也。"又认为介之推是个大孝之人。

《龟洋灵感禅院东塔和尚碑》。此碑主要记叙东塔和尚的一生:"九岁诣真身大师为童子","年十五落发";武宗皇帝灭佛时,"和尚栖于岩穴之内,不离兹山";宣宗皇帝复寺后,和尚曾"受具足戒于襄州龙兴寺";后于唐僖宗中和二年(882)三月十日示灭,寿年六十有六。黄滔动情地赞道:"呜呼!和尚之道,不粒而午,不宇而禅。与虎狼杂居,所谓菩萨僧信矣。"又在文末的铭词中写道:"实归上界,岂曰下泉。松风柏雨,空悲岁年。"

《华严寺开山始祖碑铭》。黄滔说:师法号行标,俗姓方,九岁投玉涧寺监寺神皎出家。年二十一,遽讲所习《涅槃经》,一寺叹服。后卜居玉涧寺之北岩,刺史河东薛公仰其孤风,日扣《华严》大义,洎解印,与之偕至北岩,题之为华严院。师于咸通六年(865)七月五日示灭,寿八十有五,后升其院为华严寺,尊师为华严寺开山始祖。黄滔称赞师兼通儒佛,曰:"儒书皆通三皇五帝之道,言未尝及,而人知其博古也;经论综贯天堂地法之说,舌未尝举,而人皆务崇善也。所至清风凛凛,政所谓释子之高杰者也。"

《福州雪峰山故真觉大师碑铭》。黄滔写道:大师法号义存,长庆二年(822)壬寅,生于泉州南安县曾氏。12岁为莆田玉涧寺童子,17岁落发。咸通年间,大师拥徒至福州,"坐于怡山王真君上升之地",后"卜府之西二百里有山焉","顶之上则先冬而雪,盛夏而寒",大师曰"真吾居也",遂名其山曰雪峰。僖宗"于是圣锡真觉大师之号"。大师于戊辰年(908)夏五月二日圆寂,享年87岁。黄滔对真觉大师的评价非常高,他写道:"伟夫!恭闻释波之东注也,流其象则不流其旨,流其旨则不象其形。厥初大迦叶之垂二十八叶,至于达摩。达摩六叶,止于曹溪。分宗南北,德山则南宗五叶,大师嗣,其今六叶焉。"黄滔在碑铭的颂词中写道:"懿彼闽越,巍乎一峰;洞壑斯异,雪霜罕同;天之有待,师也云钟。"

《司直陈公墓志铭》。陈公名峤,字延封,号景山。黄滔在这篇墓志铭的开头,先极赞儒家思想之"姬孔之教,与日月以悬天;颜闵之馨,作芝兰而出地"。而后介绍陈公祖上之儒学家风,说陈公兄弟九人,"皆力儒学",陈公"龆龀好学,弱冠能文",唐僖宗光启三年(887)进士及第,朝廷授予摄京兆府参军，唐昭宗光化二年（899）去世，享年75岁。黄滔对陈峤的一生评价道："公为人谨信，居家纯孝。事继亲弥善，庐先君墓，泣血有闻。其所为文，扣孟轲扬雄户牖，凡三百篇，有表奏牍，颇为前辈推工。"黄滔又将他与孟浩然相提并论，说："猗欤！昔之负高才不以位而碑者，襄阳惟孟先生焉；今也累懿德不隆位而碑者，以陈夫子始。"

记事的为：

《泉州开元寺佛殿碑记》。此碑记作于唐昭宗乾宁四年（897）。黄滔在文中说，乾宁二年（895），泉州原开元寺"佛殿之与经楼、钟楼，一夕飞烬"，黄滔认为，"斯革故鼎新之数也"。后泉州太守、王潮之弟、检校工部尚书王审邽"乃割俸三千缗，鸠工度木"，重建开元寺，"不期年而宝殿涌出"。建成后，黄滔又就"斯革故鼎新之数"发议论道："是知天地日月，鬼神不欲一存其物，将有待于后人也。设使斯殿也斯楼也，不有之故，其何以新？我公之作之为，其何以布之哉？"

《大唐福州报恩定光多宝塔碑记》。黄滔在这篇碑记的开头，先是简要记述天复元年（901）唐昭宗被藩镇悍将劫持至凤翔，闽王王审知"以至忠之诚，发大誓愿，于开元之寺造塔，建号寿山，仍辅以经藏，乞车驾之还宫也"。继之叙述王审知于"其三年甲子，以大孝之诚，发大誓愿，于兹九仙山造塔，建号定光，仍辅以经藏，为先君司空先秦国太夫人元昆故司空荐祉于幽阴也"。黄滔述毕此二事之后，对王审知动情地赞美道："大矣哉！赫赫忠诚，恳恳孝思。以国以家，以明以幽。胡天地之不动欤！胡鬼神之不感欤！"继之黄滔详细叙述定光多宝珠的发现、塔的规模、寺的结构、法会盛况及儒佛的异同。最后在赞词中，赞美佛与儒："金圣人教德与功兮，鲁圣人教孝与忠兮；巍巍贤杰，二美钟兮。"

《灵山塑北方毗沙门天王碑》。天复二年（902），闽王王审知下令扩建福州城，六年后竣工。黄滔在碑文中记道："于是于开元寺之灵山，塑北方毗沙门天王一铺，全部落已，镇于城焉。"黄滔称赞王审知曰："今我公之至诚通日月，宏愿质鬼神，以旷世之功业，托无生之法力。"说从此"闽山永高，闽江永清。厥宜识之，盘石斯城"。

《丈六金身碑》。黄滔的此篇碑文，颇具史料价值：其一，记叙铸造丈六金身像的经过。"我公（按，即闽王王审知）粤天祐三年（906）丙寅秋七月乙丑，铸金铜像一，丈有六尺之高。后二十有三日丁亥，继之铸菩萨二，丈有三尺高。铜为内肌，金为外肤。"又记曰："冬十有二月丙申，会僧千千，以幡以幢，以钟以磬，引归于开元寺寿山之塔院。独殿以居之，翼二菩萨于左右。"其二，记叙法会的盛况，及参与者中的北方入闽人士。"其明年正月十有八日乙未，设二十万人斋，号无遮以落之……座客有右省常侍陇西李公洵、翰林承旨制诰兵部侍郎昌黎韩公偓、中书舍人琅琊王公涤、右补阙博陵崔征君道融、大司农琅琊王公标、吏部郎中谯国夏侯公淑、司勋员外郎王公拯、刑部员外郎弘农杨公承休、弘文馆直学士弘农杨公赞图、弘文馆直学士琅琊王公倜、集贤殿校理吴郡归公传懿。"

《莆山灵岩寺碑铭》。莆山灵岩寺是莆田非常古老的一座寺庙，关于它的历史，黄滔在这篇碑铭中说："昔梁陈间，邑儒荥阳郑生（按，即郑露）家之，生严乎一堂，架以诗书。既而秋，一夕风月清朗，俄有神人，鹤发麻衣，丈余其状。见于堂曰：'诚易兹为佛宇，善莫大焉。'生拜而诺，瞬而失。旋以堂居僧像佛，献其居为金仙院，即陈永定二年庚申（558，该年干支为戊寅，非庚申，作者误记）也。山水推其奇，鹤发增其异；缁锡日萃，院落日峻。隋开皇九年（589），升为寺焉。"碑记又记道：唐睿宗景云二年（711）辛亥，"有僧无际持妙法莲华经，感石上涌白泉。僧殁而泉变清焉，遂膺敕额为灵岩寺"。一百多年后，"今仆射琅琊王公（按，即王审知），牧民之外，雅隆净土……缮经五千卷，于兹华刱藏而藏焉，即天祐二年（905）春二月也"。黄滔于进士及第的次年即公元896年回莆田之时，特地拜谒此寺，此时上距郑露"献其居为金仙院"已过去三百三十多年，黄滔不胜感慨，遂写下此碑记。这篇碑记与上四篇碑记不同，上四篇或为应王审邽之命而作，或为应王审知之命而作，故内容侧重于客观叙写，而这篇则是黄滔因自己有感而作，故文中颇多充满情感的话语。如说"咸通、乾符之际（按，咸通、乾符分别为唐懿宗、唐僖宗的年号），豪贵塞龙门之路，平人艺士，十攻九败"；又说自己"奋然凡二十四年，于举场幸忝甲第,东归之寻旧址,苍苔四叠,嘉树双亚"。黄滔自唐懿宗咸通十三年(872)赴广州参加举子试,至唐昭宗乾宁二年(895)进士及第,前后共二十四年。黄滔又在文末的赞词中说:"四分律讲,万乘君听。敕飞额降,寺以灵名。不有地祥,焉动天庭?"黄滔年轻时曾在此寺中读书,"不有地祥",自己焉能"奋然凡二十四年,于举场幸忝甲第"?

### (四)祭文

黄滔的祭文共有 10 篇。

《祭陈侍御》。陈侍御即陈峤,陈峤进士及第时已 62 岁,故黄滔在祭文中说"难亨者吾道,难偶者至公",但依然赞道:"谁不奇夫子之节,谁不高夫子之名?"黄滔从陈峤的坎坷经历想到自己,说:"七千里而辛勤上国,二十年而惆怅东风。人皆一一以兴愤,我独孜孜而养蒙。既而凤阙飞尘,龟城挂榜。"可谓借他人之酒,浇自己胸中之块垒。祭文又写道:陈峤后回闽,投依闽王王审知,"君侯设醴以前席,里巷拜尘而如堵",得到重用。

《祭先外舅文》。文中的"外舅",即黄滔的岳父。黄滔说,他的外舅年轻时,乃"落落君子,行行鲁儒","气直志大"之人,但"数奇道污","名路崎岖",于是"枕中罢竟于名位,壶里别窥于日月",转而信奉道教。对此,黄滔在祭文的开头写道:"伏以彼苍者穹,祸淫福善。噫!何斯言之或谬欤?籛铿寿而颜渊夭,盗跖宥而嵇康刑,屈原冤而文考溺,冉恶疾而左丧明。胡其然哉?胡其然哉?"黄滔借祭祀外舅之文,抒发怀才不遇的牢骚。

《祭崔补阙》。崔补阙即崔道融,原本荆州人,累官至右补阙,后为避战乱,入闽依闽王王审知。黄滔在文中称赞崔补阙"迥禀高奇,兼之文学",他创作了"数百篇有唐之诗,数千字中兴之书",可是他"赍志殁地,其痛何如"。黄滔不禁感叹道:"虽人生之有定期,实士德之为不幸","岂鬼神之害良善,而吉凶之昧贤愚?"

《祭陈先辈》。陈先辈即陈鼎,闽地福清人,唐昭宗大顺二年(891)

进士及第,十年后,即唐昭宗光化四年(901),黄滔回闽投依闽王王审知时,作此祭文。文中说:"况乎东西多故,南北遥程;不得亲随薤露,送别松茔;既阙殷勤而执绋,空将呜咽以沾缨。"对于陈鼎的道德文章,黄滔说:"卓矣生世,学而立身","平生德行,囊昔文章。近则孟浩然,虽人间不仕;远则卜子夏,乃地下为郎"。黄滔与陈鼎童年时即为好朋友,"滔始自童年,至于壮岁,江乡为竹马之友,京辇作谷驾之会",故黄滔于此祭文颇多充满情感的叙述。

《祭林先辈》。林先辈名用谦。这篇祭文写于"光化三年(900)岁次庚申十一月日",这一年也是林用谦的进士及第之年,也就是说,林用谦在这年进士及第后没多久便去世了。这对于"三春累困于莺乔,数何奇也"的林用谦来说,是何等之残酷!故黄滔斥责道:"鬼神何害于善人?"说自己"未贺桂枝之入手,忽从薤露以伤心",还没来得及向林用谦祝贺进士及第,便要唱着《薤露》挽歌,为他送葬。

《祭右省李常侍》。李常侍即李洵,陇西人,官至中书省常侍。黄滔在文中,从他的仪表、度量说到进士及第及在都城的活动,"金石呈姿,陂湖禀量","月中则桂树连枝,日下则鸳行接翼";又从才华说到行迹,"为大廷之领袖,定千古之风流","忘越岭之崎岖,慕荆州而倚托";最后说到自己和他在都城与闽地的共处及他的不幸去世,"滔囊从上国,获戴殊私。近庆外藩,荐承厚顾。每伫十旬之入拜,宁期二竖以来攻"。黄滔不禁感叹道:"人生到此,天道何言。双泪空流,九泉无曙。东波呜咽,西日苍茫。"

《祭司勋孙郎中》。黄滔在祭文中说孙郎中乃"为乎国器,生之德门",然而"不幸岐雍多艰,干戈未偃","因展骥程于百越",进入闽地,投依闽王王审知。但"谁料皇天不佑,弥苶斯萦;遽折椿龄,俄随薤露",当此"江湖梗涩,京洛迢遥"的情况下,其灵柩无法北运,只能"权卜灵冈,寓安寿域"。黄滔不禁哭泣道:"人生若此,天道何言。涕泪空流,幽明骤隔。呜呼哀哉!"

《祭宋员外》。宋员外名希邈,是黄滔的同僚。黄滔在祭文的开头写道

"厥寿苟百，寿终则灭；厥身苟修，身殁名留"，认为宋员外就是"身殁名留"之人。说他"尊俎克彰于令誉，弦歌回振于嘉声"，虽然去世了，但他的"令誉""嘉声"仍然彰显、回振于世间。黄滔又在文中说："沙岸迎欢，津楼送别；且言不日之后会，谁料终天之永诀。"送别时原本说"不日之后会"，可谁料却突然去世。黄滔不禁痛哭道："人生梦幻，夫复何言。世路存亡，难胜痛咽。呜呼哀哉！"

《祭钱塘秦国太夫人》《祭南海南平王》。这两篇均为黄滔代闽王王审知而作的。吴越王钱镠之母秦国太夫人于天复元年（901）九月去世，次年正月，王审知派人致祭，并命黄滔作祭文《祭钱塘秦国太夫人》。后梁开平五年（911）三月，南海王刘隐去世，王审知派人致祭，并命黄滔作《祭南海南平王》。出于礼节，这两篇祭文对去世者做了夸大的赞美，如夸秦国太夫人是"腾辉女史，兴咏国风。推于古今，实无伦比"，夸南海南平王是"光扬千古，冠绝一时"。

### （五）黄滔的文论

首先，黄滔提出"文本于道"的思想。他在《课虚责有赋》中说："文本于道，道不可量，杳韬存而韫亡；道散于文，文不可当，乃飞锋而耀铓；取之者取之逾远，偶之者偶之不常。""文"指诗、赋、文的字句及文学手法，"道"指诗、赋、文的指导思想，具体即儒家思想。黄滔认为，一篇文章、一篇赋、一首诗词，"道"是最根本的，它散见一篇作品中，若隐若现，其作用非常深远、不可限量，而"文"则是"道"的外在显现；但不论是"文"还是"道"，都是取之不尽、用之不竭的。关于"文本于道"，他在《答陈磻隐论诗书》中又做了进一步的具体阐说："且诗本于《国风》王泽，将以刺上化下；苟不如是，曷诗人乎？""刺上化下"即"道"之功能之一，如果没有宣扬"道"，何必写诗？

其次，否定俪偶，提倡古文。黄滔留下22篇以俪偶为最大艺术特点的律赋，他这是为了应进士试而不得不作，实际上他对俪偶体的律赋是持否定态度的。他在《与王雄书》中说："夫俪偶之辞，文家之戏也，焉可赉其戏于作者乎？是若扬优喙，干谏舌，啼妾态，参妇德，得不为罪人乎？"黄滔认为，俪偶之辞，不过是文家的游戏之作，怎能让一个作者去写这样的游戏之文，这岂不是让人家做罪人吗？口气之严厉，古今少有。黄滔否定俪偶之文，而提倡的则是不以俪偶为特征的散文，他希望"元次山、韩退之之风复行于今日也"，就是希望中唐时代的韩柳古文能再现于今日。

最后，认为文不正则声不应。"文"指文学作品描写的对象，"声"指声律韵律。黄滔在《答陈磻隐论诗书》中说："天地笼万物，物物各有其状，各有其态，指言之不当则不应。由是圣人删诗，取之合于韶武。故能动天地，感鬼神。其次亦犹琴之舞鹤跃鱼，歌之遏云落尘，盖声之志也。琴之与歌尚尔，况惟诗乎？"黄滔的意思是：如果对对象描写不准确，那么声律、韵律的作用就发挥不出来。是说有理，比如一首律诗，如果描写有误，那么声律、韵律再准确也没用。

在晚唐五代闽籍作家中，黄滔创作所涉及的面最广，存世的作品篇数也很多，有200多首诗，22篇律赋，67篇各类文章，他不仅是很有成就的作家，而且还有文学理论思想，因而被后人称"闽中文章初祖"。

# 第四章　担忧唐帝祚被篡夺的徐夤

徐夤（约849—约921），一作徐寅，字昭梦，号钓矶，唐代莆田县常泰里延寿村（今福建莆田城厢区延寿村）人。关于徐夤的生年，史书无载，据清乾隆二十七年（1762）仙溪徐氏祠堂刊《延寿徐氏族谱》卷二之《唐状元秘书省正字公传》载，徐夤"卒年七十有三，梁末帝龙德元年（921）七月二十三日，寿终正寝"。福建师范大学文学院林毓莎硕士论文（2008年）《徐寅研究》据上述文献，推断徐夤应出生于唐宣宗大中三年（849年，古人以虚岁计年岁）。徐夤年少时即以长于骈语律赋闻名于当地，时人称之为"锦绣堆"。约于唐僖宗乾符四年（877）28岁时，赴长安应进士试，经17年挫折，于唐昭宗乾宁元年（894）进士及第第四名，当年即授予秘书省正字之职。六年后，约唐昭宗天复元年（901），离京游大梁（今河南开封）。据清代吴任臣《十国春秋·闽六·徐夤传》载，徐夤"以赋谒梁王全忠，误触其讳，梁王变色，夤狼狈出，欲遁去，恐不得脱，乃作《过大梁赋》以献"。中有"千金汉将，感精魄以神交；一眼伧夫，望英风而胆落"句，前句赞朱全忠自言曾梦韩信授以兵法事，后句讥讽当时的晋王李克用，李克用为朱全忠劲敌，出生时即一目失明。"梁王得赋大喜，遗缣五百匹。"约天复三年（903），徐夤返闽投依闽王王审知，任掌书记，与黄滔、翁承赞等共同辅佐王审知；三年多后，往泉州，依王审知之兄、泉州刺史王审邽，并与王审邽之子王延彬诗酒酬乐。约后梁末帝乾化四年（914），回莆田延寿村隐居。村旁有溪，徐夤常垂钓于此，故名之曰"钓矶"，亦以自号。后梁末帝龙德元年（921）去世。

关于徐夤的生平，还有其他一些事迹，如说唐昭宗钦赐徐夤状元及第；或曰徐夤于后梁开平年间再应进士试，且为状元及第；此二事于史难以寻得确证。又如《十国春秋·闽六·徐夤传》说，李克用之子李存勖于灭后梁、建立后唐时，曾对来祝贺的王审知使者说："徐夤无恙乎？归语尔主，父母之仇，不共戴天，夤指斥先帝，尔国何以容之？"使者回闽，俱以告，闽王王审知曰："如此，则上直欲杀徐夤尔，今但不可用矣。"王审知遂"即日戒阍者，不得引接。夤拂衣去"。李存勖灭后梁，建立后唐在公元923年，据《延寿徐氏族谱》，其时徐夤已去世两年，故上述"即日戒阍者，不得引接"等，与史不符。即使徐夤在923年仍健在，他也是隐居故里多年的七十五六岁的老人，而非闽王王审知身旁任掌书记的要员，王审知自然也不可能"即日戒阍者"，说"不得引接"。

徐夤著述颇丰，《十国春秋·闽六·徐夤传》云："有《探龙集》一卷，《雅道机要》并诗八卷，亦曰《钓矶集》，又有赋五卷。"就文学作品而言，《全唐诗》录其诗264首，《全唐文》录其赋28篇，《唐文拾遗》录其赋21篇，这264首诗、49篇赋（其中有两篇赋非徐夤作），基本上就是现存徐夤的文学作品。

## 第一节 徐夤诗作的内容

徐夤诗作的内容，主要有以下几方面。

第一，表达作者对晚唐现实的关注，抒发作者为国建功立业的志向抱负。

从小接受儒家思想教育，又身处唐王朝走向衰败期的徐夤，自然而然会关注当时的社会现实，关注唐王朝的命运，而且这种关注几乎是无时不在、无处不有。如他在《酒醒》一诗中，说自己"酒醒欲得适闲情"，于是他不想骑马，而是"策杖行"。一路上，他感受着"天暖天寒三月暮"的南方气候，自语"溪南溪北两村名"，经过"沙澄浅水鱼"，推测鱼也许怀疑我想去钓它；看到"花落平田鹤"，欣喜于鹤正陪伴着耕田的农夫。正当酒后的徐夤漫步于阳春三月之南国村野之时,他忽然想起"望断长安故交远,来书未说九河清",故交的来书,缘何"未说九河清"?是王朝已是"九河清",依旧安宁无事,还是朝廷又出大事,"九河"已不再清澈,而故交又不忍明言?徐夤这次酒醒之后的心情,无论如何也难以平静下来,这也难怪,他所目睹的社会乱象总是令他或忧心忡忡,或愤恨不已。

牡丹花是唐朝的国花,唐朝人对牡丹花的狂热痴迷,是其他任何一个朝代都无法企及的,白居易《买花》中"共道牡丹时,相随买花去","一丛深色花,十户中人赋"的描述,就是这种狂热的真实反映。这种狂热,到徐夤所在国力日渐衰退的唐朝末年依然存在,他在《牡丹花》二首中,一语中的地写道,"万万花中第一流,浅霞轻染嫩银瓯。能狂绮陌千金子,也惑朱门万户侯",并延及至"破却长安千万家"。而且更让徐夤痛心的是,因为牡丹花而使得"诗书满架尘埃扑,尽日无人略举头",这意味着对牡丹花的狂热,已经造成万千学子荒废学业、不想读书,已经威胁到传统文化的传承、发展,这不能不令平时有着风趣幽默性格的徐夤忧心忡忡。

此外,徐夤对现实的关注,还表现在对商人与农民生活水平悬殊的不满。他在《偶书》中写道,"市门逐利终身饱,谷口躬耕尽日饥","终身饱"的逐利商人,与"尽日饥"的躬耕农夫形成强烈的对比,自然给读者、也给徐夤自己以强烈的心理冲击。他在《润屋》一诗中,不无气愤地写道:"润屋丰家莫妄求,眼看多是与身仇。百禽罗得皆黄口,四皓山居始白头。"说"润屋丰家"的富者多是"与身仇"的短命者,而"山居"者却能"白头"长寿,说的虽然是气话,却可看出徐夤对贫富不均现象的不满与愤怒。

天复四年(904)四月,已经控制唐朝政权的宣武节度使、梁王朱全忠逼迫唐昭宗将都城迁往洛阳。当年八月,朱全忠又弑唐昭宗,立李柷为帝,是为唐哀帝(又称昭宣帝)。徐夤闻此噩耗,写下《寄卢端公同年仁炯,时迁都洛阳,新立幼主》一诗:

上阳宫阙翠华归，百辟伤心序汉仪。昆岳有炎琼玉碎，洛川无竹凤凰饥。须簪白笔匡明主，莫许黄瓜博少师。惆怅宸居远于日，长吁空摘鬓边丝。

徐夤认为这次迁都事件犹如昆仑圣山发大火，烧毁琼玉，高尚如凤凰的朝臣必定会陷入危机。他希望诸臣要承担起匡护明主的责任，不要让谄事朱全忠的小人掌握大权。面对一天天远离的国君，他不禁"长吁空摘鬓边丝"。

徐夤在关注社会现实的同时，又在各种不同的时间、不同的场合抒发为唐王朝、为国家建功立业的志向抱负。徐夤28岁离家赴京城长安应进士试，当他走到离长安不远的灵口道中时，不禁激动地吟诵道，"路上长安惟咫尺，灞陵西望接秦源。依稀日下分天阙，隐映云边是国门"，说自己心中朝思暮想的"长安""日下""天阙""国门"，已经近在咫尺，他想到自己施展抱负的机会终于触手可及，"高风九万程途近，与报沧洲欲化鲲"（《将入城灵口道中作》），庄子《逍遥游》所说的鲲化而为鹏，抟扶摇而上九万里，继而飞向南海的理想终于可以实现了。借助风发的意气，他相信自己的才能一定能得到施展，自己的志向、抱负一定会实现，"拍手相思惟大笑，我曹宁比等闲人"（《寄天台陈希畋》），这真是晚唐版的"仰天大笑出门去，我辈岂是蓬蒿人"（李白《金陵别儿童入京》）。此后，虽然他连年落榜，及第后也只是做无实权的"正字"小官，虽然他"半世辛勤一事无"，但他仍然想"借取秦宫台上镜，为时开照汉妖狐"（《咏怀》），想为国挖出"妖狐"、除去"妖狐"。诗中的"妖狐"绝非泛泛而说，必定有所指，指谁？笔者认为"妖狐"就是指朱全忠。（详见本章第三节第一）

他对自己居住的宅屋无甚讲究，说"衡茅只要免风雨，藻棁不须高栋梁"，最主要的是"燕台汉阁王侯事，青史千年播耿光"（《客厅》），希望自己能施展才华，为国建功，青史留名。有时，他还托友人告诉家中的亲人,说"吟诗台上如相问,与说磻溪直钓翁"(《送王校书往清源》)(清源即泉州,唐代莆田属泉州),托王校书告诉故乡人:我正在等待知己者,以便实现自己的志向。也许徐夤对成功的追求过于强烈,他有时会陶醉于自己某个方面的成功,如他在《自咏十韵》中说自己"忽依萤烛愧功成""才到名场得大名",又说"拙赋偏闻镌印卖,恶诗亲见画图呈",等等。

然而现实是无情的,尽管随着年龄的增长,他时不时地感叹自己"平生英壮节,何故旋消磨"(《题南寺》),但他依然念念不忘自己的志向,即使晚年归隐故里莆田,也仍旧如此:"昔游红杏苑,今隐刺桐村","惟有经邦事,年年志尚存"(《昔游》)。只是他不得不改变施展抱负的方式,转而致力于对朝廷政策的批评、对不良社会风气的抨击,就像他在《北园》中所写的,"生事罢求名与利,一窗书策是年支",用诗作或文章,表达他治理国家、治理社会的理念观点。比如,他认为要使国家兴旺,必须重用贤能,他在《偶题》一诗中写道:

闲补亡书见废兴,偶然前古也填膺。秦宫犹自拜张禄,楚幕不知留范增。大道岂全关历数,雄图强半属贤能。燕台财力知多少,谁筑黄金到九层?

徐夤认为,国家是否强盛,最主要取决于是否重用贤能,如战国时,秦国因重用化名张禄的魏国能者范雎而愈益强大,而楚汉相争时,项羽因逐走楚国富有远见的谋臣范增而失败;而且重用贤能,最主要的是用其"雄图",如秦昭王采用范雎"远交近攻"国策,而不是单纯的黄金赏赐。晚唐时代,随着国力的退减,社会风气也出现不少问题,这令忧国忧民的徐夤甚感不安,于是他用手中的笔,从各个方面规劝世人,"逐臭苍蝇岂有为,清蝉吟露最高奇"(《逐臭苍蝇》),劝世人不要做"逐臭苍蝇",应当做"高奇清蝉";"骄侈贴危俭素牢,镜中形影岂能逃?石家恃富身还灭,颜子非贫道不遭"(《骄侈》),劝世人不可骄侈,而应朴素,骄侈不仅伤害身体，而且还会惹来政治灾难、"身还灭"，而颜回却因安贫乐道而成为传播儒家之道的孔子之著名弟子；"龙蛰蛇蟠却待伸，和光何惜且同尘"，规劝有才能者如未能及时施展才华，不妨"龙蛰蛇蟠""和光同尘"以等待时机，"张禄先生竟相秦"（《龙蛰》），施展才华的机会一定会来到。同样，他劝世人对唐王朝的未来也要充满信心，他在《郊村独游》中说，"末路可能长薄命，修途应合有良时"，说自己的未来"可能长薄命"，而国家的"修途""应合有良时"，必定会再现良好的时代，因而他祈求苍天降下明主，"拜祝金天乞阴德，为民求主降神尧"（《西华》）。他又在《休说》中写道，"休说人间有陆沉，一樽闲待月明斟"，他绝不相信大唐王朝会"陆沉"，他自己就正在"闲待""月明"的到来，其忧国忧民之心令人感动。

第二，咏史、怀古诗。

咏史、怀古，是古代诗歌的两种题材。咏史，是就历史上的某一人物或某一事件，用诗的形式展开评论；怀古，则是面对某一历史遗迹，就与此遗迹有关的事件或人物，用诗的形式展开评论。故二者的最终着眼点是一致的。

徐夤的咏史、怀古诗所透露出的思想情感，主要有以下两方面：

其一，歌美、同情历史人物。

在秦末爆发的农民及六国贵族后裔的起义军中，项羽所率领的一支，抱着必死的决心，破釜沉舟，在巨鹿之战、漳南之战、汙水之战三大战役中，将秦军主力彻底歼灭；而刘邦所率领的义军，则是在这种情况下，几乎没遇到大的抵抗，就攻进秦朝都城咸阳，秦王子婴投降，秦朝灭亡。史学界不少学者认为，从表面上看，是刘邦灭掉秦朝，但实际上灭掉秦朝的人，应当是项羽，没有项羽在三大战役中彻底歼灭秦军主力，刘邦就不可能那么容易攻进咸阳、灭掉秦朝。故项羽在灭秦中的功绩，应当得到充分肯定。唐朝末年的徐夤就持这种观点。他在《读汉纪》一诗中写道：

布衣空手取中原，劲卒雄师不足论。楚国八千秦百万，豁开胸臆一时吞。

　　徐夤称赞秦末"布衣"项羽，凭"空手"组织起八千子弟兵，并歼灭"秦百万"，从而在灭秦大业中起到巨大的历史作用。

　　唐玄宗李隆基与杨贵妃的爱情故事，在"安史之乱"被平定后不久，就在士大夫、文人乃至民间流传开来，特别是白居易的《长恨歌》问世后，更是广为播扬，直到唐末徐夤的诗作还屡屡道及。其《华清宫》云："十二琼楼锁翠微，暮霞遗却六铢衣。桐枯丹穴凤何去，天在鼎湖龙不归。帘影罢添新翡翠，露华犹湿旧珠玑。君王魂断骊山路，且向蓬瀛伴贵妃。"其《再幸华清宫》再云："肠断将军改葬归，锦囊香在忆当时。年来却恨相思树，春至不生连理枝。雪女冢头瑶草合，贵妃池里玉莲衰。霓裳旧曲飞霜殿，梦破魂惊绝后期。"其《马嵬》又云："二百年来事远闻，从龙谁解尽如云。张均兄弟皆何在，却是杨妃死报君。"徐夤两次造访华清宫，面对"帘影罢添新翡翠，露华犹湿旧珠玑"，"贵妃池里玉莲衰"，不禁自问，也是问苍天："桐枯丹穴凤何去？"他遗憾于"霓裳旧曲飞霜殿，梦破魂惊绝后期"。他想起贵妃墓改葬时的"锦囊香在"，欣慰于君王虽然"魂断骊山路"，但"且向蓬瀛伴贵妃"，他"年来却恨相思树，春至不生连理枝"，责问相思树：先皇陛下与杨贵妃明明永远相依相伴于蓬莱仙岛，相思树却为何"不生连理枝"？诗的字里行间处处流露出对李杨爱情的同情。在《马嵬》又进而写道，"张均兄弟皆何在，却是杨妃死报君"，"安史之乱"爆发后，杨贵妃用自己的死回报国君唐玄宗，而唐玄宗之已故大臣张说的儿子、时任大理卿的张均却投降叛军，并被任以中书令，徐夤借助对比的艺术手法，进一步歌美杨贵妃。

　　其他如颂扬刘备、诸葛亮的功业，说刘备少年时"青桑如盖瑞先符"，三顾茅庐得到诸葛亮后，"绿水有鱼贤已得"，从此"能均汉祚三分业"，流芳百世（《蜀》）；再如称赞孙权在赤壁大战中"不迎曹操真长策"，"父兄犹庆授孙权"（《吴》）；等等。

　　其二，讽刺、斥责历史人物。

据《史记·张仪列传》载，战国时，楚齐二国结盟，张仪奉秦惠王之命使楚，对楚怀王说："大王诚能听臣，闭关绝约于齐，臣请献商於之地六百里。"楚怀王贪此六百里地，遂断绝与齐之盟。但等到楚使者向张仪索要六百里地时，张仪却说所献的是张仪自己的"奉邑六里"，楚怀王怒而发兵攻秦，前后战于丹阳、蓝田，均损兵折将、失地、割地。后张仪再次出使楚国，行前秦惠王还因商於之地事件替张仪担心，但张仪说："秦强楚弱，臣善靳尚，尚得事楚夫人郑袖，袖所言皆从，且臣奉王之节使楚，楚何敢加诛！"张仪至楚后，楚怀王怒而囚之，此时靳尚对郑袖说，秦王为救张仪，"将以上庸之地六县赂楚，以美人聘楚……秦女必贵而夫人斥矣"。于是郑袖日夜言怀王曰："人臣各为其主用，今地未入秦，秦使张仪来，至重王。王未有礼而杀张仪，秦必大怒攻楚，妾请子母俱迁江南，毋为秦所鱼肉也。"优柔寡断、无主见的楚怀王听后，竟然"赦张仪，厚礼之如故"。对于这段史实，徐夤在他的《楚国史》中评论道："六国商於恨最多，良弓休绾剑休磨。君王不剪如簧舌，再得张仪欲奈何？"徐夤讽刺楚怀王：如果"不剪"靳尚、郑袖的"如簧舌"，即使张仪自投罗网，也不敢惩处他。徐夤似乎意犹未尽，他在《张仪》一诗中，又再次讽刺楚怀王："荆楚南来又北归，分明舌在不应违。怀王本是无心者，笼得苍蝇却放飞。"诗中的"舌"，既指张仪本人的能言善辩之舌，也指靳尚、郑袖的如簧之舌。徐夤讽刺楚怀王，正是因为张仪、靳尚、郑袖的如簧之舌，才使得他"笼得苍蝇却放飞"。

西汉元帝时昭君出塞、远嫁匈奴的历史故事，是此后历代诗人所经常吟咏的题材，徐夤自然不会例外。他在《追和常建叹王昭君》《明妃》二诗中，同情昭君原先"红颜如朔雪"的白里透红的美貌，在严寒的塞北地带，"日烁忽成空"；同情她处于"泪尽黄云雨，尘消白草风"的恶劣自然环境之中；同情她浓烈的思乡之情，"愿化南飞燕，年年入汉宫"，不仅生前思乡，死后仍夜夜望乡，"香魂若得升明月，夜夜还应照汉宫"。在同情昭君的同时，徐夤又斥责汉元帝的无能，"君心争不悔，恨思竟何穷"，指责汉元帝对昭君远嫁塞北之策为何毫无悔意，导致昭君"恨思竟何穷"。

"安史之乱"是唐朝人的椎心泣血之痛,乱后的唐朝,再也无法再现此前的盛唐气象。这场叛乱的起因,自然是安禄山的野心,而这场叛乱之所以延续八年之久,徐夤在《开元即事》中指出,这首先与"堂上有兵天不用,幄中无策印空多"有关。当时朝中、军中尚有众多知兵善战的将领,可是唐玄宗却弃而不用,他所倚重的杨国忠,"幄中无策"却"印空多",徐夤自注:"杨国忠时兼诸使馆三十二印。"这导致良将被冤杀,叛军很快便兵临潼关城下。此时唐玄宗又犯了第二个错误:强令潼关守将哥舒翰出城迎战,结果大败,潼关失守,长安沦陷。对于这接连的惨败,徐夤在《忆潼关》诗中痛心地写道,"须知皇汉能扃鐍,延得年过四百余",暗讽唐玄宗没能像汉朝那样守住潼关,因而唐朝也没能像汉朝那样延续四百年之久。故而徐夤又在《开元即事》中写道,"未必蛾眉能破国,千秋休恨马嵬坡",贵妃无罪,要恨就要恨唐玄宗、杨国忠。而对于平定"安史之乱"的第一功臣郭子仪之长安故宅的"草没匡墙旧事空"(《古往今来》),又表示深深的遗憾、不满。

西汉成帝时的王太后,利用自己的地位,始终影响着朝政,她要成帝同日封其诸庶弟为侯,对此,徐夤在其《汉宫新宠》中讽刺王太后由于"位在嫔妃最上头",故而"日中月满可能久,花落色衰殊未忧",并模拟王太后的口气说,"妾家兄弟知多少,恰要同时拜列侯",讽刺的意味十分浓厚。此外,汉武帝的宠妃李夫人蒙住自己病中的脸,不愿让汉武帝看到,徐夤借此讽刺道,"若言要识愁中貌,也似君恩日日衰"(《李夫人二首》其一),讽刺得非常深刻。又如,当隋朝大军渡过长江、攻进陈朝都城金陵时,皇宫内的陈后主依旧和众妃嫔及御用文人一起喝着美酒看《玉树后庭花》,歌声尚未终了,陈后主就成了亡国之君,对此,徐夤讽刺道:"兵戈半渡前江水,狎客犹闻争酒巡","玉树歌声移入哭,金陵天子化为臣"。(《陈》)讽刺得既辛辣又有力。

第三,抒发作者欲归隐乡间的情怀。

"达则兼济天下,穷则独善其身",是我国古代绝大多数文人所依从的人生信条:君子掌权、正气上扬时,为国为民施展才能抱负;奸佞掌权、邪气得势时，或遇战乱时代，则退而独善其身，保持自己君子的人格。徐夤所遵守的也是这样的人生信条。上文已提及，徐夤是一个有着为国建功立业之抱负的人，但由于各种原因，他又时常产生归隐之念。他在《旅次寓题》中说："途穷怜抱疾，世乱耻登科。却起渔舟念，春风钓绿波。"其《北山秋晚》又云"燕秦正戎马，林下好婆娑"。唐末常因军阀混战而"世乱"而"正戎马"，故徐夤欲归隐而"钓绿波"，"林下好婆娑"。又其《闭门》云"骨冷欲针先觉痛，肉顽频灸不成疮"，因病痛而不得不归隐乡间，"闭却闲门卧小窗"。然而，其欲归隐的最主要原因，还是才能得不到施展。其《路旁草》云："楚甸秦原万里平，谁教根向路傍生？轻蹄绣毂长相蹋，合是荣时不得荣"，比喻自己不过是路旁之草，经常遭到"轻蹄绣毂"的践踏，即经常遭到当权者的打击。他在《钓台》中，感叹自己"金门谁奉诏"，于是打定主意，归隐乡间，过上一种"碧岸独垂钩"的生活，从此"旧友只樵叟，新交惟野鸥。嘉名悬日月，深谷化陵丘。便可招巢父，长川好饮牛"。在徐夤的诗作中，留下不少描述归隐生活的诗篇。如在《嘉运》中说自己是"钓竿蓑笠乐林丘，身似浮云且自由"，是一个自由自在的钓鱼翁；《钓丝竹》说在"雨润摇阶长，风吹绕指柔"的优美环境中，"湖边旧栽处，长映读书楼"，隐居正是读书的好时候。而《溪隐》一诗，更是对隐居乐趣的全方位描写：

将名将利已无缘，深隐清溪拟学仙。绝却腥膻胜服药，断除杯酒合延年。蜗牛壳漏宁同舍，榆荚花开不是钱。鸾鹤久从笼槛闭，春风却放纸为鸢。

徐夤说断绝名利、腥膻、杯酒，且回到故里的自己，所住虽是蜗居，但胜过官舍，榆荚所开，乃是真正的花，而非铜钱；在清溪之畔的春风中，他放飞纸鸢，开始过着神仙的生活，就像鸾鸟、黄鹤原先"久在樊笼里"，而今"复得返自然"（陶渊明《归园田居》）。然而，对胸怀理想抱负的徐夤来说，他不可能全部忘掉自己曾经的理想、志向，就像《昔游》所说的,即使"今隐刺桐村",仍然"惟有经邦事,年年志尚存"。而且,就连赋作方面的成就,也希望能向他人说说,希望有人向他咨询,可是,昔日"赋就长安振大名"的他,回故里隐居后,却"归来延寿溪头坐,终日无人问一声"(《偶题二首》其二),这自然会让他的心里难以平静。

第四,抒发进士试期间的情感。

徐夤28岁时,赴长安应进士试,此时他自然会想起当时社会上流传的"三十老明经,五十少进士"的流行语,故而他对自己的初次进士试颇感不安。他在《忆潼关早行》一诗中,回忆当年走到都城门户潼关时的心情,"刍荛十轴仅三尺,岂谓青云便有梯",他对自己是否能顺利地登梯上青云没有把握。果然,他的忐忑不安变成现实,他落榜了,而且继之其后的是年年落榜。对于那一段经历,他在《忆长安上省年》中写道:"忽忆关中逐计车,历坊骑马信空虚。三秋病起见新雁,八月夜长思旧居。"接连落第的他,心灵变得异常空虚,加上三秋之病,使得他愈发思念故乡,思念家中亲人,此时他最想得到的是亲人的来信。可是,他必须再次应试,为了这,他"宗伯帐前曾献赋,相君门下再投书",行卷、温卷之事还得继续做下去;而且"两宿都堂过岁除",有两年的除夕夜,他是在尚书省官署的都堂中孤独度过的,这一切,令他"如今说着犹堪泣"。徐夤的诗赋,特别是赋,在当时还是颇为有名的,他有一首叙述高元固远道来访的诗,诗的篇题说"渤海宾贡高元固先辈闽中相访,云本国人写得夤《斩蛇剑》《御沟水》《人生几何赋》,家皆以金书列为屏障",因而他在《长安述怀》一诗中,说自己"词赋有名堪自负",因而"春风落第不曾羞",说此前的落榜,"十载公卿早言屈",连公卿权要也为他十年来的落第鸣冤叫屈,他甚至认为自己"何须课夏更冥搜",没必要在这酷热的夏天再花时间去做秋试的准备。可是,此后的进士试,他依旧接二连三地落第,此时他虽然依旧相信自己"长卿甚有凌云作",但不得不问自己"谁与清吟绕帝宫",谁是我的知音?不得不感叹自己"长安时节咏途穷"。(《义通里寓居即事》)此后,他对进士试的情感便有所变化。他在《长安即事》其一中说"抛掷清溪旧钓钩,长安寒暑再环周",说自己已抛弃归隐故里的念头，准备再赴长安应进士试；"明时则待金门诏，肯羡班超万户侯"，说值此明时，如能考上进士，只要是"待诏金门"就满足了，不敢再奢望封万户侯。《长安即事》其二说得更明确：

> 无酒穷愁结自舒，饮河求满不求馀。身登霄汉平时第，家得干戈定后书。富贵敢期苏季子，清贫方见马相如。明时用即匡君去，不用何妨却钓鱼。

徐夤把自己比作庄子《逍遥游》中"饮河不过满腹"的偃鼠，对朝廷要求不高，只要求能像平常人那样进士及第就可以。虽然我像汉代司马相如那样又穷又病，却不敢奢求如战国苏秦那样既富且贵，如果朝廷能用我，我即尽力"匡君"，如果不用，我就回家"钓鱼"。显然，经过十几年的落第，徐夤对进士及第的追求已经不怎么强烈。可是有意思的是，就在徐夤对进士及第抱着可有可无的心态之后，他及第了。他的《长安即事》其三说：正当自己决定"拖紫腰金不要论，便堪归隐白云村"之时，他突然进士及第，并被请进新进士聚会之处的杏园。此时，他实实在在体会到"更无名籍强金榜，岂有花枝胜杏园"，天下任何一种"名籍"，都无法超过"金榜名籍"；任何一个地方的花枝，包括自己想要归隐的故里的花枝，都无法"胜杏园"。兴奋的徐夤又接着写道：杏园酒宴上，"绮席促时皆国器，羽觥飞处尽王孙"，自己便成为"国器"之一，这时他理所当然会忘掉不久前自己"不用何妨却钓鱼"的想法，而代之以"高眠亦是前贤事"，归隐"高眠"那是前贤之事，这时自己所要考虑的是"争报春闱莫大恩"，是如何报答朝廷的恩德。因金榜题名而无比喜悦、无比激动的徐夤，又一口气写下三首与进士及第有关的诗。其《放榜日》云"花浮酒影彤霞烂，日照衫光瑞色鲜"，说杯中酒因主人及第而有了灿烂的霞色，身上青布衫也因主人及第而呈现出鲜亮的瑞色；"十二街前楼阁上，卷帘谁不看神仙"，自己便是万众瞩目的"神仙"之一。其《曲江宴日呈诸同年》后二联云："天知惜日迟迟暮，春为催花旋旋红。好是慈恩题了望，白云飞尽塔连空。"徐夤觉得今天的暮色降临得特"迟迟",今天的鲜花红得特"旋旋",在慈恩寺题诗题名后,抬头仰望,觉得今天的大雁塔特别高,竟然高到"连空"。这些心里感觉的描写,让千年后的读者仿佛看到当年徐夤之万千的喜悦与激动心情。但徐夤在喜悦激动之后,又在《杏园》一诗中,冷静地提醒自己,"莫把瑶池并曲江",不要将眼前曲江之畔的杏园进士宴,与神仙世界的周穆王与西王母相会之瑶池盛宴混为一谈,后者是万年不散的神仙宴会,而杏园进士宴后的明天,还是要回到严峻的现实。

第五,抒发友情。

孔子曰:"有朋自远方来,不亦乐乎?"(《论语·学而》),可见古人对友情的重视,徐夤的诗中就有不少描述朋友之情、同僚中的友人之情的诗作。

首先,夸赞友人之德、之才华。如以"直节岩前竹,孤魂岭上云"(《吊崔补阙》),夸赞崔道融如竹之有节、如云之清高的品德。以"平生德义人间诵,身后何劳更立碑"(《经故翰林杨左丞池亭》),夸赞杨赞图为后人所传诵的品德,又说"真魄肯随金石化,真风留伴蕙兰香"(《伤前翰林杨左丞赞图》),相信杨赞图的"真魄""真风"将永远"留伴蕙兰",流传于后代。又如对司空图的夸赞,对于司空图,后人多就他的《二十四诗品》加以评说,而徐夤则以"风霜落满千林木,不近青青涧底松"(《寄华山司空侍郎二首》),夸赞他不向邪恶势力屈服的品格:当时,梁王朱全忠派人杀死唐昭宗,立李柷为小皇帝,继之又掌控朝政,想拉拢任命司空图为礼部尚书,司空图拒不接受,故徐夤以"青青涧底松"比喻司空图坚贞不屈的品格。三年后,朱全忠又逼迫李柷退位,自立为帝,继而又杀死李柷,司空图得知此噩耗后,绝食而死,徐夤作《闻司空侍郎讣音》云:"园绮生虽逢汉室,巢由死不谒尧阶。夫君殁去何人葬,合取夷齐隐处埋。"徐夤将司空图比作拒不食周食而死的商朝忠臣伯夷、叔齐,说司空图应当与他们二人葬在一起。此外,徐夤在《辇下赠屯田何员外》诗中,以"报国唯将直破邪",夸赞何员外以"直破邪"的正气作为报国的方式。又在《上卢三拾遗以言见黜》诗中，说尽管"近来人事不须论"，但卢三拾遗仍然坚持"正直言"，且不惧因直谏而被罢官，夸赞他是"骨鲠如君道尚存"的朝臣，讽刺当时朝廷"疾危必厌神明药，心感多嫌正直言。冷眼静看真好笑，倾怀与说却为冤"，徐夤可以说是卢三拾遗的知己。

夸赞友人的才华。如夸赞严司直"歌残白石扣牛角，赋换黄金爱马卿"(《依韵赠严司直》)，徐夤以春秋时"扣牛角"而歌"白石"、从而得到齐桓公重用的宁戚，比附严司直的政治抱负。又如《吊崔补阙》的"废却中兴策，何由免用军"，徐夤从反面着笔，说因为朝廷废弃不用崔道融的"中兴策"，所以国家无法免于战乱；无独有偶，黄滔在《祭崔补阙》中，也以"数百篇有唐之诗，数千字中兴之书"夸赞崔补阙。黄璞是黄滔的从兄，与徐夤是同一辈分的人，而徐夤在《赠黄校书先辈璞闲居》一诗中，以"先辈"称之，可见徐夤对黄璞的敬重。该诗首句"驭得骊龙第四珠"，夸赞黄璞高中进士第四名，其后，黄璞在担任过短暂的尚书监主簿、崇文阁校书郎之后，便致仕返回故里，从事著述，徐夤诗中所夸赞的"青山入眼不干禄，白发满头犹著书"，"月明扫石吟诗坐"，说的就是这事。黄璞一生著有《闽川名士传》《雾居子》及黄璞文集等，惜均已失传，只有零星几篇保存在《全唐文》《全唐诗补编》中。

其次，对友人的怀才不遇和生活艰难，深表同情。"怀才不遇"是封建时代文人普遍的遭遇，徐夤及其友人身处战乱的唐朝末年更是如此。徐夤自身也常有怀才不遇之感，生活也常有拮据之时，因而他对友人的怀才不遇、生活艰难自然感同身受，并在他的诗作中表示同情。如他在《依韵赠严司直》中说"沧海二隅身渐老，太行千叠路难行"，说你我二人都已"身渐老"、仕途上都"路难行"，又说"夫君才大官何小，堪恨人间事不平"，对严司直的"才大官小"，"堪恨不平"。在《吊赤水李先生》中，对李先生生前"一室类销冰"，"妻病入仙观，子穷随岳僧"，"古屋夜无灯"的艰难生活甚为同情，更为他"往日清猷著，金门几欲征"，朝廷欲征而尚未征之时便去世深感遗憾。他还在《伤前翰林杨左丞赞图》诗中说，"皇天未启升平运，不使伊皋相禹汤"，替杨左丞赞图未施展抱负便去世而惋惜。在《寄华山司空侍郎二首》中，徐夤在夸赞司空图对唐朝忠诚的同时，又为他"满怀经济欲何从"的怀才不遇深为惋惜。其《寄两浙罗书记》云"怜君道在名长在，不到慈恩最上层"，为晚唐著名诗人罗隐终身不第而深怀同情。《依韵赠南安方处士五首》中，为方处士怀才不遇，"书成何处献君王"而愤恨不平；又说"黔娄寂寞严陵卧，借问何人与结交"，"无家寄泊南安县，六月门前也似冰"，感叹、同情方处士的寂寞。

最后，描述徐夤与其友人彼此的来往。朋友之间的感情从来都是互动的，而非单向的，都是彼此有来有往，而非来而不往。徐夤在《白酒两瓶送崔侍御》诗中说"湖边送与崔夫子，谁见嵇山尽日颓"，想象崔侍御收到白酒、醉于白酒后的情景，如《世说新语·容止》所载之嵇康"其醉也，傀俄若玉山之将崩"，只有亲密朋友才会作这种想象、这种描述。徐夤关心友人，友人自然也会关心徐夤。徐夤《赠严司直》的"雨雪还相访，心怀与我同"，就是晚唐版的王子猷雪夜访戴安道，可见严司直与徐夤友情之深。因了友情，徐夤自然会借寄友人之诗，一吐胸中之块垒，其《温陵残腊书怀寄崔尚书》云：

> 济川无楫拟何为，三杰还从汉祖推。心学庭槐空发火，鬓同门柳即垂丝。中兴未遇先怀策，除夜相催也课诗。江上年年接君子，一杯春酒一枰棋。

温陵即今泉州，这是徐夤离开福州，往依泉州太守王审邽、王延彬期间，于某年年底写给崔尚书的一首诗。诗的前五句，是徐夤借写给老友之诗，抒发自己满腹的牢骚、不满乃至愤怒：我想干一番事业，即"济川"，却没有机会；在"中兴"尚未来到之前，我就已经拟好实现中兴的国策，可是这又有何用？我没能像萧何、张良、韩信那样，因遇到雄才大略的汉高祖而实现自己的抱负；我看着白发"垂丝"，却毫无办法，只能"空发火"。在徐夤看来，唯一能给他安慰的是和老友"一杯春酒一枰棋"，是对着老友发发火，这样的老友，绝对是知心老友。

第六，抒夫妻之情。

徐夤28岁赴长安应进士试，此前他一直住在莆田县常泰里延寿村。徐夤诗中有一首写给妻子月君的诗，应当作于这一时期。诗题为《赠月君》，徐夤自注："山妻字月君。"诗中夸妻子"出水莲花比性灵，三生尘梦一时醒"，说妻子具"莲花性灵"，来到人世"一时醒"；"神传尊胜陀罗咒，佛授金刚般若经"，说妻子信奉佛教，心地善良；又说妻子不仅"懿德好书添女诫"，而且美丽端庄，"素容堪画上银屏"；诗的尾联描写妻子平时织布时的形象，"鸣梭轧轧纤纤手，窗户流光织女星"，说妻子是天上织女下凡，因而柴屋也有了"流光"。从这些深情的描写，不难看出徐夤对妻子的热诚之爱与开怀的欣赏。

徐夤28岁赴长安应进士试，45岁进士及第，任秘书省正字，51岁游大梁，谒梁王朱全忠，53岁返回闽地，投依闽王王审知，任掌书记，一两年后，约五十四五岁往依王审知之兄、泉州刺史王审邽及其子王延彬。从28岁到54岁，即往依王审邽之前的这26年，徐夤与他的妻子应当是聚少离多，自然会极度思念，继之就会因思念而生梦，在梦中与妻子会面。他的《梦断》一诗，就是某次梦中相会后的回忆。

> 梦断纱窗半夜雷，别君花落又花开。渔阳路远书难寄，衡岳山高月不来。玄燕有情穿绣户，灵龟无应祝金杯。人生若得长相对，萤火生烟草化灰。

诗写徐夤与妻子月君的梦中相会因"半夜雷"而"梦断"，在这首诗中，徐夤巧妙地将妻名"月君"嵌入诗的二、四两句，说自从与"君"分别后，已经过了不知多少次的"花落又花开""花开又花落"，我在北方书信难到，妻子"月"在南方老家，若要北上也会被衡岳挡住，只有多情"玄燕"穿入妻子的"绣户"，带去我的思念，我在梦中端起酒杯问"灵龟"，何时才能和妻子"长相对"？若能如此，即使"萤火生烟"，进而"草化灰"，我们也不会分离，可是灵龟却"无应"，这使得梦后的徐夤更加忐忑不安。长期的思念与忐忑不安，使得徐寅在读到早他一百三十多年、天宝初年进士柳浑的诗作时，也会想起妻子。他在《览柳浑汀洲采白蘋之什，因成一章》中，说"采尽汀蘋恨别离，鸳鸯鸂鶒总双飞"，徐寅就柳浑原诗题，借用南朝乐府的艺术手法，以"采尽汀蘋"象征自己对妻子的思念；他是多么羡慕"总双飞"的鸳鸯、鸂鶒，可是"月明南浦梦初断，花落洞庭人未归"，南浦家中的妻子因思念我而梦断，而我却在洞庭无法返归；"天远有书随驿使，夜长无烛照寒机"，我只能托驿使捎去给妻子的信，而妻子在无烛之夜，只能独对冰寒的织布机；"年来泣泪知多少，重叠成痕在绣衣"，徐寅推测，这几年家中妻子因思念我这夫君而哭泣的泪水，已经在妻子的"绣衣"上留下重叠的泪痕。徐寅对妻子深沉而热烈的爱，直到 65 岁彻底回莆田延寿村隐居，仍丝毫未减，他在此后所写《自咏十韵》的最后两韵写道："僧俗共邻栖隐乐，妻孥同爱水云清。如今便死还甘分，莫更嫌他白发生。"诗的最后两句几乎是对天发誓：如今能够和妻子长相对，我就是死了也心甘情愿，绝不会因妻子"白发生"而稍减对她的爱。作为月君，她是幸福的，她有这么一位与她生死相依的好丈夫——徐寅。

第七，抒主属之情。

徐寅 45 岁进士及第，其后担任秘书省正字之职，共约六年，其间其顶头上司是谁已难以确考；离京游梁的两年时间，不大可能在梁王朱全忠幕府担任官职，因为他认定朱全忠就是《咏怀》诗中"借取秦宫台上镜，为时开照汉妖狐"的"妖狐"。53 岁时返回闽地，投依闽王王审知，任掌书记，其间闽王王审知自然就是他的长官。徐寅在闽王王审知手下任掌书记期间可能回过莆田，并想辞职归隐故里，但闽王王审知还是挽留了徐寅。徐寅有《醉题邑宰南塘屋壁》诗，诗题中的"南塘"为莆田一地名，"邑宰"应当是莆田县令。诗的首联说"万古清淮照远天，黄河浊浪不相关"，说我已经回到闽地，北方的"清淮""黄河"已经与我"不相关"；次联上句说"县留东道三千客"，意为莆田县令作为东道主，劝我留在莆田，成为他的"三千客"之一；诗的尾联说"闽王美锦求贤制，未许陶公解印还",此联意思很明确:闽王王审知有"求贤"的"美锦"之意,故而"未许"我回归故里莆田做"陶公"隐居,挽留我继续执掌掌书记之职。之后,徐夤就安心在闽都福州住下来,继续他的掌书记之职。其《不把渔竿》一诗,大概就作于此时。

> 不把渔竿不灌园,策筇吟绕绿芜村。得争野老眠云乐,倍感闽王与善恩。鸟趁竹风穿静户,鱼吹烟浪喷晴轩。何人买我安贫趣,百万黄金未可论。

徐夤说,我住在福州这里,虽然无法过着"把渔竿"与"灌园"的隐居生活,但可以拄着竹拐杖,边绕着"绿芜村"边吟诗,还可以与野老讨论"眠云之乐";时有鸟儿穿过竹林、飞进我安静的书斋,屋旁的池鱼偶尔会将浪花吹溅进我的轩房;要是谁人想买我的"安贫趣",就是花上"百万黄金"也不可能;而这一切,都令我"倍感闽王与善恩"。看来,这"绿芜村"中的轩房,应当是闽王王审知特地为徐夤安置的。不仅如此,王审知还为徐夤刻印过《钓矶集》。

从上述"闽王美锦求贤制,未许陶公解印还"及"倍感闽王与善恩"等诗句,不难看出徐夤对闽王王审知知遇之恩的感激之情,这也可以从另一面证明所谓徐夤对王审知因不接见而心怀不满乃至拂衣去的事不可能出现过。不过徐夤在两三年后,还是返回故里,其中原因可能与他浓烈的思妻之情、思乡之情有关。徐夤回到故里后,没有做莆田县令的门客,也许此时的县令已不是《醉题邑宰南塘屋壁》诗中的那位县令。徐夤直接投依闽王王审知之兄、泉州太守王审邽,成为王审邽及其继任者王延彬的幕僚。笔者推测,徐夤回去时,可能是王审知将徐夤推荐给王审邽。据"温陵十载佐双旌"(《自咏十韵》)可推知,徐夤在泉州生活了十年多,他尽心尽力佐助王审邽、王延彬,双方渐渐有了亲密的关系。徐夤有《病中春日即事寄主人尚书二首》,诗题中的"主人尚书",即泉州太守王审邽。据《十国春秋》王审邽传记载,唐昭宗时,王审邽任泉州刺史即太守,唐朝还曾先后三次加封王审邦为工部尚书、户部尚书、兵部尚书；而王延彬继任泉州太守时，当时的后梁朝廷虽然也多次给王延彬加官，但从未加以"尚书"之职，故诗题中的"主人尚书"，应当是指王审邦。这首诗是徐夤在一次病中写给王审邦的，诗中说自己"身比秋荷觉渐枯""病骨逢春却未苏"，"更无旧日同人问"，且"破窗频见月团圆"，家中亲人又不在身边；然而，就是在这"风拍衰肌久未瘳"之时，"只有多情太守怜"，"腊内送将三折股，岁阴分与五铢钱"，太守不仅派来名医为我治病，而且还送给我"五铢钱"。诗还写道"庾楼恩化通神圣"，这是徐夤想起平时自己与同僚在一起吟诗联对时，太守也常来看望众人，就像东晋的庾亮。诗之其二的末联云"玄穹若假年龄在，愿捧铜盘为国贤"，要是老天能让我多活几年，我一定"愿捧铜盘"，为太守效劳，这是真实感情的流露，绝非应酬式的歌颂。徐夤另有《尚书惠蜡面茶》《谢主人惠绿酒白鱼》，也都是答谢主人王审邦的诗作。前一首所说的蜡面茶产于闽东宁德西乡天山一带，闽国常以蜡面茶作为进贡朝廷的贡品，徐夤能得到此贡品级的茶叶，自然欣喜异常，故而有此作。诗说在此"武夷春暖月初圆"之时，太守"分赠恩深知最异"，自己理所应当"金槽和碾沉香末"，且"晚铛宜煮北山泉"，字里行间洋溢着欣喜激动之情。后一首，徐夤在诗的开头就喜悦地写道，"早起雀声送喜频，白鱼芳酒寄来珍"，徐夤之所以如此喜悦，是因为他很快意识到，他与王审邦之间情感关系，已经延伸到日常生活的细微方面，就连一日三餐的"绿酒白鱼"，王审邦都替属下徐夤考虑到，因而徐夤在诗的尾联既激动又惭愧地写道，"不曾垂钓兼亲酝，堪愧金台醉饱身"，他把王审邦比作战国时建造黄金台以招揽人才的燕昭王，却惭愧于自己虽身处"金台"却没做什么事，既不"垂钓"，也不"亲酝"，只能心存感激之情。

第八，咏物诗，咏情诗。

在徐夤传世的诗作中，有四五十首是咏物诗、咏情诗，其数量之多，在古代诗人中是颇为少见的。这些咏物诗、咏情诗就其内容而言，可分为以下四类。

其一，借咏物以说理。

借咏物以歌颂美德。酒胡子是唐代酒宴上用以行酒令的酒具，形貌雕刻为胡人状，上轻下重，似今之"不倒翁"，行酒令时，将其旋转，旋转停止时，手指所指的席上某人，即必须据酒令而饮罚酒，不偏不袒。徐夤据此作《酒胡子》，赞扬它"直指宁偏党，无私绝觊觎"的无偏无私的品德。又如《鸡》的"守信催朝日，能鸣送晓阴"，公鸡每日凌晨必定鸣啼以报晓；《燕》的"何嫌何恨秋须去，无约无期春自归"，燕子虽然每年"秋须去"，但到来年，则必定"春自归"。徐夤借咏鸡、咏燕，颂扬守信的美德。

借咏物以讽刺、谴责。如《灯花》云"贪膏附热多相误，为报飞蛾罢拂来"，讽刺、警告世上趋炎附势的"飞蛾"，如果"贪膏附热"，必定"误"自己的一生。其《大夫松》写道："五树旌封许岁寒，挽柯攀叶也无端。争如涧底凌霜节，不受秦皇乱世官。"徐夤讽刺被秦始皇封为"乱世官"的泰山"五松"，绝不如具"凌霜节"的"涧底松"。其《雨》写道，"千山草木如云暗"，"滴檐偏遣夜愁生"，"阴妖冷孽成何怪，敢蔽高天日月明"，徐夤谴责"敢蔽高天日月明""千山草木如云暗"、使人"夜愁生"的"阴妖冷孽"者，此"阴妖冷孽"者就是篡夺唐朝帝祚的朱全忠。再如《新刺袜》云："素手春溪罢浣纱，巧裁明月半弯斜。齐宫合赠东昏宠，好步黄金菡萏花。"徐夤由"明月半弯斜"的"新刺袜"，联想到可以让南齐昏君、死后被废为东昏侯的萧宝卷的宠妃潘玉儿，穿上此新刺袜，走在用黄金凿成的金莲花上，谴责的意味既辛辣又风趣。

其二，借咏物以泛写人生。

《咏灯》云：

> 分影由来恨不同，绿窗孤馆两何穷。荧煌短焰长疑暗，零落残花旋委空。几处隔帘愁夜雨，谁家当户怯秋风。莫言明灭无多事，曾比人生一世中。

全首诗写的虽然是"灯",但喻指的却是"人"的一生:灯影中的人,或为倚绿窗的富贵者,或为身处孤馆的贫寒者;不论是富贵者还是贫寒者,即使将短焰挑长挑亮,也总有人因人生坎坷而觉得昏暗,而且很快灯花落地,一切成空;灯光中的他们,或者因夜雨而忧愁,或者因秋风而胆怯;诗篇说人的一生,就像是灯,有"明"的时候,但更多的是"暗"的时候,乃至最后"熄灭"。其他如《萍》的"无根堪并镜中身",说"镜中"的每一个人,其一生就像"无根"之浮萍,到处漂泊。再如《蒲》的"鸳鸯䴔鶒多情甚,日日双双绕傍游",以每天总是双双对对绕着蒲草而游的"鸳鸯䴔鶒",比喻世上多情的情侣。又如《咏笔二首》的"班超握管不成事,投掷翻从万里戎",感叹"握管"的文人难以成就立功封侯之大业;虽然"势健岂饶洴水阵,锋铦还学历山耕",但"毛干时有何人润,尽把烧焚恨始平",身为文人的徐夤,自然为文人的怀才不遇、有功却得不到奖赏而抱不平。再如《竹》,一方面赞赏竹子"风触有声含六律,露沾如洗绝浮埃",说竹子具有风雅的品格,但又遗憾于"王猷旧宅无人到,抱却清阴盖绿苔",感叹当时已无"何可一日无此君"的王子猷,更缺少具竹子之品格、风度之人。又如《蝴蝶二首》,先说蝴蝶所处环境,"不堪烟重雨霏霏","防患每忧鸡雀口",这是以艰难环境中的弱小的蝴蝶,类比社会上的弱势者;而且较之其他昆虫或动物,蝴蝶还被惹上是非之争。《庄子·齐物论》:"昔者庄周梦为胡蝶,栩栩然胡蝶也。自喻适志与,不知周也。俄然觉,则蘧蘧然周也。不知周之梦为胡蝶与?胡蝶之梦为周与?"庄子的本意是:庄周梦为蝴蝶,蝴蝶梦为庄周,这两种说法,哪个为是,哪个为非,庄子认为这是人们无法判断的。徐夤引用这个寓言,意在说明弱者经常被卷入"是非之争"而无力自我申诉,故在这首诗中劝世人"莫信庄周说是非"。

其三,借咏物以抒发徐夤的自我情感。

《蝉》云:

寒鸣宁与众虫同,翼鬓绥冠岂道穷?壳蜕已从今日化,声愁何似去年中。朝催篱菊花开露，暮促庭槐叶坠风。从此最能惊赋客，计居何处转飞蓬。

传统文化中，常以蝉比喻清高、纯洁、弱势的文人，徐夤此诗，字面上句句写蝉，但内里的寓意却是句句抒发徐夤的自我情感：我的清寒与众不同，我所遭遇的打击，岂止是"道穷"；我的忧愁每年都比前一年增加，陪伴我度过一年年的是"菊花开""槐叶坠"，从此，人生坎坷每每使我这个"赋客"感到震惊，使得我这个"飞蓬"每天都要考虑将要飘转到何处。这首七律，可以说是清高、纯洁、弱势的徐夤一生的写照、一世的情感抒发。其他如《白鸽》的"狎鸥归未得，睹尔忆晴江"，徐夤无法归隐故乡与鸥鸟做伴，今天见到"白鸽"，却想起故乡的"晴江"，他觉得这也可聊以自慰；又如借《鹰》的"且宜笼罩待知人"，表达徐夤想获得知音的愿望，而不要像有的鹰那样，落入"豪门不读诗书者"之手，整天"走马平原放玩频"，即不要让自己沦落为平庸者的部属；再如借《剪刀》的"欲制缊袍先把看，质非纨绮愧铦铓"，诉说自己身着"缊袍"的贫寒生活；借《龟》的"仙翁求一卦，何日脱龙钟"，透露出徐夤对自身健康状况的担忧；借《云》的"为霖须救苍生旱，莫向西郊作雨稀"，抒发徐夤关心农作物生长、救苍生、救旱的强烈情怀；等等。

其四，咏时辰、方位及客观抽象之情。这在其他诗人的咏物诗中，是颇为少见的。

徐夤咏物诗中所吟咏的对象，不仅有具体之物，而且还有看不见、摸不着的时辰、方位及客观抽象之情。

其中咏时辰的，如《晓》，徐夤写了最能体现"晓"的人与物："景阳钟动梦魂飞"的陈后主；"潼关鸡唱促归骑"，安史乱后回国都长安的唐朝皇帝；"窗下寒机犹自织"，通宵至晓都在织布的妇女；"梁间栖燕欲双飞"，拂晓时欲外出觅食的双飞燕。又如《夜》所描述的人神有："剡川雪满子猷去"，雪夜访戴安道的王子猷；"汉殿月生王母来"，月夜驾临汉宫的西王母。再如《梦》所涉及的典型故事有："文通毫管醒来异"，江淹因于梦中将五色笔还给郭璞而从此"才尽";"傅说已征贤可辅",商王武丁于梦中见到贤者傅说,并最终寻得其人而加重用;"周公不见恨何长",孔子因很长时间没有在梦中见到周公而遗憾、伤心。

咏方位的,如《东》,此诗句句写东,但却没出现"东"字,如诗的前四句:"紫气天元出故关",此言紫气东来;"大明先照九垓间",日出先照东方;"鳌山海上秦娥去",秦穆公女儿弄玉成仙后,与萧史一道前往东海鳌山;"鲈脍江边齐掾还",晋人张翰因思念故乡,而离开洛阳,回到东边的吴中。再如《南》,"罩罩嘉鱼忆此方",《诗经·小雅·南有嘉鱼》云"南有嘉鱼,烝然罩罩",故"此方"即南方;"送君前浦恨难量","前浦"即南浦,屈原《九歌·河伯》:"送美人兮南浦",后代诗词中多以"南浦"指代送别地;"火山远照苍梧郡","苍梧郡"地处南方;"铜柱高标碧海乡",《后汉书·马援传》李贤注引《广州记》云"援到交趾,立铜柱,为汉之极界也","交趾"在今越南北部,地处唐代疆域内,在南海之滨,故"碧海"即南海。以上两首咏方位诗,虽颇似游戏之作,但亦可见徐夤之机敏风趣性格。

咏抽象之情。南朝江淹有《恨赋》《别赋》,徐夤有《恨》诗、《别》诗。江淹的《恨赋》,写了秦始皇、赵王迁、李陵、王昭君、冯衍、嵇康以及"孤臣""孽子""迁客"等失意之人的怨恨之情,而徐夤的《恨》诗,首联先总括道,"事与时违不自由,如烧如刺寸心头",说凡是违时之事、令人"如烧如刺"之事,都会使人"憾恨怨恨"。接下来各联分述人间种种恨事,比如"乌江项籍忍归去",不肯过江东而自杀于乌江边的项籍;"雁塞李陵长系留",最终投降匈奴而无法回到汉朝的李陵;"燕国飞霜将破夏",燕惠王时因遭人诬陷而被投进监狱、导致六月飞霜的邹衍;"汉宫纨扇岂禁秋",汉成帝时为赵飞燕所谮而作《怨歌行》的班婕妤。诗的尾联说"须知入骨难销处,莫比人间取次愁",徐夤认为,"憾恨怨恨"之情,是一种"入骨难销"之情,任何一种"愁",都无法与之相比。江淹的《别赋》,写了富贵者、侠士、从军、远赴绝国、夫妇、学道成仙、恋人共七种类型的离别,而徐夤《别》诗,首联云"酒尽歌终问后期,泛萍浮梗不胜悲",这是写离别酒宴上的行者、送者的"不胜悲"。"东门匹马夜归处,南浦片帆飞去时",次联上下句分别写陆上送别、水上送别。"赋罢江淹吟更苦,诗成苏武思何迟",三联写送别时,或诵江淹《别赋》,或吟苏武、李陵的留别诗、送别诗。尾联"可怜范陆分襟后,空折梅花寄所思",南朝宋代盛弘之《荆州记》载:"陆凯与范晔相善,自江南寄梅花一枝,诣长安与晔,并赠花诗曰:'折梅逢驿使,寄与陇头人。江南何所有,聊赠一枝春。'"徐夤用此典故,意在描述分别后的双方相互思念。

徐夤另有咏愁的《愁》诗、咏闲的《闲》诗。《愁》诗中既有对惹愁、生愁的客观环境的描述,如夜长、漏声、黄叶落、砧杵声、子规啼、梦破时,又有古时"去泣千行泪"的明妃、"归梳两鬓丝"的蔡琰、"四皓入山招不得"的汉高祖刘邦等悲愁之人之事例。《闲》诗中同样是既有对"闲"人特征的描述,即不管人间是非、与白云流水相伴、喜欢吟诵落晖,又有"闲"人的具体举例,如一瓢挂树的许由、门口种五柳的陶渊明、欲请"江上翠娥遗佩"的郑交甫、辞别汉光武帝"却坐东江旧藓矶"的严子陵等。

其五,单纯咏物。

所谓单纯咏物,是就物说物,既不借以说理、抒情,也不用以比喻、象征,但即便如此,徐夤还是想方设法写出所咏之物的"神性""仙气",借以增强其价值。如为了提高牡丹花在百花中的地位,徐夤在《尚书座上赋牡丹花得轻字韵其花自越中移植》中写道"仙阁开时丽日晴",每年第一枝牡丹花于丽日晴天开于"仙阁",故人间的牡丹花也都带有仙气,"早晚有人天上去,寄他将赠董双成",可以将牡丹花赠送给仙界的董双成。董双成为仙界中西王母的侍女,也是成仙后的杨贵妃的侍女(见白居易《长恨歌》)。牡丹花之外,植物中的荔枝也具有仙气,"灵鸦啄破琼津滴",具有仙性的"灵鸦"能看上荔枝,说明荔枝也颇具仙气,所以"蕊宫惟合赠神仙",荔枝可用以"赠神仙",其神性、仙气显而易见。自从仙人费文祎"已乘黄鹤去"之后,黄鹤的仙气已是尽人皆知,故徐夤在《鹤》中说:鹤不仅"要伴神仙归碧落","三山顶上无人处,琼树堪巢不死乡",还要在海上蓬莱、瀛洲、方丈三座仙山、不死之乡垒巢做窝。此外,徐夤的《鹊》诗又说"神化难源瑞即开",天地间鹊的出现与神有关,故而鹊鸟不仅能"香闺报喜行人至",而且还能"碧汉填河织女回",能够为天上牛郎织女搭桥的鹊鸟自然有其仙气。在徐夤的诗作中,连没有生命的"霞"也有仙气,其《霞》诗的二、四联分别云"流为洞府千年酒,化作灵山几袭衣","劳生愿学长生术,餐尽红桃上汉飞",天上的霞,不仅可以酿制仙酒、裁作仙衣,而且"餐尽"霞中的"红桃",还可以飞上"霄汉"长生不老。

在徐夤单纯咏物的诗作中,还有几首专门描摹所咏之物的特点、用途。如"烟"的特点是"欲飞须待落花风"(《和尚书咏烟》),"烟"只能因风而飘而飞。"霜"的特点是"世间无此催摇落,松竹何人肯更看"(《霜》),霜降之时,天地间绝大多数花草树木都因之而"摇落"。"泪"的特点是"发事牵情不自由,偶然惆怅即难收","世间何处偏留得,万点分明湘水头"(《泪》),人到伤感、惆怅之时,就会不由自主流下眼泪,民间还有舜之二妃娥皇、女英之泪痕至今尚留存于湘江畔之斑竹上的传说。蝴蝶的功劳是"风定只应攒蕊粉,夜寒长是宿花房"(《蝴蝶》),因了蝴蝶的"攒蕊粉",才有果树上丰硕的果实。船帆的功劳是"幸遇济川恩不浅,北溟东海更何愁"(《帆》),有了船帆,船才能借助风而"济川","更何愁"到达不了"北溟东海"。风的威力,徐夤在《风》诗中说:风吹浪,则"飘成远浪江湖际";风吹尘,则"吹起暮尘京洛中";风吹雪,则"飞雪萧条残腊节";风吹花,则"落花狼藉古行宫";风吹春意,则"春能和煦";吹秋意,则"秋摇落"。徐夤在诗的末句,说风"生杀还同造化功",无形的风,被徐夤描绘得有声有色。

上述无任何寓意的单纯咏物诗,充分显示出徐夤求异思维能力之不同寻常。单纯咏物,不与人之丰富复杂的思想情感发生联系,只是就特点写特点,而且还要写得合理、形象,这需要有很强的求异思维能力。

## 第二节　徐夤诗作的艺术性

第一，风趣幽默的风格。

在徐夤诗作诸多的艺术风格中，最突出、最具个性的，是风趣幽默的艺术风格，这在唐代诗人乃至古代诗人中，是颇为少见的。

其一，徐夤诗作中风趣幽默的风格，首先表现为以风趣幽默的语句描述人生。其《十里烟笼》云：

> 十里烟笼一径分，故人迢递久离群。白云明月皆由我，碧水青山忽赠君。浮世宦名浑似梦，半生勤苦谩为文。北邙坡上青松下，尽是锵金佩玉坟。

这是徐夤写给一位故人的诗。诗说一条路的那一边是"故人"，有"十里烟笼""锵金佩玉"，他跟徐夤这些人已"久离群"；路的这一边是徐夤自己，有"白云明月""碧水青山"。徐夤说，看在你原先曾是"故人"的份上，可以将一"忽"（《孙子算经》卷上："十忽为一丝，十丝为一毫"）的"碧水青山"送给你；而我"半生勤苦"都是为了诗文，而非为"锵金佩玉"；尽管世人都说北邙山是龙穴宝地，我可不稀罕，那是你们"锵金佩玉"者去的地方，那里埋葬的是"金玉"，而不是人。徐夤借助"皆由我""忽赠君""尽是锵金佩玉坟"等风趣的描述，讽刺这位一生追求"锵金佩玉"的故人。徐夤一生，多数是在清贫之中度过的，故而他难免会诉诉苦。他在《公子行》中，嘲笑、讽刺富豪公子"金多倍著牡丹价"，因金多而导致牡丹花价格成倍上涨，而自己虽以赋闻名天下，又有何用？"相如谩说凌云赋，四壁何曾有一钱？"但天性乐观的他，更多的时候是以风趣风格描述之。比如他的《菊花》诗说"陶公岂是居贫者，剩有东篱万朵金"，这是借陶公之名，作出人意表的自我解嘲：我也是万金之家。

徐夤新盖了一间茅草屋，既是茅草屋，当然就没有屋外的走廊，也闻不到绮罗香味，但乐观的徐夤在他的《新葺茅堂》中说"树影便为廊庑屋，草香权当绮罗茵"，人们在惊讶于他的想象力的同时，也不得不佩服他善于自我解嘲的风趣幽默的天赋。生活清贫乃至清苦的徐夤，有时不得不将"纸被"作棉被，性格诙谐风趣的徐夤，却能从纸被中发现种种妙处，他的《纸被》诗写道，"一床明月盖归梦"，绘有"明月"图案的纸被盖在身上，很快就会在月光下的梦中回归故园，与家人对着"明月"而团圆；而在"赤眉豪客"看来，这纸被能"直几钱"，但在徐夤看来，"披对劲风温胜酒，拥听寒雨暖于绵"。这些幽默且风趣的夸张，必定给读者留下深刻的印象。他还在《草木》中感叹"草木无情"，说"菊英空折罗含宅"，作为隐士象征的菊花怎么会长到担任过廷尉、长沙相、中散大夫的晋人罗含的豪宅中？"榆荚不生原宪家"，形状似钱的榆荚，为何不长在孔子的穷弟子原宪家中，即为何不长在我徐夤家中？此诗因了对"无情"之草木的毫无道理的埋怨，而使诗篇有了风趣幽默的风格。徐夤虽感叹生活清苦，但他有时又会告诫自己应当知足，不要老是发牢骚。他在《猿》诗中说猿"宿有乔林饮有溪，生来踪迹远尘泥"，猿该知足了，可是"不知心更愁何事，每向深山夜夜啼"。劝猿，也是劝自己，不要"夜夜啼"，这种风趣幽默的自我劝解，自然会收到别开生面的艺术效果。

　　诗人嗜酒，自古而然，徐夤自然不会例外，他曾戒酒过，但没成功，后来他准备再次戒酒，决心很大，"便碎金罍与羽卮"，"窗间近火刘伶传"，他不仅砸碎酿酒的酒坛、喝酒的酒杯，而且还把"竹林七贤"中酒鬼刘伶的传记给烧掉，其戒酒决心之大，古今无二，这次戒酒能否成功，且看诗的尾联："此事十年前已说，匡庐山下老僧知"（《断酒》），徐夤不打自招，他曾经有过失败的戒酒，这次能否成功，恐怕他自己也没把握。而且他的诗作中还有《劝酒》诗，诗的尾联说"醉乡路与乾坤隔，岂信人间有利名"，"醉乡"可以使人忘掉现实、忘掉社会、忘掉名利，甚至忘掉人间，徐夤怎么舍得把酒戒了？既想戒酒又舍不得戒酒的徐夤，难道不是一个非常滑稽好笑、却又讨人喜爱的形象吗？

　　其次，徐夤诗作中风趣幽默的风格还表现为对其他方面的描述。其

《闭门》云:"一生有酒唯知醉,四大无根可预量?"《晋书·王豹传》:"明公挟大功,抱大名,怀大德,执大权,此四大者,域中所不能容。"徐夤说,人们所追求的大功、大名、大德、大权,对于我徐夤来说,连"根"都没有,怎可"预量"其结果?我只想"闭门"喝酒,只知道"醉",一个"醉"字,轻而易举地将"四大"拒之门外。《寄华山司空侍郎》云,"山掌林中第一人,鹤书时或问眠云",说司空先生现在虽然隐居山林,但还是经常有朝廷的诏书来咨询朝廷大事;"莫言疏野全无事,明月清风肯放君?"诗的前两句以正常言辞道之,而其后的这两句,则是以风趣口气说:先生你不要以为在山林过的是逍遥无事的生活,你是诗人,还写过《二十四诗品》,你必须写诗夸赞"明月清风",要是不写,"明月清风"岂肯放过你?徐夤用这种令人哑然失笑、却又风趣幽默的方式向友人催诗,古今少有。徐夤还在《依韵赠南安方处士五首》其五中,说在当时"晋楚忙忙起战尘"的藩镇混战现实中,方处士乃是"龚黄门外有高人"的高人,即颇似西汉时劝民农桑、卖剑买牛、卖刀买犊的渤海太守龚遂和为政宽和的颍川太守黄霸,方处士有如此丰富的政治资产,加上他还有"一畦云薤三株竹",故而徐夤在诗的末句写道"席上先生未是贫",徐夤在"未是贫"的风趣描述中,充分肯定了方处士在曾经为官期间的政绩、与竹为伴的气节,认为这些都是财富,故而"未是贫"。徐夤还在《松》诗中,借歌颂松树"龙盘劲节岩前见,鹤唳翠梢天上闻"的同时,讽刺"女萝相附欲凌云",即讽刺世上利用君子之声望而极力往上爬的小人。他又在《蝴蝶三首》其一中,夸赞蝴蝶"有花芳处定经过"的勤劳,天风也因之被感动,而"相送轻飘去",可是居心险恶的蜘蛛却织网欲害死蝴蝶,但徐夤"却笑蜘蛛谩织罗",蜘蛛的阴谋绝不可能得逞,这是借"蜘蛛结网"讽刺世上欲加害君子的小人。

第二,生动的形象描绘。

文学注重形象思维,特别是诗,更是如此,不论是写人、写物,还是抒情、叙事、叙史,第一要求就是"形象",而后进一步,形象的描绘必须"生动"。徐夤的不少诗作,都有生动的形象描绘。

其一，徐夤的自我形象。本章第一节在分析徐夤诗作之内容的许多部分，就已经涉及徐夤的自我形象，如关注晚唐现实，既有为国建功立业之志向，又有欲归隐乡间之情怀，以及重友情、重夫妻之情、重主属之情的多侧面形象。

其二，建筑体形象。俗话说"天下名山僧占多"，故"寺在山中"很常见，而"山在寺中"却很少见，徐夤的《题僧壁》所描绘的寺，就是这样一个山在寺中、寺将山包裹于内、山与寺合而为一的建筑体。"香厨流瀑布，独院锁孤峰"，"瀑布"在寺的"香厨"之内，"独院"将整个"孤峰"包裹于内；"卵枯皆化燕，蜜老却成蜂"，山燕在寺内孵化小燕，成群的蜂在寺内悬崖上筑巢酿崖蜜；"明月留人宿，秋声夜著松"，徐夤在寺内过夜，整个晚上，他靠着松树、听着松之秋声而入眠。全诗所写，句句都是"山在寺中"的形象。

《题南寺》所写的，是一个破败的寺院，破败的建筑体。"久别猿啼寺，流年劫逝波"，寺名"南寺"，首句却说"猿啼寺"，意在以"猿啼"烘托寺之破败氛围，以映衬自己当年在这里所渡过的"劫波"；"旧僧归塔尽，古瓦长松多"，原先寺中僧人均已作古，骨灰入塔，寺顶的古瓦上竟然长出多棵松树；"壁藓昏题记，窗萤散薜萝"，寺壁上布满苔藓，自己当年在壁上所题之诗已模糊不清，窗前长着杂乱的薜萝，萤火虫飞来飞去；"平生英壮节，何故旋消磨"，回想当年，我是个胸怀"壮节"之人，为何会在此破败的南寺消磨时光？全诗几乎句句都在围绕着"破败"作形象的描绘。

徐夤曾在莆田老家旧宅前泉源添筑直堤，结果情趣顿增，乐观风趣的他喜而作《门外闲田数亩长有泉源，因筑直堤分为两沼》一诗，此诗所描绘的，是徐夤自家宅第的建筑体。

> 左右澄漪小槛前，直堤高筑古平川。十分春水双檐影，一片秋空两月悬。前岸好山摇细浪，夹门嘉树合晴烟。坐来暗起江湖思，速问溪翁买钓船。

诗的首联简述"直堤高筑"后，原先的一片"古平川"变成一左一右的两"澄漪"，于是水中倒映出"双檐影""两月悬"，仿佛在一夜之间，徐夤家的一座柴屋变成两座，天上的一轮明月变成两轮。这种奇特的变化，也许是徐夤未曾想到的，兴奋、激动之余，他再次"暗起江湖思"，并且"速问溪翁买钓船"，似乎马上就要辞官归隐，天天观赏"左右澄漪"的奇特美景。

其三，花树形象。作于福州的《司直巡官无诸移到玫瑰花》写的则是南国福州的玫瑰花。说玫瑰花"芳菲"，"最似蔷薇"，且"秾艳尽怜胜彩绘"，即玫瑰花"秾艳"之美人见人爱，胜过所有的人工"彩绘"；又借助想象，写玫瑰花外表是"春藏锦绣风吹折，天染琼瑶日照开"，最后叮嘱这位司直立即"邀客"来观赏。全诗既有写实，又有想象，使人读其诗，如见其花。《画松》是一首题画诗，其特点是既以写实为基础，又结合丰富的想象。徐夤说画中此松长于"涧底阴森"之处，即左思《咏史》"郁郁涧底松"之意，虽"阴森"之处，但"觉神清"，长势正直挺拔，故"月照还无影""风吹合有声"。徐夤又展开想象，说这棵松与茯苓共生，只有"玄鹤"才是它的知音，"天台道士"常来欣赏，说这棵松树的每一条枝干都指向道教第六大洞天赤城山。徐夤此诗虽是题画诗，却写出了松的精神。

其四，秘色瓷形象。秘色瓷是我国古代著名的瓷器之一，现存最早的有关秘色瓷的文字，见于同为晚唐诗人的陆龟蒙《秘色越器》、徐夤《贡余秘色茶盏》二诗中。1987年，陕西扶风法门寺地宫文物被发现，这些文物是晚唐懿宗皇帝在位期间（860—874）存放进去的，其中有十四件秘色瓷，这说明，秘色瓷在晚唐时即已烧制成功，而徐夤《贡余秘色茶盏》就是对当时秘色瓷的文字描写。其诗云：

捩翠融青瑞色新，陶成先得贡吾君。功剜明月染春水，轻旋薄冰盛绿云。古镜破苔当席上，嫩荷涵露别江濆。中山竹叶醅初发,多病那堪中十分。

徐夤说,这个秘色茶盏融和翠色、青色、绿色、苔藓色、荷叶色、竹叶色,总之这是神秘之色,只有秘色瓷才有这种颜色,天下任何一种植物、任何一种非秘色瓷器,都没有这种颜色。秘色瓷如此奇特,难怪当时规定,这种秘色瓷烧成后,只能进贡给皇帝,而徐夤所看到的秘色茶盏,是进贡后剩余的。较之陆龟蒙《秘色越器》"九秋风露越窑开,夺得千峰翠色来。好向中宵盛沆瀣,共嵇中散斗遗杯",徐夤诗作描写得更详尽。徐夤不仅写出秘色瓷特有的色,而且还写了秘色茶盏的制作工艺捩、陶成、剜、染、旋,又写了该秘色茶盏的形状,即形如明月、薄如薄冰,为秘色瓷的研究提供了晚唐时代的一份可贵资料。

其五,徐夤诗作中所描绘的形象,不仅有静态的人物形象、植物形象、建筑体形象、秘色瓷形象,而且还有动态的形象——马球手与其坐骑打马球的形象。其《尚书打球,小骢步骤最奇,因有所赠》云:

善价千金未可论,燕王新寄小龙孙。逐将白日驰青汉,衔得流星入画门。步骤最能随手转,性灵多恐会人言。桃花雪点多虽贵,全假当场一顾恩。

徐夤在诗中说,燕王尚书在马球场上所乘坐的"桃花雪点"的"小龙孙",其"善价"何止"千金"。在球场上,"小龙孙"的"步骤"最能随着主人的手势而转,而且它还会听懂主人的话,与主人"性灵"相通;它驰逐于球场上,就像"白日"驰行于"青汉",每次主人将球打进球门,就像"衔得流星入画门";这种"千金未可论"的价值、与主人的默契配合,自然是"小龙孙"对主人"一顾恩"的回报。上述就是对"小骢"之动态形象的生动描绘。

其他如写"雨"的形象,"几日淋漓侵暮角,数宵滂沛彻晨钟。细如春雾笼平野,猛似秋风击古松"(《喜雨上主人尚书》);描绘"古战场"

形象,"卷旆早归国,卧尸犹臂弓。草间腥半在,沙上血残红"(《和人经隋唐间战处》);描写荒凉的宅第形象,"绿杨树老垂丝短,翠竹林荒着笋稀"(《经故广平员外旧宅》);等等。以上都是徐夤诗作中形象描写的具体诗例。

第三,想象奇特。

一首诗在艺术上是否有特异之处,与作者是否具丰富、奇特的想象力,有很大关系。徐夤的不少诗作,就以想象奇特而给读者留下深刻印象。如他在《梅花》诗中说"玄冥借与三冬景",徐夤想象梅花之所以盛开于冬天,是因为梅花在它盛开之日,特地向北方冬天之神玄冥借来"三冬景",让自己的盛开陪伴着冰天雪地,以显示自己顽强不屈的性格,这一想象,在前人咏梅诗的基础上,进一步揭示出梅花的个性。在《上阳宫词》中,徐夤非常同情那些被幽禁于宫中、几十年间从未见过皇帝、"君恩深恨隔云泥"的妃子、宫女,希望她们"银蟾借与金波路,得入重轮伴羿妻",希望她们能够沿着月之"金波路",进入月之"重轮",陪伴月宫中的"羿妻"嫦娥。徐夤的言外之意是:这比起陪伴人间皇帝却见不到皇帝,自然要好得多。徐夤的这首宫怨诗,在几千年的中国诗歌史上,其奇特的想象,实属罕见。徐夤还在《李翰林》诗中,想象李白的"遗编往简应飞去","散入祥云瑞日间",将与天地宇宙共存,徐夤将与天地共存写得如此形象、如此具体、如此奇特,恐怕连李白本人也想不到。其他如在《初夏戏题》中写道,"青虫也学庄周梦,化作南园蛱蝶飞",想象在南园飞来飞去的"蛱蝶",原来是"青虫"在梦中变成的;在《西寨寓居》其二中,借想象以感叹"烈日不融双鬓雪";又如其《蜀葵》一诗,说蜀葵"烂熳红兼紫,飘香入绣扃",这是正面描写,而"文君惭婉娩,神女让娉婷",则是从植物蜀葵想象到卓文君与巫山神女,说美女卓文君自惭不如蜀葵之婉娩,巫山神女也觉得比不上蜀葵之娉婷。上述充满奇特想象的诗例,无不显示出徐夤诗之思维的活泼与灵动。

## 第三节　徐夤律赋的内容

徐夤的赋作，《全唐文》卷 830 录有 28 篇，《唐文拾遗》卷 45 录有 21 篇，共 49 篇，其中绝大多数是律赋。在全面分析徐夤赋作之前，先对其作一简单的题解。

1.《五王宅赋》　歌美昔年唐玄宗和他的兄弟在五王宅旧址所新建之兴庆宫内和睦相处、乐声相应的美好往日，感叹唐朝衰败后而今的"凄凉而一景空锁，怅望而诸王已遐"。

2.《丰年为上瑞赋》　此赋歌美唐朝皇帝"以丰穰之有岁，作祥瑞于当年"的重农思想，认为只要"家给人足，时和岁丰；纵凤不止于高梧之际，麟不游于灵囿之中，又岂能损民力、亏朕躬？"此赋也是徐夤重农思想的表述。

3.《垂衣裳而天下治赋》　此赋表达徐夤的政治理念，即必须按制度、规范治理国家。首先，国君必须虚己、灭私、"三无"、广布德泽、诚信；其次，国家统一，国人自觉遵守法规，德泽及于自然；等等。

4.《首阳山怀古赋》　此赋借"余"与首阳山"逋客"的对话，表达"余"虽然对伯夷、叔齐"厚殷纣而薄宗周""怨于周而不食"的做法不满，但又颇为赞赏"逋客"的言说：伯夷、叔齐乃是"恐后代谓国之可犯，谓君之可迫，强者以之而起乱，勇者以之而思逆"。

5.《均田赋》　此赋文辞粗陋，且言及"柴周之显德"，即五代后周世宗柴荣显德年间（954—959）之事，其时徐夤已去世多年，故此赋非徐夤所作。

6.《朱虚侯唱田歌赋》　此赋极力夸赞朱虚侯刘章在酒宴上借田歌表达"法于家而象于国"的国君继承法，借以警告企图觊觎唐朝帝座的大藩镇，并以此赋"上闻于至尊"，希望唐朝皇帝能有所警觉。

7.《口不言钱赋》　此赋从正反两方面论述"不言钱"与"言钱"的不同结果："不言钱"则如子罕，"自负不贪之宝，吾道常存"；而"言钱"，则"仁销义铄""道德销尽"。

8. 《衡赋》　此赋说衡有"不能以多少隐""不能以诈伪干"、公正无私的特点，如果将此引申到治理国家，则"四方正而域中平，七政齐而天下泰"。

9. 《寒赋》　此赋借安处王与凭虚侯在"大雪濛濛"之夜的对话，表明君王应关心守边士兵、冻体农夫、冒霰儒者及众多苦寒者，而不能"即深宫，兽炭呀焰，狐裘御风"。

10. 《樊哙入鸿门赋》　此赋主要夸赞鸿门宴中樊哙之勇、之力大无穷，以及冲破一切、不可阻挡之气势，因了此气势，而使得项羽不禁按剑而跽曰："客何为者？"

11. 《雷乃发声赋》　此赋主要描写雷声之巨大威力："霹雳俄奔，八表谓冲开下土；轰輷继作，九州疑裂破青天"，雷声动地惊天；"去年之积冷凄寒，皆令变暖；昨日之枯株槁木，尽使骈红"，惊雷使得冬去春来，大地变暖。

12. 《人生几何赋》　徐夤在此赋中，否定"长生不老，进而成仙"，及"惜黄金""荒色嗜音""逐利争名"的人生观，提出"分清浊""返朴"的人生理念。

13. 《鲛人室赋》　此赋描述鲛人所织之鲛绡，并从多侧面铺叙海底鲛人宫室的辉煌、神奇。

14. 《京兆府试入国知教赋》　关于教育，徐夤既重视太学教育，又提出结合日常生活的教育："其或跋扈未殄，陆梁未向，可使拜天阙而俯听，趋帝阍而引望；俾其退而补过，警干羽之舞阶。"

15. 《涧底松赋》　徐夤以"涧底松"喻"心凌碧霄""挺操弥贞"的"有异之才"，认为如何发现人才、重用人才，让人才"可营之于帝宫仙阁"，乃是执政者的第一大事。

16. 《止戈为武赋》　徐夤认为，只有"止戈"才能称得上"武"，只有"七德交修而曰武"；"临戎制敌"是否取胜，要看能否"归于翰墨"。

17. 《御沟水赋》　赋的前一大半铺叙御沟水之所自及流经之地的优

美风光。赋的末尾，徐夤说，如遇干旱无雨季节，希望皇帝能引御沟水浇灌农田，农夫定会击壤歌颂皇帝。

18.《白衣入翰林赋》 此赋主要描绘李白在蜀中时优哉游哉的形象，及出川后潇洒豪爽、尘中独步、浪漫无极、我行我素的千古无二之形象。

19.《山暝孤猿吟赋》 此赋专写猿声，徐夤采用直接描写与侧面着笔相结合的艺术手法，前者如"吐怨流哀"，后者如"悲风残雨""离魂别绪"等。

20.《歌赋》 徐夤认为，一个国家，如果都能像音乐那样五音备而不乱，那么该国之国君、臣子、百姓等也都能各司其职、尽其职责，就会出现"天地同和，阴阳代顺"的良好局面。

21.《毛遂请备行赋》 徐夤根据毛遂建"九鼎之功"的事例，得出结论："则知士也者，不可以贫欺。"

22.《江令归金陵赋》 徐夤根据江总为臣的一生及陈朝的灭亡，得出结论："则知翌辅者，在乎外抚四夷，中扶万机；建其策而安边却敌，致其君而端冕垂衣。"

23.《隐居以求其志赋》 徐夤列举历史上许由、傅说、姜子牙、商山四皓、诸葛亮、王猛等人的人生经历，阐释"隐居以求其志"的赋之主旨。

24.《朱云请斩马剑赋》 徐夤借西汉朱云"愿赐尚方斩马剑，断佞臣张禹，以厉其余"的史实，提醒当时的唐朝廷，要时刻警惕"王莽之偷宗社"的事再次出现。

25.《义浆得玉赋》 徐夤从杨伯雍"汲水作义浆"，"济人渴者"事，说到"荐人善者"，说这是"可以庆其邦国"之大事。

26.《勾践进西施赋》 徐夤就春秋时吴王夫差因迷恋西施美色，又杀害忠臣伍子胥，而导致身死国灭的史实，提出"杀忠贤而受佳丽，欲弗败其难哉"的史学论断。

27.《斩蛇剑赋》 此篇赋是就刘邦斩蛇的史实而写的，但徐夤将刘邦斩蛇行为提高到灭秦建汉的高度，说："得非秦毒之奢，变作长蛇；汉德之俭,化为神剑。"

28．《过骊山赋》 此赋在叙述建都于骊山一带的周、秦、汉之后,于赋末说到唐朝:"华清宫观锁云霓,作皇唐之胜景。"全赋于此突然戛然而止,徐夤乃不忍心再叙写对唐朝前程的无限隐忧。

29．《荐蔺相如使秦赋》 徐夤借蔺相如使秦一事,提出"贱珠玉,宝忠贞",应当以对唐王朝的忠贞为宝、而非以珠玉为宝的为臣理念。

30．《玄宗御制卢征君草堂铭赋》 此赋夸美唐玄宗的《卢征君草堂铭》,说"御笔挥云,玄文粲锦",说唐玄宗称赞卢征君"去随麋鹿,难留傅说盐梅;居陋茅茨,因锡般垂匠石",说卢征君因"豹雾鸿冥",而"名高汉青"。

31．《陈后主献诗赋》 南朝陈朝后主陈叔宝唱着《玉树后庭花》而亡国,被俘后"荒唐之梦将醒","唱和之非以悟",徐夤称赞他如"太甲改三年之过",夸他"陈思惊七步之才",说"逡巡炀帝殒江都,不及陈宫之故事"。

32．《外举不避仇赋》 此赋专讲人才推荐原则中的"外举不避仇",即"不以亲为亲,不以仇为仇,惟贤是搜,惟德是求","不可嫉其贤而失公论,庇其善而显私仇","国家或利,于亲于怨以相推",等等。

33．《避世金马门赋》 全赋歌美东方朔隐于朝廷的形象,"避其时而却入金门","目其利而我性非利,耳其喧而吾心不喧",以及"滑稽而黄屋频谏"之品格。与"身山林而心垢氛"的所谓隐士相比,这显然要高尚得多。

34．《东陵侯吊萧何赋》 萧何听东陵侯邵平之劝,故而"能全终始于当代,果释猜嫌于大国",揭示封建社会"兔残而猎犬谁惜,敌尽而谋臣曷作"的规律。

35．《贵以贱为本赋》 徐夤在此篇赋中,提出"贵以贱为本"的人生理念:如果一个人的富贵是从过去的贫贱发展来的,那么过去的贫贱,就是今日富贵之本,"失其本而事不立,得其本而义有余"。

36．《管仲弃酒赋》 春秋时齐国官员"终朝而举月飞觞,惟求沉洒"，针对这种现状以及"酒祸难防"的现象，管仲提出"弃其祸而不弃于酒，醉于道而不醉于觞"的"戒醉令"。徐夤此赋，就是对管仲"戒醉令"的赞赏。

37. 《扣寂寞以求其音赋》  此赋专门描述无声的心灵之音。这种心灵之音，除了主体的"我"，他人奏不出、听不到；"我"在心灵之音中，可以获得扬雄之才，可以与老子共"龙吟"。徐夤认为，应当将此无声的心灵之音推荐给侯王，"愿侯王之海纳"。

38. 《知白守黑为天下式赋》  徐夤以赋的形式，阐释老子的"知其白，守其黑，为天下式"的道家思想，并将其归结为"弱可吞强，柔能制刚"的人生理念。

39. 《太极生二仪赋》  此赋是根据我国有关宇宙天地形成的远古神话及《易经》的太极理论而写的一篇赋，赋中既有对宇宙形成之初天地形象的描写，也有对人类文明产生过程的简说。

40. 《员半千说三阵赋》  徐夤在这篇赋中，对唐高宗时官员员半千的天阵、地阵、人阵的"三阵"说作了进一步的具体阐释，认为有此三阵，战场上必定无往而不胜。

41. 《文王葬枯骨赋》  徐夤歌美周文王之葬枯骨的仁爱之心，并由此提出"以仁义治理天下"的政治理念，说这可以使得"亿兆民庶以来归，八百诸侯之企仰"，且万国来朝，如百川向大海。

42. 《驾幸华清宫赋》  此赋铺叙唐玄宗与其妃嫔的车马仪仗、华清宫的富丽堂皇，以及唐玄宗与杨贵妃二人在华清宫卿卿我我的时光，与赋末的"乐极悲来"及"华清宫观兮阒无人"形成强烈对比。

43. 《再幸华清宫赋》  此赋设想安史乱后唐玄宗再幸华清宫。徐夤笔下此时的华清宫是"牢落而金门玉户，几闭春光"，"骚屑而一宫红叶"；孤独的唐玄宗"阳台之吉梦初断"，"相思树老，满山之红实空垂"。

44. 《卞庄子刺虎赋》  "卞庄子刺虎"之典出自《史记·张仪列传》：卞庄子欲刺虎，先让两虎因食牛而斗，结果大者伤，小者死，卞庄子遂从伤者而刺之。陈轸借此事劝秦惠王先让韩魏两国相攻，而后从中得利。徐夤就此事而作此赋。"认为与强于自己者相斗,须先"三省"。又说当"斗力"不如对方时,则必须用"斗知(智)"的办法。

45.《铸百炼镜赋》 用真金经百炼而成的"神品"镜,进贡给朝廷后,可"用其鉴形容,定妍丑,比君德之不昧,论臣心之无苟",对国君的言行,可起到监察作用。

46.《玄宗御注孝经赋》 《孝经》为儒家经典著作,唐玄宗之所以以皇帝的身份亲自注《孝经》,乃是借以告知国人:以孝治天下乃本朝之国策。徐夤说,有了此"御注","可以来者无猜,学徒洞识",并且使得"为臣为子之道,自我而行",使得唐朝天下"清传邹鲁之风""普咏文明之德"。

47.《割字刀子赋》 此赋先说割字刀之功用:"当彩笔临文之际,见濡锋入目之时;改雕虫篆刻之非,重修丽藻;正垂露崩云之误,尽在瑕疵";而后转到"吕虔赠佩刀与王祥"之典,说"起余之思在青云,忆王祥之赠者",说自己有"青云"之志,可惜无人赠刀与我。

48.《福善则虚赋》 徐夤认为"穹苍其灵不常","忠谠者或罪,谄佞者或彰",无数现实事例,使得徐夤不得不发出"不知天道以如何"的疑问。

49.《竹篦子赋》 此赋写贫寒的东海生自制竹篦子,并驳斥绣彀王孙的嘲笑。徐夤借东海生之口,提出"篦枥之功,修诸礼容,容之在肃,礼之在恭。容之不肃,奚犀奚玉?礼之若恭,为凤为龙"的人生理念。

徐夤的赋作在唐末五代名声颇著。《十国春秋·闽六·徐夤传》云:"夤赋脍炙人口,渤海高元固来,言:'本国得《斩蛇剑赋》《御水沟赋》及《人生几何赋》,家家皆以金书,列为屏障。'其珍重如此。夤才思敏绝,黄滔为威武节度推官,太祖(按,即闽王王审知)馈以鱼,会滔与夤方接谭,即请夤为谢笺,夤殊不经意,援笔疾书曰:'衔诸断索,裁从羊续悬来;列在雕盘,便到冯驩食处。'时人大称之。"徐夤的赋作,内容丰富,而且颇有深度,下文试作分析。

第一,借咏史,表达徐夤对唐朝前途的隐忧,希望"至尊"要防止帝祚被篡夺。

徐夤的诗作中有不少咏史诗,用诗的形式表达其历史观点;同样,在徐夤的赋作中,也有一些咏史赋,但徐夤在这些咏史赋中所表达的,主要是对唐朝前途的隐忧,下文试作分析。

其一,表达对唐朝前途的隐忧。

骊山一带是周、秦、汉之中心地带,徐夤在《过骊山赋》中说,周衰之后,"韩赵魏以交灭,楚燕齐而坐穷"。继之周亡,秦始皇登上天子之位后,不仅生前行暴政,而且"更穷奢于既殁:融银液雪,疏下地之江河;帖玉悬珠,皎穷泉之日月",导致项羽"骊山三月,火烧秦帝之陵";而"轵道一朝,玺献汉家之主",汉朝建立。赋的末二句云:"华清宫观锁云霓,作皇唐之胜景。"按行文思路,其后应当对"皇唐"作热情的颂扬,可是全赋到此戛然而止,似有万千言语又不忍说出。徐夤所处的唐代已进入衰败期,整个朝政已经被梁王朱全忠所掌控,联系到徐夤对唐朝的忠诚,"胜景"之后的言语,应当是表达对唐朝前途的隐忧,但徐夤又不忍写出,故戛然而止。

其二,借歌颂汉初朱虚侯刘章,向唐朝皇帝建言:要防止帝祚被篡夺。

《史记·齐悼惠王世家》载:吕后立诸吕为三王,擅权用事。朱虚侯刘章年二十,有气力,忿刘氏不得职。尝入侍吕后宴饮,为酒吏,以军法行酒。酒酣,章进《耕田歌》,曰:"深耕概种,立苗欲疏;非其种者,锄而去之。"吕后默然。顷之,诸吕有一人醉,亡酒,章追,拔剑斩之。而还报曰:"有亡酒一人,臣谨行法斩之。"太后左右皆大惊。自是之后,诸吕惮朱虚侯,虽大臣皆依朱虚侯,刘氏为益强。朱虚侯刘章为刘邦长庶男刘肥之子,徐夤据上述史实,作《朱虚侯唱田歌赋》。徐夤在赋的结束部分说,当刘章唱完田歌、斩一吕氏后,"吕之强倏尔而弱,刘之弱欻尔而强","故能复宗社而正乾坤";又说"余欲编田歌于乐府,上闻于至尊",说明徐夤写此赋的目的,是要献给"至尊",即唐朝皇帝,提醒皇帝要采取措施,除掉像汉初诸吕那样、想篡夺唐朝帝祚的人,以便"复宗社而正乾坤"。为了使自己的意思表达得更明晰，徐夤在其赋作中将原先朱虚侯所唱的田歌做了改动："舜之耕兮稷之植，廓民天而知稼穑。疏其苗而固其蒂，法于家而象于国。"又曰："沮之耕兮溺之耘，灌粱盛兮除苾芬。抉螽贼兮多稼穑，剪榛芜兮嘉谷分。取厥类兮去非类，谕于臣而象于君。"田歌首句就指出，此耕植者乃古之帝王舜、稷，而非常人，因而必须"疏其苗而固其蒂"，即必须巩固帝王的根基，必须按照"父死子继"或"兄终弟及"之法，决定家之族长与国之皇位继承人；"谕于臣而象于君"，应当告诉臣子，要遵守臣子的本分，告诉国君要像个国君，也就是要执行国君应有的权力。徐夤作此赋的目的，就是他在赋中借刘章之口所说的："我唱也不在深耕浅种，我志也克在乎帝业皇纲。"为了"帝业皇纲"，应当除掉企图篡位的"螽贼""非类"，也就是徐夤在《咏怀》诗中所说的"借取秦宫台上镜，为时开照汉妖狐"的"妖狐"，就是在《雨》诗中所写"敢蔽高天日月明"，"千山草木如云暗"，使人"夜愁生"的"阴妖冷孽"者，总之，就是企图篡夺唐朝帝祚的梁王朱全忠。

据《十国春秋·闽六·徐夤传》记载，徐夤曾游大梁，曾"以赋谒梁王全忠，误触其讳，梁王变色，夤狼狈出，欲遁去，恐不得脱，乃作《过大梁赋》以献"。徐夤"误触其讳"，"讳"即朱全忠内心的隐秘，此隐秘是什么？笔者以为，应当是"欲篡夺唐帝祚"。徐夤逃离朱全忠后，觉得单凭个人，无法阻止朱全忠的篡夺行为，必须以朝廷的力量阻止之，于是他写了此赋，想献给"至尊"。可是几年后，唐帝祚还是被朱全忠篡夺。徐夤的"阻止"虽然没有成功，但他忠于曾经创造出灿烂文化的唐王朝的拳拳之心，令人感动。

其三，借对西汉朱云的颂扬，希望唐朝廷也能出一位朱云，敢于借尚方斩马剑，诛杀像王莽一样的偷宗社者。《汉书·朱云传》载：汉成帝时，朝臣朱云"愿赐尚方斩马剑，断佞臣一人，以厉其余"，此佞臣即安昌侯张禹。"上大怒，曰：'小臣居下讪上，廷辱师傅，罪死不赦，御史将云下。'云攀殿槛，槛折，云呼曰：'臣得下从龙逢、比干游于地下，足矣！未知圣朝何如耳？'"后经左将军辛庆忌免冠解印绶、叩头殿下极谏，事得免。徐夤的《朱云请斩马剑赋》就是因此事而作。徐夤称赞朱云"芳流折槛,名高而四海喁喁",但又遗憾于成帝当时并没有诛杀张禹,说"设若宝锷将授,昌言是嘉……则王莽之偷宗社,又安得闻耶?"徐夤认为,如果汉成帝当时就听从朱云的谏言,诛杀张禹,"以厉其余",威慑朝廷上的其他佞臣,那么其后"王莽之偷宗社,又安得闻耶?"徐夤从"朱云请杀张禹"说到"王莽之偷宗社",其用意很明显:提醒当时的唐朝廷,要时刻警惕"王莽之偷宗社"的事再次出现。

其四,借对江总的抨击,提出"翊辅者"的职责。

江总是南北朝时南朝大臣,原为梁朝臣子,后入陈,陈后主时,官至尚书令,故世称"江令"。他在尚书令任上,不持政务,与后主游宴后庭,常作艳诗,人称"狎客"。隋文帝开皇九年(589)灭陈,江总入隋为上开府,后放回江南,去世于江都(今江苏扬州)。徐夤的《江令归金陵赋》,指责江总仕陈任尚书令期间,"诗成而咏雪嘲风,酒惑而迷魂荡魄",最后导致陈后主"抛建业之山河,来朝魏阙;捧金陵之日月,送与隋文",陈朝被隋文帝所灭。徐夤根据江总的为臣一生及陈朝的灭亡,得出结论:"则知翌(翊)辅者,在乎外抚四夷,中扶万机;建其策而安边却敌,致其君而端冕垂衣。"这些翊辅者的职责,江总一条都没做到,陈朝的短命灭亡,自是不可避免。而徐夤也是借此提醒唐朝大臣,应当尽到翊辅者的职责,保护唐朝,以免被篡夺。

其五,借蔺相如使秦一事,提出"贱珠玉,宝忠贞",应当以对唐王朝忠贞为宝,而非以珠玉为宝的为臣理念。

徐夤的《荐蔺相如使秦赋》,就缪子"推荐蔺相如使秦"一事,借"有墨客卿"之口,说:"先王贱珠玉,宝忠贞,是璧也,合请投于泉而抵诸谷,庶令赵不屈而秦不争,亦足以致其君于淳朴,激其俗于廉平,安得徇不是以为是,枉其行而与行?大凡将有国以有家,无玩奇而玩异,岂不见匹夫以之而侧足,王者以之而丧志。余尝览赵国史书,窃笑相如之事。"就蔺相如使秦这件事而言,传统的评论一般是称赞蔺相如"完璧归赵"的才能,而徐夤却提出"贱珠玉,宝忠贞"的理念。在徐夤所处的已经进入衰败期的唐朝，联系到徐夤极力维护唐王朝的思想，这些的"宝忠贞"，显然指的是当时朝中大大小小的臣子应当以对唐王朝忠贞为宝，而非以珠玉为宝，只有这样，才能避免唐朝帝祚被篡夺。

其六，借对伯夷、叔齐的评说，谴责篡夺唐朝帝祚者。

徐夤在《首阳山怀古赋》中，写"余"在首阳山遇一"逋客"，对"逋客"说：纣王"斫胫求欢，剖心取乐"，"空寰瀛不足以充其欲，罄竹帛不足以编其恶"，而姬氏与诸侯"会于盟津"，"洗涂炭于四海，解仇雠于万民"，最后灭掉暴虐的商朝，建立周。而伯夷、叔齐却"厚殷纣而薄宗周"，"怨于周而不食"，"曷称仁智？"但"逋客"说：伯夷、叔齐"非不知周之可辅，纣之可隳"，"恐后代谓国之可犯，谓君之可迫；强者以之而起乱，勇者以之而思逆"。"余"听后，觉得"逋客"所说不无道理，认为天地间"钟其浊则为佞为邪，禀其清则为英为异"，而"垂名之士饿林薮"的伯夷、叔齐自然属于"为英为异"者，因而"宜征绘事，而写高山仰止先贤之志"。赋中"逋客"所说的"国之可犯，君之可迫"，"起乱""思逆"的事，徐夤就曾目睹过。唐朝末年，残忍、跋扈的大军阀朱全忠派人杀死唐昭宗，立其幼子李柷为帝，三年后，又取代李柷，自立为帝，次年又杀死李柷。对于这一段史实，徐夤曾在《寄卢端公同年仁炯，时迁都洛阳，新立幼主》诗中说，这无异于"昆岳有炎琼玉碎"，自己不禁"惆怅宸居远于日，长吁空摘鬓边丝"。上述一连串的杀戮、篡位，使得他对伯夷、叔齐前后评价发生变化。当朱全忠逼迫李柷退位，自立为帝后，司空图得知此噩耗遂绝食而死，徐夤作《闻司空侍郎讣音》，说"夫君殁去何人葬，合取夷齐隐处埋"。徐夤将司空图比作商之忠臣伯夷、叔齐，说司空图应当与他们二人葬在一起。徐夤之所以将司空图比作伯夷、叔齐，这篇律赋就是答案，故笔者以为，徐夤此赋应当写于唐朝帝祚被朱全忠篡夺之后，徐夤借此赋表达对朱全忠篡夺唐代帝祚社稷的愤恨之情。

第二，表达政治理念。

徐夤是一个颇有抱负、志向的人，也是一个有其政治理念的诗赋家，较之于诗，其政治理念在其赋作中的阐述更多。

其一，对国君言行应当有所监察。

徐夤在《铸百炼镜赋》中说，只有经"百炼"而成的镜，才能称为"精品""神品"。但铸造这样的镜，必须用金，而且必须用"淮南王地产"的"真金"；还必须用"威凝碧渚"的"流泉"；必须"命良工而铸成"；必须"选五月五日之亨吉，为乃锻乃砺之始卒"，即铸镜开工日、结束日，都必须定于五月初五日这一吉日。此镜铸成后，必定是"人间第一""天下无双"的"神品"。将此神品作为"祝皇帝以终贡""持百炼而献九重"的"贡品"，则可"用其鉴形容，定妍丑，比君德之不昧，论臣心之无苟"，对国君、臣子都可起到监察作用。在那个时代，徐夤敢作这样的论述，足见其政治方面的胆量、魄力。

其二，以仁义治理天下。

贾谊《新书·谕城》载：文王昼卧，梦人登城语文王曰：我东北陬之槁骨，速以王礼葬我。文王梦醒后，即以王礼葬之。徐夤据此作《文王葬枯骨赋》，提出以仁义治理天下的政治理念。徐夤说："义之克著，幽可贯于鬼神；德之孔彰，明可争于日月。"认为实行仁义之政，可以获得理想的效果："以遐返迩，飞声走响，遂使亿兆民庶以来归，八百诸侯之企仰"；不仅如此，还可"诚宾万国之臣，若沧海走百川之水"，使万国来朝，如百川向大海。以仁义治理天下，自然包括以孝治天下，赋的最后，徐夤写道："以孝治天下也，亘万古以光辉。"

在"以仁义治理天下"这一总的原则指导下，执政者首先应当关心民生疾苦，徐夤的《寒赋》就是这种思想的阐释。该赋借安处王与凭虚侯的对话，说在"阳气收，阴气浮，火井灭，朔风愁，千山之冻树频折，八水之凝波不流"的寒冬，大王"即深宫，兽炭呀焰，狐裘御风"，"未有寒色"，而"下民将欲冻死"。徐夤又在赋中举例道："冻平辽水，雪满萧关"的"战士之寒"，"冻体斯露，疏裘莫庇"的"农者之寒"，"冒霜霰于三秦，北户无席，冬衣有鹑"的"儒者之寒"，以及其他的苦寒者。徐夤在赋的末尾写道，"王乃闵征战之劳，命偃乎兵革；念农耕之苦，命蠲乎徭役；知儒者之寒，命选于宗伯"，即君王应当关心士兵、农者、儒者等天下万民的疾苦。

其三，按制度、规范治理国家。

《易传·系辞下》云："黄帝、尧、舜垂衣裳而天下治。"远古时期，人们以兽皮、羽毛、树叶遮体，后社会进化到黄帝时代，人们开始用织成的粗布做上衣下裳，并以此垂示天下：要以文明的制度、规范治理国家。徐夤《垂衣裳而天下治赋》所表达的就是这种治国理念。徐夤在这篇赋作中，从多个层面阐述"天下治"。首先，要达到天下治，君王在个人修养方面，必须"虚己而应乎万有，灭私而契彼三无"，即君王必须"虚己""灭私"，并与"三无"相契合；三无，即庄子《逍遥游》的"至人无己，神人无功，圣人无名"，即君王不能有为自己的私心、不能追求个人的功绩、个人的名声。此外，君王还必须"德所至兮天高地厚，信不忒兮春煦冬寒"，即君王必须让自己的美德施及于高天厚地，君王的诚信从不犯错，就像春天永远是温暖的、冬天永远是寒冷的一样。其次，在君王治理下，国家是否已达到"天下治"，必须符合以下几个指标：一、"走车书于万国，文轨同焉"，国家必须统一，必须书同文、车同轨，华夏文明必须传播于万国；二、"法希微于视听，守元默于箴规"，国人都能默默地自觉遵守法规，因而现实中很难听到劝法的声音；三、"德及于昆虫草木，泽流于地角天涯"，"士有珪璧常轻，光阴是重"，即将道德施及于昆虫草木，如爱护动物，将国君的恩泽流播于地角天涯；人们对美玉看得很轻，而对时间看得很重，都在抓紧时间读书，报效国家。徐夤的论述既全面，又深刻。

其四，将音乐理论引入治国理论，强调国君、臣子、平民应各司其职。

在我国传统文化中，始终将音乐摆在重要的位置，在祭祀神灵、祖先或其他重要的场合，都要用音乐，并认为音乐可以改变一个人的性情、志向。徐夤的《歌赋》就是一篇将音乐与治理国家相联系的赋作。徐夤在赋中写道："乐也者，六律不得不正；歌也者，五音不得不备。是宫不乱而为君，商不乱而为臣，徵不乱以为事，角不乱以为民，羽不乱以为物，五音备以为真。如此则天地同和，阴阳代顺。"徐夤认为，只要六律正、五音备而不乱，那么国君、臣子、平民百姓就会分别尽到各自的职责而不乱，事情就会进行得很顺利，万物就会正常生长。徐夤这是用音乐中的"五音"各司其职，比喻一个国家的国君、臣子、百姓等若能各司其职、尽其职责，则必定"天地同和，阴阳代顺"。徐夤的比拟虽然带有一些神秘的色彩，但其结论还是值得后代借鉴参考的。

其五，提出执政公平的原则。

执政应当公平，王子犯法，与庶民同罪。徐夤的《衡赋》，由衡的"不能以多少隐""不能以诈伪干"，引申到执政也应当公平，不偏袒任何一方。"执中以告，无或不喜"，只要将办事"执中"的原则布告天下，天下人没有一个会不高兴；"动而无欲，任之故绝私"，执政者的一切行动都无私欲，就可以杜绝其他人的私欲；"小人取之以作则，君子见之而交孚"，不论是官员还是平民百姓，都以公平作为自己的人生准则，与他人都以诚信相交往；最后，以公平治国，必定"四方正而域中平，七政齐而天下泰"，整个国家必定欣欣向荣。

其六，重视教育。

关于教育，徐夤在《京兆府试入国知教赋》中指出，一方面要继续发展传统的太学教育，如"六经之楷式"，"知于典章"，"温柔敦厚，出风雅之咏歌"，"协彼典教，谐斯礼文"的教育等。另一方面，还应当结合日常生活进行具体的教育，如"是以逢耕让畔，得先人后己之规；察鸟安巢，验恶杀好生之化"，看到有人像舜一样"让畔"，就要进行"先人后己"的教育，看到"鸟安巢"，就要进行"恶杀好生"的教育；"其或跋扈未殄，陆梁未向，可使拜天阙而俯听，趋帝阍而引望；俾其退而补过，警干羽之舞阶"，对于跋扈、嚣张的臣子，可通过"拜天阙""趋帝阍"的隆重仪式，以及观看盛大的"干羽之舞"，以震撼他们的心灵，使他们能臣服于皇帝。以这种方式教育跋扈、嚣张的臣子，是否有效，此暂不论，但从中不难看出徐夤对当时跋扈、嚣张之藩镇的警觉。

其七，表现军事思想。

如,"止戈为武"的军事思想。任何一个国家在其历史进程中,难免会遇到战争。战争的目的是什么?徐寅认为,战争的目的是停止战争,即"止戈为武"。"止戈为武"始见于《左传·宣公十二年》,为楚庄王语,徐寅《止戈为武赋》则是以赋的形式作具体的阐说。徐寅在赋的开头写道:"书契天设,文明日新;将究止戈之义,式彰为武之仁。"徐寅认为,自从人类创造了文字,人类的文明就得以不断发展,且日新月异,因而只有"止戈为武",才能体现"武"的"仁义",也就是"临戎制敌,胜不在乎干戈",而应"归于翰墨",即是否取胜,要看翰墨是否得以发展;"七德修而曰武",只有忠孝仁义礼智信七种道德修养获得进一步的提升,才能称得上"武"。

又如,天阵、地阵、人阵的"三阵"军事思想。徐寅在《员半千说三阵赋》中,对唐高宗时官员员半千的天阵、地阵、人阵的"三阵"说作进一步的阐释。关于"天阵",徐寅说:"出兵者在乎信及寒暑,义如时雨,春发生兮当养士,冬肃杀兮当耀武;斯则得天道兮合天时,不可失天时而逆天取,此天阵以明焉。"春天应当"养士",夏暑不宜用兵,冬天用以演练"耀武",故"天阵"之时只有秋季。关于"地阵",徐寅写道:"其用兵者在乎饶金富粟,兵雄食足,先耕而九载思蓄,后战而三军不辱;斯则分地利而得地财,岂有兵未征而农不果,此地阵以明焉",故"地阵"即出征前要做好充足的各方面的后勤保障。关于"人阵",徐寅说:"且为帅者在乎帅师将肃,连营敦睦,忠为甲兮信为冑,身为弓兮德为毂","此则协人意而得人心,岂有人意和而兵不服,此人阵以明焉"。故"人阵"即统帅,既是将领的统帅,又是将领的老师,将领对统帅要严肃尊重,统帅、将领、士卒之间既要和睦相处,又要讲求诚信,且都要忠于国家。一支军队,如果具备"三阵",就无须"占彼星躔""恃其山川""仗其骁勇","唯德义而三军胜"。

其八,要善于发现人才,重用人才;对人才的推荐应"无偏无党","惟贤是搜,惟德是求"。

徐寅的《涧底松赋》,全篇以松喻人才,说"岂天生之有异,盖地势以居偏"，人才就像"涧底松"，因为"居偏"、处社会底层，故而只有特别努力，才能具"有异"之才，才能使自己"挺操弥贞"；同时也因为"居偏"，"厄岩峦之下"，而早立大志，"心凌碧霄"。显然，这种"地势居偏"的人才，是一个"可营之于帝宫仙阁"的大才。然而，再大的人才，当他未被发现、未被重用之时，"何殊孔明之先主未迎"，"吕望之文王非猎"，因而，如何发现人才，重用人才，"其可贡而谁贡"，乃是执政者的第一大事。徐夤的这种思想，在他的《毛遂请备行赋》中有更具体的论说。"则知士也者，不可以贫欺；马也者，不可以瘦失。何待客以无鉴，几遗贤于此日。伊毛生也，重于九鼎之功，非狗盗鸡鸣之匹。"徐夤根据毛遂建"九鼎之功"的奇才，得出结论："则知士也者，不可以贫欺。"

至于人才的推荐，徐夤在《外举不避仇赋》中，提出"无偏无党"，"惟贤是搜，惟德是求"的原则。"不可嫉其贤而失公论，庇（遮蔽）其善而显私仇"，不可因为某人是自己的仇人，而妒忌其才、故意遮蔽其才；"国家或利，于亲于怨以相推"，凡是对国家有利的，不论是自己的亲人，还是自己所怨恨之人，都要推荐给朝廷；"舍短求长，齐主宁猜处管仲"，对人才，要用其长，而不用其短，就像当年齐桓公重用管仲治国之"长"，而舍弃他曾射过自己一箭之"短"，等等。

其九，要重视农业。

徐夤《丰年为上瑞赋》云，"以丰穰之有岁，作祥瑞于当年"，认为农业丰收，就是当年的"祥瑞"；又云"重彼粢盛，五稼而诚宜在上"，要重视祭祀神灵、祖先的谷物，以及人们平时食用的稻、黍、稷、麦、菽五谷，应当把重视粮食的国策摆在最上的位置。徐夤还在赋中写道：只要"家给人足，时和岁丰"，纵然"凤不止于高梧之际，麟不游于灵囿之中，又岂能损民力、亏朕躬"。显然，徐夤认为，粮食丰收比祥瑞之物凤凰、麒麟的出现更重要。

又如徐夤《御沟水赋》，前一大半铺叙御沟水之所自及流经之地的优美风光，赋的末尾，是"卒章显其志"："其或赫日流金，舆人望岁；咸忧地利以将失，愿假天波而下济。分紫禁以余润，作黔黎之大惠；则禹浚川也，不为己而为人；农击壤焉，不荷天而荷帝。"徐夤希望如遇"赫日流金"、干旱无雨时，能够借御沟水的"天波"，"下济""余润"干旱的农田，若如此，农夫击壤时，就会歌唱皇帝的恩德。赋的末句，徐夤云"玉堂金殿兮知不知，敢进刍荛于此际"，希望皇帝能够知道下臣徐夤的"刍荛"之议。

第三，表达人生理念。

其一，返朴归真的人生理念。

唐朝是一个道教盛行的时代，道教徒追求长生不老，进而成仙，但徐夤在他的《人生几何赋》开头就说："叶落辞柯，人生几何？"人生总有"叶落"的一天；"三神山而杳隔鲸波，任夸百斛之明珠，岂延遐寿"，即使用百斛明珠，也无法延长寿命，所谓众仙人居住的"三神山"，那只是虚无缥缈、传说中的岛屿；"虽有圣而有智，不无生而无死"，即使圣人、智者，也难逃一死。既然世人都难免一死，因而有的人便利用有限的生命"惜黄金""荒色嗜音""逐利争名"，而徐夤认为此皆"何太非"，是多么大的错误。徐夤说，"吾欲抱元酒于东溟，举嘉肴于西岳；命北帝以指荣枯，召南华而讲清浊；饮大道以醉平生，冀陶陶而返朴"，过上一种分清"清浊"及"返朴"的生活。综观徐夤的一生，他也确实是"分清浊"、斥篡唐者，晚年归隐故里、返朴归真的诗人赋家。

其二，多行善举、多荐善者的人生理念。

徐夤的《义浆得玉赋》，是根据《搜神记》的《杨伯雍》故事而写的。故事略曰：杨公于高山无水处，汲水作义浆，行者皆饮之。三年后，某人与之一斗石子，嘱种于有石处，数年后，见玉子生石上，后复娶得某大姓"甚有行"之女。徐夤在赋中，说人们"无冬无夏，不酌水以酌心；暮往朝来，非饮浆而饮德"，夸赞杨伯雍的美德，并得到天神的回报，即"某人与之一斗石子"。徐夤在赋末，又从"济人渴者"说到"荐人善者"，说后者是"可以庆其邦国"的大事。

其三，贵以贱为本的人生理念。

徐夤在《贵以贱为本赋》中，全面阐述了"贵以贱为本"，即"今日富贵是以昔日贫贱为本"的人生理念。他说:"因考贵以由贱,乃明终而有初,则知失其本而事不立,得其本而义有余。"徐夤认为,如果一个人的富贵是从贫贱发展来的,那么他就会明白今日之所以富贵,完全是因为过去曾经贫贱过,进而他还会进一步知道,如果忘掉过去贫贱之本,那么他什么事情也干不成;如果记住这个本,那么他做起事情,就能完全符合道义。徐夤又进一步指出,贫贱能否转为富贵,"在乎洁于道,不在秽乎迹",如果他走在"洁道"上,就能进入富贵行列,如果走在"秽迹"的路上,就只能永远处在贫贱的位子。故徐夤最后说"所以明富贵之本焉,又安得久处于贫贱",如果明白富贵之本在贫贱,他就不会长期处于贫贱的位子。

其四,知白守黑的人生理念。

徐夤的《知白守黑为天下式赋》,是根据《老子》二十八章"知其白,守其黑,为天下式"而撰写的。所谓"知白守黑",是说内心虽然知道是非之别,但不予道出,保持沉默。这原本是道家的处世思想,而徐夤此赋,则将其扩展为世人的处世理念。徐夤写道:"白以将行,恐率土之恶盈患作;黑之为式,庶普天之用晦功全。"徐夤认为,人们如果违背此原则,社会上就会"恶盈患作";而遵循此原则,韬光养晦,就会"功全"。徐夤又说,"就其曜而不曜,居其昏而不昏",认为人如果不想沉默,而想表现,但最终结果是表现不了;相反,保持沉默,不想表现,而最终却得以表现。老子的这个理论,徐夤将其归纳为"弱可吞强,柔能制刚"。作为人生理念之一,确实有其可贵之处,但世间之事纷繁复杂,有些事情的解决,还必须用阳刚的、果断的办法,如反击某国入侵者、开创某个伟大领域、怒斥叛国言论、缉拿在逃要犯等。

其五,在礼容修养方面,提出"容之在肃,礼之在恭"的人生理念。

徐夤的《竹篦子赋》写东海生因家境贫寒,买不起篦子,遂自己动手做了一把竹篦子。赋中写道:"东海生将治巾栉,贫无玩饰,劈破烟筠,刮残霜色,衰鬓攸利,秋蓬自直。""乃有绣毂王孙"夸耀道:"先生不见南越之绝,珍华间发;犀角磨水,象齿批月;皎君素手,滑君绿发。朱邸豪商，持金买将；星流掌握，雪莹巾箱。"并嘲笑东海生竹箧子，说"比君之玩，代君神愧"。东海生听后，在诉说"余居之穷"，"又数之蹇"之后，说："且闻箧柅之功，修诸礼容；容之在肃，礼之在恭。容之不肃，奚犀奚玉？礼之若恭，为凤为龙。"用"容之不肃，奚犀奚玉"嘲笑绣縠王孙的浅薄无知，又用"礼之若恭，为凤为龙"展示自己的不同凡响。徐夤这是借东海生之口，提出"容之在肃，礼之在恭"的观点，如果"不肃""不恭"，即使"持金买将"，"犀角磨水，象齿批月"，也是缺乏礼容修养之人。徐夤在赋的末尾写道："铭诸坐隅，永贻后昆"，要将重礼容的思想传给后代子孙。

其六，怀疑天道的人生理念。

徐夤在《福善则虚赋》的开头写道，"圣人曰：天本无私，福惟佑善"，但接着又表示怀疑，他写道："吾将议彼穹苍，其灵不常：安得勇力者或昌，进德者或亡；忠说者或罪，谄佞者或彰。孰云必有余庆，屡闻反受其殃？"徐夤又举例道，"圣莫大于孔父（即孔子），智莫过于颜子"，但现实中二人的一生却是"孔泣麟而叹凤，颜命夭而居贫"；又进而就一般的家庭说道，"在温良道德之家，不钟禄位；于悖逆荒淫之室，不震雷霆"，讲求温良道德的，没有得到禄位；而悖逆荒淫者，也没有被雷霆击死。由于"穹苍""其灵不常"，因而现实社会中，"君或骄而臣或叛，自此而生；子不孝而父不慈，由斯而失"。由于现实如此残酷，徐夤自然而然会联系到自己："然吾终身而积善，不知天道以如何？"徐夤在此篇赋中所说的"穹苍""其灵不常"，"不知天道以如何"，实即司马迁在《史记·伯夷列传》中所说的"傥所谓天道，是邪？非邪？"

第四，歌赞美好情感与品德。

其一，歌赞亲情。

唐睿宗在位期间，其五子，即宁王李成器、申王李成义、临淄王李隆基、岐王李隆范、薛王李隆业，均居住于长安隆庆坊。此五人虽为帝室兄弟，但不乏民间兄弟的亲密真诚之情，他们不仅没有因争夺帝位而自相残杀，相反，当睿宗皇帝要立宁王李成器为太子时，李成器却要把太子位让给临淄王李隆基，说李隆基更适合当太子，更适合治理国家。徐夤的《五王宅赋》，即歌颂李成器等兄弟五人之间的亲密之情。徐夤在赋中写道，"金声玉韵以总绮，夏蕚春丛而剪出"，说五兄弟之间的"金声玉韵"音乐相和声，在"夏蕚春丛"间回荡。"雍然而帝子天子，肃睦而宁王薛王"，说后来成为天子的临淄王李隆基，与他的兄弟宁王李成器、薛王李隆业等兄弟五人，都能"雍然""肃睦"相处。"圣主之千声羯鼓，洛水风清；岐山之数调胡琴，嵩山月白"，说唐玄宗李隆基的"羯鼓千声"，与岐王李隆范的"数调胡琴"之声相交融，在"风清""月白"之夜，回荡于洛水之滨、嵩山之巅，兄弟之间，其乐融融。

其二，歌赞不言钱、以不贪为宝。

任何一个时代、任何一个国家都有拜金主义者、狂热追求财富者，这种人不仅其本人极有可能触犯法律，而且还会给社会带来严重的灾难。徐夤的《口不言钱赋》就是针对这种社会现象而作。徐夤引子罕的典故，写道"自负不贪之宝，吾道常存"。《左传·襄公十五年》载："宋人或得玉，献诸子罕，子罕弗受。献玉者曰：'以示玉人，玉人以为宝也，故敢献之。'子罕曰：'我以不贪为宝，尔以玉为宝。若以与我，皆丧宝也。不若人有其宝。'"徐夤认为，如果世人都能像子罕那样，以不贪为宝，那么每一个人心中，都会常存人生正道。相反，如果"有私而尽以藏贿"，则"无德而何尝润身"，就不可能有道德方面的修养；如果"手近青蚨""眼观榆荚"，就会"先纳雌黄之口内"，即说话信口雌黄、不讲诚信，就会"预缄枝叶于胸中"，即胸藏歹计、居心不良，就像《世说新语·轻诋》所说的，像庾元规那样"胸中柴棘三斗许"，整个社会就会变成"浊世浇风，贪婪莫充"，"填巨壑以难盈"的社会，这是多么的危险。正是基于此，徐夤才反复强调，并热情歌赞"不言钱"、不贪的高尚节操。

## 第四节　徐夤律赋的艺术性

第一，善于塑造人物形象。

塑造人物形象，是文学作品的一个重要方面，徐寅的赋作特别是叙事性的赋作，在人物形象的塑造方面，有其鲜明的特色。

其一，英武勇敢者的形象。

徐寅在《朱虚侯唱田歌赋》中所塑造的朱虚侯刘章，就是一位英武勇敢、不畏强权的形象。刘邦去世后，在吕后及诸吕掌控朝中大权、刘邦手下"虽诸将之贾勇，终按剑以未能"的情况下，刘章仍然"欲刮其瑕，涤其垢，摧其凶，破其丑"，即使"失则化齑粉于干戈"也毫无畏惧。他唱着田歌，"众愉怡而诡谲，我愤惋而刚烈；怒声彻天地，托雅调以成声；热血煎肺肝，瞬明眸而溃血"。当他当场杀掉"醉而亡酒"一吕氏之后，"侍坐者汗滴胆碎，傍观者心颠魄狂；吕之强倏尔而弱，刘之弱欻尔而强"。徐寅借田歌之唱，通过正面描写、侧面描写、心理描述，塑造出刘章英武勇敢、不畏强权、令人钦佩的形象。

又如《樊哙入鸿门赋》中樊哙的形象。"冒死而尝轻白刃，匡君而直入鸿门"，这是写樊哙之勇；"朱轮画毂，能扶万乘之尊"，这是写樊哙之力大无穷。全赋更多的是描述樊哙冲破一切、不可阻挡之气势："海荡山振，龙惊虎惧"，"诣阊阖而飞步，怒豺狼而切齿；仆视阍守，掌窥戎垒；嵩衡盖数撮之尘，溟海乃一泓之水"，"愚山可徙，蔺柱须摧"。当有勇又力大无穷、有不可阻挡之气势的樊哙闯进鸿门大帐后，"瞋目视项王，头发上指，目眦尽裂"，使得项王不禁"按剑而跽曰：'客何为者？'"（《史记·项羽本纪》）樊哙的勇武形象，使得项王都为之震惊。

其二，诗仙李白形象。

徐寅在《白衣入翰林赋》中，写李白25岁前生活于四川期间的形象是"宅岷峨，锁羽翼"，"云情鹤态，歌剑岭之秋光；月夜烟朝，钓锦江之春色"，这是一般的优哉游哉的诗人形象，其独有的个性形象，尚未显露出来。25岁后，"仗剑去国"，离开四川，漫游各地。"俄而入洛游京，怀珠袖琼；尘中独步，酒肆陶情；乌栖曲兮金石奏，蜀道难兮神鬼惊"，一个"怀珠袖琼""酒肆陶情"之李白独有的形象已经出现。唐代写蜀道的诗不少，但唯独李白的《蜀道难》"神鬼惊""尘中独步"。其后，"青云得路兮肌骨换，白日升天兮朝市喧；缟素麻衣，朝杂庶人之伍；龙摅虎变，夕蒙天子之恩"，"碧山之傲逸犹在，紫禁之繁华乍束；往往而红筵对酒，宦者传觞；时时而后殿操麻，宫娥捧烛"，等等。概而言之，潇洒豪爽、尘中独步、浪漫无极、我行我素，就是徐夤所描绘的李白出川后的形象，这是千古无二的形象。

其三，隐于金马门的东方朔形象。

古代隐士，有隐于山林、隐于市井、隐于朝廷之分，汉武帝时，身任太中大夫的东方朔，即属隐于朝廷，即避世于朝廷官署金马门内的隐士。徐夤的《避世金马门赋》，描写的就是隐于金马门的东方朔形象，即"大隐"的形象。赋中写道："名利交奔，大隐之人兮心还混元，晦其迹而宁归碧洞，避其时而却入金门；亦何必野岸垂钓，荒村灌园；目其利而我性非利，耳其喧而吾心不喧。"身处"名利交奔"的都城、朝廷，虽然每天"目其利""耳其喧"，但东方朔能始终保持"我性非利""吾心不喧"的高尚节操，而且还"滑稽而黄屋频谏"，这的确可以称得上是"大隐"。而古代有些隐士，如徐夤在赋中所说的"身山林而心垢氛"的隐士、南朝孔稚珪《北山移文》所说的"虽假容于江皋，乃缨情于好爵"的隐士，以及《新唐书·卢藏用传》所说的把隐居当作通向官场"终南捷径"的隐士卢藏用，与东方朔隐于朝的"大隐"相比，显得何其渺小、龌龊。

其四，描写人之内心无声的心灵之音形象。

徐夤赋中所描绘的人物形象，不仅有外在的形象，而且还有人之内心无声的心灵之音形象。他的《扣寂寞以求其音赋》，就是一篇专门描写人之心灵之音的赋。这种心灵之音是人在内心深处无声的自言自语，或无声的突然感悟，其他人自然无法听到，"便多子冶之听，聪将不至"。但这种无声的心灵之音却有巨大而神秘的作用，"得之则协人神，畅风雅"，"击扬雄吐凤之门，应怜凤啸；排老氏犹龙之阆，别契龙吟"。这种心灵之音可以沟通人神之间的关系，可以获得扬雄的"吐凤"之才，可以与老子的"龙吟"相应和。徐夤的描述虽然带有神秘色彩，有些夸张，但也不是毫无道理，所谓得扬雄的"吐凤"之才、与老子"别契龙吟"，就是人们常说的"心心相印"。如果将这种"应怜凤啸""别契龙吟"转为"以讽论君德",就可以使得国君的言行"与昭明之道合",故徐夤在赋末说,"愿侯王之海纳",希望国君能与臣民的心灵之音相呼应,并加以"海纳"。

第二,善于描绘自然形象。

其一,天地形成之初的形象。

徐夤的《太极生二仪赋》,是根据我国古代有关宇宙天地形成的远古神话及《易经》的太极理论而写的一篇赋。关于宇宙天地形成之初的形象,徐夤写道:"太极何名,其形混成。"太极即混沌之气,神话说,宇宙最初的状态是一片混沌之气。徐夤又接着写道:"区二仪而始生,厚载者所以凝其浊,高明者所以厚其清。"神话说,混沌之气中,阴浊的下沉为地,阳清的上升为天;《易经》说,太极生二仪,二仪即"天"与"地"。继之,徐夤又对二仪中的天作了描写:"于是上溯无边,昭然廓然,营空碧而星辰错落,豁东西而乌兔高县。汉玉奚水,河银曷泉。无得而逾,六律而宗成大化;不言而信,四时而飞作流年。此一仪者天也。"徐夤笔下的天之初始,有星辰、太阳、月亮、银河,有气候变化,有四季流年。至于大地,徐夤又写道:"一撮之多,九垓攸布,耸华岳以西峙,汹沧溟以东注,蔓延生植,沧洋制度。何舟何楫,凌开白浪为程;谁马谁车,碾破青山作路。此一仪者地也。"大地上分布有古老的九州,西部耸立着华山,滔滔黄河东注入海,河面有来往舟楫,陆地上有来往马车。而后天地间"莫不润之以风雨,鼓之以雷霆";再后来,"伏羲圣,黄帝灵,龟龙负而乾坤定位,文籍生而诈伪开扃",人类进入文明社会。此赋可以算是探索宇宙产生、文明社会形成的古代文学作品。

其二,自然界之声音形象。

如雷声形象。徐夤在《雷乃发声赋》中,着重描绘雷声的巨大威力。首先,雷声威力之大,大到足以震动宇宙。"霹雳俄奔,八表谓冲开下土;轰辀继作,九州疑裂破青天",此言雷声"冲开下土",惊动大地,雷声又"裂破青天",惊动上天;"俄洪音之一播,品汇须惊","惊醒百蛰",此写一声巨雷,大自然各个种类动物、植物乃至蛰伏于地下的昆虫都被惊醒。

其次，雷声的威力之大，大到足以改变气候、移寒易暑："去年之积冷凄寒，皆令变暖；昨日之枯株槁木，尽使骈红。则知春之荣，雷于春而禀德；秋之落，雷于秋而授职。"雷声之威力，真可谓无处不在，无所不能。

再如猿声形象。《水经注·江水注》写长江三峡两岸之猿声："每至晴初霜旦，林寒涧肃，常有高猿长啸，属引凄异，空谷传响，哀转久绝。故渔者歌曰：'巴东三峡巫峡长，猿鸣三声泪沾裳。'"猿之鸣叫声，本是动物的自然鸣叫声，但在我们先人的文学作品中，猿声都被赋予凄惨、悲伤的基调，如上引"渔者歌"，又如徐夤的《山暝孤猿吟赋》。此赋专写猿之鸣声，其中有的是直接描写，"孤猿而忽吟"，"切切而来"，"扬清引浊"，"吐怨流哀"。但更多的是从侧面着笔，"如含庄舄之愁"，越人庄舄仕于楚，常因思归故里而悲吟，这是以庄舄之悲吟声比猿之悲啼声；"悲风飒兮零雨残"，"无限之离魂别绪"，这是以"悲风残雨""离魂别绪"作映衬；"望帝冤魂，苌宏怅魄"，这是以冤屈而死的"望帝""苌宏"之魂魄，作读者联想的媒介；等等。徐夤借助上述直接描写与侧面着笔相结合的艺术手法，把自然界的猿声写得"凄凄惨惨戚戚"。

第三，善于多侧面铺叙。

作为艺术手法的"赋"，即"敷陈其事而直言之者也"，即今之铺叙。徐夤的《人生几何赋》前一大半在向世人解说"人不可能长生"时，就运用了多侧面铺叙的手法。如先从正面铺叙"人皆有死"："虽有圣而有智，不无生而无死"；"任是秦皇汉武，不死何归"；"生则浮萍，死则流水"；"命宁保兮霜与露"，经历了人生的霜与露，人的生命岂能保住？继而又从反面铺叙"长生之不可能"："任夸百斛之明珠，岂延遐寿"；"有寒暑兮促君寿"；"三千宾客若鸳鸿，难寻朱履"，三千朱（珠）履之门客，其主人春申君已死，难再寻得；"三神山而杳隔鲸波"，所谓不死之仙人所居住的海上"三神山"，不过是神话传说而已。人不可能长生不老，这在今天是常识，但在道教盛行的唐代，却有人终其一生执着于炼丹、服丹，以求成仙，所以徐夤这篇赋在当时还是有其现实意义的。徐夤在全赋最后提出自己的人生理念：在人有限的一生中，应当讲清浊、返朴归真。

又如《鲛人室赋》中对海底鲛人宫室的铺叙："双阙标百尺，岩峣而贝阙凌前；万户列千门，洞达而龙宫在后"，这是铺叙宫室的外观；"光攒琥珀千树，花折珊瑚万枝"，这是铺叙宫室的四周；"琼窗而鳌顶均岫，绮栋而壶中借云"，这是铺叙宫室的内里结构；"二十四里之汉宫，何曾足数；三十六般之仙洞，未得相闻"，这是借与"汉宫""仙洞"的对比以铺叙。经层层铺叙后，徐夤托出己意："吾欲干北海而涸南溟，探骊龙于此室"，他想看看海底究竟有无鲛人宫室，如果有，与自己所铺叙的是否一样。

再如对华清宫的铺叙。徐夤的《驾幸华清宫赋》，作者用了一大半篇幅铺叙唐玄宗与其妃嫔的车马仪仗及华清宫的富丽堂皇："离紫禁而千官捧日，出清门兮万骑屯雷"，"架琼宫玉殿之宏绝，锁万户千门之秘邃"，以上是泛写车马、骊山。接着是细细铺排华清宫的华丽："蒙茸之组绣烟花，香随辇辂；错落之星辰日月，影射虚空。及其鳌负瑶台，檠生玉药"；"隋侯明珠兮饰车马，雾縠云罗兮紫步履。飘兰散麝，常薰昭应之香；落翠遗珠，遍鬻新丰之市"。这是糅合神话与写实以铺叙。继之，则是对唐玄宗与杨贵妃二人在华清宫卿卿我我的描述："其或露冷仙掌，波出渭津；河汉佳期，七夕会牵牛之伴；云天胜赏，中秋迎顾兔之伦"，"真人羽客兮荐方术，朱草灵芝兮表生殖。诗成而玉瓮题新，云满而温泉暖极；烟霄可上，期骖彩凤之翔；光景难留，谁束金乌之翼？"上述层层铺叙，与赋末的"禄山已变"，"是何乐极悲来"，"华清宫观兮阒无人，山青兮水绿"，形成强烈的对比。

第四，善用对比艺术手法。

赋在艺术上的一大特点是铺叙，为了使铺叙更具艺术效果，赋家多采用对比的艺术手法。若进而作更细的分门别类，则对比又可分为时间方面的对比、空间方面的对比、社会地位方面的对比等等。徐夤的赋作，即不乏多种对比手法的运用。

其一，时间方面的对比。

徐夤《五王宅赋》的前一大半，描述唐玄宗即位后在原先他与宁王李成器等五兄弟所居住的隆庆坊所建造的兴庆宫的宏大、华丽："甲第煌煌，维城道傍"，"彩雾彤霞，从仙都之八面；风台水榭，引蓬岛于中央"。描述唐玄宗与其兄弟的音乐之声："解愠当风，帝舜之琴雅奏；兴歌立德，太康之弟相从"。等等。而赋的末尾，写的则是经过唐末战乱；直至唐朝灭亡后的兴庆宫的衰败："华堂之帐幄虫蠹，深院之栾栌燕飞"；"时移而玉笛谁吹，清商泯灭；事往而金牌尚在，御墨依稀"；"伤晏御以绵延，绕周垣而叹息；王侯之地宅虽存，未若开元之有国"。徐夤借助昔日繁华与今日破败的对比，抒发了他对往日强盛唐朝的无比怀念之情，对而今唐朝衰败、灭亡的心痛与哀悼。

再如，《驾幸华清宫赋》与《再幸华清宫赋》的对比。前篇写的是唐玄宗在位期间驾幸华清宫事，有史实依据；后篇写的是唐玄宗于安史乱后回长安途中再幸华清宫之事，于史无据，乃作者想象，但此想象有当时大环境为依据。此二赋均以华清宫为描写对象。但前篇之华清宫华美，而后篇之华清宫衰败，前后形成强烈对比。如前篇之华清宫，"鲸海澄波，骊山叠翠；架琼宫玉殿之宏绝，锁万户千门之秘邃"；后篇之华清宫，"牢落而金门玉户"，"骚屑而一宫红叶"。前篇的唐玄宗、杨贵妃二人，"河汉佳期，七夕会牵牛之伴"；后篇之唐玄宗一人，"阳台之吉梦初断"，"相思树老，满山之红实空垂"。前后华清宫的强烈对比，令千年后的读者也会因强盛之大唐王朝的灭亡、因繁丽之华清宫的消失而悲悼叹息。

其二，地位悬殊者的对比。

在等级制度森严的古代，地位高低不同，生活的各个方面也迥然有别。徐夤《寒赋》描写同处寒冬的安处王、守边战士、荷锸农夫、求名儒者，他们的境况也因其地位差异而大不相同。安处王是"即深宫，兽炭呀焰，狐裘御风"，"未有寒色"；而守边战士是"戍远燕岭，衣单雁山，铁甲冰彻，金刀血殷"，"冻平辽水，雪满萧关"；荷锸农夫是"草荒而耒耜无力，地冷而身心将悴"，"冻体斯露，疏襞莫庇"；求名儒者是"贺清平于四塞，冒霜霰于三秦，北户无席，冬衣有鹑"；等等。借助强烈的对比，安处王不得不"闵征战之劳，命偃乎兵革；念农耕之苦，命蠲乎徭役；知儒者之寒，命选于宗伯"，这样的结果自然只是徐夤的意愿，他所能做的，只能以这种理想的结果，劝谏现实中大大小小的"安处王"。

第五，善于用典。

赋，特别是律赋在艺术方面的一大特点是用典，而且典的内涵必须与该赋的主题相吻合。徐夤赋中所用之典都能既典雅又切合赋的主题。如，他在《五王宅赋》中，以"年来岁改，春风遗棠棣之华"歌颂唐睿宗五个儿子之间亲密的兄弟之情，他用了《诗经·小雅·常棣》的典故，《常棣》云："常棣之花，鄂不韡韡。凡今之人，莫如兄弟。"此诗为西周初年周公宴请其兄弟的诗，朱熹《诗集传》说此诗"极言兄弟之恩，异形同气，死生苦乐，无适而不相须之意"。周公与其兄弟均为王室内的兄弟，李成器与其弟弟亦均为皇室内的兄弟，二者身份相同。故徐夤此典用得既典雅又切合赋的主题。

再如，徐夤在《隐居以求其志赋》中，非常明确地说："小人之见兮，见以求利；大人之隐兮，隐以求志。"为了论证"隐以求志"的主旨，徐夤用了多个典故加以阐说。其一，"商岭之志兮以全真，箕山之志兮于高节"：商山四皓于秦朝暴政之时隐而不出，以葆其真，汉初又出山成为太子刘盈的座上宾，使得刘盈能以嫡长子身份顺利登上皇位；隐于箕山的许由拒绝尧帝之邀请，不愿为天下之君，以实现自己葆有"高节"的志向。其二，"渭滨之志兮，国傅王师；胥靡之志兮，匡君佐时"：姜子牙隐于渭水之滨以垂钓，周文王姬昌发现其才，遂载以同归，立为师，后姜子牙佐其子周武王灭商建周；傅说原隐于傅岩，为筑墙奴隶，后商朝国君武丁发现其才，任之为相，国遂以大治。姜子牙与傅说均隐居以求其志，后终得以辅佐国君，成就功业。其三，"虱扪西华以持衡，龙卧南阳而辅国"：东晋十六国时，隐居于西岳华山、曾与东晋大将桓温扪虱而谈的王猛，后为前秦皇帝苻坚所重用，掌军国内外万机之务，名垂青史；原先隐居于南阳的诸葛亮，后辅佐刘备、建立蜀国，可谓"功盖三分国"（杜甫《八阵图》）。上述所举典故之主人，均能"隐以求志"。

又如《玄宗御制卢征君草堂铭赋》。此赋的主题比较复杂，一方面此赋是因唐玄宗的《草堂铭》而写，故而必须迎合唐玄宗的旨意，称赞卢征君（古时称被朝廷征聘而不肯受职的人为"征君"）的隐士品格。为此，徐寅采用别解典故的艺术手法，就是避开通常的解说，而从另一侧面分析。如"吊夷齐为犯上之士，怪园绮为沽名之客"，说商代末年的伯夷、叔齐隐居于首阳山，但二人叩马拦阻周武王讨伐商纣王，乃"犯上之士"，并非真正的隐士；又说秦末东园公、绮里季等商山四皓隐于商山，后成为汉高祖刘邦之太子刘盈的座上宾，他们为"沽名之客"，非真正的隐士。再如"去随麋鹿，难留傅说盐梅"，说傅说原先隐于傅岩，与麋鹿为伴，后被殷高宗武丁发现，委以国相重任，故傅说非真正的隐士。徐寅借伯夷、叔齐、商山四皓、傅说等人名为隐士，但实际并非真隐士的典故，以衬托说明卢征君才是真正的"隐士"。但是，这仅仅是主题之一，主题之二则是讽刺卢征君假隐士的一面。卢征君即卢藏用，其人在唐高宗、武则天时曾隐居于终南山，但他隐居的目的是提高名望，以获得朝廷重用，时人即以"终南捷径"讽刺之：隐居终南山是通向官场的捷径。徐寅在赋中别解典故，说伯夷、叔齐、商山四皓、傅说均非真隐士，乃假隐士，其目的是用以讽刺卢征君卢藏用才是真正的假隐士，因为卢藏用在世时，他的假隐士面目就已经被人揭露出来。

第六，善于组织有气势、有力度的句式。

唐代每篇律赋的字数，一般在五百字左右，长短适中，在此篇幅内，可以组织各种长短不一的句式，描写优美风光，歌咏亲密友情，表达政治见解，痛斥暴君，描写英雄等，如上两章所论王棨、黄滔的律赋。徐寅律赋的句式同样丰富多样，诸如优美的句式、风趣的句式等，但最突出的则是众多有气势、有力度的句式，这些句式无不给读者以强大的心理作用，充分体现出徐寅在句式组织方面的功力。

如，在《首阳山怀古赋》中，对于纣王的罪恶，徐寅写道："且纣以斫胫求欢，剖心取乐；空寰瀛不足以充其欲，罄竹帛不足以编其恶；民惊而万国崩离，天怒而三光舛错。肉为林也，怪山岳之非高；酒为池焉，笑江湖之易涸。"上述句子，徐寅先是以简短的"斫胫"对"剖心"，给读者造成心理的冲击；接着，徐夤又以两个"不足以"的否定句增加其气势；最后，又以否定句"山岳之非高"，对肯定句"江湖之易涸"，给读者心理带来强烈震撼，形成语言的气势与力度。

又如，在《朱虚侯唱田歌赋》中，徐夤借助短促的对偶句，"章欲刮其瑕，涤其垢，摧其凶，破其丑"，突出刘章的英武形象；"不日计之取，兵之举，帝诸刘，房诸吕，有若乎摧枯拉朽"，又以短促的排比句，营造出吕后去世后朝中诸大臣在铲除诸吕势力过程中摧枯拉朽的强大气势。

再如，在《毛遂请备行赋》中，徐夤多处使用有前后时间感的流水对句式，使得赋作有了明显的时间的追逐感、空间的紧压感。如，"几载和光，利刃之深机但秘；一朝效勇，囊锥之奥义斯明"，"当时维絷，腾骧之步谁知；今日弥缝，颖脱之锋可试"；长长的"几载""当时"对短短的"一朝""今日"，有了时间的追逐感。同样，"自旭旦以将论，至日中而未决"，从"旭旦"到"日中"，也同样有时间的追逐感。此外，"傥一夫之有惜，不肯扶危；则五步之非遥，立当流血"，"一夫"之空间，与"五步"的仅有距离，二者之间亦有空间的紧压感。这种时间的追逐感、空间的紧压感，自然会给读者的心理以冲击、震动。

又如，徐夤依据《史记·萧相国世家》而撰写的《东陵侯吊萧何赋》，赋中借东陵侯邵平之口对汉代第一位丞相萧何之权势进行带有夸张性的描述，说萧何"道赫岩廊，权倾纪纲；才吞伊吕，道亚皇王。欲怒而虬龙伏匿，流恩而瓦砾辉光。人民顾我以无先，何忧何惧？邦家因吾而肇造，为栋为梁"，这是一连串的夸张性排比句。其后又是一连串带有警示性的排比句："兔残而猎犬谁惜，敌尽而谋臣曷作？伍子不省，尸漂于叠浪惊涛；范蠡能辞，身隔乎重湖远壑。今则瑰宝酬恩，兵戈卫君；以架颠危于累卵，堪惊富贵于浮云。"这一前一后的夸张性排比句、警示性排比句，必定给萧何以强烈的心理震撼，使得萧何在生死攸关的关节点突然醒悟，立即听从邵平之劝，辞让刘邦的"益封五千户"，且"悉以家私财佐军"，刘邦"乃大喜"（《史记·萧相国世家》），萧何因此而最终平安度过自己的一生。

第七，善用映衬艺术手法。

所谓映衬，就是将甲乙两件事物或两种现象并列叙述，以乙事物或乙现象，衬托甲事物或甲现象，以显示甲事物的重要，或微不足道，或甲现象的特征。在徐寅的赋作中，就有映衬艺术手法的运用。

如《丰年为上瑞赋》云，"重彼粢盛，五稼而诚宜在上；方诸图牒，四灵而莫得居先"，徐寅将稻、黍、稷、麦、菽"五稼"与被帝王视为灵物的麒麟、凤凰、乌龟、飞龙"四灵"并列叙述，说"五稼而诚宜在上"，而"四灵而莫得居先"，以突出农业的重要。赋中又说："纵然出醴泉而浪涌波翻，降甘露而珠英玉蕊。然而不济饥馑，何足倚依？"徐寅将"出醴泉""降甘露"这些被封建帝王称为天降祥瑞的现象，与没有粮食、"不济饥馑"的现象并列叙述，进而论定：如果"不济饥馑"，即使"出醴泉""降甘露"，又"何足倚依"？徐寅的论断在古代，可谓振聋发聩。

其他如《五王宅赋》的"华堂之帐幄虫蠹，深院之栾栌燕飞"，将昔年的"华堂之帐幄""深院之栾栌"，与今日的"虫蠹""燕飞"并列叙述，以突出今日兴庆宫的衰败。又如《山暝孤猿吟赋》的末二句，"则知边城雁兮高柳蝉，未若听吟猿而惨恻"，徐寅以边城雁声、高柳蝉声映衬吟猿声，借以突出猿吟声之惨恻。

第八，善用比喻的艺术手法。

文学作品讲求形象性，而比喻则是形象性的重要体现。徐寅的赋作就常用比喻：或只言片语用比，或片段用比，而最高水平的比喻，则是通篇用比，如《涧底松赋》。此赋全篇以"松"比喻人才：以"居偏""厄岩峦之下"，比喻人才出生寒微、处境艰难；以"希匠斤，采溪壑，如拔之于高岸邃谷"，比喻发现人才，并让人才离开"居偏"之地；又以"可营之于帝宫仙阁"，比喻让人才发挥重大作用。全赋因通篇用比，而显得异常生动，异常形象。

又如《斩蛇剑赋》。《史记·高祖本纪》载：刘邦率十余徒人行山中，遇大蛇当道，刘邦挥剑斩之；后一老妪哭于蛇处，曰："吾子，白帝子也，化为蛇，当道，今为赤帝子斩之，故哭。"这是一则带有浓厚神秘色彩的传说，徐夤的《斩蛇剑赋》在此基础上，又以比拟象征的艺术手法作进一步的发挥。赋中说刘邦提剑斩白蛇，"然后挫七雄，削多垒；岂惟仗之翦长蛇而戮封豕，盖将提之令诸侯而禅天子。得非秦毒之奢，变作长蛇；汉德之俭，化为神剑。奢以俭陷，蛇以剑斩；道在晦而须显，事有增而必减。果闻哭白帝之亡，符赤帝之昌；虽行大义，亦假雄芒"。徐夤将"白蛇"比作"秦毒"，将"剑"比作刘邦将要建立的"俭汉"，以"剑斩白蛇"，象征"汉灭秦"；而剑之"雄芒"，则象征刘邦所行的"大义"，"提剑"这一形象，则象征刘邦将登上天子的宝座。徐夤的一系列比喻、象征，不仅形象，而且还颇为确切。

## 第五章　有豪侠之气，却又内心苍然的林宽

晚唐五代福州诗人林宽，是一位颇有成就的诗人，可是不论是古代还是近现代，均极少被人提及，就连清代雍正、乾隆年间福建建瓯人郑方坤编辑的《全闽诗话》，都没有收集到古人评论林宽诗作的言论，这不能不说是一件十分遗憾的事。

《全唐诗》卷606云："林宽，侯官人，诗一卷。"侯官，即今福建福州。晚唐五代闽籍莆田诗人黄滔在寓居长安期间，曾作《送林宽下第东归》，诗中云，"为君惆怅惜离京，年少无人有屈名"。黄滔生于公元840年，林宽比黄滔年轻，故其生年应在840年之后；林宽有《献同年孔郎中》诗，唐代凡同榜进士之间，互称"同年"，可知林宽曾经中过进士；林宽有《陪郑诚郎中假日省中寓直》《寄省中知己》诸诗，从中可知，林宽及第后，曾在都城长安朝廷任职，故有"省中"（唐朝中央机构有尚书省、中书省、门下省）、"寓直"（值班）之语。

个别文献说林宽"或以为莆田人"，这不可能。如果林宽为莆田人，那么《全唐诗》理应会说明，可是《全唐诗》只说"林宽，侯官人"；再者，由莆田市莆仙文化研究院编的《莆田市名人志》，没有编录林宽的生平介绍，说明林宽不是莆田人；与林宽同时代的仙游人陈乘，流传于今只有一首诗，可是该书却编录有陈乘的小传，而曾经考中进士、在朝为官，有33首诗流传于今，且与莆田名人黄滔有寄赠酬唱的林宽的生平事迹却没有编录，这说明林宽确实不是莆田人，而是福州人。

## 第一节　林宽诗作的内容

第一，描述林宽心中的三大人生情趣："山之灵迹""僧人""有诗"。《全唐诗》录林宽的诗作共 33 首，其中有不少是作者情趣的描述。林宽进士及第前后，曾有一段时间住在都城长安，他的《终南山》写道：

>   标奇耸峻壮长安，影入千门万户寒。徒自倚天生气色，尘中谁为举头看？

作为南方闽地书生的林宽，当他第一次见到北方的终南山时，立即被它的"标奇耸峻""倚天生气色"吸引住了，尽管"尘中谁为举头看"，但它很快进入林宽的人生视野，其所以如此，是因为终南山的"灵迹"。他的《送僧游太白峰》写道：

>   云深游太白，莫惜遍探奇。顶上多灵迹，尘中少客知。悬崖倚冻瀑，飞狖过孤枝。出定更何事，相逢必有诗。

太白峰即终南山高峰。林宽说，终南山上遍布可"探奇"的"灵迹"，如"悬崖""冻瀑""飞狖"，以及他自己的《终南山》诗中的"标奇""耸峻""倚天""气色"，这是整天忙于追逐名利富贵的尘俗之人所无法领会、无法欣赏的。再者，"出定更何事"的"僧人"，是林宽心中第二个情趣之所在。最后，"相逢必有诗"的"有诗"，是林宽心中第三个情趣。山之灵迹、僧人、有诗这三个情趣在林宽流传下来的诗作中经常出现。如林宽的《朱坡》写道：

>   朱坡坡上望，不似在秦京。渐觉溪山秀，更高鱼鸟情。夜吟禅子室，晓爨猎人铛。恃此偷佳赏，九衢蜩未鸣。

"朱坡"的确切位置已难以确考,但不在长安。这里有"溪山秀""鱼鸟情"之"山之灵迹",有"禅子",还有"夜吟诗",林宽对三大情趣的追求,在朱坡都得到满足,他不禁激动地写道"恃此偷佳赏",还说这是虽有"九衢"大道、但连蜩的鸣声也听不到的帝都长安所无法比拟的。

可是,像朱坡这样集三大情趣于一处的地方,必定是可遇不可求,有的地方貌似有,结果却一无所有。林宽在《穷冬太学》中,写他当时所处的太学是"投迹依槐馆,荒亭草合时。雪深鸢啸急,薪湿鼎吟迟";太学是文化之地,可是林宽所追求的三大情趣在这里一个也没有,故而他在诗的后半首不无遗憾地写道:"默坐同谁话,非僧不我知。匡庐瀑布畔,何日副心期?"太学没有诗,也没有僧人,林宽心中所向往的如"匡庐瀑布"的山之灵迹更是没有,林宽不禁感叹:不知什么时候才能观赏到,才能满足自己的期望?

为了获得三大情趣的满足,林宽四处寻觅。他的《酬陈樵见寄》写道,"失意闲眠起更迟,又将羁薄谢深知。囊书旋入酒家尽,纱帽长依僧壁垂",他只能主动去拜访僧人,以获得满足;"待月句新遭鬼哭",他想在月光下吟诗,可是却听到"鬼哭",诗情顿时消失;"寻山貌古被猿窥",他想寻觅山的灵迹,却遭猿猴窥视而兴趣全无。他甚至在"省中寓直"时,也人为制造三大情趣。他在《和周繇校书先辈省中寓直》一诗中,说"古木重门掩,幽深只欠溪",寓直的省中自然不可能有"溪之灵迹",林宽自然会因此而遗憾,于是他不由得"每忆终南雪,几登云阁梯",他又想起终南山的"灵迹",而且不是偶忆,而是"每忆"。此诗还说"伴直僧谈静",夜晚寓直之处竟然还有谈静之"僧"相伴,诗的末尾说"时因搜句次,那惜一招携";林宽为了满足对三大情趣的追求,竟然违反朝廷规定,私自把僧人、诗友"招携"到"省中寓直"之处。虽然这些做法是违规的,但人们从中不难看出林宽对三大情趣的渴求,已经到了不可须臾离身的程度。

第二,重友情。三大情趣是林宽精神世界的重要组成部分,但林宽的

精神世界除此之外,还有古代文人常有的重友情的另一面。他的《寄何绍馀》云:

> 雁过君犹未入城,清贤门下旧知名。风波冻马遥逢见,革囊饥僮尚挈行。住在闲坊无辙迹,别来何寺有泉声。芙蓉苑北曲江岸,期看终南新雪晴。

林宽在这首诗中,对何绍馀的马是"冻马"、僮是"饥僮"的艰难生活深表同情,对他"住在闲坊无辙迹",与陶渊明"穷巷隔深辙"颇为相近的清贤名声甚为赞赏,同时又问他"别来何寺有泉声",又约定"期看终南新雪晴"。看来林宽与何绍馀不是一般的朋友,而是挚友,是情趣相合之友,他们都向往清闲的生活,都与佛寺僧人有缘,都对终南山之景情有独钟。此外,林宽的寄赠送别友人诗,多是着眼于友人,替友人着想。他的《下第寄欧阳瓒》云:"诗人道僻命多奇,更值干戈乱起时。莫作江宁王少府,一生吟苦竟谁知?"林宽在同情下第友人"命多奇"的同时,又劝友人对他人的议论且坦然处之,不要像当年的王昌龄那样,极力表明自己"一片冰心在玉壶",其言外之意是:只要自己问心无愧就可以了,清者自清,浊者自浊,世道自有公论。

林宽还有《陪郑诚郎中假日省中寓直》诗,此诗写的是陪友人郑诚"假日省中寓直"之事。诗说"宪厅名最重,假日许从容",古代官员到节假日是颇为自由的,私人的活动必定很多,可是林宽却放弃自己个人的活动,陪友人郑诚寓直,可见林宽对友情之看重。因为是"假日省中寓直",故而林宽尽量把"省中"这一天的"寓直"写得有假日的氛围:"庭高五粒松",省中有庭院那么高的松树,"井寻芸吏汲,茶拆岳僧封",特地叫书吏打来井水,一同煎茶,这茶是山上的僧人密封好送来的;"鸟度帘旌暮,犹吟隔苑钟",林宽与郑诚一边在松树下品茶,一边听着清脆的鸟鸣声,一边吟诗。按林宽诗中所写,他和友人郑诚似乎不是在"寓直",而是正在举行假日活动,只是活动的地点不在水边或山中,而是在"省中",

以便让友人郑诚虽是"寓直",但依然有过节的感觉。

林宽在《送李员外频之建州》中,对即将到建州(今福建建瓯)上任的李频说,他在都城长安任职时,经常望月思念浙江睦州寿昌故乡,故而劝他到达建州后,"远人思化切,休上武夷峰",劝他思乡情切之时,别再登上武夷峰遥望故乡,因为登上武夷峰,不仅不会消减思乡之情,反而使此情更难以抑止,更使人痛苦。这一句相劝,正是林宽浓浓友情的体现。李频后来在建州任职期间还写过两首与建州有关的诗:《之任建安渌溪亭偶作二首》。建安,即建州。诗中说到建州的地貌,"逢溪难饮马,度岭更劳人","维舟绿溪岸,绕郡白云峰",还说"不知成政后,谁是得为邻"。据《全唐诗》卷587,李频任建州刺史期间,"以礼法治下,建赖以安,卒官,父老为立庙梨山,岁祠之",可见李频深得建州父老乡亲的爱戴。

第三,描述林宽自己既具阳刚英武精神,却又带苍然之感的心理。

在林宽的精神世界中,上述三大情趣、重友情,均较为阴柔平和,但除此之外,他尚有偏于阳刚英武的另一面。他的《少年行》云:

柳烟侵御道,门映夹城开。白日莫空过,青春不再来。报仇冲雪去,乘醉臂鹰回。看取歌钟地,残阳满坏台。

这首诗是林宽年轻时豪侠性情的自我写照:不要让青春白白度过,须乘少年青春尚在,替人冲雪报仇,或乘醉狩猎。与大多数豪侠一样,林宽也鄙视富贵,认为一切的终日歌舞、钟鸣鼎食的富贵地,终将成为残阳中的坏台。其豪侠之气溢于言表。

林宽的阳刚英武精神还体现于他的咏史诗《歌风台》:

蒿棘空存百尺基,酒酣曾唱大风词。莫言马上得天下,自古英雄尽解诗。

林宽在这首诗中提出英雄帝王的标准:只有既能"马上得天下"又能"解

诗"，也就是既有文治又有武功的帝王，才是帝王中的英雄。这个标准有其合理性。按林宽的标准衡量历代帝王，能称得上英雄的并不多。秦始皇统一中国，武功之大举世公认，文的方面，虽实行"书同文"政策，但又焚书坑儒，故而只能算大半个英雄；汉高祖刘邦创立汉朝，其后又进一步健全法律，自己也能作《大风歌》，《史记·高祖本纪》云："（汉）高祖还归，过沛，留。置酒沛宫，悉召故人父老子弟纵酒，发沛中儿得百二十人，教之歌。酒酣，高祖击筑，自为歌诗曰：'大风起兮云飞扬，威加海内兮归故乡，安得猛士兮守四方。'令儿皆和习之。"故刘邦自然可列为英雄。汉高祖之后，彻底击败匈奴入侵，并独尊儒术的汉武帝更是一个令林宽景仰的英雄。

有着英雄之气、豪侠精神的林宽还曾到过边塞，其《塞上还答友人》云：

无端游绝塞，归鬓已苍然。戎羯围中过，风沙马上眠。草衰频遇烧，耳冷不闻蝉。从此甘贫坐，休言更到边。

唐朝，特别是盛唐时代的边塞，是一个诞生英雄的地方，可是任何一个初读这首诗的人都会感到奇怪：有着英雄之气、豪侠精神的林宽，从诞生英雄的边塞回来后，竟然说"无端游绝塞"，又说"归鬓已苍然"，这是为何？其实原因就在林宽的英雄豪侠精神。林宽在边塞看到的，是北方戎族在羯鼓声中的围猎，是被野火烧过的衰草，自己只能在马背上过夜，听不到高洁的蝉之鸣声，可以说，当时林宽眼中的边塞，已经看不到唐军的威武，连盛唐边塞的影子都不复存在，这种边塞惨状，根本不是林宽英雄豪侠精神中的边塞；看了这种边塞，不仅不会使林宽产生建功立业的激情，相反，它使林宽一夜之间"归鬓苍然"，他知道，所谓建功立业今生已不可能，自己只能"甘贫坐"，而且他还想对所有的亲朋同僚说"休言更到边"，因为边塞是他心中的痛，他不愿意别人再重提边塞，他甚至后悔自己"无端游绝塞"。

当时的边塞之所以今非昔比，林宽在《寓兴》一诗中，对其原因曾有所揭示。其诗云：

　　西母一杯酒，空言浩劫春。英雄归厚土，日月照闲人。衰草珠玑冢，冷灰龙凤身。茂陵骊岫晚，过者暗伤神。

浩劫，延续了极长时间。此诗说，当年周穆王驾八骏之车，到西方与西王母醉酒欢歌于瑶池，可如今周穆王早已归于"厚土"，雄才大略的汉武帝也已魂归茂陵，葬于"珠玑冢"。唐朝人常将汉武帝比作唐玄宗，故林宽的意思很明显：既有汉武帝的雄才大略，又有如周穆王调和西方诸族之胸襟的唐玄宗早已去世，故今日的边塞，自然使他"归鬓苍然"。再者，联系到林宽所处的晚唐后期，唐朝皇帝面对嚣张跋扈的藩镇竟然毫无办法，林宽是眼睁睁地看着大唐的太阳往下落，这更使得他"归鬓苍然"；这种"苍然"，虽然有生理的苍然，但更多的是精神心理的苍然。

　　第四，反映社会现实。

　　唐朝末期，由于种种原因，唐王朝逐渐走向衰败，虽然唐昭宗以勤勉著称，但也无能为力，整个统治集团的人员只想以歌舞麻醉自己。就像林宽在他的《曲江》诗中所写的："曲江初碧草初青，万毂千蹄匝岸行。倾国妖姬云鬓重，薄徒公子雪衫轻。"林宽甚至在进士试诗作《省试腊后望春宫》中，描写"凤辇出深宫""莺声渐转风"之后，又委婉劝谏道"时见宸游兴，因观稼穑功"，希望那些出游的贵族、大臣，不妨顺便看看"稼穑功"，关心关心农民。

　　除此之外，林宽还用手中的笔，记录下晚唐战争的残酷，以及下层官员的艰难处境。

　　其一，反映唐末战乱的现实。如《和友人贼后》云：

　　带号乞兵急，英雄陷贼围。江山犹未静，鱼鸟欲何归？城露桑榆尽，时平老幼稀。书从战后得，读彻血盈衣。

因为战争陷入重围而"乞兵急",因为战争,连"鱼鸟"都不知躲藏于何处,连"桑榆"都被毁掉;年轻人都死于战争,战争过后,老人小孩也所剩无几;战后友人的诗作书信,都沾满了鲜血。在古代反映战争残酷的诗篇中,这首诗可以说写得痛彻人心。

唐末的战乱不仅使百姓妻离子散、家破人亡,而且也影响到官员的活动。林宽的《送人宰浦城》写的是林宽送友人前往浦城任职之事。诗的首联云:"东南犹阻寇,梨岭更谁登?"闽地位于中国的东南部,"浦城""梨岭",均在闽地北部。唐末五代的藩镇之战,主要发生在北方,而闽地的战争,主要是闽地各军事力量间的战争,或是闽地军队与吴越军、南唐军的交战。林宽友人前往浦城任职,要经过梨岭,可那里正深陷战乱,"烧断饮猿藤",连猿猴借以攀登的藤条也被烧断,林宽担心他的友人如何翻过梨岭到达浦城?林宽又说"作宰应无俸",即使到达浦城并就职,恐怕也拿不到俸禄。于此可见当时闽北的战乱是多么严重。

其二,揭示下层官员及文人的艰难处境。

林宽在《寄省中知己》中,说自己"雪下典衣频",雪天寒冷,正是需多穿衣服的时候,可是林宽却"典衣频",可见生活之艰难;"废巢时落薪",因手头拮据,林宽只能拣取从废巢掉落下来的木柴烧火煮饭;"每怜吾道苦,长说向同人",林宽觉得自己这种苦状与狼狈相,只能与"知己""同人"说说。

林宽又在《献同年孔郎中》一诗中写道,"炊琼爇桂帝关居,卖尽寒衣典尽书",说自己住在帝都长安,物价暴涨,下锅的米贵如琼玉,烧饭的柴火贵如桂枝,为了维持生活,不得不"卖尽寒衣典尽书";而且,"到门常在鼓声初",每天办完省中公事回到家时,都是初更的鼓声敲响之时。林宽又在《送惠补阙》诗中,说惠补阙"长因抗疏日,便作去官心",惠补阙之所以要辞官,可能即因"抗疏"而得罪皇上、权贵;再加上林宽在诗中说的,惠补阙"清俸供僧尽",俸禄微薄,只够施舍给穷僧人,故干脆辞官。晚唐后期,朝廷收入锐减,官员的俸禄自然也随之锐减,林宽经常要靠卖寒衣典书以维持生活，就足以说明俸禄之低。

## 第二节　林宽诗作的艺术性

第一，在传世不多的林宽诗作中，其艺术性也有不少可圈可点之处，其中最突出的，是他对各种形象的生动的描绘。如《哭栖白供奉》：

> 侍辇才难得，三朝有上人。琢诗方到骨，至死不离贫。风帐孤萤入，霜阶积叶频。夕阳门半掩，过此亦无因。

诗中写的是一位"才难得"，却"至死不离贫"的三朝高僧栖白，《全唐诗》卷823说栖白"宣宗朝尝居荐福寺，内供奉，赐紫"，故林宽诗中的"三朝"，应为唐宣宗、唐懿宗、唐僖宗三朝。这首诗写于栖白供奉去世之时，是怀念栖白的诗。诗中"风帐孤萤入，霜阶积叶频"两句，形象地写出这位上人因贫困，故只有"孤萤"与之相伴，因迷于"琢诗"，故阶上积叶也顾不得打扫，一个"频"字，说明这种顾不得打扫不是一次两次，而是经常。

林宽另一首诗作《关下早行》云：

> 轧轧推危辙，听鸡独早行。风吹宿霭散，月照华山明。白首东西客，黄河昼夜清。相逢皆有事，唯我是闲情。

林宽在这首诗中，通过"听鸡""宿霭""月照"写"早行"：听着鸡叫上路了，路上仍有夜半之雾霭，明亮的月光依然照着华山，再加上发出"轧轧"之声的"危辙"，我们的眼前仿佛出现一位劳累奔波的白发人；在这"黄河昼夜清"的盛世，众人都在为这事那事而忙碌，而"唯我是闲情"。人们不禁要问：既然是闲情之人，却为何要"听鸡独早行"？看来这个"闲"，不是悠闲之"闲"，而是闲着没事干之"闲"，为了找些事干，找一个能发挥自己才能的事做做，故而才要"听鸡独早行"。全诗描绘的是为寻求出路而劳累奔波的白发林宽的自我形象。

另，上文所提到的《送惠补阙》，如果从人物形象的角度分析，惠补阙就是一个"高人"的形象。"诏下搜岩野，高人入竹林"，当朝廷再次下诏求贤时，这位惠补阙却辞官"入竹林"而归隐，这是"高人"之心；"长因抗疏日，便作去官心"，惠补阙敢于"抗疏"，这是"高人"之"胆"；"清俸供僧尽"，这是"高人"之"爱"；"沧洲寄迹深，东门有归路，徒自弃华簪"，这是"高人"之"趣"。在林宽的笔下，惠补阙的"高人"形象栩栩如生，呼之欲出。

以上三首诗，分别写的是"上人""作者自我""高人"三种人物形象，而《长安即事》写的则是当时长安的乱象，其诗云：

> 暝鼓才终复晓鸡，九门何计出沉迷？樵童乱打金吾鼓，豪马争奔丞相堤。翡翠鬓敧钗上燕，麒麟衫束海中犀。须知不是诗人事，空忆泉声菊畔畦。

诗中写出晚唐五代之际的长安乱象：夜晚的鼓刚响过，马上就听到晓鸡鸣声，可见这鼓点时间有误，这自然是因为"樵童乱打金吾鼓"；金吾原本是负责都城警卫的衙门，如今砍柴的小孩居然跑进金吾衙门，而且还"乱打金吾鼓"，这不是乱套了吗？丞相堤原本只是朝廷大臣或大军的经行之地，可如今京都豪强却骑着快马，争先驰奔于其上，朝廷的秩序何在？同时，在这唐朝的江山社稷黯淡无光之时，权贵朱门的男男女女，依旧穿锦戴金，依旧"隔江犹唱后庭花"（晚唐杜牧诗句），这怎不令人忧心如焚？林宽不想目睹这种乱象，他想走出长安，他向往的是长安城外的泉声、菊花、农田，那是他的情趣之所在，可是他出不去。"九门何计出沉迷？"林宽之所以无法走出长安的九门，原因很简单：如果此时他尚未进士及第，那么他必须留下来，准备下一次的考试；如果此时他已经进士及第、在朝为官，他依然无法弃官而去，因为此时他的生活依然是"雪下典衣频"

（《寄省中知己》），依然要"卖尽寒衣典尽书"（《献同年孔郎中》）。林宽的这首诗，借对长安乱象的描述，写出了自己在生活与精神上的痛苦。

骊山上的华清宫，是一座既令唐朝人骄傲，又让唐朝人伤心的宫殿。盛唐时，杨贵妃让人打开华清宫的千门，等候荔枝的到来；而林宽笔下的《华清宫》，却是：

> 殿角钟残立宿鸦，朝元归驾望无涯。香泉空浸宫前草，未到春时争发花。

华清宫的殿角钟已经残破，乌鸦在破钟内做窝，当年的玄宗皇帝与杨贵妃已经回不来了，"香泉空浸宫前草"，帝国的春天还没回来，花怎能开放？林宽运用神话思维，写出华清宫的破败形象。

林宽还有一首题为《苦雨》的诗，是描写长安连绵久雨的名作。其诗云：

> 霡霂翳日月，穷巷变沟坑。骤洒纤枝折，奔倾坏堵平。蒙簦来客绝，跃鷩噪蛙狞。败屐阴苔积，摧檐湿菌生。斜飞穿裂瓦，迸落打空铛。叶底迟归蝶，林中滞出莺。润侵书缝黑，冷浸鬓丝明。牖暗参差影，阶寒断续声。尺薪功比桂，寸粒价高琼。遥想管弦里，无因识此情。

诗中说连绵的"霡霂"，遮蔽了日月，折断了树枝，使得小巷变成沟渠、潮湿的屋檐长出霉菌，使得围墙倒塌、莺鸟躲在林中出不来、叶底的蝴蝶也迟迟无法飞回去，使得心爱的书籍受潮变黑，使得人们每天只能撑着长柄斗笠（簦）进进出出。林宽在用了十六句描述"霡霂"中的种种惨状后，又将笔锋转到社会，进一步写道"尺薪功比桂，寸粒价高琼"，说"霡霂"还造成物价飞涨。"霡霂"是天灾，而物价飞涨则是人祸，有了这两句，诗的主题自然又深了一层。最后两句"遥想管弦里，无因识此情"，这两句更具撼人心魄之力，它将"霪霖"中的平民百姓及底层文人"薪桂粒琼"的艰难生活与帝王将相、豪门大族的沉迷管弦作一强烈对比，谴责他们对民间疾苦的不闻不问，大有白居易的"新乐府"之风。

第二，婉转含蓄的艺术风格。

文学作品的语言表达、主题表达，有的直白，如崔颢《长干行》："君家何处住？妾住在横塘。停船暂借问，或恐是同乡。"此诗不论是语言的表达，还是诗意的表达，均非常直白。而有的则婉转含蓄，如刘禹锡《乌衣巷》："朱雀桥边野草花，乌衣巷口夕阳斜。旧时王谢堂前燕，飞入寻常百姓家。"这首诗的语言表达非常直白，但主题的表达却婉转含蓄：作者借燕子的"旧时"与"今日"，婉转含蓄地表达了富贵不可能长期保有的历史规律。林宽诗作的语言表达、主题表达，有的直白，如"莫言马上得天下，自古英雄尽解诗"，有的则婉转含蓄，比如以下所论析的一些诗篇。

如《送李员外频之建州》云，"勾践江头月，客星台畔松"，用越王勾践、浙江天台山等信息，暗示李频是浙江人；"客星"，暗示李频到闽地建州任职，是有任职期限的，犹如作客。林宽的表达方式颇为婉转含蓄。

又如《送许棠先辈归宣州》的后四句云，"莺啼谢守垒，苔老谪仙碑。诗道丧来久，东归为吊之"，林宽希望许棠先辈回到安徽宣州后，去凭吊南朝齐代宣城太守谢朓的宅第和谪仙李白的诗碑，因为"诗道丧来久"。林宽在这首诗中所说的"诗道"，其具体内涵是什么没说出来，但谢朓和李白的诗风有一共同点，语言清新，故林宽所说的"诗道丧来久"的"诗道"即语言清新的诗风，这是林宽所提倡的，而林宽的表达婉转含蓄。

其他如《关下早行》云，"相逢皆有事，唯我是闲情"，婉转诉说自己怀才不遇，以致平时无事可干；《闻雁》云"接影横空背雪飞，声声寒出玉关迟。上阳宫里三千梦，月冷风清闻过时"，说上阳宫的嫔妃宫女只有在听到大雁声声鸣叫时，才会在梦中回到故乡。诗篇借此婉转含蓄的艺术手法，揭示嫔妃宫女被幽禁于上阳宫而无法返回家园的不幸命运。

## 第六章　既想为国建功立业，又想修道成仙的陈陶

关于陈陶的籍贯，元代辛文房《唐才子传》卷八"陈陶"云："陈陶，字嵩伯，鄱阳剑浦人。"鄱阳在江西，辛文房认为陈陶为江西鄱阳剑浦人。《全唐诗》卷745云："陈陶，字嵩伯，岭南（一云鄱阳，一云剑浦）人。大中（按，即唐宣宗年号，847—860）时，游学长安。南唐升元（937—943）中，隐洪州西山，后不知所终。"《全唐诗》认为，陈陶的籍贯，一云岭南，一云鄱阳，一云剑浦。清代吴任臣《十国春秋》"南唐"卷15云："陈陶，剑浦人，少学长安，升元中南奔，将诣金陵见烈祖，自度与宋齐丘不合，隐居洪州西山。"

关于陈陶的籍贯，《唐才子传》《全唐诗》《十国春秋》都提到"剑浦"。关于剑浦，《辞海·地理分册·历史地理》"剑州"条云："五代南唐保大六年（948）升延平军置，治所在剑浦（今南平），辖境相当今福建南平市及顺昌、沙县、尤溪等县地。"据此可知，剑浦在福建，而不可能在江西的鄱阳。

另，关于陈陶的籍贯，从陈陶的诗作也可得到答案。陈陶《投赠福建路罗中丞》云："越艳新谣不厌听，楼船高卧静南溟。未闻建水窥龙剑，应喜家山接女星。"建水，即福建境内流经南平的建溪。陈陶称福建为"家山"，说明剑浦在福建，而不在江西鄱阳，此其一。与古代著名的"剑化为龙"故事相关的剑浦在福建延平（南平古称延平）津，而不在江西，此其二。陈陶《泉州刺桐花咏兼呈赵使君》其五云："不胜攀折怅年华，红树南看见海涯。故国春风归去尽，何人堪寄一枝花？"在"故国春风归

去尽"之时，他想起故里闽地泉州的刺桐花，"何人堪寄一枝花"，说有谁给他寄来一枝花，以安慰他的思乡之苦。泉州在福建，故陈陶的故乡也应当在福建。此其三。陈陶《闽川梦归》云："千里潺湲建溪路，梦魂一夕西归去。龙觥欲上巴兽滩，越王金鸡报天曙。"梦归闽川，闽川即福建境内的闽江，建溪为注入闽江的溪流，说明闽地是陈陶的故乡。此其四。

综合以上史料及陈陶诗作，笔者以为，陈陶为晚唐五代福建剑浦人，即今福建南平人。《全唐诗》收录陈陶诗共170首。

## 第一节　陈陶诗作的内容

第一，欲施展才华，建功立业，实现人生抱负。

古代文人从小就诵读儒家典籍，受到儒家文化的熏陶，因而他们都有较浓厚的儒家思想，欲施展才华，为国建功立业。即使那些倾向于道家、佛教的人，在他们的思维中，也依然留存有儒家思想，陈陶就是这么一种人。陈陶炼过丹、想当神仙，但他也笃信儒家思想，也想施展自己才华，为国建功立业，以实现自己的理想抱负。陈陶曾考过几次进士，但终未及第，"无路青冥夺锦袍，耻随黄雀住蓬蒿"（《闲居寄太学卢景博士》）。尽管人生道路颇为坎坷，但他为国建功立业的抱负始终不渝。他的《种兰》诗云："下有贤公卿，上有圣明王。无阶答风雨，愿献兰一筐。"他希望能向君王献上一片高洁的"兰心"。他在《登宝历寺阁》中，说"不堪怀古劳悲笑，安得鹏抟颢气中"，希望自己能有鲲鹏展翅、施展抱负的一天。此外，陈陶对军事也有所研究，他在诗中说："闲来长得留侯癖，罗列楂梨校六韬。"（《闲居寄太学卢景博士》）他又说："学古三十载，犹依白云居。每览班超传，令人慵读书。"（《续古二十九首·其二十五》）"关河三尺雪，何处是天山……誓期春之阳，一振摩霄翰。"（《游子吟》）"云堆西望贼连营，分阃何当举义兵？莫道羔裘无壮节，古来成事尽书生。"（《闲居杂兴五首·其五》）从上举数诗可知，陈陶读过兵书，想投笔从戎，去天山守边，欲率义兵击贼，施展军事才能，实现理想抱负。

陈陶建功立业的抱负，还体现于他的寄赠诗篇中。他在《赠江西周大夫》中，先是赞周大夫"雄词雷出地……报政黄霸惭，提兵吕蒙醉……恭闻庙堂略，欲断匈奴臂……三朝倚天剑，十万浮云骑。可使河曲清，群公信儿戏"，继之写道，"他年蓬荜贱，愿附鹓鸾翅"，希望能跟随周大夫建功立业。他的《赠漳州张怡使君》云"几时征拜征西越，学著缦胡从使君"，希望能跟随张怡使君，戴上头盔，穿上铠甲，一同征讨西越。他又在《闽中送任畹端公还京》一诗中写道"多少嘉谟奏风俗，斗牛孤剑在平津"，当时陈陶正在故里闽中，他希望任畹端公还京后，能在他的奏章中向朝廷推荐"斗牛孤剑"陈陶有关移风易俗的策略，并引起朝廷的重视。此后，他又在《寄兵部任畹郎中》一诗中，再次希望任畹郎中"好向昌时荐遗逸，莫教千古吊灵均"。于此可见陈陶建功立业的心情，是何等之强烈。不仅如此，即使在归隐期间，陈陶也仍然心系朝廷，心系事业。他在《避世翁》中写道：

> 海上一蓑笠，终年垂钓丝。沧洲有深意，冠盖何由知？直钩不营鱼，蜗室无妻儿。渴饮寒泉水，饥餐紫术芝。鹤发披两肩，高怀如澄陂。尝闻仙老言，云是古鸱夷。石窦闷雷雨，金潭养蛟螭。乘槎上玉津，骑鹿游峨嵋。以人为语默，与世为雄雌。兹焉乃磻溪，豹变应须时。自古隐沦客，无非王者师。

篇名"避世翁"，即隐居老者，此诗是陈陶晚年的自我写照。他虽隐居，但隐藏深意：自比"兹焉乃磻溪""直钩不营鱼"的姜子牙，虽然也曾有"乘槎上玉津，骑鹿游峨嵋"的求仙思想，但心中自有"高怀"；他时时提醒自己"豹变应须时"，如果形势需要，可以立即出山。但这时的陈陶，已不像年轻时所说的投笔从戎、天山守边、征讨西越、嘉谟奏风俗，而是要像姜子牙那样，立即就做"王者师"，干一番扭转乾坤的伟大事业。陈陶的想法虽有些"老天真"，但其用世心之强烈，却令千年后的今人为之动容。

第二，感叹人生多不如意。

细读陈陶留存于世的一百七十首诗，不难发现，其中有相当一部分是作者对自己不如意之人生的屡屡感叹，而进士试的落榜打击，自然引发他人生的第一次感叹。"从来鸡鸢质，得假凤凰威。常欲讨玄珠，青云报巍巍。龙门竟多故，双泪别旍旂。"（《将归钟陵留赠南海李尚书》）"鸡鸢"一样的庸才，却显摆起"凤凰"的威风，可怜我多次"讨玄珠"，却因"龙门竟多故"，而落得"双泪别旍旂"。多次落榜后，陈陶只得改而祈求朝廷要员或地方大吏引荐、推荐自己，上文《赠江西周大夫》《赠漳州张怡使君》《闽中送任畹端公还京》《寄兵部任畹郎中》诸诗，就是求人引荐、推荐自己的诗作。通读陈陶现存诗篇，始终未见这几次"求人"的回音，无可奈何的他，只能不断感叹自己怀才不遇。"钓鳌年三十，未见天子巡"（《续古二十九首·其二》），我等了三十年，始终未得施展才能的机会。"欲唱玄云曲，知音复谁是"（《有所思》），"年年白眼向黔娄，唯放蛴螬飞上树"（《春归去》），我屡遭白眼，而小人却很得意。"蛴螬"，专吃农作物的害虫。"永怀惆怅中宵作，不见春雷发匣声"（《剑池》），虽是宝剑，却无法发声。"江徼无虞才不展，衔杯终日咏《离骚》"（《赠江南从事张侍郎》），我只能借吟诵《离骚》发泄忧伤。最后，他终于明白自己怀才不遇的原因，"中原莫道无麟凤，自是皇家结网疏"（《闲居杂兴·其二》），结网太疏，连我这只大鱼也无法被网住。屡屡的打击，有时竟然给他造成思维的错位。其《宿岛径夷山舍》云"暝依渔樵宿，似遇黄金台"，他竟然将岛民的山舍，当作战国时燕昭王为招纳人才而建造的"黄金台"，于是不禁"对月抚长剑，愁襟纷莫开"，他不明白，为何"九衢平如水"，而对他来说，却"胡为涉崔嵬"，就像攀登险峰一样。而且，一向对"成仙"深信不疑的他，发现"成仙"之路也不如意。"朝天半夜闻玉鸡，星斗离离碍龙翼"（《步虚引》），自己所乘坐的龙已经飞到天上，已能听到天鸡的鸣叫，可是满天的星斗，却挡住了他座下龙的翅膀，最后功败垂成。看来，"不如意"三个字就像鬼魅，一直纠缠着他。"病多欲问山寺僧，湖上人传石桥断"（《春日行》），就连想找个寺僧看看病，也这么不如意，桥竟然断了。

终于有一天，他用一首《海昌望月》，记下自己的种种"不如意"，摘其要者有：

> 谁无破镜期，繄我信虚舟。

人难免会有"破镜"之时，但会重圆，而我至今仍然像漂荡的船。

> 谁无桂枝念，繄我方摧辀。

人人都想进士及第，但我却再次遭遇失败。

> 始见弯环春，又逢团圆秋。

我的人生，从一开始就只是半轮月，而他人却经常是一轮团圆月。

> 重轮运时节，三五不自由。疑抛云上锅，欲搂天边球。

想圆满不容易，就像抛锅云上，欲搂天边球，总是无法实现。

> 雁声故乡来，客泪堕南洲。

听到雁声我就猜想这来自故乡，我的思乡泪水总是朝南而洒。

> 平生烟霞志，读书觅封侯。四海尚白身，岂无故乡羞？

想隐居，但又得应进士试，可至今仍是四海漂泊的白身，羞见故乡父老。

> 明日将片叶，三山东南浮。

明天我将乘一叶扁舟，回到东南的闽地三山福州。

陈陶回闽地三山福州，意欲何为？笔者推测，他可能想去拜见闽王王审知，想为故乡的父老乡亲做一些事。但现存的陈陶诗篇对"三山东南浮"之后的情况无任何记录。王审知于公元 925 年去世，也许陈陶到福州时，王审知已卧病在床，不久便去世，而不久之后福州便陷入内乱，陈陶只得离开福州。不过这只是笔者的推测。

陈陶终生不如意，令千年后的同乡故人，不禁为之一洒同情之泪。

第三，表达矛盾的隐居之志、求仙之念。

陈陶无法施展才华，无法实现抱负、理想，只好隐遁于山林。其《赠野老》云："何年种芝白云里，人传先生老莱子。消磨世上名利心，澹若岩间一流水。"诗中野老种芝，消磨名利，似岩间流水，他是陈陶的知己。《题徐稚湖亭》云："伏龙山横洲渚地，人如白蘋自生死。洪崖成道二千年，唯有徐君播青史。"多次拒绝朝廷征聘、终身布衣的东汉隐士、高士徐稚，是陈陶心中的偶像。陈陶《自归山》云：

> 海岳南归远，天门北望深。暂为青琐客，难换白云心。富贵老闲事，猿猱思旧林。清平无乐志，尊酒有瑶琴。

这是陈陶离开北方长安、回到南方隐遁山林时写的一首诗。"我回望长安的天门，觉得它是那么幽深；我虽然在那里曾经做过短暂的客人，但无法换取我归隐山林的白云之心；富贵对我来说早就是不足挂齿的闲事，我就像猿猱，心中挂念的只有旧山林；在这清平之世，我的快乐只有隐居时的尊酒与瑶琴。"这首诗，可以说是陈陶再次归隐的自我表白。但陈陶又是一个胸怀天下、想干一番事业的人，这就决定了作为隐者的陈陶，又是矛盾的隐者：既想归隐，又不安心于归隐。其《渡浙江》云："静寇思投笔，伤时欲钓鳌。壮心殊未展，登涉漫劳劳。"这是陈陶真实心理的自我写照：

当我感伤时，就归隐"钓鳌"；但我"壮心殊未展"，当朝廷要"静寇"时，我就结束隐居，立即投笔从戎。

唐朝皇帝自称是老子的后代，而道教又奉老子为道教教主，唐高宗于乾封元年（666）还封老子为太上玄元皇帝，上述几种因素综合的结果，使得道教在唐朝颇为盛行，而原本就有隐遁之念的陈陶，也就自然而然成为一名道教信奉者，加入炼丹、求长寿、求仙的行列。其《蒲门戍观海作》云："恭闻槎客言，东池接天潢。即此聘牛女，曰祈长寿方。灵津水清浅，余亦慕修航。"古代神话说，从东海的黄河入海口乘槎逆流而上，可以到达天河。陈陶想用此法去拜见住在天河的牛郎织女，请求他们赐予"长寿方"。

元代辛文房《唐才子传》卷八"陈陶"云：陈陶"避乱入洪州西山，学神仙咽气有得，出入无间。时严尚书宇牧豫章，慕其清操，尝备斋供，俯就山中，挥麈谈终日。而欲试之，遣小妓莲花往侍，陶笑不答。莲花赋诗求去曰：'莲花为号玉为腮，珍重尚书送妾来。处士不生巫峡梦，虚劳云雨下阳台。'陶赋诗赠之云：'近来诗思清于水，老去风情薄似云。已向升天得门户，锦衾深愧卓文君。'（按，此诗亦见《全唐诗》，篇名为《答莲花妓》）宇见诗，益嘉贞节。陶金骨已坚，戒行通体，夜必鹤氅，焚香巨石上，鸣金步虚，礼星月，少寐。所止茅屋，风雷汹汹不绝。忽一日不见，惟鼎灶杵臼依然。开宝（按，为宋太祖年号，968—976）间，有樵者入深谷，犹见无恙。后不知所终"。辛文房说陈陶"学神仙咽气有得，出入无间"，"犹见无恙"，陈陶也说自己"已向升天得门户"，似乎离"成仙"只有最后一步。

但是陈陶这"最后一步"最终未能跨出。他在《豫章江楼望西山有怀》中写道："水护星坛列太虚，烟霓十八上仙居……终日章江催白鬓，何年丹灶见红蕖。"陈陶说他天天都在章江边炼丹，两鬓斑白还没有炼出红色仙丹，不知何时能进入"烟霓十八上仙"之列。他又在《续古二十九首·其八》写道："仙家风景晏，浮世年华速。邂逅汉武时，蟠桃海东熟。"希望自己也能像汉武帝那样，遇到西王母的蟠桃盛宴，以便早日成仙。但现实是无情的，陈陶在长期炼丹无果、求仙无效之后，终于意识到求仙的愿望是不可能实现的。其《怀仙吟·其一》云，虽说"采药向十洲"，但"十洲隔八海，浩渺不可期"。其《悲哉行》云，"中岳仇先生，遗余饵松方"，虽然自己感觉"服之一千日，肢体生异香。步履如风旋，天涯不赍粮"，但"仍云为地仙，不得朝虚皇"，仍无法见到道教的太虚之神。最后，他在《钟陵秋夜》中，不得不否定仙居、回到现实：

  洪崖岭上秋月明，野客枕底章江清。蓬壶宫阙不可梦，一一入楼归雁声。

此诗说在这钟陵的秋夜，他想起自己曾经到过黄帝时仙人洪崖的故里四川洪崖，站在洪崖岭上遥对明月，希望能遇到仙人洪崖，但没能遇到；还想起自己在章江的一条孤舟上，回忆自己的求仙历程；今天，在这"钟陵秋夜"，他终于明白，蓬莱仙岛的宫殿不可能进入我的梦乡，传入这座小楼的，只有真实存在的"归雁声"。他终于结束了矛盾的求仙历程。
  第四，反映战争的残酷，颂扬英雄主义精神。
  战争是残酷的，战争造成的结果经常是灾难性的，这一点，在陈陶的诗作中也有所反映。其《关山月》云：

  昔年嫖姚护羌月，今照嫖姚双鬓雪。青冢曾无尺寸归，锦书多寄穷荒骨。百战金疮体沙碛，乡心一片悬秋碧。汉城应期破镜时，胡尘万里婵娟隔。度碛冲云朔风起，边笳欲晚生青珥。陇上横吹霜色刀，何年断得匈奴臂？

诗写多年征战的结果，竟然青冢那边寸土未归；"百战金疮"的捐躯士兵体埋沙漠，可怜妻子的锦书寄到边塞时，她的丈夫已经化为荒骨；嫖姚将军双鬓如雪还要继续守住边塞；将士手中的"霜色刀"，不知"何年断得匈奴臂"。另，陈陶《陇西行·其三》云："陇戍三看塞草青，楼烦新替护羌兵。同来死者伤离别，一夜孤魂哭旧营。"军营里常常传出士兵为战死的战友号哭的声音。

北方的战争残酷，南方的战争也同样残酷。陈陶《南海石门戍怀古》云："汉家征百越，落地丧貔貅。大野朱旗没，长江赤血流。鬼神寻覆族，宫庙变荒丘。唯有朝台月，千年照戍楼。"唐玄宗时，唐朝将领鲜于仲通率八万大军征云南之南诏，结果战死六万，尸横遍野；唐朝末年，黄巢起义军活动于长江流域，并进入福建、广东，唐朝军队与黄巢大军恶战，大多惨败。陈陶的这首诗，应当是这些战争的概括叙述，"丧貔貅""赤血流""寻覆族""变荒丘"，其战争之残酷，并不亚于北方的边塞战争。

但陈陶又是一个国有战事就立即投笔从戎的人，是一个研究过兵书的人，是一个颇具阳刚气质的人，因而在他的诗作中，在揭示战争残酷的同时，又从中升华出非常可贵的英雄主义的精神。他的《塞下曲·其二》云："望湖关下战，杂虏丧全师。乌啄豺狼将，沙埋日月旗。"望湖关之战，我军大获全胜，全歼"杂虏"；战场上，只剩下乌鸦在啄食敌将尸体，敌方的军旗已经被黄沙掩埋。显然，这是英雄主义的凯歌。又，《胡无人行》云，"十万羽林儿，临洮破郅支"，战斗的结果是"杀添胡地骨，降足汉营旗"，敌军或被杀，或投降。这同样是英雄主义的凯歌。另，《水调词·其十》云：

>万里轮台音信稀，传闻移帐护金微。会须麟阁留踪迹，不斩天骄莫议归。

诗的首二句写出征西北边塞某将军之妻子的心理活动：最近驻守在西北轮台的丈夫的音信越来越稀少，妻子心中甚感不安，后来从朝廷那边传来消息说，大军的都护府已经从"轮台"推进到更远的"金微"，妻子听到后，悬着的心终于落了下来。后二句是丈夫的来信："不斩天骄匈奴，我绝不考虑回归，一定要在褒奖功臣的麒麟阁图像中留下我的英雄事迹。""不斩天骄莫议归"，与盛唐王昌龄《从军行》的英雄主义高歌"不破楼兰终不还"何其相似。陈陶的名篇《陇西行·其二》云：

誓扫匈奴不顾身，五千貂锦丧胡尘。可怜无定河边骨，犹是春闺梦里人。

诗的三、四句，写战争的残酷，是《关山月》"锦书多寄穷荒骨"的艺术化描述。而"春闺梦里人"之所以"丧胡尘"，成了"无定河边骨"，是因为"梦里人"在军中是身穿"貂锦"的五千精兵中的一员（汉代御林军均身穿锦衣貂裘，此借指精锐部队），是因为"梦里人"曾发下"誓扫匈奴不顾身"的誓言。不难看出，这是一篇借写战争残酷以表现英雄主义精神的名作。

第五，天涯漂泊，思念故里。

陈陶在几次进士落榜之后，便无意再进考场，但又觉得羞见故乡父老，故而他一生常常在外漂泊。仅从他的诗作篇名，便知道他到过的地方有西北边塞、番禺、铜山、温州、涂山、海昌、西川、蒲门、清源、南海、溢城、漳州、豫章、钟陵、庐陵、洛城、梓州、永嘉、南昌、鄱阳等地，因而在他的诗作中，自然会有一些描述天涯漂泊的感慨。"凤凰城里花时别，玄武江边月下逢……明日又行西蜀去，不堪天际远山重"（《夜别温商梓州》）；"投村碍野水，问店隔荒山。身事几时了，蓬飘何日闲？看花滞南国，乡月十湾环"（《清源途中旅思》）；"螺亭倚棹哭飘蓬，白浪欺船自向东。楚国蕙兰增怅望，番禺筐筥屡虚空。江城雪落千家梦，汀渚冰生一夕风"（《冬日暮旅泊庐陵》）；"烟雨南江一叶微，松潭渔父夜相依……无因得似沧溟叟，始忆离巢已倦飞"（《旅泊涂江》）；等等。

常年漂泊在外的陈陶，自然会产生思乡之情，而且漂泊的时间越长，思乡之情也就越浓。其《送沈次鲁南游》云："鳌洲石梁外，剑浦罗浮东。兹兴不可接，翛翛烟际鸿。"陈陶说，我的故乡剑浦，就在"鳌洲石梁外"、罗浮山以东，是这次沈次鲁南游途中必经之地，可是我这只羽毛残破的鸿雁，无法随同沈次鲁回到故乡剑浦。其《和西江李助副使早登开元寺阁》云:"虚豁登宝阁,三休极层构。独立天地间,烟云满襟袖。鳌荒初落日,剑野呈绮绣。秋槛祝融微,阴轩九江凑。"陈陶人在江西九江登上宝阁,向南遥望,竟然会看到几百里外福建南平"绮绣"的剑浦之野,这是思乡之情的极度表现。其《投赠福建路罗中丞》云:"越艳新谣不厌听,楼船高卧静南溟。未闻建水窥龙剑,应喜家山接女星。"当时人在浙江的陈陶,得知罗中丞将往福建任职,欣喜之余,写下此诗。时刻关注家乡信息的陈陶说:我虽然没有再次听到家乡"龙剑"的新消息,但我为家乡福建迎来"女星"罗中丞而欣喜。时刻思念故乡的陈陶,已经将自己的情感与家乡的信息紧紧联系在一起。又如他在《泉州刺桐花咏兼呈赵使君·其五》一诗中,说自己在"故国春风归去尽"之时,又想起故里泉州的刺桐花,"何人堪寄一枝花",有谁给他寄来一枝花,以安慰他的思乡之苦。其《投赠福建桂常侍·其二》云:"匝地歌钟镇海隅,城池鞅掌旧名都。不知珠履三千外,更许侯嬴寄食无。"桂常侍到福建任职,陈陶希望自己能成为桂常侍的幕僚,可以一同回到故里福建。其《闽川梦归》云:

千里潺湲建溪路,梦魂一夕西归去。龙艒欲上巴兽滩,越王金鸡报天曙。

诗中所写的"梦魂",应当是真实的梦,而非艺术虚构。建溪是闽江上游的一条支流,陈陶的故里剑浦,就在建溪与闽江交汇处一带。就在陈陶于梦中乘船来到此处时,突然一声金鸡报晓,梦境破灭,他又回到越地浙江。陈陶梦醒后的痛苦心情,可想而知:自己竟然连回故乡的梦也做不成。

陈陶的诗作除了上述五大内容之外,还有几首咏史诗,且都集中在《续古二十九首》的其中几首。如其十一云:"秦国饶罗网,中原绝麟凤。万乘巡海回,鲍鱼空相送。"这是讽刺秦始皇网罗中原各国人才,结果网罗到的最大人才李斯,却直接导致秦朝灭亡:当秦始皇第五次出巡死于沙丘时，李斯迫于赵高的威逼利诱，同意篡改秦始皇遗诏，立既残暴又无知的胡亥为皇帝，结果三年后，秦朝灭亡。"鲍鱼空相送"，是说李斯、赵高、胡亥都已经背叛了秦始皇，不是秦始皇的臣子、儿子，只有"鲍鱼空相送"。又如其十二云："秦家无庙略，遮虏续长城。万姓陇头死，中原荆棘生。"这是讽刺秦朝国策错误，因为修长城，而导致"中原荆棘生"，激起民众起义及六国贵族后代的反抗，原本天下无敌的秦国转眼间就灭亡。又如其十三云："秦作东海桥，中州鬼辛苦。纵得跨蓬莱，群仙亦飞去。"这是讽刺秦始皇的求仙。"秦作东海桥"是比喻，意为秦始皇多次派方士出海探寻蓬莱仙岛，自己也多次出巡琅琊、碣石等地，其目的就是要找到通往蓬莱仙岛的桥，可是桥没找到，即使找到，神仙也早已弃秦始皇而飞去。陈陶借此指责秦始皇的残暴：神仙是不会眷顾残暴国君的。又如其十九云："汉家三殿色，恩泽若飘风。今日黄金屋，明朝长信宫。"揭露国君对待妃子重色薄恩：妃子也许今日因貌美而受宠，住进黄金屋，但几日后就会因姿色衰减而被逐入长信宫，去服侍太后。

## 第二节　陈陶诗作的艺术性

第一，塑造各种鲜明的人物形象。

文学作品在艺术方面最突出的体现就是形象塑造，特别是人物形象之塑造，而陈陶诗作中，就塑造了各种鲜明的人物形象。下略举二例。

形象之一，有着高昂英雄主义气概的边将形象。

陈陶的《塞下曲·其一》云：

　　边头能走马，猿臂李将军。射虎群胡伏，开弓绝塞闻。海山谙向背，攻守别风云。只为坑降罪，轻车未转勋。

其《水调词·其十》云：

> 万里轮台音信稀,传闻移帐护金微。会须麟阁留踪迹,不斩天骄莫议归。

其《陇西行·其二》云:

> 誓扫匈奴不顾身,五千貂锦丧胡尘。可怜无定河边骨,犹是春闺梦里人。

综合上面几首与北方边塞战争有关的诗作,一批有着高昂英雄主义气概的边将形象跃然纸上。他们的共同特点是:在内在精神思想方面,其一,"不斩天骄莫议归""誓扫匈奴不顾身",即使"五千貂锦丧胡尘",也无所畏惧,在所不惜。其二,"会须麟阁留踪迹",要让自己的图像、事迹进入像麒麟阁、凌烟阁那样展示国之功臣、英烈事迹的楼阁,供后人瞻仰、学习。在外在武功、谋略方面,其一,"攻守别风云",或攻或守,灵活掌握。其二,"海山谙向背",熟悉战场地理形势。其三,"边头能走马,猿臂李将军。射虎群胡伏,开弓绝塞闻",乃军中神箭手,像西汉名将李广,臂长如猿,能于快马驰奔之中,百发百中。在这些边将英雄当中,虽然有的因为"坑降罪"而"轻车未转勋",但从中可以看出他们对入侵之敌的仇恨。

形象之二,边塞将士之思妇形象。

边塞将士的思妇形象,主要集中在十首《水调词》的三首。

《水调词·其二》云:

> 羽管慵调怨别离,西园新月伴愁眉。容华不分随年去,独有妆楼明镜知。

夫君不在身边,思妇也懒得去调弄琴瑟笙箫;又是一弯新月,它多像思妇的"愁眉";对着妆楼明镜的思妇不曾料到,自己的容华会衰减得如此之快。诗中思妇不敢去想:"夫君回来看到我的容华时,他的心情会怎样?"此思妇对自己容貌的变化极为敏感。

《水调词·其五》云:

> 水阁莲开燕引雏,朝朝攀折望金吾。闻道碛西春不到,花时还忆故园无?

诗的首二句说,思妇天天都会爬上宅第中水阁旁的树上,向遥远的西北边塞望去,她那执金吾的夫君就在边塞军中。思妇心想,听说春不到碛西,故征人很难想起春天的故园,但思妇想问夫君:"若是碛西有春天,有花开,你会想起故园、想起我吗?夫君对我的情感会变吗?"思妇对此甚为忐忑不安。

《水调词·其七》云:

> 长夜孤眠倦锦衾,秦楼霜月苦边心。征衣一倍装绵厚,犹虑交河雪冻深。

思妇给守边夫君做棉衣的棉絮已经增厚了一倍,但仍然不放心,"犹虑交河雪冻深"。此诗写出思妇对夫君的极度关心。

综合上述三首诗,可以将陈陶笔下的思妇形象归纳为,一方面对守边夫君的生命与身体健康极为关心;另一方面,夫君的情感会否生变,思妇对此也甚感不安。

第二,运用多种描写艺术手法。

其一,运用正面描写、侧面描写的艺术手法。

陈陶《西川座上听金五云唱歌》的前半部分写道:

> 蜀王殿上华筵开,五云歌从天上来。满堂罗绮悄无语,喉音止驻云裴回。管弦金石还依转,不随歌出灵和殿。白云飘飖席上闻,贯珠

历历声中见。旧样钗篦浅淡衣，元和梳洗青黛眉。低丛小鬓腻鬖鬟，碧牙镂掌山参差。

诗中"喉音止驻云裴回"，写歌声上飘，与天上白云共徘徊于空中，此以正面描写的艺术手法写歌声之悠远、音色之和润；"白云飘飖席上闻"，也是以正面描写的艺术手法写座中来宾都能听到从"白云飘飖"处回传的歌声；"满堂罗绮悄无语"，此句则以侧面描写的艺术手法写金五云的歌声使得满堂所有身穿罗绮的官员都在静听，此从听者的角度，写金五云之歌声迷人；"管弦金石还依转""贯珠历历声中见"，此二句亦为侧面描写，写"管弦金石"的伴奏声随着金五云的歌声而"依转"，特别是琵琶之声如"贯珠"历历可见，始终随着金五云的歌声而相依出现。

陈陶另有《小笛弄》，也是从侧面的角度写笛声的感染力，乃至魔力："五夜流珠渠梦乡，九青鸾倚洪崖醉"，五夜时分传来的如"流珠"的笛声，会让人们进入"梦乡"，仙人洪崖也不禁陶醉于此笛声；"丹穴饥儿笑风雨"，笛声使得饥饿的儿童也露出笑容；"蛇蝎愁闻骨髓寒"，笛声使得害人的"蛇蝎"也胆寒；"芙蓉水殿春风起"，笛声给"芙蓉水殿"带来春风；等等。经过陈陶的侧面描写，诗中的笛声几乎具有神奇的感染力，乃至神话般的魔力。

陈陶《闲居杂兴·其一》云：

虞韶九奏音犹在，只是巴童自弃遗。闲卧清秋忆师旷，好风摇动古松枝。

师旷是我国春秋时期的音乐家，陈陶说，他在"忆师旷"时，听到风动松枝声，于是在恍惚之中似乎听到师旷在两千多年前创作的古琴曲《风入松》的琴声。这是借助侧面描写的艺术手法，表现师旷在音乐方面的巨大成就以及对后代长久而深远的影响。

陈陶《泉州刺桐花咏兼呈赵使君·其四》云：

> 猗猗小艳夹通衢，晴日熏风笑越姝。只是红芳移不得，刺桐屏障满中都。

因为南方闽地泉州的刺桐花"移不得"，而都城长安人又极喜刺桐花，为了满足都城人的这种喜爱，画家便别出心裁在家用屏障上画上刺桐花。陈陶将此事写进诗中，以新颖巧妙的侧面描写手法，表现刺桐花的巨大魅力。

其二，借助比喻描写。

比喻是常用的一种修辞手法，借助比喻描写，也是常用的艺术手法，如陈陶诗中的"步履如风旋"（《悲哉行》）、"光景如跳丸"（《游子吟》）、"壮如水中虬"（《海昌望月》）、"九衢平如水"（《宿岛径夷山舍》）、"高怀如澄陂"（《避世翁》）、"龌龊浮生如走电"（《将进酒》）、"人如白蘋自生死"（《题徐稚湖亭》）等。

但最能体现陈陶的借助比喻以描写的，不是一般的比喻，而是陈陶所创作的寓言诗的比喻，如寓言诗《空城雀》。

《空城雀》描写空城雀的艰难处境，"古城濛濛花覆水，昔日住人今住鬼"，雀鸟所栖息的是"今住鬼"的荒城，因而它们所吃仅仅是"千年饮啄枯桑根"；孵化出的小鸟雀，"嗷嗷黄口诉朝饥"；小鸟雀成长时，"欲飞常怕蜘蛛丝"，此千年空城的蜘蛛，当然不是一般的蜘蛛，应当是大型毒蜘蛛，是小鸟雀的克星。这是陈陶的一首寓言诗，以鸟雀的艰难处境比喻底层百姓的艰难处境，表达作者对底层百姓的同情。

又如《草木言》，全诗写草木自语及与世人的对话。"何生我苍苍，何育我黄黄"，上天赐我等以苍青色，而人们培植我却草草了事，以致枯黄。"常忧刀斧劫，窃慕仁寿乡；愿天雨无暴，愿地风无狂"，我等很担忧世人对我们刀斧相加，我等很羡慕讲仁爱的仁寿之乡，我等希望苍天既不下暴雨，也不刮狂风，这样我等就能顺利地成长。"勿轻培塿阜，或有奇栋梁；勿轻蒙胧泽，或有奇馨香"，草木对世人说，不要轻视"培塿"土堆上的小树苗，我等或许会还以世人"奇栋梁"，不要轻视浅浅小泽的小草，我等或许会还以世人"奇馨香"。"所愧雨露恩，愿效幽微芳；希君频采择，勿使枯雪霜"，我等受世人雨露之恩而有愧，愿报以"微芳"，希望世人多采择，不要让我等干枯死掉。陈陶借助这首寓言诗告诉世人：草木对世人的索要何其微小，而对世人的回报又何其丰硕。陈陶以草木与世人的对话，比喻世人中"理智"与"非理智"的对话。这是一篇描写生动的寓言诗作，是一千多年前关爱草木、关爱自然的环保文献。

第三，运用流水对。

一首律诗共四联：首联、二联、三联、末联，其中二联、三联的上下句要求对偶，对偶有并列对、流水对之分。并列对的上下句所说的两件事是同时并存的，先说哪件都可以；流水对的上下句所说的两件事有时间上的前后顺序关系，或逻辑上的转折关系、因果关系，如流水有上游、下游之分，故上下句的句意不能对调。并列对给读者以和谐、稳定、均衡的美感，流水对则带给读者以流动、行进、活泼的美感。如《寄兵部任畹郎中》的二、三联：

昆玉已成廊庙器，涧松犹是薜萝身。虽同橘柚依南土，终愧魁罡近北辰。

这两联都是流水对。二联上下句说：任畹郎中如昆玉，已成廊庙之器，但是我这涧松，却仍然是薜萝之身。三联上下句说：虽然你我都是南土生长的橘柚，但是现在你已经接近北辰（喻朝廷），而我却甚感惭愧。这两联的上下句都是"虽然……但是"的转折关系，属于流水对的对偶。

属于转折关系的流水对较多见，除上述外，还有《闲居寄太学卢景博士》第三联：

久滞鼎书求羽翼，未忘龙阙致波涛。

此联上下句言：虽然我长期滞留于求仙飞升之事，但是我未曾忘记向朝廷献上我之才华。

还有《投赠福建路罗中丞》第二联：

> 未闻建水窥龙剑，应喜家山接女星。

此联上下句言：虽然我尚未听到家乡建水发现龙剑的消息，但是我为家乡能迎来罗中丞这样的父母官而高兴。

还有《闽中送任畹端公还京》第二联：

> 几日酬恩坐炎瘴，九秋高驾拂星辰。

此联上下句言：虽然这一段时间你因为要回报皇帝的恩德而坐镇炎热多瘴气的闽地，但是到了深秋，你的车驾就要回到朝廷，犹如与星辰共处。

除上述外，还有《自归山》第二联"暂为青琐客，难换白云心"，《赠漳州张怡使君》第三联"已见嘉祥生北户，尝嫌夷貊蠹南薰"，都是属于转折关系的流水对。

陈陶律诗的流水对，还有"因为……所以"表示前后因果关系的流水对，如《赠别》第二联：

> 以君西攀桂，赠此金莲枝。

此联上下句言：因为你要往西去折桂枝（比喻参加进士试），所以我赠送这枝金莲给你（祝你进士及第）。上下句有逻辑上的因果关系，不能对调。

留存于世的陈陶诗作有170首，就数量而言，不算少，也不算多，但唐朝最为突出的两大社会风气建功立业、炼丹求仙都在他身上得以充分体现，这是颇为奇特的。

# 第七章　因留恋园林而放弃西征志向的孟贯

关于孟贯的生平，元代辛文房《唐才子传》卷十"孟贯"云："孟贯，闽中人。为性疏野，不以荣宦为意，喜篇章。"《全唐诗》卷758云："孟贯，字一之，建安人，初客江南，后仕周，诗一卷。"综合上二书，则孟贯为闽中建安人。按《辞海》历史地理分册"建安"条云：建安即今福建省建瓯市。但北宋龙衮《江南野史》云："孟贯，世居岭表，为建阳人。"（见《福州西湖宛在堂诗龛征录》上册，67页）建阳也在闽地。但孟贯《送吴梦闰归闽》云，"瓯闽在天末，此去整行衣"，"相忆吟偏苦，不堪书信稀"，据诗中所言，吴梦闰应当是与孟贯同为建瓯的老乡，故吴梦闰归"瓯闽"，孟贯写此诗以送行，并希望他多来信谈谈老家建瓯的情况。此诗也可证明孟贯乃闽地建瓯人。《全唐诗》说孟贯"初客江南"，龙衮《江南野史》说他"世居岭表"，又，清代郑杰《闽诗录》说孟贯"尝游庐山，卜居其下"，（出处同上，68页）据此推测，孟贯虽为闽地建瓯人，但他可能长期在外。《全唐诗》收录孟贯诗共31首，均为五言律诗。

## 第一节　孟贯诗作的内容

第一，对隐士类人物的描述。

在现存孟贯诗作中，有不少与隐士及与隐士相类似的处士、隐者、逸人、山人等有关。

其一，对隐士类人物之居所的描述。

《山中访人不遇》:"已见竹轩闭,又闻山鸟啼。长松寒倚谷,细草暗连溪。久立无人事,烟霞归路迷。"

《赠隐者》:"深山独结茅","百尺松当户,千年鹤在巢"。

《过王逸人园林》:"谷口何时住,烟霞一径深。水声离远洞,山色出疏林","自言人少到"。

《寄李处士》:"夜堂悲蟋蟀,秋水老芙蓉。"

《山斋早秋雨中》:"雨洒吟蝉树,云藏啸狖山。炎蒸如便退,衣葛亦堪闲。"

《酬东溪史处士》:"泉声迷夜雨,花片落空枝。石径逢僧出,山床见鹤移。"

《寄山中高逸人》:"猿共摘山果,僧邻住石房。"

《寄张山人》:"草堂南涧边","野桥通竹径,流水入芝田"。

综上,隐士类人物居所的特点可归纳为竹轩、结茅、草堂,"夜堂悲蟋蟀,秋水老芙蓉","炎蒸如便退,衣葛亦堪闲"等。居所四周之环境元素可归纳为长松、细草、连溪、无人、深山、谷口、烟霞、水声、山色、疏林、泉声、石径、山床、鹤、猿、野桥、竹径、流水、芝田、人少到、山鸟啼、吟蝉树、啸狖山、百尺松、千年鹤、花片落、僧邻住石房等。

综上可知,孟贯诗中隐士类人物大多居住在人迹罕至的深山老林,凡深山老林所应有的特点,孟贯几乎都写到了。其居所大多为简单的竹轩、结茅、草堂以及冬暖夏凉的简易园林。

其二,对隐士类人物之日常生活的描述。

《寄李处士》:"吟坐倦垂钓,闲行多倚筇。"

《山斋早秋雨中》:"深居少往还","静坐得无事,酒卮聊畅颜"。

《酬东溪史处士》:"贫斋有琴酒,曾许月圆期。"

《寄山中高逸人》:"吟啸是寻常","蹑云双屐冷,采药一身香"。

《寄张山人》:"扫叶林风后,拾薪山雨前。"

综上,可将隐士类人物的日常生活归纳为吟诗、垂钓、闲行、倚筇、弹琴、饮酒、长啸、采药、静坐、扫叶、拾薪、深居等。这种生活,与当时的俗世社会没什么联系。

其三,对隐士类人物之思维情趣的描述。

《赠隐者》:"世路争名利,深山独结茅。安情自得所,非道岂相交?"

《寄山中高逸人》:"烟霞多放旷","我忆相逢夜,松潭月色凉"。

《过王逸人园林》:"年光不计心","自言人少到,犹喜我来寻"。

《寄李处士》:"僧话磻溪叟,平生重赤松。"

《夏日寄史处士》:"掩关苔满地,终日坐腾腾","寂寥知得趣,疏懒似无能"。

《山中访人不遇》:有琴友"负琴兼杖藜,特地过岩西"。

《酬东溪史处士》:"贫斋有琴酒,曾许月圆期。"

《寄张山人》:"琴月相亲夜,更深恋不眠。"

《赠栖隐洞谭先生》:"不伐有巢树,多移无主花。"

综上,可将隐士类人物的思维情趣归纳如下:不争名利,不交非道之友;性情潇洒、放旷;不在意时光的消逝;客来常喜;既谈佛,又是隐者,又羡慕神仙;闭门懒散,看似无能,在寂寥中寻得乐趣;有琴友"负琴兼杖藜"来访,约老友来,有琴酒相乐;"琴月相亲夜",在友人处过夜、抚琴、赏月;而且,非常可贵的是,"不伐有巢树,多移无主花",对他们所居住生活的山中特别关爱:不砍伐有鸟巢之树,将无主花移栽到自家园圃中,细心照料。

孟贯在其诗作中,花大量笔墨,以欣赏的语气描述隐士类人物的山中居所、日常生活、思维情趣,说明在孟贯的朋友圈中,隐士类占绝大多数,而隐士类人物的生活方式、思维情趣,也正是孟贯的生活方式、思维情趣。孟贯诗作有《山斋早秋雨中》,看此篇名,并非寄、赠、访之作,而是孟贯自写其山斋生活。其诗云:

深居少往还,卷箔早秋间。雨洒吟蝉树,云藏啸狖山。炎蒸如便退,衣葛亦堪闲。静坐得无事,酒卮聊畅颜。

孟贯自写其山斋，这进一步说明他就是上述隐士类人物之一。隐士类人物的生活方式、思维情趣，对他人来说，可能无所谓，但对孟贯而言，却直接影响到他志向的选择。

第二，关于孟贯的志向。

孟贯《早秋吟眺》云：

> 新秋初雨后，独立对遥山。去鸟望中没，好云吟里还。长年惭道薄，明代取身闲。从有西征思，园林懒闭关。

诗的前四句写雨后望中之景，后四句说自己惭愧于"道薄"，因而选择悠闲的生活方式，纵然有加入"西征"行列的念头，但因自己疏懒的个性，也不想关掉自家园林之门。孟贯心中这种对园林生活的留恋，在他的多首诗中都有谈及。如《山中夏日》一诗，他在山中"夏木荫溪路，昼云埋石床。心源澄道静，衣葛蘸泉凉"的描写之后，于结句写道，"算得红尘里，谁知此兴长"，红尘社会的人，谁能体会这种生活的情趣？其《山中答友人》云，"风尘非所愿，泉石本相宜。坐久松阴转，吟余蝉韵移"，说步入"风尘"社会并非自己的意愿，而山中的"泉石""松阴""蝉韵"于我却特别适合。诗的末二句云"自惭疏野甚，多失故人期"，孟贯对自己这种"疏野甚"的个性感到惭愧，因为这种个性，故人对我的期望多次落空。所谓"期望"，就是步入"风尘"社会的期望，就是加入"西征"行列的期望。

孟贯对悠闲生活的追求，既表现于山中闲居时，也表现在山下闲步之时。其《江边闲步》前六句云："闲来南渡口，迤逦看江枫。一路波涛畔，数家芦苇中。远汀排晚树，深浦漾寒鸿。"这是写孟贯以"闲"的心情欣赏山下江边的美景，这种欣赏，自然也是他悠闲生活的一部分。诗的末二句云"吟罢慵回首，此情谁与同"，说他在观了美景吟了诗之后，就懒得回首观望红尘社会，并感叹"此情谁与同"。

从以上分析不难看出，孟贯的志向就是过一种隐士类悠闲、疏懒、依于园林的生活，不论在山上或山下都一样，他因为这个志向而不想加入"西征"的行列，还曾经引起友人的误解、失望，"多失故人期"，但他无所谓。

不过，孟贯不想加入"西征"的行列，不等于说他什么事都不想干。"世路争名利，深山独结茅。安情自得所，非道岂相交？"（《赠隐者》）"莫为饥寒苦，便成名利劳。"（《秋江送客》）他厌恶的是"争名利"的社会，他劝友人即使生活寒苦，也不能为名利去奔走；他不想结交的是"非道"之人；除此之外，除了他因留恋园林而不想加入"西征"军列之外，他还是想干一些事的。比如，他写诗，至少还留下31首诗。此外，南宋张端义《贵耳集》说孟贯"有《药性论》，其略曰：'性既感摄，体从变通，浮萍作杨花之义子，红苋为跛鳖之还丹。吴盐去馈，秦麝去疳，断可识矣'"（见《福州西湖宛在堂诗龛征录》上册，68页）。说明孟贯还研究过医药，还写过《药性论》一文。再者，清代郑杰《闽诗录》说孟贯"以礼义文章节俭，为当时师范，人称为'孟夫子'"。显然，孟贯还有讲求"礼义文章"的一面，并成为人们的榜样，被称为"孟夫子"，这是非常高的评价，可惜他的文章没有流传下来。

上文曾提到，孟贯《赠栖隐洞谭先生》有句云："不伐有巢树，多移无主花。"这是夸赞谭先生爱护山中的自然环境，不砍伐有鸟巢之树，将无主花移栽到自家园圃中，细心照料。龙衮《江南野史》云："显德中，周世宗征淮南，幸广陵，贯潜渡江，以所业诗一卷驾前献之。世宗览其卷首《贻栖隐洞谭先生》诗，至'不伐有巢树，多移无主花'，乃宣贯曰：'朕以元戎问罪，伐叛吊民，非惧强凌弱，何有巢、无主之有？然献朕则可，如他人，卿应不免矣。'"孟贯的"有巢""无主"二句，明显是夸赞谭先生之爱心亦施及于动植物，可是周世宗却说此二句乃讽刺他的"征淮南"是"惧强凌弱"。颇有作为、重视儒学的周世宗为何要作这种曲解？笔者推测，讲求"礼义文章"的孟贯可能写过讽刺君王的文章，而周世宗也许还读过孟贯这些文章，孟贯这首诗又放在所业诗的卷首，周世宗第一眼就会看到，故而误认为孟贯故意用这首诗讽刺他。

第三，抒思乡之情、思亲之情。

孟贯虽然是闽地建瓯人，但他长年在外，难免有思乡之情、思亲之情，有思归之意愿。其《归雁》一诗，便是这种心情的寄寓表达，也是此前某年孟贯从外地返回乡里的一种寓言式记叙。

  春至衡阳雁，思归塞路长。汀洲齐奋翼，霄汉共成行。雪尽翻风暖，寒收度月凉。直应到秋日，依旧返潇湘。

诗的一、二句以鸿雁的"思归"比喻自己的思归；三、四句以鸿雁的"齐奋翼"，比喻自己偕同同乡之友如吴梦阊、伍乔等人共同返乡；五、六句写一路上的艰难；七、八句写鸿雁回到北方后，到秋日又要离开北方，返回南方的潇湘，比喻自己回到故乡一段时间后，又要离开故乡，回到他当时所居住的异乡。另，孟贯在《冬日登江楼》一诗中，在描述"高楼临古岸，野步晚来登。江水因寒落，山云为雪凝"的登楼所见之后，接着写道，"远村虽入望，危槛不堪凭"，为何"不堪凭"？因为"亲老未归去，乡愁徒自兴"，双亲已经年老，可是我却未能归家侍候双亲，不免又涌起乡愁。又，其《宿山寺》云："溪山尽日行，方听远钟声。入院逢僧定，登楼见月生。露垂群木润，泉落一岩清。此景关吾事，通宵寐不成。"诗中的"吾事"指的是什么事？杜甫《月夜忆舍弟》云："戍鼓断人行，边秋一雁声。露从今夜白，月是故乡明。有弟皆分散，无家问死生。寄书长不达，况乃未休兵。"比较杜、孟二诗，不难发现，孟贯的"登楼见月生"、"露垂群木润"二句，乃暗用杜甫《月夜忆舍弟》的"露从今夜白，月是故乡明"之典，故孟贯在此诗中所曲折表达的"吾事"乃思念家乡、思念亲人之事。而他的《寄故园兄弟》则是思念兄弟之情的直接表达。其诗云：

  久与乡关阻，风尘损旧衣。水思和月泛，山忆共僧归。林想添邻舍，溪应改钓矶。弟兄无苦事，不用别庭闱。

这首诗可能是有人去闽地建瓯，孟贯托他将此诗带给自己的兄弟。诗的一、二句写自己长年在外，当年所携带的衣服都已穿破；三、四句回忆昔日与兄弟一同泛舟、登山的往事；五、六句是孟贯想象这几年老家的变化：增添了新邻居，钓矶改了位置；七、八句说知道兄弟们都很顺利，心中甚感安慰，你们没必要像我当年那样告别家乡，离开父母。另，上文提到的《送吴梦阆归闽》诗中说"久客逢春尽，思家冒暑归"，这两句虽是说吴梦阆思家之情，但也蕴含孟贯自己的思家之情；"海云添晚景，山瘴灭晴晖"，这是孟贯回忆故乡的山海地理气候特点；末二句"相忆吟偏苦，不堪书信稀"，希望吴梦阆回到建瓯后，多来信谈谈故乡的情况，以安慰我的思乡之苦。

又，孟贯《寄伍乔》云：

蹉跎春又晚，天末信来迟。长忆分携日，正当摇落时。独游饶旅恨，多事失归期。君看前溪树，山禽巢几枝？

诗的首二句说，在春晚之时，孟贯终于盼来等待已久的、来自"天末"故乡建瓯的老友伍乔的信；三、四句回忆当初自己离开建瓯、与老友伍乔分别时的情景，正是万物"摇落"萧条之时；五、六句说独自一人旅途漂泊，因为多事而总是失去归家的日期；末二句是孟贯询问伍乔："山禽"在"前溪树"上，又筑了几个巢？

上文所举六首诗，均为漂泊在外的孟贯对故乡闽地建瓯的思念之作，占了他所留存诗作的五分之一，可见其思乡情之浓烈。

## 第二节　孟贯诗作的艺术性

第一，描写手法的灵活运用，或含蓄描写，或正面描写，或正面侧面相结合的描写，等等。

孟贯诗作中的含蓄描写，有的表现为以诗篇字面所描写的事或物暗示诗的主题。如《宿故人江居》：

渡口树冥冥，南山渐隐青。渔舟归旧浦，鸥鸟宿前汀。静榻悬灯坐，闲门对浪扃。相思频到此，几番醉还醒。

从诗题"宿故人江居"可推知，虽然故人不在家中，但作者可以随意夜宿此"故人江居"。这说明作者与此故人关系非常密切，此为含蓄处之一。全诗前六句写故人江居，末二句方点明前六句是作者平时思念友人时、回想起此前拜访友人时所看到的友人江居的四周环境，而每次回想都"几番醉还醒"。全诗友人都没出现，却体现出作者与友人的浓厚情谊，此为含蓄处之二。

另，《夏日登瀑顶寺，因寄诸知己》："曾于尘里望，此景在烟霄。岩静水声近，山深暑气遥。杖藜青石路，煮茗白云樵。寄语为郎者，谁能访寂寥？"全诗写的是瀑顶寺的位置及所处环境烟霄、岩静、山深、水声近、暑气遥，以及寺僧的活动"杖藜青石路，煮茗白云樵"，且生活"寂寥"，没有"为郎者"的官员来拜访。作者通过上述描写，婉转、含蓄地写出瀑顶寺寺僧的形象：住在深山僻处的瀑顶寺，生活简单，不与官员来往。

关于正面描写。正面描写即直接描写，有"直白"之艺术美。如《寄山中高逸人》的前六句："烟霞多放旷，吟啸是寻常。猿共摘山果，僧邻住石房。蹑云双屦冷，采药一身香。"此六句是对高逸人的正面描写，末二句"我忆相逢夜，松潭月色凉"，写作者平时对高逸人的思念，也是正面描写。

就描写艺术手法而言，在孟贯的律诗中，更多的是采用正面描写与侧面描写相结合的手法，这样的诗篇，兼有"直白美"与"婉转美"。如《过秦岭》云：

古今传此岭，高下势峥嵘。安得青山路，化为平地行。苍苔留虎迹，碧树障溪声。欲过一回首，踟蹰无限情。

秦岭是我国南北气候的分界处，不论是南方的潮湿气流在北飘途中，还是北方的干燥气流在南移途中，都被秦岭挡住，其所以如此，是因为秦岭的高耸入云。孟贯的《过秦岭》一诗，就是通过正面描写与侧面描写相结合的艺术手法，写秦岭的险峻。"古今传此岭，高下势峥嵘"，为正面描写险峻。以下六句为侧面描写：作者之所以希望"化为平地行"，是因为山路太险峻了；"苍苔留虎迹"，说明所攀登的山路人迹罕至，只留有老虎足迹；"碧树障溪声"，所行之处山高林密，以致山涧的溪流声都被遮障住；"欲过一回首，踟蹰无限情"，作者在一步一回头、惊恐犹豫之中才翻过秦岭。

另《赠隐者》云："世路争名利，深山独结茅。安情自得所，非道岂相交？百尺松当户，千年鹤在巢。知君于此景，未欲等闲抛。"诗的一、三、四句为正面描写隐者不争名利，"安情自得所，非道岂相交"的清高品德；诗的二、五、六句，通过隐者所居住的山中环境，从侧面描写隐者品格；七、八句是作者评论，也是侧面描写。

又《送人游南越》，诗的首联"孑然南越去，替尔畏前程"，以他人"替尔畏前程"，侧面反映路途之艰险；二、三联"见说路岐崄，不通车马行。瘴烟迷海色，岭树带猿声"，则是正面描写路途之艰险；尾联"独向山家宿，多应乡思生"，这是孟贯推测此人之所以要不顾"路岐崄"而"游南越"，是因为"乡思生"，借以衬托此人乡思之浓烈。

又《怀友人》云："浮世况多事，飘流每叹君。路岐何处去，消息几时闻？吟里落秋叶，望中生暮云。孤怀谁慰我，夕鸟自成群。"诗的前六句为正面描写作者平时对友人的怀念；末二句作者自写其平时孤独，只能与鸟做伴，这是以个人的孤独侧面衬托对友人的怀念。

第二，流水对的运用。

关于流水对，笔者在此前的分析中已多次提及。孟贯留存下来的 31 首诗全为律诗，其中也不乏生动的流水对。

《寄伍乔》:"长忆分携日,正当摇落时。"我经常想起我们分手时情景,那时正是自然界万物"摇落"之时。先写想起分别之时,接着写那时的情景,两句之间,有时间上的前后关系。

《山中访人不遇》:"已见竹轩闭,又闻山鸟啼。"此二句也有时间上的前后关系。

《寄遑上人》:"闻罢城中讲,来安顶上禅。"此为该诗首联,也是对偶句,有时间上的前后关系。

《江边闲步》:"一路波涛畔,数家芦苇中。"此二句为先总说、后分说的流水对。

《送人归别业》:"还寻旧山水,重到故人家。"此二句说因为"还寻旧山水",所以才"重到故人家",前后句有因果关系。

《冬日登江楼》:"远村虽入望,危槛不堪凭。"虽然远村已入眼可望,但危槛却不堪凭依;前后句有转折关系。

《山中答友人》:"风尘非所愿,泉石本相宜。"前后句有递进关系:不想入风尘,只想依泉石。

流水对是律诗艺术美的一个重要方面。古人在写律诗时,为求艺术的多样化,有的会想方设法于第二联用流水对。但流水对不是想写就能写出来的,上下句之间必须有递进关系、因果关系、转折关系,才能组成流水对。巧妙的流水对会给读者以耳目一新、眼前一亮的艺术享受。

# 中编 晚唐五代之流寓闽地作家

# 第一章　既是唐朝忠臣，又写香奁诗的韩偓

韩偓是晚唐五代的著名诗人，他一生的最后十八年是在闽地度过的；同时韩偓又是一位在政治上较有影响的人物，他的诗作，不论是入闽前还是入闽后，有相当一部分都是当时社会、政治的描述和反映，前后之间的关联相当密切。鉴于此，本书对韩偓入闽（906年）前的诗作也加以分析、论述，主要选取与当时社会、政治及作者个人思想情感关系比较密切的诗作。

## 第一节　唐昭宗天复三年（903）之前诗作

韩偓，字致尧，一说字致光，小名冬郎，自号玉山樵人，京兆万年（今陕西西安）人。生于唐武宗会昌二年（842），后梁龙德三年（923）卒于福建南安葵山之麓的龙兴寺院，享年82岁，那年，后梁为后唐所灭。《全唐诗》卷680录韩偓诗335首。

韩偓的父亲名韩瞻，字畏之，于唐文宗开成二年（837）进士及第，同年及第的还有晚唐大诗人李商隐。韩瞻与李商隐不仅是同年，而且还是连襟，二人都是当时朝廷重臣、泾原节度使王茂元的乘龙快婿；王茂元共有七女，韩瞻和李商隐先后娶了王茂元的六女、七女，故而李商隐是韩偓的姨父。

李商隐对他的外甥韩冬郎的才华非常欣赏，有《韩冬郎即席为诗相送，一座尽惊。他日余方追吟"连宵侍坐徘徊久"之句，有老成之风，因

成二绝寄酬，兼呈畏之员外》诗二首，其一为：

> 十岁裁诗走马成，冷灰残烛动离情。桐花万里丹山路，雏凤清于老凤声。

李商隐于唐宣宗大中五年（851）赴梓州幕府，当时刚10岁的韩冬郎便即席赋诗相送。五年后，李商隐从梓州回长安，又想起五年前韩冬郎所写送行诗中"连宵侍坐徘徊久"的句子，于是写下此二绝，称赞韩冬郎是来自丹山、常栖止于梧桐的雏凤，"雏凤清于老凤声"，老凤，指韩偓的父亲韩瞻，说雏凤的鸣声比老凤更清亮。

韩偓自十余岁起，即随父赴任，去过果州、雁州、睦州、凤州等地，24岁（时为唐懿宗咸通六年，865）参加进士考试，不第。此后屡试不第，直到唐昭宗龙纪元年（889）48岁时方才及第。

韩偓及第后，即入河中节度使王重盈幕府任掌书记，其间曾作《边上看猎赠元戎》。此诗是借歌美王重盈的打猎，以表现当时藩镇节度使的气派。韩偓在王重盈幕府仅一年，次年朝廷便召拜他为左拾遗，时年49岁。五年后，唐昭宗乾宁二年（895），陇右节度使李茂贞的养子李继鹏欲劫持昭宗往凤翔，同州节度使王行实欲劫持昭宗往邠州，昭宗仓皇出奔，韩偓也随同出奔，一个多月后河东节度使李克用发兵勤王，才得以返回都城。韩偓作《乱后却至近甸有感》，全诗以律诗的形式，记载了李继鹏攻皇宫、昭宗出奔、百姓跟随逃难的那一段历史。

此后，韩偓的职位有过多次变动，到唐昭宗天复元年（901），韩偓60岁时，被擢升为翰林学士。翰林学士乃朝中要职，能时时接近皇帝，接受召对。韩偓《六月十七日召对，自辰及申方归本院》，写的就是召对之事：诗中说走进皇宫，好像走进神仙的洞天福地、壶中世界，虽是六月暑天，却有清爽的凉意；又说与皇上近在咫尺，且召对时间"特地长"，再次感受到皇上的深恩；诗又写召对结束，"归来兼恐海生桑"，担心朝廷生变，即担心宦官再次劫持皇上，或外地藩镇以武犯禁；诗的末联云，"如今冷笑东方朔，唯用诙谐侍汉皇"，嘲笑东方朔只能用诙谐侍候汉武帝，言外之意是，自己与皇上交谈的，均为关涉军国的大事，故而从早晨谈到傍晚。韩偓多次扈从昭宗出奔，多次目睹宦官的猖狂放肆、藩镇的专横跋扈以及皇上的势单力薄，故而此次谈话一定涉及如何加强皇上的权力，如何削弱宦官和藩镇势力。《资治通鉴》卷262天复元年六月记载：丁卯，唐昭宗单独召见韩偓，问以清除宦官之策，韩偓道："陛下不若择其尤无良者数人，明示其罪，置之于法，然后抚谕其余。"韩偓又就藩镇之专横跋扈说道："况今朝廷之权，散在四方；苟能先收此权，则事无不可为者矣。"唐昭宗深以为然，曰："此事终以属卿。"这些谈话，自然不是东方朔的诙谐聊天所能比。

翰林学士是韩偓一生所任的最高职位，这一时期留下来的诗作相对较多，或写在翰林院的轻松心情，或写退朝回家后的悠闲生活，但忧国忧民，仍是韩偓萦绕于心的大事。如《退朝书怀》，前三联写退朝居家时或读书，或戏山禽，或赏月光，或写诗，或摘录古篇章等，但末联却转而写道"孜孜莫患劳心力，富国安民理道长"，韩偓最关心的，还是"富国安民"之事。

唐昭宗天复元年（901）十月，唐朝大臣崔胤急召宣武节度使朱全忠率军进京，欲诛灭宦官，宦官韩全诲等得知后，遂劫持昭宗欲西奔凤翔。韩偓获悉后，冒着危险，连夜追及鄠县（今属陕西西安），见到昭宗，又与昭宗一同奔至凤翔。次年五月，朱全忠兵围凤翔，十一月，韩偓作《冬至夜作》，自注："天复二年壬戌（902），随驾在凤翔府。"其诗云：

> 中宵忽见动葭灰，料得南枝有早梅。四野便应枯草绿，九重先觉冻云开。阴冰莫向河源塞，阳气今从地底回。不道惨舒无定分，却忧蚊响又成雷。

诗的首联说"动葭灰"，说明季节已经变化，小阳春已经来到，故而南枝应有早梅；二、三联则进一步说，此时四野枯草必定转绿，行宫的君臣最早感觉到天上的冻云已经移走、散开。作者希望阴冰不要堵塞河源,因为河清流畅象征盛世的重新回归,相信阳气将全面从地底回升。以上三联,是韩偓借小阳春的来到,为唐王朝祝福。尾联则是韩偓对当时时局的忧虑:且不要说在宦官的把持下,朝廷命运的"惨舒无定分",眼前令人忧虑的是"蚊响又成雷"。"蚊响",比喻眼前的朱全忠,"又成雷",比喻未来的朱全忠,担忧未来的朱全忠会利用这次的救驾之功,给朝廷带来更大的灾难。历史的发展果然验证了韩偓的担忧,五年后,朱全忠便篡夺了唐朝的皇位。

天复三年(903)正月,陇右节度使李茂贞入凤翔觐见唐昭宗,并诛杀宦官韩全诲等数十人,几天后,昭宗等君臣重返长安。但这时,朱全忠又进一步诛杀宦官数百人,并将昭宗牢牢控制于手中。到二月,韩偓便因得罪朱全忠而被贬为濮州司马,从此离开了长安。

## 第二节　唐昭宗天复三年(903)至唐哀帝天祐三年(906)诗作

《新唐书·韩偓传》云:

> (朱)全忠、(崔)胤临陛宣事,坐者皆去席,偓不动,曰:"侍宴无辄立,二公将以我为知礼。"全忠怒偓薄己,悻然出……全忠见帝,斥偓罪,帝数顾胤,胤不为解。全忠至中书,欲召偓杀之。郑元规曰:"偓位侍郎、学士承旨,公无遽。"全忠乃止,贬濮州司马。帝执其手流涕曰:"我左右无人矣。"再贬荣懿尉,徙邓州司马。天祐二年,复召为学士,还故官。偓不敢入朝,挈其族南依王审知而卒。

又《资治通鉴》卷264云:

> 初,翰林学士承旨韩偓之登进士第也,御史大夫赵崇知贡

举。上返自凤翔，欲用偓为相，偓荐崇及兵部侍郎王赞自代。上欲从之，崔胤恶其分己权，使朱全忠入争之。全忠见上曰："赵崇轻薄之魁，王赞无才用，韩偓何得妄荐为相？"上见全忠怒甚，不得已，癸未，贬偓濮州司马。上密与偓泣别，偓曰："是人非复前来之比，臣得远贬及死乃幸耳，不忍见篡弑之辱。"

从上二则资料可知，韩偓对朱全忠的篡位之心早有预感，当初崔胤引朱全忠入京，韩偓就不大赞同，朱全忠也看出韩偓的"薄己"，故而欲杀之，只是因为众臣的劝阻，才将他贬为濮州司马。濮州位于今山东的鄄城及河南的濮阳一带。唐昭宗天复三年（903）二月十一日，韩偓离开长安，在前往濮州的途中，于二月二十二日经过河南的硖石县（今河南陕县），写下《出官经硖石县》。其诗曰：

  谪宦过东畿，所抵州名濮。故里欲清明，临风堪恸哭。溪长柳似帷，山暖花如醅。逆旅讶簪裾，野老悲陵谷。暝鸟影连翩，惊狐尾蘽欶。尚得佐方州，信是皇恩沐。

"**蘽欶**"，狐狸尾毛蓬松分散貌。韩偓于诗题自注："天复三年二月二十二日。"于第二句自注："是月十一日贬濮州司马。"于第七句自注："南路以久无儒服经过，皆相聚悲喜。"诗的一、二句是交代事情：贬谪濮州，途经东都洛阳。三、四句，七、八句为抒情：经过故里京兆万年县时，希望故里乃至整个唐朝天下能够清明太平，可结果自己只能"临风恸哭"，其中的万千悲伤，他人、后人自能理解；途中住进旅馆时，众人都惊讶于朝廷的"簪裾"重臣，怎么会来到这偏僻的硖石县？途中遇到的"野老"百姓，也为朝廷、时局的"陵谷"剧变而悲伤。三、四句是作者悲伤的正面抒发，七、八句是借他人之悲伤而侧面抒发；五、六句，九、十句写景，借沿途优美的春天美景，反衬作者心中的伤感。

韩偓离开硖石县，大概一个多月后到达濮州，上任濮州司马。可是不久，他又再次由五品的濮州司马，被贬为从九品的荣懿县尉。荣懿县在今贵州省北部，是唐朝专门惩罚贬官的蛮荒贬谪之地，韩偓只得离开濮州，前往荣懿县。当他进入湖北、沿汉江南下，于某日傍晚泊舟于某岸时，作《汉江行次》一诗。诗写韩偓当时在此岸边的所见所闻，有村寺，有庙，有悬着"幡竿"的酒楼，有"竹园相接"的人家，还听到自由的"牧笛"声、得意的"渔歌"声，而官员出入的驿站，却悄然无人。这一切，令痛感于朝廷局势之艰危且即将前往蛮荒之地的韩偓，忽然"痛忆家乡旧钓矶"，顿时产生归隐故园的想法，希望过上垂钓、听牧笛渔歌的悠闲生活。

但韩偓并没有立即归隐故里，而是沿汉江继续南下。当他到达汉口时，又写下《过汉口》一诗，其诗云：

> 浊世清名一概休，古今翻覆剩堪愁。年年春浪来巫峡，日日残阳过沔州。居杂商徒偏富庶，地多词客自风流。联翩半世腾腾过，不在渔船即酒楼。

正如笔者在上文所说的，韩偓是一个始终心系朝廷安危的诗人，此时的他，不由又心生无限感慨。他既为朝廷剧变而"只剩忧愁"，但同时又劝自己，不管世道是否已入"浊"，不管自己的名声是否可归"清"，这一切都不要去谈。尽管时局板荡，而长江的浪涛照样年年从巫峡而来，天上的残阳照样天天从此地的古沔州而过，这里的民众照样过着富庶的生活，经过此地、像自己这样的贬官词客仍然保持风流的本色，尽管如今自己仍行走在贬官途中，尽管自己仍然是"不在渔船即酒楼"。韩偓此时的心情似乎较轻松，但这表面的随意之下，掩盖着的却是无可奈何的忧伤。

韩偓离开汉口后，继续南下进入湖南岳州、长沙，准备从湖南前往贵州荣懿县。在湖南期间，他又接到朝廷改任他为邓州司马的任命。邓州在今湖北部，但他并没有北返湖北，经过一番考虑后，他决定弃官而继续南下。此后，他来到醴陵，停留一段时间后，又南下进入江西袁州、抚州,最后进入福建。

## 第三节　入闽之后诗作(906-923年)

韩偓大约于唐哀帝天祐三年(906)五六月进入福建,经过光泽、邵武、顺昌、南平、闽清等地,于八九月到达福州。在福州居住了一年多,于次年(907)秋冬离开福州,其后在福建的居住地主要有沙县、邵武、尤溪(或为龙溪)、桃林场(今永春)、南安,前后共十八年,最后于癸未年(923)在南安葵山之麓的龙兴寺院去世。

韩偓在闽地十八年的诗歌创作,是他一生诗歌创作的重要时期,就其内容而言,主要涉及以下几方面。

第一,抒发对唐王朝的忠诚、怀念,对唐昭宗、唐哀帝被弑杀的哀悼,对朱全忠的愤恨。

在晚唐的朝廷群臣中,韩偓对唐王朝的忠诚,为历代史学家、学术界所公认、推崇。这份忠诚,从他步入政坛之始就已经有了。

唐昭宗乾宁三年(896),陇右节度使李茂贞发兵进犯京师,唐昭宗再次出奔,时任刑部员外郎的韩偓扈从左右,先出奔华州,接着又出奔奉天,一到奉天,就被李茂贞军包围。韩偓作《乾宁三年丙辰在奉天重围作》,诗写当时形势危急,连韩偓这样的文官也要"仗剑夜巡城,衣襟满霜霰";"贼火遍郊坰,飞焰侵星汉。积雪似空江,长林如断岸",二、三联写包围奉天的李茂贞军的逼人气势及作者所见到的萧瑟之景。

唐昭宗光化三年(900)十一月,宦官刘季述等人幽囚昭宗于东内,矫诏奉太子李裕即位,后在崔胤、韩偓等人的策谋下,宦官被击败,刘季述等人被杀,昭宗得以返正复位。昭宗返正后,欲任韩偓为相,韩偓力辞,并举荐御史大夫赵崇、兵部侍郎王赞自代。正如他在《息兵》所写,"渐觉人心望息兵,老儒希觊见澄清","正当困辱殊轻死","多难始应彰劲节"。

韩偓对唐王朝的忠诚,除了表现于他在朝时的怒斥宦官、严防藩镇节度使的阴谋外，还体现于他被贬出朝廷、踏上南下征途的过程中。

唐昭宗天复四年（甲子岁，904）四月，朱全忠逼迫昭宗将都城迁往洛阳。当年八月，朱全忠又弑杀昭宗，立李柷为帝，是为唐哀帝（后唐时改称昭宣帝）。昭宗与韩偓，既有君恩，又有私恩，故而昭宗的被弑，对始终心系昭宗的韩偓精神心理打击之大，是难以用语言描述的。当时正在湖南的韩偓随即作《净兴寺杜鹃一枝繁艳无比》：

一园红艳醉坡陀，自地连梢簇蒨罗。蜀魄未归长滴血，只应偏滴此丛多。

韩偓以蜀王杜宇的屈死，痛悼昭宗的被弑。天祐四年（丁卯岁，907），朱全忠又弑杀唐哀帝，篡夺唐朝帝祚，自称皇帝，史称后梁。从此，韩偓不书后梁年号，而只书干支，表示绝不承认后梁政权。

《故都》是韩偓到达福州后不久写的一首诗，其诗云：

故都遥想草萋萋，上帝深疑亦自迷。塞雁已侵池籞宿，宫鸦犹恋女墙啼。天涯烈士空垂涕，地下强魂必噬脐。掩鼻计成终不觉，冯驩无路敩鸣鸡。

朱全忠于904年逼迫昭宗将都城迁往洛阳，并下令将长安的宫殿拆掉，将拆卸下的木材顺着渭水、黄河漂到洛阳。韩偓此诗的前二联虽是想象，但完全符合被拆毁的唐宫殿的惨象：原先的宫殿现在只剩下萋萋乱草，原先宫中的太液池、禁苑成了南来北往大雁的栖息地，原先的宫鸦只能绕着残破的女墙悲伤地啼叫，这一切，连天上的天帝见了，都要怀疑"这是唐朝宫殿吗？"更何况对唐王朝、对昭宗皇帝忠心耿耿的"天涯烈士"韩偓，但他没办法，只能"空垂涕"。他想，地下的崔胤对当年为灭掉宦官而引进朱全忠，最后导致自己为朱全忠所杀、昭宗皇帝也为朱全忠所弑一定感到后悔（噬脐，即后悔）。韩偓在诗的末联揭露朱全忠仿效战国时楚怀王夫人郑袖的奸诈，伪装忠于唐王朝，并痛恨自己没有孟尝君门客的才能，以挽救唐王朝。

韩偓到达福州的次年（丁卯年，907），朱全忠取代唐哀帝，篡位建立后梁，韩偓闻知此噩耗后，作了一首他一生中唯一的五言排律《感事三十四韵》。该诗是韩偓对昭宗乾宁二年（895）之后朝廷及自己个人之大事所作的回顾。"万乘烟尘里，千官剑戟边"，这是韩偓对唐昭宗因宦官劫持、藩镇以武威逼而多次出奔流徙的描述；韩偓在诗中，赞颂唐昭宗"焦劳皆实录，宵旰岂虚传"的英主形象，即《旧唐书·昭宗纪》所说的昭宗"意在恢张旧业，号令天下。即位之始，中外称之"，以及《资治通鉴》卷257所说"昭宗即位，体貌明粹，有英气……有恢复前烈之志"。韩偓在诗中怒斥朱全忠乃东汉末年的袁绍、董卓，三国魏国末年的司马师、司马昭，说"袁董非徒尔，师昭岂偶然"。诗的末尾写道，"郁郁空狂叫，微微几病癫。丹梯倚寥廓，终去问青天"，对于"病癫"的自己，面对朝廷政局的剧变，自己只能"郁郁空狂叫"，只能"终去问青天"。几年后，韩偓在定居南安后所作的《赠僧》一诗中，更是对这位僧人说"相逢莫话金銮事，触拨伤心不愿闻"，这时的韩偓，已经不敢去"问青天"，甚至不敢听到"金銮事"，那是他的心痛之事。

壬申年（912）春夏之交，韩偓在南安作《感旧》一诗，诗中再次提到昭宗对他的恩遇。诗的首联说"省趋弘阁侍貂珰，指座深恩刻寸肠"，韩偓回忆起当年昭宗皇帝对自己的"深恩"，如今自己依旧将此事刻于寸肠铭记于心；颔联再次想象如今的唐之故都是"秦苑已荒空逝水"，而自己只能陪伴着"楚天无限更斜阳"。韩偓入闽之后，朱梁政权曾数次派人请韩偓入梁朝，官复原职，但都被韩偓拒绝，尽管"时昏却笑朱弦直"，但"事过方闻锁骨香"，韩偓坚信自己必如佛教中的"锁骨菩萨"，流芳百世。诗的末句说"路人惆怅见灵光"，说路人见到我，尽管感到惆怅，但从我身上，仍然可以看到昭宗皇帝的恩泽（灵光，喻皇帝之恩泽）。韩偓对昭宗皇帝的忠诚、感激、怀念，确如他自己所说的，"深恩刻寸肠"。

当年六月戊寅日，后梁帝朱全忠为他的第三子朱友珪所杀。八月六日，远在南安的韩偓闻知此事，作《八月六日作四首》。此组诗与丁卯年（907）所作《感事三十四韵》，同为唐末"诗史"。组诗第一首是哀悼唐昭宗的被弑杀，并称赞他在即位之初的治国成就，说他如"火帝"，"动炉销剑戟"，如"风师"，"吹雨洗乾坤"；虽然不无溢美之词，但也基本符合史书所说，昭宗即位时"尊礼大臣，详延道术，意在恢张旧业，号令天下。即位之始，中外称之"，"有英气……有恢复前烈之志"的评价。韩偓还怒斥某些投靠朱全忠、"右袒簪缨"的唐朝官员为"最负恩"。组诗第二首是怒斥朱全忠的弑君、篡唐，"构成狂猘犯车尘"，将朱全忠比作疯狗（狂猘）。组诗的第三首是悲悯被害的诸大臣及哀帝，而对投靠朱全忠的某些唐臣，韩偓再次斥责他们是"显负旧恩归乱主"；在听到朱全忠为其儿子所杀时，韩偓在此诗中写道，"穴中狡兔终须尽"，并说"更应书罪在泉扃"，应当将朱全忠的罪恶写在地狱之门。组诗的第四首是自述唐亡前后之人生遭遇及心情。其诗云：

  坐看包藏负国恩，无才不得预经纶。袁安坠睫寻忧汉，贾谊濡毫但过秦。威凤鬼应遮矢射，灵犀天与隔埃尘。堤防瓜李能终始，免愧于心负此身。

诗的首联说自己面对包藏祸心的朱全忠，却无法阻止其篡位野心的不断膨胀，深感有负国恩，说自己就是一个"无才"之人，当初就不该"预经纶"；诗的颔联又进而自责道，面对朱全忠的篡唐，自己只能像东汉袁安那样，面对"外戚擅权，每朝会进见，及与公卿言国家事，未尝不噫呜流涕"（《后汉书·袁安传》），而无能为力，只能像贾谊那样，写一些斥责朱全忠的诗，而别无他法；诗的颈联说自己有如"威凤"，有神灵护佑，能躲过魔鬼的暗箭，又说自己的忠君之心乃上天赋予，犹如灵犀，绝不会被"埃尘"污染；诗的尾联说自己"能终始"保持对唐朝的忠诚，能多次拒绝朱全忠对他"官复原职"的诱惑，相信自己定能"免愧于心负此身"。韩偓真乃晚唐之第一忠臣也。

韩偓在南安期间所作的《残花》一诗的尾联写道，"西园此日伤心处，一曲高歌水向东"，以花之凋谢喻唐朝的灭亡，然而面对此"伤心处"，他却"高歌水向东"，显然是以此表达对唐王朝的忠诚，说自己就像水永远向东流一样。韩偓的这种比喻，在他作于南安的另一首诗《驿步》中，又再次说及，"江流灯影向东去，树递雨声从北来"，以江流永远东去再次比喻自己的心永远在唐朝，同时又以"雨声北来"比喻朱梁政权派人南下到福建拉拢避难到闽地的唐朝旧臣。

第二，叙述与闽王王审知及其臣僚之间的关系。

韩偓在闽十八年期间，始终没有在闽王王审知手下任过一官半职，究其原因，可能有三：一、韩偓在南下经过湖南、江西期间，曾在"仕"与"隐"之间有过徘徊犹豫，但在入闽前，最终决定脱离官场，隐于乡间，故而他也就不可能在王审知手下任职。二、韩偓入闽的当年，唐哀帝还在位，王审知还是唐朝的琅琊王，但第二年，即丁卯年（907）夏四月，朱全忠篡位，建立梁代（史称后梁），王审知为了保住闽地的一方平安，承认后梁政权，这对于唐之忠臣的韩偓来说，更不可能在王审知手下任职。三、这年的秋冬之际，韩偓离开福州，准备北上，返回江西的抚州。王审知得知后立即派"急脚"北追，终于在邵武追上韩偓，并极力挽留。由于王审知的真心诚意，韩偓打消了离闽的念头。此后，韩偓南下来到沙县，住了一年左右，后又前往尤溪，而后又寓居于桃林场，最后在泉州府的南安定居下来。韩偓之所以最终定居于南安，可能与泉州太守王审邽有关。吴任臣《十国春秋》卷94"王审邽传"云："（王审邽）在政十二年，为人喜儒术，通《春秋》，善吏治。流民还者，假以牛犁，兴完庐舍。中原乱，公卿多来依闽，审邽遣子延彬作招贤院礼之，振赈以财，如唐右省常侍李洵、翰林承旨制诰兵部侍郎韩偓……"王审邽对韩偓的"礼之、振赈以财"，自然也代表了王审知对韩偓的礼遇，但韩偓并没有回福州任职，也没有在王审邽手下任职。之所以如此，除了上述几个原因外，还有就是当时闽地个别官员对他的嫉妒，对他的闲言碎语。

此后，韩偓在移居到桃林场后，在他的《此翁》一诗中，直截了当地回击那些说闲言碎语者,"高阁群公莫忌侬,侬心不在宦名中",并以东汉初年坚拒高官厚禄的著名隐士严光自比,说"严光一睡垂绿紫",最后对这些人好言相劝,"窥见行藏信此翁",说你们只要看看我的"行藏",就会相信我的话。

其后,韩偓在南安期间所作的《余卧疾深村,闻一二郎官今称继使闽越,笑余迂古,潜于异乡,闻之因成此篇》一诗,斥责北来的朱梁使者以及北上依附朱梁政权的某些人是"不羞莽卓黄金印",说朱全忠就是西汉末年的王莽、东汉末年的董卓,斥责朱梁使者及北上依附朱梁的某些人是不知羞耻的"市道儿";说"枕流方采北山薇",自己就是隐于首阳山的伯夷、叔齐,就是西晋的山简、东晋末年的陶渊明,可是某些人"却笑羲皇白接䍦","笑余迂古";鉴于此,韩偓在诗的末尾严肃地说,"莫负美名书信史,清风扫地更无遗",要让清风将朱梁使者、北上依附朱梁的人走过的地方打扫干净,不留一丝一毫的痕迹,以免弄脏了闽地,就像南朝刘宋时的孔稚珪在《北山移文》中斥责假隐士时所写的,"或飞柯以折轮,乍低枝而扫迹"。

第三,抒发思亲思乡之情。

韩偓因得罪朱全忠,在天复三年(903)二月二十一日,由翰林学士贬为濮州司马。按唐朝规定,被贬官员必须于接到贬谪令的当天离开原任职所在地,动身前往贬谪地,故当时韩偓是只身一人离开长安的。韩偓到达山东濮州没多久,又再次由濮州司马贬为贵州荣懿县尉。韩偓只得又离开濮州,离开山东,南下进入河南、湖北,一路上,他不停打听家乡消息,并因此而"痛忆家乡旧钓矶"(《汉江行次》)。韩偓离开湖北、进入湖南时,终于打听到家人的消息,于是在悲喜之中给家人写了一封信,并在信后附了一首七绝《家书后批二十八字》:"四序风光总是愁,鬓毛衰飒涕横流。此书未到心先到,想在孤城海岸头。"并于此诗篇题下自注:"在醴陵,时闻家在登州。"从这简短的自注可知,韩偓此时已经南下至湖南的醴陵,并在这里获悉家人仍在山东的登州,于是写信给家人,并在信后附了这首诗。当时,韩偓又接到朝廷改任他为邓州司马的任命,邓州在湖北，但他考虑后决定弃官，故而不再北返湖北，并在信中把这个决定告诉家里人，要家人来醴陵相聚。

其后，韩偓偕同家人离开醴陵，进入江西，进入福建，到达福州。不久，韩偓在福州写了一首《寄上兄长》，其诗云：

> 两地支离路八千，襟怀凄怆鬓苍然。乱来未必长团会，其奈而今更长年。

韩偓在再贬荣懿县尉、南下经过湖北、暂居汉口时，曾作《午寝梦江外兄弟》，写自己与长安的兄弟韩仪等人"旅梦天涯相见回"的情形。诗的尾联写道，"如何水陆三千里，几月书邮始一来"，当时韩偓在汉口，兄弟在长安，其间是"水陆三千里"，可是到韩偓写这首《寄上兄长》时，两地的距离就不是"水陆三千里"，而是"两地支离路八千"，自己来到南方海边的福州，而他的兄长韩仪此时已被贬为山东的棣州司马。《新唐书·韩偓传》记韩偓之兄长韩仪简历："兄仪，字羽光，亦以翰林学士为御史中丞。偓贬之明年，帝宴文思球场，全忠人，百官坐庑下，全忠怒，贬仪棣州司马。"

韩偓与他的兄弟之间的感情是相当深厚的。他年轻时曾有江南之游，今韩偓诗作中的《游江南水陆院》《江南送别》等诗即为当年江南游之作。他在出游的次日，即作《离家第二日却寄诸兄弟》，诗中写道"千行泪激傍人感，一点心随健步归"，离家才一天就"千行泪激"，就有依傍他人的感觉，就想"健步归"，说得虽有点夸张，但从中可以看出韩偓兄弟之间的亲密感情；诗的尾联写道，"定知兄弟高楼上，遥指征途羡鸟飞"，这是韩偓设想此时他的兄弟正站在家中高楼上，"遥指征途"，羡慕他的江南之游，这种从对方着笔的写法，无疑更能体现韩偓兄弟之间的亲密情感。唐昭宗天复二年（902），韩偓随同昭宗被困凤翔府时，曾作《秋霖夜忆家》，韩偓在这首诗中所忆的家中人，不是自己的妻子儿女，而是自己的兄弟。诗中写道："垂老何时见弟兄，背灯愁泣到天明。不知短发能多少，一滴秋霖白一茎。"韩偓在年轻外出漫游时想到兄弟，在被困凤翔、处境危险时想到兄弟，在被贬途中的午梦中想到兄弟，在福州期间所作的《向隅》一诗，又再次提到兄弟，说"弟兄消息绝，独敛向隅眉"；定居于南安时，在《见别离者因赠之》一诗中，又因他人出行前与家人兄弟离别，而想到自家的兄弟，说："白髭兄弟中年后，瘴海程途万里长。曾向天涯怀此恨，见君呜咽更凄凉。"说如今自己流落到万里之外的南方瘴海之滨，因见到别家兄弟离别，而想到自己离别兄弟时"曾向天涯怀此恨"，并因此而"呜咽更凄凉"。韩偓的兄弟究竟有几个，今已不得而知，在此后韩偓寓居闽地期间的《手简》（简短信件）中，曾经提到他的一个弟弟"罗"。《手简》第九帖云，"前者三贤采戏，共输弟罗，吾弟主办"，这个名叫"罗"的弟弟，不知是韩偓的同胞弟弟，还是从兄弟？此外，古文献中留下了他同胞兄长韩仪的名字。从《新唐书》的韩仪小传可知，韩偓与韩仪，曾同朝为官，都担任过翰林学士，都因为得罪朱全忠而先后被贬官，因了这些情况，所以韩偓与兄长韩仪的感情特别深，他一来到福州，一打听到兄长的消息，就立即写了这首《寄上兄长》的诗。

与思亲之情紧相联系的是思乡之情。韩偓在福州期间，在吟咏"弟兄消息绝，独敛向隅眉"，写下《寄上兄长》的同时，又在《李太舍池上玩红薇醉题》一诗中写道："乍为旅客颜常厚，每见同人眼暂明。京洛园林归未得，天涯相顾一含情。"诗题中的"李太舍"应当是李洵，李洵原在朝为官，后因避北方战乱而来到福建，依王审知，《十国春秋·黄滔传》云："中州名士，避地来闽，若韩偓、李洵数十辈，悉主于滔。"韩偓刚来到福州时，除了在长安认识的李洵等人外，别无熟人，人生地不熟，加之他又不想在王审知手下任职，使自己在福州有厚着脸皮、寄居异地的不安，这时他理所当然会感叹几千里外的"京洛园林归未得"，只能"天涯相顾一含情"。次年，在他所作的《己巳年正月十二日自沙县抵邵武军，将谋抚、信之行，到才一夕，为闽相急脚相召，却请赴沙县郊外泊船，偶成一篇》中，他又感叹"故乡何处望天涯"。此后，他在桃林场《中秋寄杨学士》诗中说"八月夜长乡思切，鬓边添得几茎丝"。他在南安定居后，在《春尽》诗中又写道：

> 惜春连日醉昏昏，醒后衣裳见酒痕。细水浮花归别涧，断云含雨入孤村。人间易有芳时恨，地胜难招自古魂。惭愧流莺相厚意，清晨犹为到西园。

诗说自己因思乡而"醉昏昏"，而"衣裳见酒痕"；说自己远离北方故土，来到僻远的闽地，就像"浮花"流到"别涧"、"断云"飘到这"孤村"；说逢此"芳时"，自己却因无法还乡而有"恨"，所居之处"西园"虽可称"地胜"，却很难招回我的思乡之"魂"；诗的尾联说只有好心的"流莺"，每日清晨飞到我这里，安慰我，或者给我带来一些故乡的消息。

韩偓在南安定居三年多后，在他所作的《南安寓止》一诗中，再次说"此地三年偶寄家，枳篱茅屋共桑麻"，说我只是偶然来到这里，这里是我临时寄居的家。韩偓说自己的故乡在"天近函关屯瑞气"的地方，即靠近"天"，靠近天子所居住的都城长安，靠近瑞气弥漫之函谷关的京兆万年县，可如今却流落到"水侵吴甸浸晴霞"的南安（闽地在三国时属吴国），韩偓希望自己能"潜指星机认海槎"，希望自己能像张华在《博物志》中所说的，乘坐海槎，回到近"天"的京兆万年的故乡。韩偓竟然想借助神力回到故乡，其思乡情之浓烈令人感动。

第四，抒发隐居情怀。

韩偓在由山东濮州司马再次贬为贵州荣懿县尉而离开山东，一路南下，经河南、湖北，进入湖南期间，渐渐产生归隐的念头。其《雪中过重湖，信笔偶题》首联云"道方时险拟如何，谪去甘心隐薜萝"，明确道出在这"道方时险"的特殊时期，作为"谪去"的自己，只能"甘心隐薜萝"；末联又描述归隐后的生活，"处困不忙仍不怨，醉来唯是欲傞傞"，归隐后无任何公务，自然"不忙"，每天可以醉舞傞傞，自然"不怨"。其隐士的层次，似已达到《易传·乾卦》所说的"遁世无闷"的"纯隐"的精神境界，以至于后来朝廷改任他为湖北邓州司马，他也不愿意北返湖北，而是继续南下。

此后，韩偓由岳州南下长沙，在长沙期间所写的一些诗，也多次表达归隐之念。如《小隐》，不仅点明"小隐"的意念，而且又对即将开始的隐居生活作了想象性的描述，"借得茅斋岳麓西，拟将身世老锄犁"，住茅斋，亲自扶犁种田；过着"清晨向市""寒夜归村"的生活；与僧人偶坐，听鸟惊啼；"灵椿朝菌由来事，却笑庄生始欲齐"，长寿短夭皆顺其自然。

韩偓大约于唐哀帝天祐二年（905，乙丑年）离开湖南醴陵，南下进入江西。其《乙丑岁九月，在萧滩镇驻泊两月，忽得杨迢员外书，贺余复除戎曹、依旧承旨还，缄后因书四十字》云：

旅寓在江郊，秋风正寂寥。紫泥虚宠奖，白发已渔樵。事往凄凉在，时危志气销。若为将朽质，犹拟杖于朝。

诗题说，乙丑岁九月，韩偓在萧滩镇（今属江西樟树）收到从新都洛阳在朝廷任员外郎的杨迢寄来的信，信中说朝廷决定恢复韩偓兵部侍郎、翰林学士承旨的原职，并向韩偓祝贺。在韩偓收到这封信的一年前，即天复四年（904，甲子年）四月，朱全忠逼迫昭宗迁都至洛阳，八月，朱全忠又弑杀昭宗，立十几岁的傀儡哀帝（后唐时，改谥为昭宣帝）；到韩偓收到这封信的三个月前，即本年六月，又发生朱全忠在白马驿（位于滑州，即今河南滑县）杀群臣事件。《资治通鉴》卷265载：

六月，戊子朔，敕裴枢、独孤损、崔远、陆扆、王溥、赵崇、王赞等并所在赐自尽。时全忠聚枢等及朝士贬官三十余人于白马驿，一夕尽杀之，投尸于河。初，李振屡举进士，竟不中第，故深疾搢绅之士，言于全忠曰："此辈常自谓清流，宜投之黄河，使为浊流。"全忠笑而从之。

韩偓就是在白马驿事件发生三个月后，收到杨迢的来信。这一年多在朝廷所发生的一系列悲惨事件，必定震撼着韩偓那颗本就悲伤的心。我们不妨作一设想，如果韩偓当初没有出贬外地，那么在白马驿事件中，他必定也是那被投入黄河的三十余人之一，这样的结果，令韩偓想起都会不寒而栗。故而他在这首给杨迢的五律中说，以前在朝时，虽然有过草诏书、封"紫泥"的"宠奖"，但那都是过去的事情，而昭宗屡被宦官劫持、更被藩镇悍将掌控的"凄凉"往事，至今仍历历在目，自己如今已是归隐于"渔樵"的"白发"老者，像白马驿事件那样的"时危"，令他志气消尽，自己岂能拖着"将朽"的身体"杖于朝"？尽管因为杨迢是韩偓的旧雨或曾经的同僚，故而诗中的陈述较为委婉，但韩偓的意思很明确："我"现在已是"渔樵"隐者，不可能再"杖于朝"。在韩偓同时期所作的《病中初闻复官二首》中，再次表达了自己的意思，其一云"闻道复官翻涕泗，属车何在水茫茫"，"属车"，古代帝王出行时的从车，此指昭宗皇帝。韩偓听到复官的消息不是高兴，而是涕泗如雨，他再次想起了昭宗皇帝：皇帝何在？眼前只有茫茫大水。其二云"宦途巇崄终难测，稳泊渔舟隐姓名"，韩偓再次指出朝中"宦途巇崄"的可怕，再次表明自己将隐姓埋名，做个"稳泊渔舟"的隐士。

复官之事，促使韩偓最终下定了隐居的念头，他在作于江西抚州的《丙寅二月二十二日抚州如归馆雨中有怀诸朝客》一诗中写道：

> 凄凄恻恻又微嚬，欲话羁愁忆故人。薄酒旋醒寒彻夜，好花虚谢雨藏春。萍蓬已恨为逋客，江岭那知见侍臣。未必交情系贫富，柴门自古少车尘。

此诗诗题虽然是"有怀诸朝客"，但仅仅是一般性的"忆故人"。说夜半酒醒时忆故人，因故人不在身边，觉得花开花谢都没意义；说自己就像到处漂泊的浮萍蓬草，不再提自己的过去，因而也没人知道自己曾经是朝廷侍臣。诗的末句"柴门自古少车尘"，表明自己也像当年陶渊明在《读山海经》组诗中所写的那样，"穷巷隔深辙，颇回故人车"，已经是一个极少与他人来往的隐士。一个多月后，他在《三月二十七日，自抚州往南城县，舟行见拂水蔷薇，因有是作》一诗中又写道，"且将浊酒伴清吟，酒逸吟狂轻宇宙"，描绘出一个"酒逸吟狂"的隐士自我形象。

在韩偓入闽之后诗作中，抒发隐士情怀仍然是重要题材之一。入闽之前，此类诗多侧重于揭示"隐"之意念的产生；而入闽后此类诗，除了表明自己是"严光一唾垂缕紫""枕流方采北山薇"的真正归隐之外，多为对隐居生活的具体描写。他在福州期间所作的《秋深闲兴》就是这方面具体而微的叙说。其诗云：

> 此心兼笑野云忙，甘得贫闲味甚长。病起乍尝新橘柚，秋深初换旧衣裳。晴来喜鹊无穷语，雨后寒花特地香。把钓覆棋兼举白，不离名教可颠狂。

韩偓以"野云"自比，此野云是既悠闲又很忙，而且忙得"味甚长"。忙什么？忙于"乍尝新橘柚"，品尝南方福地的新鲜时令水果，忙于在温暖的福州到深秋才换下"旧衣裳"，忙于听晴天喜鹊的胡乱报喜，忙于赏闻南方福州独有的"雨后寒花特地香"，此外，还要忙于钓鱼，忙于弈棋，忙于喝酒，忙于隐士独有的"不离名教"的"颠狂"。

离开福州后，在桃林场期间，韩偓又在多首诗作中描述这种隐士生活。如在《闲兴》中说自己过的是"有玄味""无俗情"的生活，"他山冰雪解，此水波澜生"，"影重验花密，滴稀知酒清"；说北方的冰雪方才融化，而自己在温暖的南方欣赏一年四季河水从不结冰的"此水波澜生"，观看长得密集的花，鉴赏滴稀的清酒；说当"忙人常扰扰"时，自己正过着"心和平"的隐士生活。在《漫作二首》中，韩偓又重新接续在途经湖南、江西时对道教、神仙的钟情。"瞬龙惊汗漫，骞凤绰云霞。悬圃珠为树，天池玉作砂"，想象自己骑着龙或凤，飞上昆仑山，飞上天庭；"丹霄能几级，何必待乘槎"，说飞升天庭成仙，并非难事，并非一定要乘坐海槎。韩偓的言外之意很明显：隐士的修养发展到极致就可成仙。此意颇合古代的隐士文化,如《神仙传》载汉代淮南王刘安入山隐居,后即修炼成仙。

韩偓在最后定居福建南安期间所写的《睡起》一诗,又从另一侧面描述自己的隐士精神,其诗云:

> 睡起墙阴下药阑,瓦松花白闭柴关。断年不出僧嫌癖,逐日无机鹤伴闲。尘土莫寻行止处,烟波长在梦魂间。终撑舴艋称渔叟,赊买湖心一崦山。

这首诗所写的,不是作为隐士的韩偓的日常具体生活,而是韩偓自己的隐士精神风貌:居处僻静,"闭柴关","断年(终年)不出",就像著名隐士陶渊明在《归去来兮辞》中所写的,"门虽设而常关";心灵纯洁,无一丝机巧、机诈之念,与高雅的鹤相伴;不与庸俗、逐利的嚣尘之世来往;自己的理想天地是烟波浩渺的江河湖泊,就像当年范蠡带着西施隐于五湖一样;韩偓因此想"终撑舴艋称渔叟",想"赊买湖心一崦山",做一个标准的隐士。在《南亭》一诗中,韩偓又作了补充:"行簪隐士冠,卧读先贤传。更有兴来时,取琴弹一遍。"而《寄禅师》的"万物尽遭风鼓动,唯应禅室静无风",又进一步从佛理的角度加以描述:佛教徒将尘世的利、衰、毁、誉、称、讥、苦、乐八种现象称为"八风",认为一切世俗之人都会受到此八风影响而产生情感、精神的波动,唯有禅者不会受此影响。隐士与禅者属于同一类型,故韩偓诗中的"唯应禅室静无风",也就是"唯应隐者静无风"。韩偓虽然说"唯应隐者静无风",但他在桃林场所作的《暴雨》一诗,却透露出他当时对"出"的选择曾有过短暂的考虑。该诗末四句云,"风期谁与同,逸趣余探遍。欲去更迟留,胸中久交战",说我要与谁作风云际会,隐居的逸趣我已经探索个遍;我想前去任职,但又迟迟滞留于此,"出"与"留"在我心中久久交战。韩偓想去哪里任职?当然不可能去朱梁政权任职,他与朱梁政权有着不共戴天之仇。唯一有可能的,是去王审邽手下任职。这一段时间韩偓的居住地桃林场或南安,与泉州府都很近，王审邦对韩偓的"礼之，振赋以财"必定令他甚为感动，王审邦很可能曾经邀请他到泉州府任职，韩偓必定甚感为难：一者王审知政权虽然不是朱梁政权，但他又承认朱梁政权；二者自己又体弱多病。韩偓最终还是没到泉州府任职。从上可知，韩偓这次的"出"与"留"交战，并非留恋官场与隐居的交战，而是"盛情难却"与"不得不却"的交战。

第五，表达欲恢复唐朝的志向。

韩偓入闽后，在决定退出官场、退隐乡间的同时，仍在某些诗作中表达其一生所固有的志向。古代隐士有道家隐士、儒家隐士之分，道家隐士在退隐之后，就不再关心尘世之事、天下之事，而儒家隐士在退隐之后，仍时时关心现实社会，时时表达自己固有的政治理想、宏大志向，如陶渊明。"采菊东篱下，悠然见南山"的陶渊明貌似道家隐士，但实为儒家隐士，他于42岁辞去彭泽县令，彻底归隐于柴桑故园；其后，当刘裕篡夺东晋政权建立宋（史称刘宋）后，在所作的诗文中，时间他均只书干支，绝不书刘宋的年号，这说明在陶渊明的心中，只承认晋朝，而不承认刘宋，表明他隐居后仍时时关心尘世之事、天下之事。他晚年所作的《桃花源记》《咏荆轲》《读山海经》等作品，说明他虽已归隐故园，仍时时表达自己固有的桃花源的政治理想，表达自己的宏大志向，"其人虽已没，千载有余情"，反抗专制残暴的志向，"刑天舞干戚，猛志固常在"，不畏强权的猛志。韩偓的退隐，绝似陶渊明的退隐，当朱全忠篡夺唐朝帝祚建立梁代后，韩偓在他的诗文中，也像陶渊明一样，只书干支，绝不书梁代的年号，绝不承认朱梁政权。韩偓在寓居福建沙县期间，听说因避黄巢起义战乱而进入闽地、依泉州刺史王审邦的原唐朝尚书左丞郑璘北上欲投靠朱全忠的梁朝，作《余寓汀州沙县，病中闻前郑左丞璘随外镇举荐赴洛，兼云继有急征，旋见脂辖，因作七言四韵，戏以赠之，或冀其感悟也》，其诗次联云"桑田变后新舟楫，华表归来旧路岐"，说尽管发生沧桑巨变，有人坐上朱梁政权的"新舟楫"，但我这只高洁的鹤，只认旧时帝都的华表，在我韩偓的心中，只有原先的唐朝，绝不承认朱梁政权。

韩偓到达福州的当年，即唐哀帝天祐三年（906），在他的《有瞩》一诗中写道：

> 晚凉闲步向江亭，默默看书旋旋行。风转滞帆狂得势，潮来诸水寂无声。谁将覆辙询长策，愿把棼丝属老成。安石本怀经济意，何妨一起为苍生！

诗以狂风得势转动滞帆，比喻当时唐朝的严峻形势（一年后唐帝祚即被朱全忠篡夺），以潮来时此处的诸水却"寂无声"，比喻当朝廷形势严峻之时，闽地的大小官员却"寂无声"，言外之意即应当有所发声。至于声音的具体内容，答案在三联，即谁愿意向我韩偓询问挽救覆辙的长策？谁想把纷乱的事情交给我这个老成之人处理？尾联则在此基础上，进一步表达自己的志向：我虽然仿效东晋的谢安石，准备退隐山林，但心中仍怀有治理天下的经济之策，为了苍生，我不妨再仿效谢安石，出来为天下做一些事。韩偓的这种志向，在他同年所作的《赠吴颠尊师》中又再次提及。他称赞吴颠尊师"半酣思救世，一手拟扶倾"，同时又说"伊余常仗义，愿拜十年兄"，说自己也像吴颠尊师一样"常仗义"，也有"救世""扶倾"的志向，想与他拜为"十年兄"。韩偓在南安所作的《疏雨》一诗中，更明确地说"戎衣一挂清天下，傅野非无济世才"，将自己比作商代武丁时的傅说。傅说原为筑墙奴隶，后武丁发现其才而加以重用，结果殷商大治；韩偓用此典故，意在说明自己也有"傅说之才"，一旦挂上戎衣，定能"清天下"。说得虽有些夸张，但也不是毫无依据，韩偓不仅不承认朱梁政权，而且还有恢复唐朝的具体意愿。

韩偓在到达福州次年，即907年所作的《息虑》诗中，在抒发"息虑狎群鸥，行藏合自由"的隐士情怀的同时，又说"道向危时见"，这年唐朝帝祚已被朱全忠篡夺，韩偓认为在此朝廷危难之时，自己应当展示道义，尽管"外人相待浅"，他却"独说济川舟"，要为唐朝度过此危难而尽力。两年后，他在沙县所作的《梦中作》一诗，借助梦境，描述当年他在朝任职时早朝朝觐昭宗皇帝时的肃穆祥和景象，这是作者表达对唐故朝廷的怀念，希望能够恢复"紫宸初启列鸳鸾"的场面，正如陈寅恪在《读书札记二集·韩翰林集之部》所说的，"希望唐室复兴之意极显"。

韩偓这种复兴唐朝的意愿，在此后寓居桃林场时所写的《天鉴》一诗又再次被提及。该诗次联写"猛虎十年摇尾立，苍鹰一旦醒心飞"，"猛虎"喻朱全忠，朱全忠原为黄巢手下的将领，后投降唐朝，以"摇尾"之伪装，博得唐朝皇帝的信任重用，其后又篡夺唐朝帝祚；"苍鹰"是韩偓自比，说他一旦认清朱全忠的真面目，立即与之决绝，并在多首诗中予以斥责。该诗三联说，"神依正道终潜卫，天鉴衷肠竟不违"，说神灵一定会暗中保护我唐朝，上天鉴于我对唐朝的忠诚，一定会让我恢复唐朝的愿望实现。诗的尾联说"事历艰难人始重，九层成后喜从微"，说经过艰难努力而完成的事，人们才会意识到此事的重要，又说等到恢复唐朝的意愿实现，就像九层之台筑成之后，我就以一个普通老人的身份回到田园。从此诗不难看出，韩偓恢复唐朝的意愿是何等之强烈。

此后，他在定居南安时所作的《残春旅舍》中，又再次提到恢复唐朝之事。该诗云：

> 旅舍残春宿雨晴，恍然心地忆咸京。树头蜂抱花须落，池面鱼吹柳絮行。禅伏诗魔归净域，酒冲愁阵出奇兵。两梁免被尘埃污，拂拭朝簪待眼明。

诗的首联写在某个"宿雨晴"的清晨，韩偓猛然间又想起唐朝的帝都咸京；次联回忆咸京之景，写得精巧工整细致，这说明唐帝都的景色在韩偓的脑海中已经刻下无法抹去的极精细图像，从中更能看出他对唐帝都的感情之深；三、四联先写诗与愁，诗因禅而"归净域"，愁因酒而"出奇兵"，"奇兵"在这里语意双关：一、奇特的想象，二、军事上的奇兵。韩偓所表达的意思是：在酒后所写的诗作想象更奇特，在想象中派出一支奇兵，收复被朱全忠占领的长安、洛阳两都，免得再被朱梁政权污染；为了迎接两京收复，应"拂拭朝簪"，等待重返两京、"眼明"重睹帝宫的那一天。在他人看来，这是不切实际的意图，而在韩偓心中，却是可以期待的一天。他在南安所作的《有感》，就说到唐朝恢复的那一天："故老未曾忘炙背"，说我从未忘掉当年向昭宗皇帝献上赤诚之心的往事；"融风渐暖将回雁"，唐朝即将恢复，我这只大雁即将飞回北方；"万里关山如咫尺，女床唯待凤归巢"，说万里关山近在咫尺，唐帝都所在的西北女床山一带时刻在等待我这只"凤"回去，回到恢复后的唐都。

不过，韩偓当然知道，所谓恢复唐朝的意愿，对于他这个七八十岁、体弱多病、手中已无任何实权的老者来说，根本不可能付诸实践，顶多只能写写诗、说说心中的意愿而已，因而入闽之后，特别是定居于南安、远离故都，韩偓留下不少因恢复唐朝无望而感伤的诗作。如《半醉》，韩偓感叹时光"逝者如斯"，如今自己已是白发老人，"壮心暗逐高歌尽，往事空因半醉来"，曾经的"壮心"已经随着曾经的"高歌"而消失殆尽，令人悲伤愤怒的往事常因半醉半醒而涌上心头，如今陪伴自己的只有"雁霜"，只有"残梅"，明明是"芳菲节"，但在诗人的"怅望"中，却只有"处处斜阳草似苔"。韩偓在南安所作的《赠僧》，更明白地说出伤感的缘由："相逢莫话金銮事，触拨伤心不愿闻"，所谓的兼济天下之志、恢复唐朝的意愿，已经是不可能，而且怕人提起，怕触到心中那根脆弱的神经。在《寄友人》中，韩偓对他友人说，"长拟醺酣遗世事，若为局促问生涯"，说自己准备借酒度日，忘掉"世事"，怪他的友人为何还问起他的"局促生涯"。不仅怕他人问起"金銮事"，连"生涯事"也怕他人提及；此时的韩偓，周围的一切，都令他伤心。他在此时所作的《惜花》诗写道：

> 皱白离情高处切，腻香愁态静中深。眼随片片沿流去，恨满枝枝被雨淋。总得苔遮犹慰意，若教泥污更伤心。临轩一盏悲春酒，明日池塘是绿阴。

诗中写韩偓于高处俯视落花,"腻香""愁态"更增添了他的悲切。他注视着落入水中而又被水流卷向远方的片片落花;当他抬头看到树上被雨淋的枝枝残花时,心中充满了无限的幽恨;他希望这些落花"总得苔遮",那样尚可稍稍安慰他的悲切,要是"若教泥污",自然更使他伤心;他端起"一盏悲春酒",不知该说什么,只能借酒浇愁,"明日池塘"该是绿树成荫。这真是一篇晚唐五代版的《葬花吟》。当然,韩偓葬的不是花,而是唐朝社稷,是韩偓自己兼济天下的志向,是恢复唐朝的意愿。周勋初主编《唐人轶事汇编》卷29"韩偓"条引北宋郑文宝《南唐近事》云:"韩寅亮,偓之子也。尝为予言:偓捐馆之日,温陵(今泉州)帅闻其家藏箱笥颇多,而缄镝甚密,人罕见者。意其必有珍玩,使亲信发观,唯得烧残龙凤烛、金缕红巾百余条,蜡泪尚新,巾香犹郁。有老仆泫然而言曰:'公为学士日,常视草金銮内殿,深夜方还翰苑。当时皆宫妓秉烛炬以送,公悉藏之。自西京之乱,得罪南迁,十不存一二耳。'"郑文宝还说:"余卅岁,延平家有老尼,尝说斯事,与寅亮之言颇同。尼即偓之妾云耳。"从上述记叙不难看出韩偓对唐王朝、对唐昭宗的感情之深厚,以及为自己担任翰林学士那一段经历而感到自豪与辛酸之情。

第六,反映社会现实。

晚唐时期的闽地在王潮、王审知治理期间,除了入闽初期有过与割据势力的几次交战外,基本上无战事,但韩偓在离开福州、由沙县前往尤溪(一作龙溪)的途中,却见到某次交战后的村落惨状,并写下一诗,即《自沙县抵龙溪县,值泉州军过后,村落皆空,因有一绝》,其诗云:

> 水自潺湲日自斜,尽无鸡犬有鸣鸦。千村万落如寒食,不见人烟空见花。

从现存史料,无法考订诗题中的泉州军究竟与哪支军队交战,也许与原闽地的残余军队交战,或者与入村劫掠的寇匪海盗武装交战。交战的结果,是"村落皆空""尽无鸡犬",是"千村万落"如寒食节,"不见人烟",只有溪水还在潺潺而流,斜阳还在散发出暗淡的阳光,乌鸦还在凄惨地"哑哑"鸣叫;这时,美丽的花映入韩偓的眼帘,它与遭劫掠的周围形成巨大的反差,这一切必定引起韩偓强烈的震撼,于是写下了这首诗。韩偓的诗向有"诗史"之称,不过韩偓诗中的"史",主要是晚唐五代之际唐朝皇帝、朝廷与宦官、与各地藩镇之间斗争的历史,而直接写当时底层民众苦难的却极少,故此诗显得特别珍贵。

晚唐五代,是一个唐王朝与藩镇及其后的后梁、后唐、后晋、后汉、后周各朝之间不断混战的时期,韩偓在定居南安所作的《观斗鸡偶作》,就是一首揭露藩镇的诗。全诗以斗鸡喻藩镇,说"金距花冠气遏云",斗鸡全副武装,狠气"遏云",但它全然忘了主人的"稻粱恩",如果没有主人精心饲养,能有斗鸡的"金距""气遏云"吗?如果没有唐朝皇帝的恩遇,藩镇能有那么大的势力吗?"白日枭鸣无意问,唯将芥羽(捣芥子播其鸡羽)害同群",可是当"枭鸣"于光天化日时,众斗鸡却"无意问",相反,却将"芥羽害同群";当朱全忠弑杀唐昭宗、唐哀帝时,众藩镇却不发兵讨伐朱全忠、救护主人,而是自相残杀。这是一首寓言诗,同时也是一首揭露晚唐五代藩镇实质的现实主义诗歌。

五代是中国历史上最为动乱的时代之一,从公元907年朱全忠篡唐,到960年赵匡胤建立宋朝,在短短的54年时间里,共经历后梁、后唐、后晋、后汉、后周五个朝代,其间弑君、篡位的事不断发生,藩镇军阀之间不断混战。面对这种现状,韩偓在定居南安所作的《伤乱》中,不禁感叹"故国几年犹战斗",感叹"交亲流落身羸病,谁在谁亡两不知"。战乱还影响到相对安定的闽地,"异乡终日见旌旗",影响到大自然的一草一花,"岸上花根总倒垂,水中花影几千枝。一枝一影寒山里,野水野花清露时",这几句真可作杜甫写战乱名作《春望》中"城春草木深"的注脚。

第七,描写闽地的物产气候、山川奇景、人文景观。

韩偓到达福州后最早写的诗是《荔枝三首》:

遐方不许贡珍奇,密诏唯教进荔枝。汉武碧桃争比得,枉令方朔号偷儿。

封开玉笼鸡冠湿，叶衬金盘鹤顶鲜。想得佳人微启齿，翠钗先取一双悬。

巧裁霞片裹神浆，崖蜜天然有异香。应是仙人金掌露，结成冰入蒨罗囊。

荔枝是热带、亚热带地区成熟于盛夏的著名水果，盛产于福建、广东两省的南部，因为地处"遐方"，所以唐朝廷"不许贡珍奇"。杜牧在《过华清宫绝句》中写"一骑红尘妃子笑，无人知是荔枝来"，为什么"无人知"？答案就在韩偓这首诗中的"密诏唯教进荔枝"，原来是唐玄宗破坏朝廷规定，秘密派人用快马送到长安。韩偓在不经意间，委婉地讽刺了唐玄宗对杨贵妃的过分宠溺。组诗第一首的三、四两句，借用东方朔偷仙桃的典故，突出荔枝的珍奇。张华《博物志》卷八载：汉武帝好仙道，西王母于七月七日夜乘紫云车至汉宫，并将五枚仙桃赐与武帝，时东方朔从窗牖偷窥西王母，"母顾之，谓武帝曰：'此窥牖小儿，曾三来盗吾此桃。'帝乃大怪之"。韩偓活用此典故，说闽地的荔枝远比西王母的仙桃珍奇，嘲笑当年东方朔俗人凡眼，没去偷荔枝。组诗第二首写荔枝绛赤的外壳，以及当年杨贵妃品尝荔枝的样子：先用"翠钗"取出一双荔枝，然后再"微启齿"品尝。组诗的第三首主要描写荔枝带有仙气的内瓤，说内瓤应当是汉武帝时"仙人金掌"所承接的露水结成的冰，颗颗都带有仙气。韩偓必定是初次见到荔枝，初次品尝到荔枝，所以才有这惊异的感觉，才一口气写下三首荔枝诗。

闽地地处我国的东南部，韩偓入闽后的主要居住地福州、桃林场、南安，又处闽地的东部，较之北方，这三个地方的夏季特别热，时间还特别长。韩偓是北方人，南下入闽前的活动范围基本都在北方，所以他对闽地的炎热必定很不适应。他在入闽后的《手简》中，多次提到闽地"酷热"，如说"偃热躁甚，曲不成字"，"眷忆诸郎君，言极热"，"早令来，免冲甚热"。（分别见《手简》第三、四、五帖）他在寓居桃林场时所写的七言长律《喜凉》一诗，形象地写出了对闽地酷热的感受：

> 炉炭烧人百疾生，风狂龙躁减心情。四山毒瘴乾坤浊，一篝凉风世界清。楚调忽惊凄玉柱，汉宫应已湿金茎。豪强顿息蛙唇吻，爽利重新鹘眼睛。稳想海槎朝犯斗，健思胡马夜翻营。东南亦是中华分，蒸郁相凌太不平。

诗的前三句写酷热之感：酷热如"炉炭烧人"，使得毒瘴弥漫、乾坤浑浊，使得本就多病的韩偓更是"百疾生"、心情狂躁；这时忽然吹来一阵凉风，韩偓顿感"世界清"，凉风中，琴声似乎有了凉意，汉宫托举承露盘的金茎也顿生潮湿，原先如豪强似的狂叫的青蛙，也"顿息唇吻"，猛鹘也因清爽之风而双眼重新锐利；于是韩偓又有了写诗的想象、心情：想象中他乘着"海槎""朝犯斗"，骑着"胡马""夜翻营"；诗的末尾，韩偓深为酷热的闽地抱不平：老天为何让同是中华一部分的东南闽地这么酷热难当？这也许是中国诗史上描写闽地酷热最为生动形象的一首诗。

闽南地区虽有酷热的夏季，但更多的是温暖如春的季节，而绝无北方的冰天雪地，韩偓在桃林场所作的《深院》一诗，写的就是这种令人惬意愉悦的暖春图：

> 鹅儿唼喋栀黄觜，凤子轻盈腻粉腰。深院下帘人昼寝，红蔷薇架碧芭蕉。

诗题"深院"，当然不是"庭院深深深几许"（欧阳修词句）的庭院，而是幽静的庭院，令人心理上觉得仿佛是"幽深的庭院"。韩偓笔下的庭院内，雏鹅张着黄色小嘴吃食，发出"唼喋"的声音，腻粉蝴蝶（凤子）扭动着细腰翩翩然飞来飞去。韩偓借助"唼喋"的声音，衬托庭院的幽静；以

"鹅儿""凤子",写庭院之令人怜爱;以鹅嘴之"黄"、小蝶之"粉"、蔷薇花之"红"、芭蕉叶之"碧",描绘春意之浓。就在这如梦一样的闽南暖春小环境中,韩偓"深院下帘人昼寝",沉入惬意愉悦的梦乡。

与《深院》相近,同是描写闽南旖旎风光的,还有作于南安的《野塘》。韩偓在诗中,说他"侵晓乘凉偶独来",忽然看到野塘水面"萍开",一般情况下,水面浮萍会因"鱼跃"而分开,而这次却不是因鱼跃,这时又是一阵微风吹来,结果"卷荷忽被微风触,泻下清香露一杯",原来是微风吹开了浮萍,微风还触动荷叶,结果从荷叶上"泻下清香露一杯"。韩偓用清灵之笔,借助细微的观察,以诗人的感受,写下了闽南水乡富有诗意的瞬间画面。

闽地多山、多森林,因而也多溪涧、多激流险滩,韩偓的《建溪滩波心目惊眩,余平生溺奇境,今则畏怯不暇,因书二十八字》,即描写闽地溪流:"长贪山水羡渔樵,自笑扬鞭趁早朝。今日建溪惊恐后,李将军画也须烧。"诗作于韩偓自沙县前往尤溪途中,诗题中的建溪是闽江上游最长的支流,与另两条支流富屯溪、沙溪在南平汇合后,流向下游的福州,而后注入东海。建溪发源于闽北的武夷山,流经之地多崇山,故多激流险滩。韩偓在这首诗中,先渲染自己"长贪山水",因而"扬鞭趁早朝",急着去看建溪;可是看完溪流之后,却不是以往的"溺奇境",而是"心目惊眩""畏怯不暇",是惊恐之感。通过这些侧面描写,读者不难想象建溪水流之湍急、滩石之险恶。韩偓说,如此令人"心目惊眩""畏怯不暇"而惊恐的建溪,就连大画家、右武卫大将军李思训也画不出,他以前所作的山水画都应烧掉。于此可见,令韩偓"心目惊眩"的建溪给他留下的感受是何等之惊恐。全诗对建溪之惊险的正面描写虽然"不着一字",却"尽得风流"。

王审知在治闽期间,极重视佛教。就在韩偓入闽次年(907)的正月十八日,王审知在福州开元寺举办了一个设有二十万人斋的"无遮大会",即无贵贱贤俗区别的佛教法会,以庆祝上一年铸成的丈六金身佛像。时为王审知幕府中的节度使推官黄滔曾作《丈六金身碑》,文中说:"是日也,彩云缬天,甘露粒松,香花之气扑地,经梵之声入室。座客有右省常侍陇西李公洵,翰林承旨、制诰、兵部侍郎昌黎韩公偓,中书舍人琅琊王公涤,右补阙博陵崔征君道融……"刚到福州才几个月的韩偓,就受邀参加这个大会。韩偓在福州所作的《登南神光寺塔院》(一本题作《登南台僧寺》)估计就写于这一时期。其诗云:

无奈离肠日九回,强拥离抱立高台。中华地向城边尽,外国云从岛上来。四序有花长见雨,一冬无雪却闻雷。日宫紫气生冠冕,试望扶桑病眼开。

诗题中的"南神光寺",恐即"南台僧寺"。福州古有神光寺,位于今福州鼓楼区乌山南麓,始建于唐大历年间,与韩偓同时代、寓居于福州的周朴曾作有《福州神光寺塔》一诗;而"南台僧寺",则位于今福州台江区。在晚唐,神光寺位处城内,与开元寺相距不远,而南台僧寺则位处城外南台山上,故当时人又将其称之为"南神光寺"。韩偓在这首诗的首联说,自己因思念故土而"肠一日而九回"(司马迁语),只好勉强登上寺塔,以抒"离抱"。次联说南神光寺所处之地理方位:福州位处中华之地的"边尽",上空的云有的是从外国的海岛上飘来的。这些描写又从侧面衬托寺塔之高:因为高,所以看得远,所以才能明确意识到福州地处中华"边尽",才能看到有的云是从国外岛屿飘来的。三联以登塔所见写福州气候:时为正月,为福州最冷的季节,可是登塔所见到的却是花,福州四季有花,经常下雨,整个冬天却没见过雪,这种难得的好气候,韩偓自然要将它写进诗中。尾联继续以登塔所见写福州气候:看到红日的上方"紫气"弥漫,形如"冠冕",此为"日冠",为罕见的吉祥天象,韩偓不免心生激动,于是遥望远古神话所说日出之处的扶桑而"病眼开",首句所说"日九回"的"离肠",自然也因之消失。

第八,写作者在闽地的居所生活。

韩偓于906年秋冬之际到达福州,于次年的秋冬之际离开福州,前后约一年。他在福州所写的《秋深闲兴》一诗中，说自己过着"把钓覆棋兼举白，不离名教可颠狂"的生活；在《梦仙》一诗中，表达自己对神仙生活的向往，说"此心唯有玉皇知"；在《社后》诗中，说自己"寂寥思晤语"，"心共睡僧闲"，当时韩偓没在王审知手下任职，故而过的是寂寞清闲如"睡僧"的生活。

此后，韩偓离开福州，到了沙县，因病在沙县天王寺住了一年左右，后北上准备前往江西，但走到邵武时，被王审知派来的"急脚"劝回，此后又回到沙县，来到桃林场找了一个住处，并作《桃林场客舍之前有池半亩，木槿栉比，阏水遮山，因命仆夫运斤梳沐，豁然清朗，复睹太虚，因作五言八韵以记之》。其诗云：

> 插槿作藩篱，丛生覆小池。为能妨远目，因遣去闲枝。邻叟偷来赏，栖禽欲下疑。虚空无障处，蒙闭有开时。苇鹭怜潇洒，泥鳅畏日曦。稍宽春水面，尽见晚山眉。岸稳人偷钓，阶明日上基。世间多弊事，事事要良医。

从诗中可知，韩偓刚来到桃林场这个住所时，环境还比较差，他于是命仆人插木槿作藩篱，删剪有碍视野的闲枝，拓宽池面，原先的蒙闭之处因而变得"豁然清朗""虚空无障"；鹭鸟在池中潇洒嬉戏，泥鳅躲在水下避开日光，有时还会有邻人来钓鱼。经过作者这个"良医"的处理，原先不怎么样的住所，变成"尽见晚山眉""邻叟偷来赏"的闽南小园林。

在此后寓居桃林场的一年多时间里，韩偓又写了数首与此闽南小园林有关的诗。在《卜隐》中写道"桑梢出舍蚕初老，柳絮盖溪鱼正肥"：桑树已长高出舍，蚕快要吐丝结茧了；漫天的柳絮落到溪面，肥鱼纷纷露出水面觅而食之；这两句描绘的是小园林四周的暮春美景。韩偓认为，虽然"世乱岂容长惬意"，但小园林"景清还觉易忘机"；有了这"景清"的隐居之所，"屏迹还应减是非"，就会"世间华美无心问"，即使"藜藿充肠苎作衣"也觉得快乐。在《晨兴》中，韩偓说清晨起来，小园林的远处是

"晓景山河爽",近处是"闲居巷陌清",村民"汲水人初起",面对这自然、淳朴的佳景,韩偓觉得自己不仅"已能消滞念",而且"兼得散余酲";此时此地,韩偓"放怀殊未足",任何文字都无法表达心中的惬意。他又在《闲居》中,说自己"厌闻趋竞",讨厌听争名夺利的话语,对那些"麋鹿跳梁""鹰鹯搏击"之类的事毫无兴趣,自己只喜欢"循理""读书""遵绳墨",只喜欢小园林的"闲居",只喜欢在小园林中"自种芜菁亦自锄",像西晋的张翰那样。其后,韩偓在定居南安所作的《南安寓止》一诗中,说自己"此地三年偶寄家,枳篱茅庵共桑麻。蝶矜翅暖徐窥草,蜂倚身轻凝看花",这是韩偓在南安的新家,住的是"茅庵",在"枳篱"所围住处内,有桑麻,有"徐窥草"的蝴蝶,有"凝看花"的蜜蜂,处处流动着春之生机。其后,他在《即目》一诗中,说他在这个充满生机的居处,平时生活中的事情是"书墙暗记移花日,洗瓮先知酝酒期",在家中墙上记下移栽花木的日期,酿酒时间还未到,就先忙着清洗酿酒的酒瓮,俨然是一个老村民的生活。韩偓在晚年所写的《秋村》一诗中,还说自己平时是"绝粒看经香一炷,心知无事即长生",过着一种道家修炼的生活。

## 第四节 关于《香奁集》及词

《香奁集》是韩偓入闽后亲自编定的一部诗集,现收录于《全唐诗》的《香奁集》收录诗歌106首。香奁,即盛放女子所用香粉、胭脂、镜子等物的匣子,顾名思义,《香奁集》就是一部以描写脂粉女子为主要内容的诗集。韩偓《〈香奁集〉自序》云:"余溺于章句,信有年矣。诚知非士大夫所为,不能忘情,天所赋也。自庚辰辛巳之际,迄己亥庚子之间,所著歌诗,不啻千首。其间以绮丽得意者,亦数百篇,往往在士大夫口,或乐工配入声律。粉墙椒壁,斜行小字,窃咏者不可胜记。大盗入关,缃帙都坠,迁徙流转,不常厥居。求生草莽之中,岂复以吟咏为意?或天涯逢旧识,或避地遇故人,醉咏之暇,时及拙唱。自尔鸠集,复得百篇,不忍弃捐,随即编录。遐思宫体,未解称庾信工文;却诮《玉台》,何必倩徐陵作序？粗得捧心之态，幸无折齿之惭。柳巷青楼，未尝糠秕；金闺绣户，始预风流。咀五色之灵芝，香生九窍；咽三危之瑞露，春动七情。若有责其不经，亦望以功掩过。"据此可知，现存韩偓《香奁集》中的诗篇，除《袅娜》《多情》二首作于入闽之后以外，其余均作于唐懿宗咸通元年（庚辰），至唐僖宗广明元年（庚子），即公元860至880年，为韩偓年轻时的19至39岁之间。韩偓自24岁参加进士考试，至48岁方才及第，也就是说，其《香奁集》作于他参加进士考试前后的那20年间。

古代诗人写一些描述女性甚至狎妓的诗作，并不奇怪，可是韩偓却写了80多首，（《香奁集》中有十几首非香奁体诗，详下。）这对于生性耿直、一生忠于唐朝、绝不承认篡夺唐帝祚之朱梁政权、并想恢复唐朝的韩偓来说，着实令人难以理解，而且他的《袅娜》《多情》二首，还是写于入闽后的晚年，难道他直到晚年还那么风流？当然不是。笔者认真读完韩偓的《香奁集》后发现，其中约40首写的是韩偓年轻时与一美丽少女有过的刻骨铭心的热恋，以及被阻绝后对那一段热恋的回忆。

下文先就这约40首诗作一分析。

第一，描述与"金闺绣户"一年轻美丽少女的热恋。

韩偓在《偶见》一诗中写道：

秋千打困解罗裙，指点醍醐索一尊。见客入来和笑走，手搓梅子映中门。

诗中说"见客入来"，说明此客非一般之客，而是常客，是秋千女的心上人，否则此客就不可能走近秋千女，秋千女也不可能对他"和笑走"，更不可能走到中门时装作"手搓梅子"，回头与诗人眼波"相映"。宋代李清照在《点绛唇》写她见到情人赵明诚时说道："蹴罢秋千，起来慵整纤纤手。露浓花瘦，薄汗轻衣透。见客入来，袜刬金钗溜。和羞走，倚门回首，却把青梅嗅。"李清照的这首词与韩偓的《偶见》何其相似，这也可证明：韩偓此诗写的就是他自己在李氏园亭（关于李氏园亭，详下）偶然见到情人时的情景。韩偓又在《密意》中写道："呵花贴鬓黏寒发，凝酥光透猩猩血。经过洛水几多人，唯有陈王见罗袜。"诗写此"呵花贴鬓"的少女，肤如"凝酥"，涂着"猩猩血"的唇红；韩偓将她比作洛水女神，自比为爱恋洛水女神的陈王曹植，说唯有我与此少女两情相悦，相互爱恋，能彼此倾诉心中的"密意"。韩偓与此少女，不是一般的"见玉颜"，而是"见罗袜"，虽然是用典，但也可看出二人的恋情关系不同一般。韩偓在自序中说自己"柳巷青楼，未尝糠秕；金闺绣户，始预风流"，据此可知，韩偓《香奁集》中虽有一些狎妓之作，但成为他初恋情人、且令他垂暮晚年仍难以忘怀的女子，却不是"柳巷青楼"的歌妓，而是"金闺绣户"的某一少女。他的约 40 首恋情之作，写的就是自己与这位"金闺绣户"少女"始预风流"时的热恋。

在古代，少男少女之间的自由相恋是不被允许的，至少相当困难，故而韩偓在《绕廊》中说，在"细雨轻寒花落"的夜晚，在"浓烟隔帘香漏泄，斜灯映竹光参差"的李氏园亭内，自己只能"绕廊倚柱"而望着"隔帘"之内的伊人，很是"惆怅"。在《夜深》中，说自己在"恻恻轻寒翦翦风，小梅飘雪杏花红"的夜晚，在李氏园亭，韩偓只能"夜深斜搭秋千索"，凝视"朦胧烟雨中"的楼阁，而不能或不敢进入楼阁。由于韩偓与这位"金闺绣户"少女的相恋颇为不易，故而难免使他心生疑虑。他在《不见》中说自己"动静防闲又怕疑，佯佯脉脉是深机"，故而他希望自己"此身愿作君家燕，秋社归时也不归"，即一年三百六十五天，天天陪着这位恋人。

韩偓的这些诗，有好几首写他与这位"金闺绣户"少女的偶然相遇。一次在"踏青会散欲归时"，韩偓看到有位女子"金车久立频催上"，原来这位女子竟是他的恋人，她"收裙整髻故迟迟"，显然她很想过去与自己的心上人韩偓谈上几句，可是不敢，韩偓也不敢过去，最后"两点深心各惆怅"（《踏青》），二人只能各自用眼波表达惆怅的"深心"。这次踏青偶遇，可能是二人事先约定，韩偓在《春闷偶成十二韵》中，说"绣窗携手约，芳草踏青期"，又在《欲去》中写道"纷纭隔窗语，重约踏青期"。由于这是经两次约定才得来的相遇，故而特别珍贵，故而"两点深心各惆怅"。韩偓所写的其他偶遇诗，也许确实是偶遇，如《偶见背面，是夕兼梦》中，写他在某一公共场所偶然看到这位"金闺绣户"的恋人"酥凝背胛玉搓肩，轻薄红绡覆白莲"，恋人对他不仅没有回避，而且还"眼波向我无端艳"，而韩偓也因此"心火因君特地然"，并且"此夜分明来入梦，当时惆怅不成眠"，还得意地自语道，"莫道人生难际会，秦楼鸾凤有神仙"，说要像萧史、弄玉一样，和她结为夫妻。又在《复偶见三绝》中，说"别易会难长自叹，转身应把泪珠弹"，"密迹未成当面笑，几回抬眼又低头"，"此意别人应未觉，不胜情绪两风流"。上述几次的"偶见"，应当发生在他们俩的热恋尚未受阻时，而《荐福寺讲筵偶见又别》的"偶见"，应当是热恋受阻之时，诗中说"两情含眷恋，一饷致辛酸。夜静长廊下，难寻屐齿看"，此时的韩偓，除了偶见，已经很难再看到这位恋人。

韩偓与这位"金闺绣户"少女的热恋虽然困难重重，但他们在尚未受阻的热恋期，总有幽会之时。其《已凉》诗写道："碧阑干外绣帘垂，猩血屏风画折枝。八尺龙须方锦褥，已凉天气未寒时。"此诗前三句所描写的，应当是这位少女的闺房；"已凉天气未寒时"，应当是韩偓在此闺房内初次"偷桃"的时间，即韩偓在《五更》诗中所写：

> 往年曾约郁金床，半夜潜身入洞房。怀里不知金钿落，暗中唯觉绣衣香。此时欲别魂俱断，自后相逢眼更狂。光景旋消惆怅在，一生赢得是凄凉。

这是韩偓于恋情被阻隔、拆开后所写回忆初次"偷桃"的诗，诗写得相当直白："五更""郁金床""半夜""潜身""洞房""怀里""暗中""绣衣香""魂俱断""眼更狂"。从诗中可以推知，韩偓必定是李氏园亭的常客，必定在李氏园亭内居住过一段时间或几天，可能与李氏园亭的主人有特殊关系，如亲戚关系，要不他怎么可能"半夜潜身入洞房"？而且他与这位少女这种"半夜潜身入洞房"的幽会还不止一次，而是三次。他在恋情受阻后所写的《自负》一诗说道：

> 人许风流自负才，偷桃三度到瑶台。至今衣领胭脂在，曾被谪仙痛咬来。

这首诗写得依然很直白：曾经三次幽会，三次来到仙境瑶台，三次偷桃。当初"偷桃"时，被这位美如"谪仙"的初恋情人所"痛咬"，而留在"衣领"上的"胭脂"，到他写此诗时还保留着。而且直到晚年，他还在《〈香奁集〉自序》中写道，"咀五色之灵芝，香生九窍；咽三危之瑞露，春动七情"，这两句并非泛泛的描写，而是确有所指。韩偓当然知道自己心中的"密意"及"三度"之事"非士大夫所为"，但自己"不能忘情，天所赋也"，故而对于这类诗作也就"不忍弃捐，随即编录"。他希望后人"若有责其不经，亦望以功掩过"，希望能以自己对唐王朝的赤胆忠诚来遮掩年轻时的"风流"过失。

韩偓与这位"金闺绣户"少女的三度瑶台幽会绝非轻狂之举，他在《青春》中写道，"眼意心期卒未休，暗中终拟约秦楼"，他再次暗下决心，要与她结为百年夫妻，可是"光阴负我难相遇，情绪牵人不自由"，因而不管是"樱桃花谢"还是"梨花发"，他与恋人多是"肠断青春两处愁"，且最终被阻绝、拆开。

第二，上述约40首恋情之作，更多的是韩偓在恋情被阻绝、拆开后对那一段往事的痛苦回忆。如他的《寒食日重游李氏园亭有怀》云：

> 往年同在鸾桥上，见倚朱阑咏柳绵。今日独来香径里，更无人迹有苔钱。伤心阔别三千里，屈指思量四五年。料得他乡遇佳节，亦应怀抱暗凄然。

诗题说"重游"，说明他不止一次来过此"李氏园亭"。诗说在这座对于二人有着特别意义的李氏园亭内，韩偓见到了他的初恋情人，她是一位"咏柳绵"的才女；可是今天他再次来到这里，她已经不在这里，而在三千里之外，他们俩被阻绝已经四五年，这几年，韩偓不断思念着她，而她，"亦应怀抱暗凄然"。这位"金闺绣户"少女是谁？有的学者说此少女可能是李商隐的女儿，即韩偓的表妹。韩偓从小就认识此表妹，也许有"青梅竹马"的关系。李商隐的妻子先于李商隐去世，李商隐去世时，此女13岁，其弟11岁，后姐弟俩寄养于其母之舅舅李执方家，即李氏园亭内；李执方也是韩偓母亲的舅舅，故而韩偓年轻时有可能经常去李执方家，并与其表妹产生恋情。如果事情确实如此，那么李执方为何要阻绝韩偓与其表妹的恋情，这有点不合情理；再者，此少女如果是韩偓的表妹，为何在韩偓诗中无丝毫透露？而且，在她为亡父李商隐守丧期间，她有可能与韩偓热恋吗？又，李商隐一生仕途艰难，始终没能入朝廷官员之籍，直到47岁去世，一再奔走于各节度使的幕府之间，故其尚未及笄或刚刚及笄的女儿是不大可能被韩偓称为"金闺绣户"少女，也不大可能以"酥凝背胛玉搓肩，轻薄红绡覆白莲"的着装出现于公共场所。故笔者以为，韩偓所热恋的"金闺绣户"少女，也许是李执方的孙女，或者是其他居住于此处的某千金小姐，后因某长者的阻绝而不得不中断相恋。

在韩偓与"金闺绣户"少女热恋史中，"李氏园亭"是一个颇为重要的地点，二人的热恋始于此，二人的三度幽会也发生于此。在他们的热恋被阻绝后，韩偓曾于寒食日重游此李氏园亭，后来他又来过一次，并作《旧馆》一诗："前欢往恨分明在，酒兴诗情大半亡。还似墙西紫荆树，残花摘索映高塘。"来到这里，过去的热恋之乐以及恋情被阻绝的遗恨不禁又涌上心头，曾经的热恋之花如今已残破凋零。

韩偓的此类诗中还多次提到"寒食""秋千"，如"正是落花寒食夜"（《寒食夜》）、"云薄月昏寒食夜"（《寒食夜有寄》）、"寒食花枝月午天""娇羞不肯上秋千"（《想得》）、"初圻秋千人寂寞"（《闺怨》）、"夜深斜搭秋千索"（《闺怨》）、"秋千打困解罗裙"（《偶见》）。其所以如此，笔者以为，某年清明寒食踏青，是他们二人初次于户外偶遇之时，特别令他们二人兴奋激动，故而屡屡回忆起寒食。秋千之地，是他们二人可以公开相会之处，所以他们二人恋情被长辈阻隔后，秋千也被拆掉，正因为此，韩偓特地在《闺怨》中从恋人的角度写道："时光潜去暗凄凉，懒对菱花晕晓妆。初圻秋千人寂寞，后园青草任他长。"想象他的恋人必定因恋情被阻绝、秋千被圻而"暗凄凉"。

韩偓的恋情被阻绝后，他对那位"金闺绣户"少女的思念自然会更强烈，也更痛苦。他在《思录旧诗于卷上，凄然有感，因成一章》中写道："缉缀小诗钞卷里，寻思闲事到心头。自吟自泣无人会，肠断蓬山第一流。"这是他"缉缀"平时所写的香奁体诗作时，"凄然有感"而写的一首令他"肠断"的诗。他又在《玉合》中，说此初恋情人曾送给他一个"罗囊绣两凤皇，玉合雕双鹨鹕"的玉盒子，此盒"中有兰膏渍红豆"，显然，盒中红豆是"金闺绣户"少女送给韩偓的定情之物，韩偓"每回拈着长相忆，长相忆，经几春？人怅望，香氤氲。开缄不见新书迹，带粉犹残旧泪痕"，虽然每次打开总会"长相忆""人怅望"，但他却常常情不自禁打开此盒。他又在《有忆》中写道："昼漏迢迢夜漏迟，倾城消息杳无期。愁肠泥酒人千里，泪眼倚楼天四垂。自笑计狂多独语，谁怜梦好转相思。何时斗帐浓香里，分付东风与玉儿。"他说自己不论是白天还是黑夜，都在寻找"倾城消息"，可是她已在千里之外，与"酒""泪"相伴的他，希望再次"半夜潜身入洞房"，在"斗帐"内，与"玉儿"乐度东风。"肠断""泥酒""泪眼"的他，还在《别绪》中，说自己虽然"此生终独宿"，但"到死誓相寻"，要到千里之外去寻找那位恋人。韩偓年轻时曾有过江南漫游，不知与这"到死誓相寻"有否关系，但韩偓终其一生，都在精神上、诗作中寻找。公元907年，韩偓66岁，在他入闽后寓居福州时所写的《裊娜》（韩偓自注：丁卯年作）一诗中，又想起"裊娜腰肢淡薄妆"的初恋情人，想起她说话时"著词暂见樱桃破"的模样，想起她恋情受阻时的"春恼情怀身觉瘦"，最后说自己"此时不敢分明道，风月应知暗断肠"。三年后，韩偓69岁，又写了一首《多情》（韩偓自注：庚午年在桃林场作），其诗云：

> 天遣多情不自持，多情兼与病相宜。蜂偷野蜜初尝处，莺啄含桃欲咽时。酒荡襟怀微骏騀，春牵情绪更融怡。水香剩置金盆里，琼树长须浸一枝。

韩偓在此诗中说"多情兼与病相宜"的自己再次想起五十多年前"半夜潜身入洞房"的情景："蜂偷野蜜""莺啄含桃"，回忆热恋时的"酒荡襟怀""春情融怡"，并将这"金闺绣户"的恋人，比作"金盆"中的兰花（水香即泽兰）。韩偓真是一个罕见的情种，也许确实如他在《自序》中所说的，"不能忘情，天所赋也"。

韩偓《香奁集》，除了上述约40首自叙其年轻时的恋情之外，还有其他一些内容。

其一，泛写怀春女子、思妇及歌妓的各种情感、心理。

如韩偓在《懒起》中写道，"百舌恼朝眠，春心动几般"，写一位怀春女子，清晨半睡未醒地躺在床上，不免再次动起"春心"，可是一大群"百舌"之鸟叽叽喳喳，吵得她很是心烦，不禁"泪粉玉阑干"。其《新上头》写一位怀春少女，得知"消息佳期在此春"，今春就要出嫁，便借"学梳松鬓试新裙"的机会，"遍将宜称问傍人"，悄悄向旁人询问如何称呼婆家的人，写出即将出嫁之少女的细腻心理。韩偓的这类诗，写思妇的比较多，如《半睡》说"宵分未归帐，半睡待郎看"，思妇直到夜半还没入睡，正在等待夫君回来；《春闺》说"氤氲帐里香，薄薄睡时妆。长吁解罗带，怯见上空床"，写夫君未归，思妇的可怜与无奈；其《联缀体》云"院宇秋明日日长，社前一雁到辽阳。陇头针线年年事，不喜寒砧捣断肠"，写思妇希望不论是西北的陇头还是东北的辽阳，都平安无事，没有战事，这样丈夫就可以回家，思妇也就不会听到年年"寒砧捣断肠"的声音。韩偓还有诗写失宠妃子，《新秋》云："一夜清风动扇愁，背时容色入新秋。桃花脸里汪汪泪，忍到更深枕上流。"诗中的"扇愁"用了汉成帝妃子班婕妤《怨歌行》之典，该诗以扇子在夏天时"出入君怀袖"，到秋天便"弃捐箧笥中"，比喻妃子一旦姿色衰减就将失宠；韩偓此诗，对因

"背时容色"而失宠妃子的"汪汪泪""枕上流"表示深深的同情。

韩偓的香奁体诗，还有狎妓诗，其《席上有赠》云："矜严标格绝嫌猜，嗔怒虽逢笑靥开。小雁斜侵眉柳去，媚霞横接眼波来。鬟垂香颈云遮藕，粉着兰胸雪压梅。莫道风流无宋玉，好将心力事妆台。"韩偓说，在这个歌妓献艺的酒宴上，我仪态矜持庄重甚至面带嗔怒地坐着，面对歌妓的柳眉、眼波、香颈、兰胸，我也不为所动，劝歌妓，只要你们"好将心力事妆台"，自有"风流宋玉"看上你们。这里的"宋玉"，当然不是自指，而是指某一风流之人，如果自指，便与"矜严标格绝嫌猜"及"嗔怒"之态度相矛盾。韩偓之所以这样写，自然是向时人及后人表明，自己心中只有那个"金闺绣户"初恋情人，绝无他恋。《全唐诗》于《香奁集》之外，还收有韩偓的词作《浣溪沙》二首，其一写怀春女子春夜的寂寞无聊；其二写闺中女子对自己"雪肌""骨香""腰细"的陶醉："雪肌仍是玉琅玕，骨香腰细更沉檀。"

其二，《香奁集》中还有一些既不写怀春少女思妇，也不涉及韩偓自己恋情的诗作，这些诗虽编入《香奁集》，但不属于香奁体。

如《夏日》云："庭树新阴叶未成，玉阶人静一蝉声。相风不动乌龙睡，时有娇莺自唤名。"诗写的是夏日幽美、恬静无风的风光，偶尔一两声的蝉鸣、莺啼，更衬托四周的寂静。又如《金陵》，属怀古诗，韩偓感叹金陵"自古风流皆暗销，才魂妖魂谁与招？彩笺丽句今已矣，罗袜金莲何寂寥"。其《后魏时相州人作〈李波小妹歌〉，疑其未备，因补之》，则是一篇补续《李波小妹歌》的诗，韩偓写出李波小妹作为红妆女子的另一面，"未解有情梦梁苑，何曾自媚妒吴宫"，说她"海棠花下秋千畔，背人撩鬓道匆匆"。此外其《咏柳》《荷花》均为咏物诗，说柳条"袅雨拖风不自持，全身无力向人垂"，可是"玉纤折得遥相赠"，"便似观音手里时"，便有了质的升华；又感叹荷花"逸调无人唱，秋塘每夜空"，希望"何繇见周昉，移入画屏中"。

## 第五节　韩偓诗作的艺术性

第一，善于使用比喻象征的艺术手法。

比喻象征，即以甲比喻象征乙，乙或显现，或省略，靠读者去思考、判断。作为晚唐著名诗人的韩偓，在他的诗作中，就经常有比喻象征手法的灵活运用，且其喻义多数被省略。如以"却忧蚊响又成雷"（《冬至夜作》），象征自己担忧今日不过如"蚊响"一样的朱全忠，他日势力膨胀而"成雷"，将对朝廷构成巨大威胁。韩偓的担忧果然变成事实，五年后，朱全忠凭借其军权，弑杀唐昭宗，并篡夺了唐朝的帝祚。又如在《奉和峡州孙舍人肇荆南重围中……》一诗中，将自己对唐王朝的赤胆忠诚比作"炽炭一炉"。

韩偓在被贬南下、途经湖南途中，写有两首梅花的诗，其一为《湖南梅花一冬再发，偶题于花援》：

> 湘浦梅花两度开，直应天意别栽培。玉为通体依稀见，香号返魂容易回。寒气与君霜里退，阳和为尔腊前来。夭桃莫倚东风势，调鼎何曾用不材。

诗题中的"花援"即花楥，护花的篱笆。韩偓认为，湘江畔的梅花之所以两度再开，是因为天意的特别栽培："玉为通体"，即上天再次赋予梅花以玉的品德。《礼记·聘义》记有孔子对玉的评价，其中有玉的"廉而不刿，义也"，"瑕不掩瑜，瑜不掩瑕，忠也"语。韩偓借梅花"玉为通体"的这两个比喻，表露自己对唐王朝的"忠义"。韩偓又说自己有像梅花一样的"返魂之香"，即不死之香、不朽之香，有像梅花一样不惧环境险恶、不惧朝中邪恶势力的凛然正气，还有召唤阳和之春的浩然胸怀。与梅花相比倚靠东风的"夭桃"，自然就是韩偓所斥责的某些依附朱全忠的朝臣，如柳璨、李振等奸佞。

韩偓同时期所写的另一首《梅花》诗，也表达了上述意思。在这首诗中，韩偓再次把自己比作不肯屈服于险恶环境的梅花，说"梅花不肯傍春光，自向深冬着艳阳"，歌颂梅花虽然开于"深冬"，却怀抱着"艳阳"；又说梅花"风虽强暴翻添思，雪欲侵凌更助香"，比喻虽然环境"强暴"，但我却更增添了不屈的意志；虽然雨雪"侵凌"，但却更能展示我的幽远之香。诗中的深冬、风雨、雨雪，自然是用以象征韩偓在朝任职时宦官的猖狂放肆、藩镇的专横跋扈；而"傍春光""盗天和气作年芳"的"暂时桃李树"，自然比喻的是依附宦官、藩镇的某些朝臣；不仅如此，韩偓还借助"燕钗初试汉宫妆"，再次诉说对长安帝宫的怀念。

韩偓在入闽后的诗作中，依然延续善用比喻象征的手法。《有瞩》一诗，以"风转滞帆狂得势"，比喻当时唐朝廷被大军阀朱全忠控制的严峻形势；以"潮来诸水寂无声"，象征朝廷形势严峻之时，闽地的大小官员却"寂无声"，听不到关心唐朝廷的话语。

韩偓在入闽后所作的《味道》诗中，把自己比喻为"瓦砾"，说自己不过是"如含瓦砾竟何功"，没有任何用处，其言外之意是希望那些闲言碎语者不要对他随意猜测。在《失鹤》一诗中，他更以"鹤"自比，将闲言碎语者比作"鸡"，说这只鹤虽然"故巢因雨却闻腥"，即因为朱全忠的篡唐而遭遇血腥之灾，但终在等待"几时翔集来华表"，即始终在等待唐朝恢复、重新回到帝都长安的那一天。

韩偓在定居南安期间，曾作回忆往昔的《鹊》诗，诗中韩偓自比为"鹊"，以这只鹊曾经"高处营巢亲凤阙，静时闲语上龙墀"，象征当年昭宗皇帝对他的器重，以鹊的"托身须是万年枝""偏承雨露湿毛衣"，象征韩偓当年心情之得意以及对昭宗皇帝的感激。

《春尽》是韩偓定居南安后所写的思念故乡的诗：

> 惜春连日醉昏昏，醒后衣裳见酒痕。细水浮花归别涧，断云含雨入孤村。人间易有芳时恨，地胜难招自古魂。惭愧流莺相厚意，清晨犹为到西园。

通读全诗可知，诗的首联说连日来自己因思乡而"醉昏昏"，而"衣裳见酒痕"；次联运用比喻象征，说自己远离北方故乡，就像"浮花"流到"别涧"，就像"断云"飘到"孤村"；三联说我的魂在北方故乡，很难招到；末联以"流莺"比喻偶尔经过这里的旧友，难得他们来到西园与我叙叙旧。

韩偓另有一首咏书法的五律《草书屏风》：

何处一屏风，分明怀素踪。虽多尘色染，犹见墨痕浓。怪石奔秋涧，寒藤挂古松。若教临水畔，字字恐成龙。

怀素（725—785）是中唐时期著名的狂草书法家，韩偓此诗是就当时所见到的一幅怀素草书屏风而题。诗的后半首，连用三个比喻，描写怀素的草书：比喻一，其字形如"怪石"，但不是静态不动的怪石，而是处于动态的"奔秋涧"的怪石；比喻二，其字形如古松上的寒藤，既苍老又遒劲有力；比喻三，每个字都像一条龙，如果将此草书屏风摆放在水边，恐怕屏风上的每一个字都会变成龙，跃入水中。韩偓此诗，堪称咏草书的杰作。

第二，形象而典型的描述。

"形象"为文学作品的重要特征，即有声有色、具体可感；所谓"形象而典型的描述"，说的是对某一事或某一物或某一人的描述，不仅是形象的，而且能突出该事或该物或该人的重要特征，即具有典型性。韩偓诗作中的描述，有不少就属于此类。如《雨后月中玉堂闲坐》，写作者在"银台直北金銮外，暑雨初晴皓月中"的夜晚寓直时的"闲坐"：因为无事闲坐，所以"唯对松篁听刻漏"，才会去注意并听到从松竹林那边传来的细细"嘀嗒"刻漏声，才会注意并意识到今晚是一个"更无尘土翳虚空"的清新纯净的夜晚，才会感觉到"清冷侵肌"的"水殿风"，才会有心情品尝"绿香熨齿"的"冰盘果"。我们不妨做个假设：如果这个夜晚是公事极多的忙碌夜晚，那么有人会去注意细细的"嘀嗒"刻漏声吗？有人会感觉到空气的清新纯净吗？会感觉到"清冷侵肌"的"水殿风"吗？会有时间、有心情去品尝"绿香煠齿"的"冰盘果"吗？不可能。直到"夜久忽闻铃索动，玉堂西畔响丁东"，韩偓才从刻漏声、水殿风中缓过神来。显然，韩偓对"雨后月中玉堂闲坐"的"闲坐"的描述，是形象而典型的。

韩偓及第后，即入河中节度使王重盈幕府任掌书记，其间曾随同王重盈外出打猎，作《边上看猎赠元戎》。此诗全方位描写当时藩镇节度使狩猎时的宏大气派："便遣移厨较猎场"，出猎时连厨师也要跟随；"燕卒铁衣围汉相，鲁儒戎服从梁王"，出猎队伍浩浩荡荡，宰相王重盈（"汉相""梁王"，均借指王重盈；汉代梁孝王手下多门客）在"燕卒铁衣""鲁儒戎服"的前呼后拥中来到猎场；"搜山闪闪旗头远，出树斑斑豹尾长"，围猎的兵卒漫山遍野，看到一只豹子拖着长长的尾巴企图爬上树；"赞获一声连朔漠，贺杯环骑舞优倡"，一旦王重盈猎获一兽物，雷鸣般的欢呼声便会一直传到北方"朔漠"，这时手下的文武人员立即举杯庆贺，男女倡优也立即歌舞献艺；"军回野静秋天白，角怨城遥晚照黄"，出猎结束，大队人马撤离原野，远处城楼吹起号角声；"红袖拥门持烛炬，解劳今夜宴华堂"，回到幕府时，立即有美女持烛迎接，接着又是盛大的"解劳"酒宴。韩偓的这首诗，借助形象的描述，为后人留下一幅唐代节度使出猎的写实图画。

唐昭宗乾宁二年（895），陇右节度使李茂贞的养子李继鹏欲劫持唐昭宗往凤翔，同州节度使王行实欲劫持唐昭宗往邠州，唐昭宗仓皇出奔，韩偓也随同出奔。韩偓有《乱后却至近甸有感》叙其事，"狂童容易犯金门，比屋齐人作旅魂"，史载李继鹏（狂童）率兵攻进皇宫，箭矢都射到皇帝宫殿的大门。《旧唐书》卷 20"昭宗纪"载：唐昭宗出奔后，"京师士庶从幸者数十万，比至南山谷口，喝（受热中暑）死者三之一。至暮，为盗寇掠，恸哭之声，殷动山谷"。当时几十万"比屋齐人"随同唐昭宗出奔，许多人成了死在路上的鬼魂。"夜户不扃生茂草，春渠自溢浸荒园"，村民逃难时来不及关屋门，屋中长满乱草，灌田的渠水随意漫出，溢浸荒芜的田园。"关中却见屯边卒，塞外翻闻有汉村"，前来救驾的河东节度使李克用的"屯边卒"原先驻扎在边塞,如今为了救驾而出现在"关中",而难民却逃到"塞外",塞外也有了"汉村"。"堪恨无情清渭水,渺茫依旧绕秦原",可恨那无情的清澈渭水,依旧绕过秦原,向渺茫的远处流去。人们读完这首诗,眼前不禁浮现出一幅动乱、逃难、死亡、混乱不堪的场面,这就是形象而典型的描述所产生的艺术效果。

韩偓定居南安期间所写的《睡起》一诗,形象而典型地描述了自己的隐士生活、隐士情怀。"睡起墙阴下药阑,瓦松花白闭柴关",我每天早上醒过来第一件事,就是看看阑干内的草药;我的柴屋在"瓦松花白"丛中,但平时多"闭柴关"。"断年不出僧嫌僻,逐日无机鹤伴闲",我长年不出门,就连僧人都嫌我太孤僻;我心无机巧,每天与鹤相伴,过着悠闲的生活。"尘土莫寻行止处,烟波长在梦魂间",尘世之人无法找到我的行止处,淡雅的"烟波"常在我的梦魂中出现。"终撑舴艋称渔叟,赊买湖心一崦山",我人生的最后日子,就是赊账买下"湖心一崦山",每天撑着小船,自称渔父,出没于神秘的世外(崦嵫山为神话中的日落之处)。

其他如《汉江行次》一诗,对汉江两岸人家和平安乐生活的描述,《惜花》一诗,借惜花对自己无限幽恨心情的描述,《荔枝三首》,对荔枝外表内里的描述,《喜凉》一诗,对闽南酷热天气的描述,等等,均为形象且典型之描述的例子。

第三,善于描写心理。

我国古代诗人的诗作,绝大多数是抒情诗,或抒发情感,或描述心理。作为晚唐著名诗人的韩偓,在心理描述方面,也有其可圈可点之处,如七绝《初赴期集》。期集是新进士的欢会,地点在长安的期集院,在及第后一个月,几乎天天都有,这是韩偓参加期集的初次聚会,故称"初赴"。韩偓所写的另三首及第诗作《及第过堂日作》《余作探使,以缭绫手帛子寄贺,因而有诗》《别锦儿》,其内容或写拜见宰相时的兴奋激动,或写探花宴上狎妓的欢乐,或写与歌妓锦儿离别赴任时的依依不舍,而这首《初赴期集》的情感却与其他三首迥然不同。"轻寒着背雨凄凄,九陌无尘未有泥",尽管路上"无尘未有泥",但韩偓却写以"雨凄凄",后又接以

"还是平时旧滋味",仍然是此前二十四年落榜时的"旧滋味",又说"慢垂鞭袖过街西"。"雨凄凄""旧滋味""慢垂鞭袖",在他的心中,丝毫没有另外三首的兴奋激动,似乎还有点高兴不起来。这也难怪,韩偓从24岁考到48岁方才及第,其间的悲凉难以言表;再者,韩偓是一个时刻心系朝廷的文人,唐王朝的衰败自然看得很清楚,此时此地,他只能"慢垂鞭袖过街西",而不可能"春风得意马蹄疾"。

唐昭宗天复元年(901),韩偓60岁时,被擢升为翰林学士,不久即蒙昭宗召对。《六月十七日召对自辰及申方归本院》,写出韩偓当时"甚感满足得意"的心理。"清暑帘开散异香","花应洞里寻常发,日向壶中特地长。坐久忽疑槎犯斗",韩偓说,走进皇宫,好像走进神仙的洞天福地、壶中世界,这里散发着"异香",坐在这里,好像坐上神话中的木槎漂到了天宫,虽是六月暑天,却有清爽的凉意。"恩深咫尺对龙章","如今冷笑东方朔,唯用诙谐侍汉皇",韩偓又说与皇上近在咫尺,且"召对"时间"特地长",并嘲笑东方朔只能用诙谐侍奉汉武帝,言外之意是自己与皇上交谈的均为关系军国的大事,故而从早晨谈到傍晚。韩偓的得意心理溢于言表。

再如《朝退书怀》,诗的前三联写道,"鹤帔星冠羽客装,寝楼西畔坐书堂。山禽养久知人唤,窗竹芟多漏月光。粉壁不题新拙恶,小屏唯录古篇章",写他任翰林学士退朝后的悠闲生活:换上道士神仙的衣服,坐在书房里,或读书,或与养的山禽嬉戏、说话、相呼唤,夜晚欣赏从竹叶间隙漏下的月光;平时也不常写诗,屏风上只录下一些古篇章。这是以描写的手法正面表现韩偓悠闲的心理。

韩偓的《建溪滩波心目惊眩,余平生溺奇境,今则畏怯不暇,因书二十八字》,则写出韩偓"心目惊眩""畏怯不暇"的惊恐心理。

## 第六节 韩偓的赋文

韩偓的赋现存两篇:《红芭蕉赋》《黄蜀葵赋》。

《红芭蕉赋》是一篇咏物兼具隐约联想的赋。红芭蕉，又称红蕉，芭蕉果呈淡红色，叶片为汤匙状，呈淡绿色，花为粉红色。关于红芭蕉的"红"，赋中言"阴火与朱华共映，神霞将日脚相烧"，"鹤顶尽侔，鸡冠讵拟"，"枫经霜而莫比"，"蒨玉之瑳来若指，彤云之剪出如屏"，在运用"阴火""神霞""鹤顶""鸡冠""枫""蒨玉"等这些自然物的比拟之后，韩偓转入关于人的联想，"横波映红脸之艳，含贝发朱唇之色"，让人联想到女子的"红脸""朱唇"。联系韩偓其他诗中对"金闺绣户"少女的描述，如"凝酥光透猩猩血"，"眼波向我无端艳"，"至今衣领胭脂在，曾被谪仙痛咬来"，"中有兰膏渍红豆"，笔者以为，赋中的"红脸""朱唇"隐隐约约有韩偓初恋情人的影子。正因为这，韩偓才在赋中又说"在物无双，于情可溺"，"万古千秋，唯我眷红英不尽"，所谓"于情可溺""万古千秋"，只有对恋人而言，才合乎情理。

　　《黄蜀葵赋》也是一篇咏物兼具隐约联想的赋。蜀葵，植物名，叶呈尖狭，多刻缺状，因花多为浅黄色，故又称"黄蜀葵"。韩偓在这篇赋中，多以黄蜀葵比拟女子。如说黄蜀葵的花，就像仙女萼绿华头上戴的高大的冠簪；黄蜀葵的叶子，犹如仙女杜兰香披在身上飘动的披肩；说黄蜀葵"动人妖艳，馥鼻生香"，将黄蜀葵比作妖艳的女子，浑身散发出香味；又说"何须逼视，汉夫人之鸳寝多羞"，这是进一步将黄蜀葵比作汉武帝的李夫人，说李夫人正和她的情侣"鸳寝"，故"多羞"，故他人不可靠近"逼视"。这种描写，与韩偓的"半夜潜身入洞房"，"偷桃三度"的描述，自有其隐约的相似。接着，韩偓又写道，"骚人易老，绝色多愁。曷忍在绮窗侧畔，唯当居绣户前头"，"映叶而似擎歌扇，傀栏而若堕妆楼"，这些描写，与韩偓和他的"金闺绣户"少女相恋相比，与韩偓只能"夜深斜搭秋千索"凝视"朦胧烟雨中"的楼阁相比，与"浓烟隔帘香漏泄，斜灯映竹光参差"的李氏园亭内韩偓只能"绕廊倚柱"而望着"隔帘"之内的伊人等情景相比，二者的隐约相似是可以肯定的。

　　韩偓流传下来的散文不多，且多为奏议节选与日常生活手简。下文仅就《全唐文》所载的散文略作分析。

《谏夺制还位疏》。宰相韦贻范以贿赂手段当上宰相，后因母亲去世而去职回家守丧，可是三年守丧期未满就想恢复官职，并借助藩镇的势力，派人向唐昭宗进言表达此意。昭宗没法，只能叫韩偓起草恢复韦贻范原职的诏书，但韩偓坚决不草诏书，并对威胁他的人说"吾腕可断，此制不可草"，并向昭宗皇帝上奏此疏，说"贻范处丧未数月，遽使视事，伤孝子心"，说"此非人情可处也"。

《御试缴状》。唐昭宗光化三年（900）六月，昭宗召韩偓入翰林院，试诗文五篇：《万邦咸宁赋》《禹拜昌言诗》《武臣授东川节度制》《答佛誓国王进贡书》《批三功臣让图形表》。试毕，上此奏文。韩偓在奏文中说，"臣才不迈群，器非拔俗，待价既殊于楉玉，穷经有愧于籝金"，这是对皇上的谦虚自白。不过遗憾的是，韩偓的五篇试诗文均已失传。

《论宦官不必尽诛》。唐昭宗光化三年（900）十一月，宦官刘季述、王仲先等人幽禁唐昭宗，迎皇太子监国，后盐州都将孙德昭等人率兵护驾，攻刘季述、王仲先，杀王仲先，昭宗返正复位，刘季述被擒后，被诸大臣乱棒击死。于是昭宗想尽诛宦官，韩偓上奏此文。韩偓认为，"陛下不若择其尤无良者数人，明示其罪，置之于法。然后抚论其余……乃择其忠厚者，使为之长。其徒有善则奖之，有罪则惩之，咸自安矣"。后昭宗采纳了韩偓的奏议。

《〈香奁集〉自序》，已见前第四节关于《香奁集》及词。

《手简十一帖》。手简即简短的信件。十一帖手简，均为入闽后的简短书信。其内容有：

说病体、药物。如说"偓以风毒，脚气发动"，"彼此抱病"（第一帖）；"特惠粉药，无非济安，不任佩荷之至"，"本欲来拜谒，见取药方"（第三帖）；"蛇药神效已显验"，"盖名方神药，自古皆禁妄传"（第四帖）。以上文字说明晚年的韩偓确实身体欠佳。

说借物。如说"闷甚，欲略出。人马若闲，伏愿一借"（第五帖）；"今日若不他出，可以略借人马否"（第八帖）；"眷私借及女使衣服，不任悚荷"（第十帖）；"忧眷借及米贰硕，不任济荷"（第十一帖）。韩偓不仅向他人借物，而且还向他人索物，他在第二帖中说："辅家笔可以赐及十数管否？"韩偓向他人借马、借衣、借米，还索要毛笔，可见其日常生活之窘迫。

述说酷热难当。如说"偓热躁甚，曲不成字"，"眷忆诸郎君，言极热"，"闷甚欲略出，人马若闲，伏愿一借，若可允，遂稍早令来，免冲甚热"。（分别见《手简》第三、四、五帖）

表现重情。韩偓在第二帖中，说自己心中挂念四处分散的"孤侄"与"小男"，并因此而"中夜往往惊叫，便达晓号咽，衰迈之年，不自堪忍"，这是重亲属之情；在第六帖中，求在王审知手下任职的王舍人王涤写一封信给王审知，"为右司李郎中经过，希稍延接"，即接待一下经过福州的李郎中李冉，这是重朋友之情；等等。

《金銮密记》，为韩偓晚年任翰林学士时所记，始于随昭宗西幸、被围凤翔，止于返回京师、被贬出京。原书已佚，后人辑有十余则，有些内容较有史料价值。如，宋代曾慥《类说》卷七《茂贞无礼》引《金銮密记》云："（茂贞）又以巨杯劝帝酒，帝不欲饮，茂贞举杯扣帝颐颔，坐上皆愤其无礼。"又，同上书卷七《速与梁和》引《金銮密记》云："汴人列十余栅，围岐城，掘蚰蜒壕攻城。城中大窘，烧人粪，煮人肉而食。"又如《资治通鉴》卷263天复三年（903）正月己酉《考异》引《金銮密记》云："是夜处置内官一十九人。"又同上书天复三年正月《考异》引《金銮密记》云："二十八日，处置（宦官）第五可范已下四百五十人。"等等。

《裴郡君祭文》。这是韩偓为悼念去世的妻子裴氏夫人而写的悼文。郡君，唐代四品官员的母亲、妻子之称，韩偓曾任兵部侍郎、翰林学士，其官阶是四品或四品以上。南宋刘克庄《跋韩致光帖》云："致光自癸亥去国，至甲戌悼亡，十有二年。"据此可知，韩偓裴氏夫人于甲戌年（914）去世，祭文应作于此年。可惜原文已佚，其内容已不得而知。

# 第二章　善于描述人之心理情感的崔道融

关于崔道融生平，元代辛文房《唐才子传》卷九"崔道融"说崔道融"自号东瓯散人，与司空图为诗友"。"有《东浮集》十卷，自序云：'乾宁乙卯夏，寓永嘉山斋，收拾草稿，得五百余篇。'"清代吴任臣《十国春秋·闽·崔道融传》云："崔道融，荆州人，以征辟为永嘉令，累官右补阙。避地来闽依太祖，未几，病卒。"其挚友黄滔《祭崔补阙》云："矧其岳岳之曰男子，锵锵之号鲁儒。识通龟策，握耀蛇珠。数百篇有唐之诗，数千字中兴之书。国风骚雅，王佐谋吁。沉光之犹冲斗，垂翼之未抟扶。赍志殁地，其痛何如！云物为之无色，刚忍为之不愉。"徐夤《吊崔补阙》云："近来吾道少，恸哭博陵君。直节岩前竹，孤魂岭上云。缙绅传确论，丞相取遗文。废却中兴策，何由免用军。"《全唐诗》卷714云崔道融有"《申唐诗》三卷，《东浮集》九卷，今编诗一卷"。

关于崔道融入闽时间，《十国春秋·闽·王审邽传》载：王审邽自唐昭宗乾宁元年（894）至唐哀帝天祐元年（904）任泉州刺史，前后共十二年，其间"中原乱，公卿多来依闽，审邽遣子延彬作招贤院礼之，振赋以财"。当时前来依闽的公卿有李洵、韩偓、王涤、右补阙崔道融及王标、夏侯淑等，前后共十多人，故崔道融就是在这一时期入闽的。又，翁承赞公《闽王王审知墓志铭》云：王审知长子王延翰"娶博陵崔氏，封博陵郡夫人"，此"博陵崔氏"，应当即崔道融之女，因黄滔《祭崔补阙（道融）》云"贤王之结嘉姻，时议之期良辅"，贤王王审知与崔道融结为姻亲关系，成了儿女亲家。可见闽王王审知对崔道融的器重。

中编　晚唐五代之流寓闽地作家

现存崔道融文学作品为诗，共79首，其中五律1首，其余均为绝句，见《全唐诗》卷714。

## 第一节　崔道融诗作的内容

第一，入闽之前、之后的自我描述。

崔道融是在王审邦任泉州刺史期间（894—904）入闽的，他之所以入闽，是因为当时北方战乱，而闽地则和平安定；另外，应当也与他当时在北方不如意有关。崔道融来到闽地后，不仅得到闽王王审知的重用，而且还将女儿嫁给王审知长子王延翰，他与王审知还成了儿女亲家。崔道融存留于世的诗作虽然没有明确时间的标示，但从某些诗的内容，可以大致推断出作于入闽之前或之后。

其一，叙写人生艰难、人生曲折，应作于入闽前。

崔道融《江上逢故人》云："故里琴樽侣，相逢近腊梅。江村买一醉，破泪却成咍。"与故乡酒友相逢，原本想买醉破泪为笑，可结果却是"破泪却成咍"，无法消除人生艰难的感叹，故此诗应当作于入闽之前；入闽后的崔道融事事顺风顺水，不可能"破泪却成咍"。其《元日有题》云："十载元正酒，相欢意转深。自量麋鹿分，只合在山林。"崔道融作此诗时，虽因元日而相欢，但很快"意转深"，想自己已经无法在仕途、事业上有所成就，只能"自量麋鹿分，只合在山林"，只能归隐山林；这种感叹，只能发生在入闽前。又《峡路》云："清猿啼不住，白水下来新。八月莫为客，夜长愁杀人。"崔道融认为，八月不要做三峡之路客，因为"清猿啼不住""夜长愁杀人"。凡是写诗的人都知道，经过三峡是否会"愁杀人"，纯粹取决于诗人自己心中是否有愁。李白因加入永王李璘军队而被判流放夜郎，走到白帝城时，突然传来大赦令，原本心有万愤的他，顿时转而为欣喜若狂，他在《早发白帝城》中写道"两岸猿声啼不住，轻舟已过万重山"，"轻舟已过万重山"就是李白当时欣喜心情的象征；故崔道融诗中说"夜长愁杀人"，这个"愁"，是他心中原本就有的，而且这个

"愁"不是一般的愁,而是"愁杀人"的"愁",因而这首诗只能作于入闽前。又《酒醒》云:"酒醒拨剔残灰火,多少凄凉在此中。炉畔自斟还自醉,打窗深夜雪兼风。"在某个"雪兼风"的深夜,"酒醒"之后的崔道融不禁感叹"多少凄凉在此中",这种"多少凄凉"的感叹只能发生在入闽之前。

其二,叙写人生得意、快乐,应作于入闽后。

崔道融《旅行》云:"少壮经勤苦,衰年始浪游。谁怜不龟手,他处却封侯。"《庄子·逍遥游》云:宋人有善于制造不龟手之药者,世世代代用此药涂手,替人漂洗丝絮;客闻之,以百金买得其配方;后吴越冬天水战,吴王命此客为将,此客命士兵双手涂上此药,以便手执兵器更有力,结果大败越军,此客也被封为侯。崔道融用此典故,意为:想不到我这一向被冷落的"不龟手"之药,在"衰年始浪游"之时,却在"他处"得以"封侯"。此"他处"自然指的是"闽地","封侯"指得到闽王王审知的重用。故此诗应作于入闽后。

又《春题二首》之一云:"青春未得意,见花却如仇。路逢白面郎,醉插花满头。"诗的首二句说,年轻时因为"未得意"而"见花却如仇";而今"路逢白面郎",故而"醉插花满头"。"白面郎"是此诗的关键人物,此人是谁?笔者以为此人即闽王王审知;王审知平时骑一匹白马,在兄弟三人王潮、王审邽、王审知中,排行第三,故当时闽人称王审知为"白马三郎","白面郎"应当是崔道融为求隐约而改动的。崔道融入闽后得到王审知的重用,还跟王审知结为儿女亲家,心情舒畅的他,自然会"醉插花满头"。故此诗必定作于入闽后。之二云:"满眼桃李花,愁人如不见。别有惜花人,东风莫吹散。"此首的"愁人",应当是如之一中"见花却如仇"的年轻时不得意的自己;"别有惜花人",应当是之一中"醉插花满头"的得到王审知重用的自己。这两首诗应当是崔道融同时写的,故这首也应当作于入闽后。这两首诗都作于入闽后,都是采用入闽前后对比的艺术手法。

第二,描述作者自我的心理情感。

其一，作者与友人的亲密之情。

《镜湖雪霁贻方干》云："天外晓岚和雪望，月中归棹带冰行。相逢半醉吟诗苦，应抵寒猿枭树声。"辛文房《唐才子传》卷七"方干"载："方干，字雄飞，桐庐人。幼有清才，散拙无营务。大中中，举进士不第，隐居镜湖中，湖北有茅斋，湖西有松岛，每风清月明，携稚子邻叟，轻棹往返。"崔道融曾担任过永嘉令，与方干交往颇密，崔道融这首诗可能是在担任永嘉令时写的。崔道融在诗中，想象诗友方干远望带雪的"晓岚"，夜晚归棹行于带冰的水面；又想象自己遇到"半醉吟诗"的方干，方干的吟诗声抵消了凄切的"寒猿枭树声"。《唐才子传》云方干"貌陋兔缺"，难免有自卑感，这首诗是崔道融对方干亲密友情的体现：相信方干的吟诗之才，"应抵寒猿枭树声"，能消除不第的伤感，忘掉自卑感。

其《对早梅寄友人二首》之一云："忆得前年君寄诗，海边三见早梅词。与君犹是海边客，又见早梅花发时。"崔道融说自己与友人同是"海边客"，"前年君寄诗"，去年再次约定以梅为共同的话题，抒发友情。之二云："忆得去年有遗恨，花前未醉到无花。清芳一夜月通白，先脱寒衣送酒家。"崔道融对友人提起"去年有遗恨"，今年要做一番补偿，再次体验醉酒赏梅的乐趣，为此"先脱寒衣送酒家"，先做好醉酒赏梅的准备。崔道融的两首诗讲述了他与友人前年、去年、今年醉酒赏梅的故事，可见崔道融之重友情。

又《梅》云："溪上寒梅初满枝，夜来霜月透芳菲。清光寂寞思无尽，应待琴尊与解围。"作者对着梅花以及透过梅花的月光，心中却觉得很"寂寞"，并"思无尽"，觉得只有靠"琴尊"才能消除"寂寞"，消除"思无尽"。此"琴尊"，既指古琴酒樽，更指琴友酒友；因为只有与琴友酒友边弹琴边品酒边畅谈，才能消除"寂寞"，消除"思无尽"。南朝宋时盛弘之《荆州记》载：吴国陆凯自江南寄梅花给北方长安范晔，并赠诗曰："折梅逢驿使，寄与陇头人。江南无所有，聊赠一枝春。"作者暗用此典故，表达自己寓居南方闽地时对北方友人的思念。

其他如《寄李左司》云："柏台兰省共清风，鸣玉朝联夜被同。肯信人间有兄弟，一生长在别离中。"作者说与李左司"共清风""夜被同"，这种人间真情有如兄弟，只可惜"一生长在别离中"。崔道融以兄弟情衬托友情，歌颂友情。《谢朱常侍寄贶蜀茶、剡纸二首》之二云："百幅轻明雪未融，薛家凡纸漫深红。不应点染闲言语，留记将军盖世功。"此诗既歌美友情，描绘朱常侍所赠剡纸的珍贵，又结合剡纸歌美友人战功，"留记将军盖世功"，写得既新颖又自然。

其二，作者自我在其他方面的心理情感。

其《山居卧疾，广利大师见访》云："桐谷孙枝已上弦，野人犹卧白云边。九天飞锡应相销，三到行朝二十年。"崔道融借广利大师见访，描写自己藐视功名的心理：二十年间三次经过皇帝临时驻地，却从不去拜见皇帝。作者另有两首写病中的诗，《病起二首》之一云："病起春已晚，曳筇伤绿苔。强攀庭树枝，唤作花未开。"病起后已是晚春，虽已错过花期，却还是强攀树枝，当"花未开"之景来看。之二云："病起绕庭除，春泥粘屐齿。如从万里来，骨肉满面喜。"病起后看到家人，有"如从万里来"、久别重逢的欣喜。以上三首写作者病中的诗，第一首表现作者对帝王的藐视，后两首表现作者久病初起之后的心情。

其《秋夕》云："自怜三十未西游，傍水寻山过却秋。一夜雨声多少事，不思量尽到心头。"作者后悔自己平时只是"傍水寻山过却秋"，今于"秋夕"忽想起"三十未西游"，未曾到西北边塞，未曾感受过边塞的精神，更谈不上从军西北、建功立业，结果后悔之情"尽到心头"。

另《长安春》其一云："长安牡丹开，绣毂辗晴雷。若使花长在，人应看不回。"作者因如今长安牡丹花已不长在而失望，表达作者对往昔长安繁华的怀恋。

又《寓吟集》云："陶集篇篇皆有酒，崔诗句句不无杯。醉来已共身安约，让却诗人作酒魁。"作者借这首诗明白无误地告诉世人："不当诗人，愿作酒魁。"此话虽是戏言，但能看出崔道融的个性：唐朝近三百年，诗人数以百计，而"酒魁"有几人？大诗人李白也只能自称"酒仙"，而我却要当"酒魁"。看来崔道融对酒的嗜好，要大大超过魏晋时代的刘伶。

第三，描述唐代皇帝、妃子的心理情感。

崔道融《汉宫词》云："独诏胡衣出，天花落殿堂。他人不敢妒，垂泪向君王。"崔道融在这首诗中，道出唐朝皇帝既重女色，又重胡姬舞的心理特点。有唐一代，来自西域、中东的胡商、胡姬经常出没于唐朝都城长安，而令人耳目一新的胡姬舞还经常翩翩起舞于皇帝内宫，跳起胡姬舞，仿佛"天花落殿堂"，因而唐朝皇帝很自然会喜爱既漂亮又会胡姬舞的妃子、宫女，而其他妃子、宫女自然"不敢妒"，只能"垂泪向君王"。崔道融的这首"宫词"，写出唐朝皇帝、妃子、宫女带有时代特点的独特心理。

又《班婕妤》："宠极辞同辇，恩深弃后宫。自题秋扇后，不敢怨春风。"此诗是作者代失宠的班婕妤说话：我也曾深受恩宠过，就像团扇在炎夏时节也曾得到主人的喜爱；如今我姿色衰减而被皇帝冷落，就像团扇在炎夏过后"弃捐箧笥中"，属正常现象，我"不敢怨春风"。此诗揭示了失宠妃子哀怨的心理情感。

其《长门怨》云："长门花泣一枝春，争奈君恩别处新。错把黄金买词赋，相如自是薄情人。"司马相如有《长门赋》，据说汉武帝原皇后陈阿娇失宠，被打入长门宫，后阿娇花千金请司马相如写《长门赋》献给汉武帝，希望汉武帝能重新宠幸她，但始终未重新获宠。此诗分析司马相如赋之所以未起作用，是因为司马相如本人就是喜新厌旧的"薄情人"，他无法体会失宠妃子的悲伤心理，阿娇终是所托非人。此诗视角独特，揭示的是又一类失宠妃子的心理。

又另一首《长门怨》云："长门春欲尽，明月照花枝。买得相如赋，君恩不可移。"崔道融在这首诗中指出：君王的心理是另悦新欢，当年陈阿娇即使"买得相如赋"，即使司马相如把赋写得悱恻感人，也无济于事，她依旧被幽于长门宫中，汉武帝依旧沉溺于新欢之美色中。此诗是作者从帝王心理的角度再次揭示陈阿娇的命运。

第四，描述隐士、道士、僧人、故人、思妇的心理情感。

关于隐士，如《钓鱼》云："闲钓江鱼不钓名，瓦瓯斟酒暮山青。醉头倒向芦花里，却笑无端犯客星。"崔道融在诗中说，这位钓鱼者（即隐士）只"钓鱼"，"不钓名"，用"瓦瓯斟酒"，"醉头倒向芦花里"，醒过来后，却笑帝座"无端犯客星"。《后汉书·严光传》载：光武帝与严光"共偃卧，光以足加帝腹上"。次日，太史奏："客星犯帝座甚急。"此反用典故，说乃是帝座"犯客星"，而非"客星犯帝座"，在写出隐士随性放浪的同时，更突出他的高傲情怀。

关于道士，如《天台陈逸人》云："绝粒空山秋复春，欲看沧海化成尘。近抛三井更深去，不怕虎狼唯怕人。"诗中的陈逸人，是一个抛弃人世、远离市井、"绝粒"于空山、"不怕虎狼唯怕人"的道士，而且他还想跨入神仙的行列，也像神仙那样，"欲看沧海化成尘"。显然，这是一位想入非非的虔诚的道教徒。

关于僧人，如《雪窦禅师》云："雪窦峰前一派悬，雪窦五月无炎天。客尘半日洗欲尽，师到白头林下禅。"雪窦山位于浙江宁波奉化溪口镇西北，与山西五台山、浙江普陀山、四川峨眉山、安徽九华山齐名，为中国五大佛教名山之一。诗写在"白头"禅师的引导下，"尘客"到寺才半日，就已经将"尘心"洗尽，这时"白头"禅师正静静在树下坐禅。这首诗揭示的是大德高僧的心理。

关于故人，如《悲李拾遗二首》之一云："故友从来匪石心，谏多难得主恩深。行朝半夜烟尘起，晓殿吁嗟一镜沉。"之二云："天涯时有北来尘，因话它人及故人。也是先皇能罪己，殿前频得触龙鳞。"故友李拾遗谏议多，且坚持己见，"从来匪石心"，就像《诗经·邶风·柏舟》所说的"我心匪石，不可转也"，此心绝不改变，因此而"频得触龙鳞"；"难得主恩深"，幸亏"先皇能罪己"，当听到李拾遗去世消息时，不禁"吁嗟一镜沉"。诗中李拾遗心中，只有"忧国忧民"，为了"国"与"民"，他不顾一切。

又《读杜紫微集》云："紫微才调复知兵，长觉风雷笔下生。还有枉抛心力处，多于五柳赋闲情。"杜紫微即晚唐大诗人杜牧，杜牧有名作

《紫薇花》，故人称"杜紫微"。杜牧与崔道融都是晚唐诗人。此诗极赞杜牧"知兵"，故读其诗，"长觉风雷笔下生"。但杜牧集中颇多赠送给歌妓的"赋闲情"之作，崔道融认为这是"枉抛心力处"。作者认为，杜牧有两颗心：知兵之心、闲情之心。而对于后者，作者似有为杜牧惋惜之意。

关于思妇，如《春闺二首》，之一云："寒食月明雨，落花香满泥。佳人持锦字，无雁寄辽西。"思妇写完给夫君的信后，却无法寄出，读者自能揣摩出此时思妇的心情：焦急，但又无可奈何。之二云："欲剪宜春字，春寒入剪刀。辽阳在何处，莫望寄征袍。"思妇在给夫君做"征袍"的同时，又希望夫君没有盼望着寄征袍。作者非常巧妙地写出思妇的希望：希望早日结束战争，夫君没有挨冷受冻，可以早日回来，若能如此，就无须寄出征袍。

第五，描写农民、渔夫的劳作、生活。

崔道融所接触的人，主要是文人、官员、隐士、道士、僧人等，但他在转徙各地期间，必定会在农村居住，必定会接触到农民、渔夫，因而在他的诗作中也留下一些描写农民、渔夫的诗篇。

如《田上》云："雨足高田白，披蓑半夜耕。人牛力俱尽，东方殊未明。"诗写农夫半夜就起来耕田，耕到"人牛力俱尽"时，天还没亮。诗中所写虽然是一天的事，但可折射出农夫一年的辛苦劳作。

其《溪夜》云："积雪消来溪水宽，满楼明月碎琅玕。渔人抛得钓筒尽，却放轻舟下急滩。"钓筒，一种放置于水中以捕鱼的竹器。崔道融写渔夫捕鱼的过程：先"抛得钓筒尽"，而后到下游干别的事，干完后再去收钓筒。

又如《村墅》云："正月二月村墅闲，余粮未乏人心宽。南邻雨中揭屋笑，酒熟数家来相看。"诗写村民年初农闲时的生活片段：余粮不缺，大家心情舒畅、和睦相处；过年的春酒已经酿熟，各家互相观看、品尝；有的人趁农闲冒雨上屋顶翻修，惹来一片快乐的笑声。

又如《溪居即事》云："篱外谁家不系船，春风吹入钓鱼湾。小童疑是有村客，急向柴门去却关。"诗写农村纯朴的民风：船不系，吹入钓鱼湾；小童疑有客来，"急向柴门去却关"，赶快把原先关着的门打开，准备迎接客人。

第六，咏史诗。

古代诗人大多有咏史之作，或表明自己的历史观点，或借历史讽刺现实，等等。崔道融的咏史诗虽然不多，但有的观点却颇为新颖。

其一，对帝王的评论。

如《西施》云："苎萝山下如花女，占得姑苏台上春。一笑不能忘敌国，五湖何处有功臣？"越王勾践为了灭吴报仇而使用美人计，将西施献给吴王夫差，西施虽然极力用自己美貌笑意打动夫差，但她心中从不曾忘记吴国是敌国，最后夫差因迷恋西施美色、疏于军务，而使吴国为越国所灭。灭吴后西施返回越国，关于西施的最后结局，有一种说法是越王勾践将她沉入湖底，认为留着她后患无穷。其后，范蠡离开越国，文种舍不得走，而在勾践示意后自杀。崔道融在这首诗的末尾说"五湖何处有功臣"，此后，拥有五湖的越国虽然疆域大为扩展，但却再也没有出现过像范蠡、文种那样的功臣、忠臣，进入战国后，越国便为楚国所灭。崔道融在这首诗中，指斥勾践残暴、冷酷，并讽刺他因冷酷、杀戮功臣而导致越国灭亡。对于越王勾践，古代咏史诗多是歌颂他卧薪尝胆以灭吴的精神，而在这首诗中，崔道融却指出勾践因杀戮功臣而使越国再无功臣、最后为楚国所灭的悲剧结果。

又如《楚怀王》云："宫花一朵掌中开，缓急翻为敌国媒。六里江山天下笑，张仪容易去还来。"崔道融讽刺愚蠢的楚怀王因宠幸妃子郑袖，而使得秦国得以利用郑袖对楚怀王的影响控制楚国，秦国使臣张仪先假意以六百里地送给楚国骗过楚怀王，要楚国与齐国断交，等到二国断交后又狡辩说只有六里私人封地给楚国，更使得张仪此后能从容来往于秦楚之间，楚怀王却对他毫无办法。

再如《题〈李将军传〉》云："猿臂将军去似飞，弯弓百步虏无遗。汉文自与封侯得，何必伤嗟不遇时？"据《史记·李将军列传》载汉文帝评李广："惜乎，子不遇时，如令子当高帝时，万户侯岂足道哉！"古代评李广的诗文，多是就李广的"数奇"而展开，而崔道融此诗，却以汉文帝的这句话为切入点：你既然感叹他"不遇时"，何不直接封侯给他？在诙谐之中寓含严肃的主题：讽刺汉文帝的无情。

其《羯鼓》云："华清宫里打撩声，供奉丝簧束手听。寂寞銮舆斜谷里，是谁翻得雨淋铃？"崔道融在诗中指出，当年唐玄宗只关注"华清宫里打撩声"，整天不理朝政，沉浸于与杨贵妃的羯鼓舞乐之中，并被安禄山表面的"忠心"迷惑，最后导致安禄山叛乱，唐玄宗与杨贵妃等人逃难入蜀，后士兵哗变，杨贵妃被赐死，唐玄宗悲伤而作《雨淋铃》曲。作者问"是谁翻得雨淋铃"，当然就是唐玄宗自己。故这首诗的主题就是：安禄山叛乱是唐玄宗自己造成的。

其《马嵬》云："万乘凄凉蜀路归，眼前朱翠与心违。重华不是风流主，湘水犹传泣二妃。"安禄山叛乱过后，唐玄宗在离开蜀地、返回长安路上，经常为杨贵妃之死而悲伤，崔道融认为，唐玄宗的悲伤是出于真情，绝非虚假；就像当年舜帝对他的二妃也是出于真情，故而当舜帝视察南方、死在湘江对岸后，他的二妃会追到湘江边，望着对岸放声痛哭，最后泪尽投江而死。崔道融在这首诗中指出，帝王对他所宠爱的妃子，并非都是贪恋美色，其中也有出自真情，如舜帝、唐玄宗。崔道融在上述两首诗中，既指责是唐玄宗自己造成安禄山叛乱，又肯定他对杨贵妃的爱是出于真情。

其二，表达人才观点。

其《关下》云："百二山河壮帝畿，关门何事更开迟。应从漏却田文后，每度闻鸡不免疑。"诗说自从孟尝君田文门客学做鸡鸣、他鸡皆鸣、关卒打开关门、田文得以逃出函谷关之后，关卒便"每度闻鸡不免疑"。此诗以诙谐之语，称赞孟尝君门客之功，门客的"鸡鸣""狗盗"（此门客夜从狗窦钻入秦宫、盗取孟尝君原先赠给秦王之狐白裘，转赠与秦王幸姬，此幸姬助孟尝君逃出秦都），竟然成为流传千古的趣话。此诗的言外之意是："鸡鸣""狗盗"虽然充其量只能算作"末技"，但这些人也是人才，也能起到重大作用。

其《过隆中》云："玄德苍黄起卧龙，鼎分天下一言中。可怜蜀国关张后，不见商量徐庶功。"《三国志·诸葛亮传》云："时先主屯新野，徐庶见先主，先主器之，谓先主曰：'诸葛孔明者，卧龙也，将军岂愿见之乎？'先主曰：'君与俱来。'庶曰：'此人可就见，不可屈致也。将军宜枉驾顾之。'由是先主遂诣亮，凡三往乃见。"崔道融认为，没有徐庶向刘备推荐诸葛亮，刘备很可能见不到诸葛亮，若如此，三国的历史很可能要改写。显然，徐庶就是一位发现人才、举荐人才的伯乐，他有无举荐诸葛亮，直接决定历史的走向。可是，徐庶的举荐之功，在蜀国历史上却无人提及，崔道融甚为徐庶抱不平，因而当他经过诸葛亮隐居地隆中时，自然会想起徐庶，故而赋此诗以表明自己的历史观点：不要忘了发现人才、推荐人才的伯乐。

第七，讽刺晚唐社会。

进入晚期的唐朝，盛唐时的强盛、繁荣已荡然无存，甚至连中唐时的中兴也基本消失，不论是朝廷还是民间，种种不正常的现象频频出现，这在崔道融的诗作中也有所反映。

如《銮驾东回》云："两川花捧御衣香，万岁山呼辇路长。天子还从马嵬过，别无惆怅似明皇。"唐僖宗因黄巢大军逼近而慌忙逃离长安、逃往四川，到黄巢大军完全撤出长安后，才率领臣僚等返回长安。这首诗说，当唐僖宗经过马嵬坡时，还庆幸自己没有当年玄宗的伤感，也就是说，自己心爱的妃子并没有在这次逃离中死于非命。但作者的言外之意是讽刺唐僖宗在此战乱年代，考虑的只是自己妃子的生命，而全然不问问自己该如何减轻农民负担，以避免激起民众起义。

又如《长安春》其二云："珠箔映高柳，美人红袖垂。忽闻半天语，不见上楼时？"诗中的"柳"是"妓女"的象征。诗写的是当时长安一种现象：某男夜宿妓院，或者已经夜宿数夜，故而外人"忽闻半天语，不见上楼时"，当听到从楼上传出的男女说笑声时，却疑惑怎没见刚才男子上楼？作者的言外之意是：讽刺嫖客长时间夜宿妓院，是当时都城长安的普遍现象。与《长安春》其二相似的还有《献浙东柳大夫》，其诗云："属城甘雨几经春，圣主全分付越人。俗眼不知青琐贵，江头争看碧油新。"浙东遇旱，后来旱情缓解，上天把所有的"甘雨"都给了"浙东"，可是浙东人却不知天帝所赏"甘雨"的珍贵，不思感激上天"圣主"，而是"江头争看"坐在崭新油碧香车中的妓女，而且浙东柳大夫竟然也在"争看"之列，其讽刺意味十分明显。

又如《寓题》云："海上乘查便合仙，若无仙骨未如船。人间亦有支机石，虚被声名到洞天。"唐代特别是唐末求仙之风盛行，此诗就是崔道融对当时求仙之风的讽刺、嘲笑。崔道融认为，凡间俗人不可能有仙骨，"若无仙骨"，即使乘查（槎）或乘船都不可能逆黄河而上进入天河而成仙；作者嘲笑并讽刺有人把一块凡间普通的石头说成是天上织女的"支机石"，说张骞曾逆黄河而上进入天河，见到仙人牛郎，牛郎将这块织女的"支机石"送给张骞，张骞遂将此石带回凡间，于是人们便将此石当作神石加以供奉。

第八，咏物诗。

崔道融的咏物诗数量虽不多，但都能写出物的特点。如《梅花》："数萼初含雪，孤标画本难。香中别有韵，清极不知寒。"写出梅花的"孤标""香而有韵""清极不知寒"的品格。《槿花》："槿花不见夕，一日一回新。东风吹桃李，须到明年春。"槿花"一日一回新"的特点，自可胜过虽闻名遐迩、但"须到明年春"的桃李花。《古树》："古树春风入，阳和力太迟。莫言生意尽，更引万年枝。"虽为古树，但仍有"春风入"，仍有"生意"，仍有"阳和力"，且"更引万年枝"，仍然表现出无穷的生命力。又如《江鸥》："白鸟波上栖，见人懒飞起。为有求鱼心，不是恋江水。"写出鸥鸟的内心：求鱼，而非恋江。又如《谢朱常侍寄贶蜀茶、剡纸二首》其一云："瑟瑟香尘瑟瑟泉，惊风骤雨起炉烟。一瓯解却山中醉，便觉身轻欲上天。"写出蜀茶的特殊功用：喝蜀茶也能"醉"，且"便觉身轻欲上天"。

## 第二节　崔道融诗作的艺术性

第一，运用正面描写、侧面描写的艺术手法，写出人物的情感、情态。

其一，正面描写。

首先，写出悲情。

如《铜雀妓二首》之一云："严妆垂玉箸，妙舞对清风。无复君王顾，春来起渐慵。"其二云："歌咽新翻曲，香销旧赐衣。陵园春雨暗，不见六龙归。"《昭明文选》卷 60 之陆机《吊魏武帝文》引曹操临终前遗言曰："吾婕好妓人，皆着铜爵（雀）台，于台堂上施八尺床䍀帐，朝晡上脯糒之属。月朝十五日，辄向帐作妓，汝等时时登铜爵（雀）台，望吾西陵墓田。"据此曹操遗言可知，崔道融《铜雀妓二首》之一所写的，乃是铜雀台歌舞女对着曹操的陵墓、灵位而歌舞，而且这些歌舞女一辈子都不能离开铜雀台。此情此景，对着"陵园春雨暗"，想到"香销旧赐衣""无复君王顾"，想到自己将一辈子幽禁于此的悲惨遭遇，这些歌舞女不禁一边化妆一边落泪，一边唱着新编的歌曲一边哭泣。崔道融这两首短短的五绝，以正面描写的艺术手法，写足了铜雀妓的悲情。

其次，写出快乐。

如《牧竖》云："牧竖持蓑笠，逢人气傲然。卧牛吹短笛，耕却傍溪田。"诗中的牧童或者手持蓑笠，要给田中的父亲送去；或者在吃饱喝足的卧牛旁，吹起短笛；或者也学学耕田。此牧童不管做什么，总是"逢人气傲然"。此牧童为何如此傲然得意？原因很简单，在他的世界里，只有吹笛或者看牛吃草，或者像做游戏一样学耕田，或者给田里的大人送送蓑笠，他没有父母的烦恼，更没有父母经常担忧的年成收获问题。作者以正面描写的艺术手法，写出牧童的内心世界：傲然得意。崔道融的《过农家》又写道："欲羡农家子，秋新看刈禾。苏秦无负郭，六印又如何？"崔道融认为，农家虽然终年辛苦，但也有快乐：秋天收获的快乐。这种快乐是佩戴六国相印的苏秦所无法体会到的。

再次，写出思念。

如《拟乐府子夜四时歌四首》之四云："银缸（釭）照残梦，零泪沾粉臆。洞房犹自寒，何况关山北。"正面写思妇因"洞房犹自寒"，而思念关山北的夫君必定更冷。

又如《寄人二首》之一云："花上断续雨，江头来去风。相思春欲尽，未遣酒尊空。"写思念时唯有喝酒。之二云："澹澹长江水，悠悠远客情。落花相与恨，到地一无声。"写思念时唯有无声不语，就像花落地时必定无声一样。

其二，侧面描写。

如《春墅》："蛙声近过社，农事忽已忙。邻妇饷田归，不见百花芳。"邻妇饷田之后，在回家的路上，照理可以放慢步子，可是她依旧步子匆匆，不想观看一路上的"百花芳"，因为家里还有很多事。诗篇以农妇"不见百花芳"，侧面反映"农忙"：不仅田事忙，而且家里的事也忙。

又如《拟乐府子夜四时歌四首》之一云："吴子爱桃李，月色不到地。明朝欲看花，六宫人不睡。"以"六宫人不睡"，侧面写宫人正想方设法，以便让君王明天来"看花"时，注意到自己；因为专注于思考，误认为今夜无月。之二云："凉轩待月生，暗里萤飞出。低回不称意，蛙鸣乱清瑟。"宫人不称意，欲借弹瑟（古以琴瑟象征夫妇）以排解忧愁，却被蛙鸣声扰乱了瑟音，侧面写宫人烦乱的心情。之三云："月色明如昼，虫声入户多。狂夫自不归，满地无天河。"此诗侧面写女子烦乱的心情：夫不归，无心看天河，以至于明明"月色明如昼"，却说"满地无天河"。

以上数例，"不见百花芳""月色不到地""满地无天河"，都是以侧面描写的艺术手法，写出诗中女主人因专注于某一件事，而对眼前之景"视而不见"。

又如《寒食客中有怀》云："江上闻莺禁火时，百花开尽柳依依。故园兄弟别来久，应到清明犹望归。"《月夕有怀》云："圆光照一海，远客在孤舟。相忆无期见，中宵独上楼。"这两首诗写的都是作者思念家人，第一首思念兄弟，第二首思念妻子。采用的艺术手法，都是从对方写起的侧面描写的艺术手法。第一首的首二句以"柳依依"，写当时分别时众兄弟依依不舍之情，三、四句写故园兄弟"应到清明犹望归"的心情，作者借对方即兄弟对自己的"望归"，侧面表现作者对兄弟的思念。第二首写作者与妻子"相忆无期见"，想象妻子这时在家中应当"中宵独上楼"，作者以妻子的"独上楼"，侧面描述自己对家中妻子的思念。

第二，运用正面衬托、反面衬托的艺术手法。

其一，正面衬托。用乙事物衬托甲事物，使甲事物的特征更加明显。

如《郊居友人相访》云："柴门深掩古城秋，背郭缘溪一径幽。不有小园新竹色，君来那肯暂淹留？"作者以小园的"柴门深掩""古城""缘溪""径幽""新竹色"，正面写小园既幽且美的环境，又以君"肯暂淹留"、舍不得走，正面衬托小园之美、之吸引人。与此诗相类似的，还有《杨柳枝词》："雾捻烟搓一索春，年年长似染来新。应须唤作风流线，系得东西南北人。"作者先是将江南美景比作"雾捻烟搓"的一条春的丝索；又说这条丝索每年都重新染过，因而每年都有新的景色；继之，作者又将此丝索比作"风流线"，说这条线将"东西南北"经过江南的人"系"住，借以正面衬托江南景色之吸引人。显然，这是一首描写江南景色的非常新颖、非常独特的佳作。

又如《春晚》云："三月寒食时，日色浓于酒。落尽墙头花，莺声隔原柳。"诗篇以"日色浓于酒""莺声隔原柳"正面衬托"三月寒食时"，尽管"落尽墙头花"，但依旧春意"浓于酒"。

其二，反面衬托。用与甲特征相反的乙特征衬托甲，使甲特征更显突出。

如《夜泊九江》云："夜泊江门外，欢声月里楼。明朝归去路，犹隔洞庭秋。"以"欢声月里楼"的欢乐，反衬明朝"犹隔洞庭秋"的作者思乡思亲之伤感。

又如《江村》云："日暮片帆落，江村如有情。独对沙上月，满船人睡声。"诗篇以"满船人睡声"的声音，反面衬托作者"独对沙上月"的寂静。这种以声反衬静的艺术手法还见于《秋霁》："雨霁长空荡涤清，远山初出未知名。夜来江上如钩月，时有惊鱼掷浪声。"诗篇以"时有惊鱼掷浪声"的声音，反面衬托作者独对"夜来江上如钩月"的寂静。

崔道融有的诗篇还用了双重反衬的艺术手法，如《归燕》云："海燕频来去，西人独滞留。天边又相送，肠断故园秋。"作者先是以"海燕频来去"反衬自己"西人独滞留"，又以"天边又相送"反衬自己"肠断故园秋"、无法回到故园之伤感。

崔道融有的诗篇还兼用正面衬托、反面衬托两种艺术手法。如《寒食夜》云："满地梨花白，风吹碎月明。大家寒食夜，独贮望乡情。"诗篇以"满地梨花白，风吹碎月明"之惨状，正面衬托自己思乡之伤感；又以"大家寒食夜"的团聚，反面衬托自己独自"望乡"而无法返回故乡之伤感。

第三，风格诙谐风趣。

崔道融有的诗作颇具诙谐风趣的风格。

如《溪上遇雨二首》之一云："回塘雨脚如缫丝，野禽不起沉鱼飞。耕蓑钓笠取未暇，秋田有望从淋漓。"突然下雨，耕夫、钓叟都来不及取蓑衣斗笠，但他们立即想到这场雨必定有利于今年"秋田"丰收，喜悦之情使得他们也不去取蓑衣斗笠，而是在雨中"从淋漓"，享受"秋田有望"的激动。也许耕夫、钓叟的喜悦感染了作者，使得作者笔下的这首诗有了诙谐风趣的风格。之二云："坐看黑云衔猛雨，喷洒前山此独晴。忽惊云雨在头上，却是山前晚照明。"此诗写的是一场小小的虚惊：原先作者看见远处"猛雨"，而作者站立处却"独晴"；可是转眼间，却"忽惊云雨在头上"，后仔细一看，"却是山前晚照明"，原来是前山的返照阳光中带着雨，作者突然觉得似乎雨落在自己头上，镇定下来后，才知道这是自己的虚惊。因为写的是虚惊，因而有了诙谐风趣的风格。

又如《鸡》云："买得晨鸡共鸡语，常时不用等闲鸣。深山月黑风雨夜，欲近晓天啼一声。"这是一首寓言诗，作者"买得晨鸡"，跟鸡约定：平时不用你啼叫，只要在"深山月黑风雨夜，欲近晓天啼一声"，因为"深山月黑风雨夜"正是盗贼匪寇出没之时，故须啼叫，以便提醒山中居户。此诗颇有诙谐风趣的风格,虽为戏作,但反映出唐末社会治安已出现大问题,家家户户都得提高警惕,防止盗贼匪寇的侵扰、抢劫。

又如《关下》的诙谐风趣风格,详见本章"咏史诗"部分对《关下》的分析。

第四,运用象征手法。

如《访僧不遇》云:"寻僧已寂寥,林下锁山房。松竹虽无语,牵衣借晚凉。"作者以"牵衣借晚凉"象征松竹有情、僧人有情。

又如《西施滩》云:"宰嚭亡吴国,西施陷恶名。浣纱春水急,似有不平声。"诗篇以"春水急""不平声",象征民众替被越王勾践沉入湖底的西施抱不平。(另见本章第一节"咏史诗"部分对《西施》的分析。)

又如《春题二首》之一云:"青春未得意,见花却如仇。路逢白面郎,醉插花满头。"诗篇以"醉插花满头"象征作者入闽后得到闽王王审知重用的兴奋、激动心情。之二云:"满眼桃李花,愁人如不见。别有惜花人,东风莫吹散。"诗篇以"东风莫吹散",象征作者希望这种得闽王王审知重用的美好情景不要消失。(此《春题二首》另见本章第一节关于入闽后诗作分析。)

又如《江夕》云:"江心秋月白,起柂信潮行。蛟龙化为人,半夜吹笛声。"作者以水中蛟龙化为人之后所吹奏的笛声,象征夜半江潮声,想象独特且新颖。

从上面对崔道融诗篇所作的分析不难看出,崔道融是一个很善于描写人之心理、情感的诗人。他的诗,不仅揭示作者自己的心理,而且还描述了唐代皇帝、妃子的心理,隐士、道士、故人、僧人、思妇的心理;又借描写手法,描述人物的悲情、欢乐情、思念情;借衬托手法,传达自己无法回到故园的伤感;借溪上遇雨,描述农夫"秋田有望"的激动;借松竹象征僧人有情;借江水"似有不平声",象征民众替西施抱不平之情;等等。崔道融存诗79首,不算多,但他善于描写人之心理情感的特点,却非常明显。

# 第三章　风趣幽默的周朴

关于周朴的生平，辛文房《唐才子传》卷九"周朴"云："朴，字见素，长乐人。"据徐州师范学院中文系编《简明中国古典文学辞典》（江西人民出版社，1983年版）"周朴"条云：长乐即今"河北冀县"。《全唐诗》卷673云："周朴，字太朴，吴兴（按，即今浙江湖州一带）人。避地福州，寄食乌石山僧寺。黄巢寇闽，欲降之，朴不从，遂见害。诗一卷。"与周朴同时代的闽人林嵩在《〈周朴诗集〉序》中说："有僧楼浩，高人也。与先生善，捃拾先生遗文，得诗一百首。中和二年（882）冬十月，携来访余。且惊且喜，余欲先生之文与方干齐，集毕，遂为之序。"林嵩在序中称赞周朴"视富贵如浮云，蔑珪璋如草芥；惟山僧钓叟，相与往还；蓬门芦户，不庇风雨；稔不粳，歉不变，晏如也"的高尚品格。对于周朴的诗，林嵩说："先生为诗思迟，盈月方得一联一句；得必惊人，未暇全篇，已布人口。"《全唐诗》录周朴诗45首，现当代王重民、孙望、童养年辑录《全唐诗外编》（中华书局，1982年版）录其诗3首。

## 第一节　周朴诗作的内容

第一，反映北方边塞风色，揭示边塞将士内心世界，抒发作者的情志。

现存周朴诗作中，有6首涉及北方边塞。在周朴的笔下，晚唐北方边塞的风色是"一阵风来一阵砂，有人行处没人家。黄河九曲冰先合，紫塞三春不见花"(《塞上曲》),北方边塞只有风沙、冰雪,没有人家,没有鲜花。其《塞下曲》云,"夜来云雨皆飞尽,月照平沙万里空",月光下的北方边塞,万里空荡荡只有沙漠。驻守在环境如此恶劣的北方边塞的士兵,其生存状态之艰难,他人难以想象,如《塞上行》云,"世世征人往,年年战骨深。辽天望乡者,回首尽沾襟"。不仅如此,他们还要承受精神上的不公平对待。其《边思》云:

> 年高来远戍,白首罢干戈。夜色蓟门火,秋声边塞风。碛浮悲老马,月满引新弓。百战阴山去,唯添上将雄。

此诗兼写晚唐后期西北阴山边塞、东北蓟门边塞的现状:男子即使年事已高,也仍然要从军出征,不仅白天有战斗,而且夜晚也要点着火把,冒着风沙出战,只有有幸活到满头白发,才能"罢干戈"回家。这期间即使有战功,其结果也是"唯添上将雄",士兵经历阴山百战,而得到奖赏升迁的却只有"上将"。可以说,此诗是另一版本的"一将功成万骨枯"(晚唐·曹松《己亥岁·其一》)。显然,这一不公平现象在晚唐并不少见。

边塞的恶劣环境,边塞军中的残酷现实,加之晚唐国力的衰退,使得当时唐人普遍丧失志向。其《秋深》(一作《塞上行》)云:

> 柳色尚沉沉,风吹秋更深。山河空远道,乡国自鸣砧。巷有千家月,人无万里心。长城哭崩后,寂绝至如今。

所谓"风吹秋更深",是说对晚唐边塞将士而言,即使眼前柳色尚浓,他们仍然认定,边塞永远没有春天,没有温暖,而只有秋冬,只有心寒;在长安城中,无人再有奔赴边塞以御敌的"万里心",盛唐时代"不破楼兰终不还"(王昌龄《从军行》)的气概、"誓将报主静边尘"(岑参《轮台歌奉送封大夫出师西征》)的志向已不复存在,因而也不会再有思妇远赴长城寻夫的事发生,一切都"寂绝至如今"。

然而，在"人无万里心"的晚唐时代氛围中，在屡屡发生"百战阴山去，唯添上将雄"，"一将功成万骨枯"等各种令士兵心寒的边塞现实中，周朴却道出从军边塞的志向。其《塞上》云："受降城必破，回落陇头移。蕃道北海北，谋生今始知。"唐代贞观二十年（646），唐太宗曾亲临灵州（在今宁夏回族自治区内），接受突厥一部投降，其后遂在此筑城，名曰"受降城"。但到周朴所处的晚唐后期，唐朝已无力有效控制这些地区，而周朴坚信被外敌占领的受降城一定会被唐军攻破并夺回，并决定立即从军"蕃道北海北"，把从军当作今后"谋生"的选择。这是周朴的明志诗，从现存周朴的边塞诗推测，周朴有可能确实曾从军边塞，只是时间或长或短，已不得而知。

第二，写佛寺、道观。

古代文人的诗文，或多或少都会写佛寺、道观，都会涉及僧人、道士，周朴也不例外。但周朴的这类诗，多写僧人、道士远离尘世，遗忘争逐名利钱财的信念，借以教育世人。如《题甘露寺》末联云，"僧居上方久，端坐见营营"，清净无欲的上方僧人，时常端坐于北固山上之甘露寺，俯视尘世为追逐利禄而"营营"奔走的俗人。《题玄公院》云"院深尘自外"，说寺院深深，远离尘世；"志门因得中"，"是事不逾分，只应明德同"，说僧人行为"得中""不逾分"，与佛教"明德"之教义相同。又如《题赤城中岩寺》云"浮世师休话"，有关浮世的事，师父都不说；"存没诗千首，废兴经数函"，在世的或已去世的僧人留下诗千首以及有关佛教废兴的经文数函，这自然是高雅之事，而非浮世之事；"谁知将俗耳，来此避嚣谗"，周朴担心自己也变成争逐名利的尘俗之人，故"来此避嚣谗"。

在周朴因避乱进入闽地、定居于福州后所写的三首佛寺诗中，则多写佛家否定争权夺利的思想对尘俗之人的积极影响。

如《福州开元寺塔》云：

开元寺里七重塔，遥对方山影拟齐。杂俗人看离世界，孤高僧上觉天低。唯堪片片紫霞映，不与濛濛白雾迷。心若无私罗汉在，参差免向日虹西。

诗说开元寺里"遥对方山影拟齐"的"七重塔"具有神奇的功能："杂俗人看离世界"，尘世俗人登上此塔向远处遥望后，便会觉得自己在仿佛之中，离开了争夺名利钱财的尘俗世界，成了无私之人；而"孤高僧上觉天低"，大德高僧登上此塔后，觉得离天很近，仿佛看到天上的佛、菩萨、罗汉；而且"唯堪片片紫霞映，不与濛濛白雾迷"，不论是杂俗人还是高僧，他们登塔之后，眼中的白云，会立即幻化为佛教世界的"片片紫霞"，而不是原先混杂着尘埃的"濛濛白雾"。周朴这种带有神话色彩的描写，自然是为了向世人说明，只要进入开元佛寺，登上佛塔，俯瞰尘世，仰望蓝天，就能洗去心中的尘埃，成为无私之人，"心若无私罗汉在"，没有尘世私心的人，就能与佛、菩萨、罗汉同在。

又如《升山寺》云：

升山自古道飞来，此是神功不可猜。气色虽然离禹穴，峰峦犹自接天台。岩边折树泉冲落，顶上浮云日照开。南望闽城尘世界，千秋万古卷尘埃。

升山寺，始建于南朝陈文帝天嘉三年（562），位于现福州北郊新店，相传此山于春秋越王勾践时自浙江会稽飞来，其后闽人遂在山上建寺。诗的首联指出升山的神秘性。二、三联则进一步描述其神秘性的具体体现：正是因为升山是靠"神功"飞来的，因而尽管离开了禹穴会稽，却仍然带有佛教会稽天台宗的"气色"，如山上多悬泉，以致冲折岩边树，山顶时有佛光出现，显现出一片神秘且清净的佛之世界。全诗之眼在末联，升山寺与"南望闽城尘世界，千秋万古卷尘埃"的福州城形成强烈对比：福州城乃至天下所有的城，全都尘埃漫卷，即弥漫着争权夺利、争夺钱财的肮脏风气，而与佛教神功有关、有佛光出现的升山寺，反而是一片祥和、清净的世界。周朴的言外之意是，只要来到神秘且弥漫着佛之气氛的升山寺，就会成为一个清净、不争之人。周朴的这种观念，与他的《福州神光寺塔》末联"相轮顶上望浮世，尘里人心应总平"非常相似：站在塔顶俯望浮世，任何一个尘世之人的浮躁之心都会平静下来。

周朴道观诗的题旨与其佛寺诗的题旨基本相同。如《桐柏观》首二句云，"东南一境清心目，有此千峰插翠微"，说的是"千峰插翠微"中的"东南一境"桐柏观，是世人"清心目"之所在；"人在下方冲月上，鹤从高处破烟飞"，说的是下方之俗人只要真正观览过桐柏观，就会想冲月而上，以便加入"高处破烟飞"的鹤的行列。在我国传统文化中，鹤是清高形象的代表。诗的末联云"欲识蓬莱今便是，更于何处学忘机"，周朴说，世人如果想认识道教圣地蓬莱仙岛之伟观，想学习道教的"忘机"，即忘记机诈、忘记争逐名利的处世精神，只要到桐柏观住上一段时间、结交几个道士就可以了。

周朴另外几首佛寺诗，其重点不是宣传佛教文化，而是描述它们各自的特点。如《福州东禅寺》说"鹳鹊尚巢顶，谁堪举世传"，说福州东禅寺与山西鹳鹊（雀）楼同样高，认为这两个建筑哪个能传世，还很难说。又如《灵岩广化寺》（见王重民、孙望、童养年辑录《全唐诗外编（下）》）云："碧峰顶上开禅坐，纵目聊穷宇宙间。白日才离东海底，清光先照户窗前。"此诗写出闽地莆田灵岩寺所处之位置的特点：位于东海之滨的高山之巅。

第三，怀古诗，借怀古以抒情或表达对现实的忧虑。

其《春日秦国怀古》云：

> 荒郊一望欲消魂，泾水萦纡傍远村。牛马放多春草尽，原田耕破古碑存。云和积雪苍山晚，烟伴残阳绿树昏。数里黄沙行路客，不堪回首思秦原。

此诗是周朴离开都城长安、行经郊外秦原时所写的一首诗。诗的首句就是抒发作者的伤感之情:"荒郊一望欲消魂",原先农夫耕作、商贾往来的帝都郊外,如今成了"荒郊",这怎不令周朴"消魂"!原先的农田,而今"牛马放多春草尽",有的甚至"原田耕破古碑存",这些古碑,有的是唐朝之前的,有的可能是初唐、盛唐时期的,这自然会让周朴想到自己所处的衰落的唐末,想到自己这个"数里黄沙行路客",他不禁悲伤地吟道"不堪回首思秦原",唐朝的形势已经"不堪回首"。这首诗借怀古抒发对唐朝衰微的伤感。

周朴离开北方帝都,一路南下,当他进入江西,登上九江齐心楼、遥望北方中原时,又写下《望中怀古》一诗,其诗云:

> 齐心楼上望浮云,万古千秋空姓名。尧水永销天际去,姬风一变世间平。高踪尽共烟霞在,大道长将日月明。从此安然寰海内,后来无复谩相倾。

周朴在遥望中,想到万古千秋以来,许多帝王只留下姓名,却没留下功业;尽管大自然的江河不停向天际流去,而尧帝、周文王姬昌二人治理天下、世风平和的政绩,却与"烟霞"共存,与"日月"齐明,后代国君如能这样,则海内"安然","无复谩相倾"。周朴所处的晚唐时代,各节度使彼此"相倾",争夺地盘的各种战争不断,周朴这首诗借咏史表达自己对当时这种现状的深深忧虑与无奈。

周朴进入闽地后,在福州西郊怡山,观览了南北朝时道士王霸炼丹之所(即今福州西禅寺所在地),写下《王霸坛》一诗:

> 王君上升处,信首古居前。皂树即须朽,白龟应亦全。云间犹一日,尘里已千年。碧色坛如黛,时人谁可仙?

作为道士的王霸,颇具善心,他在修炼的同时,常将采药出售所得,购米麦以救济穷苦百姓,民间传说他修炼功成后,升天为仙。周朴在此诗中,说自己来到"王君上升处",想象他在天上,过着"云间犹一日,尘里已千年"的优哉游哉的生活,并问道:"碧色坛如黛,时人谁可仙?"即而今谁具王霸的善心而可成仙?这是周朴借怀念南北朝的王霸,感叹当时晚唐社会具此善心的人越来越少。

第四,抒友情。

古代交通不便,相隔两地的朋友想见一次面很是困难,而周朴从北方来到闽地,与北方的旧友更是隔了千山万水,因而其思友之情,更显强烈。其《哭李端》云:

> 三年剪拂感知音,哭向青山永夜心。竹在晓烟孤凤去,剑荒秋水一龙沉。新坟日落松声小,旧色春残草色深。不及此时亲执绋,石门遥想泪沾襟。

首句之"剪拂",指对人才的培养赞扬,故周朴与诗中的李端(非"大历十才子"之李端),应当是亦友亦师的关系。周朴对李端这几年对自己的培养称扬甚为感激,认为李端就是自己的知音,因而当他听到李端去世的噩耗时特别伤心。他朝着远处的青山,哭了整整一个夜晚,他想象落日中的新坟、残春中的草色,哭自己"不及此时亲执绋";他相信李端就是一只"孤凤",可惜已经飞去,李端就是一条龙,可惜已经沉入水底;"石门遥想泪沾襟",每当他遥想与李端在石门(在今河北)相处的往事,都会情不自禁流下眼泪。周朴与李端亦师亦友的关系,使得这首诗写得特别感人。

与《哭李端》情感相类似的还有《哭陈庚》,其诗云:

> 系马向山立,一杯聊奠君。野烟孤客路,寒草故人坟。琴韵归流水,诗情寄白云。日斜休哭处,松韵不堪闻。

全诗描写作者哭于故人陈庚坟前之悲情:我持杯酒奠君于寒草之坟,故人的孤独魂魄已经随着野烟飘往阴间之路；与我之悲泣声仿佛相随的，是不堪闻的松之低声韵语；我相信君如"流水"之琴声，将依归流水而永在，君之纯如"白云"之诗情，将随着白云飘向远方。全诗借"松韵"以衬托悲情，借"流水""白云"以夸许友人的"琴韵""诗情"，从中可见周朴与陈庚的深厚情谊。

周朴的《吊李群玉》，与上二诗稍有不同，在悲情之中，又含有对友人成就的赞许。其诗云："群玉诗名冠李唐，投诗换得校书郎。吟魂醉魄知何处，空有幽兰隔岸香。"周朴夸赞李群玉之诗才"冠李唐"，自然是对已故友人的溢美之词，但李群玉在当时确实颇富诗名。辛文房《唐才子传》卷七说李群玉"清才旷逸，不乐仕进，专以吟咏自适，诗笔遒丽，文体丰妍。好吹笙，美翰墨，如王谢子弟，别有一种风流"，"裴相公休观察湖南，厚礼延致之郡中，尝勉之曰：'处士被褐怀玉，浮云富贵，名高而身不知，神宝宁久弃荒途？子其行矣。'大中八年，以草泽臣来京，诣阙上表，自进诗三百篇。休适入相，复论荐。上悦之，敕授弘文馆校书郎"。关于周朴此诗的后二句，《唐才子传》卷七记载：李群玉被授予弘文馆校书郎后，"归湘中，题诗二妃庙，是暮宿山舍，梦见二女子来曰：'儿娥皇、女英也，承君佳句，徽佩将游于汗漫，愿相从也。'俄而影灭。群玉自是郁郁，岁余而卒"。周朴诗的后二句，在"幽兰隔岸"的伤感中，又夸赞李群玉之诗才：因其诗作感动湘江二女神娥皇、女英而离开人世，随女神而去，而今只留下"幽兰隔岸香"。李群玉的诗作能感动女神，周朴据此传说夸赞李群玉诗作"冠李唐"，虽是溢美之词，但也有神话传说之依据。

周朴《寄处士方干》的方干，是与周朴同时代的诗人，辛文房《唐才子传》卷七说方干"举进士不第，隐居镜湖中"，故周朴在诗中，一方面想象方干隐居的生活，"桐庐江水闲，终日对柴关"，"钓舟春岸泊，庭树晓莺还"，另一方面又劝他"莫便求栖隐，桂枝堪恨颜"，说尽管你在蟾宫求桂方面有过遗憾，但应当继续再应进士试，莫要再隐居。只有知心之友，才能做这种规劝。

周朴《寄塞北张符》中的张符，身处陇地塞北边防要地，"陇树塞风吹"，"万里平沙际，一行边雁移"，"霜凝无暂歇"；而且此地常有外敌入侵，而家信又不通。当年周朴可能托去陇地塞北者将此诗交给张符，希望张符"君貌莫应衰"，保重身体，莫要让朔风吹衰体貌。

周朴的思友情有时是借咏物诗以抒发。其《咏猿》写"生在巫山更向西"的某猿，"不知何事到巴溪"，这只离开猿群的猿因此而"中宵为忆秋云伴，遥隔朱门向月啼"。周朴的这首寓言诗，当然不是为猿而写，而是借以表达自己对平生挚友的思念。

第五，抒思乡之情。

周朴一生四处漂泊，难免有思乡之情。其《秋夜不寐寄崔温进士》云，"不是旅人病，岂知秋夜长"，这"旅人病"，自然是"归乡凭远梦，无梦更思乡"的思乡病，不管有梦没梦，都在思乡，这两句是周朴思乡之痛最真实、最感人的描写；"愁多难得寐，展转读书床"，因为思乡而经常彻夜无眠，故而周朴在诗的最后，含着泪对崔温进士诉说道："枕上移窗月，分明是泪光。"

周朴的思乡之情甚至发展到无时不有的程度，其《春中途中寄南巴崔使君》写道："旅人游汲汲，春气又融融。农事蛙声里，归程草色中。独惭出谷雨，未变暖天风。"周朴说自己不论是在春气融融时还是在农事时的蛙声里，不论是谷雨还是暖天，自己总是"旅人游汲汲"，"归程草色中"，总是奔波于回乡的路上，其思乡情之浓烈，可想而知；故周朴在诗的末联对崔使君说，"子玉和予去，应怜恨不穷"：你如果有和诗，必定会同情我这无穷的思乡之"恨"。

周朴又在《次梧州却寄永州使君》一诗的首联写道，"随风身不定，今夜在苍梧"，说自己总是随风漂泊不定，今夜又漂到苍梧（即今广西梧州）；次联云"客泪有时有，猿声无处无"，说自己又流下思乡之"客泪"，而无处不在的凄切的猿啼声，又增添了我的思乡之痛；继之周朴又以"潮添瘴海阔"的恶劣的环境、"烟拂粤山孤"的孤独，引出自己浓烈的思友之情；末联承此思路，回忆自己与永州使君的情谊，"却忆零陵住，吟诗半玉壶",想起当年在零陵(即永州)时的吟诗往事。周朴将思乡情、思友情非常自然地融于一首诗。

周朴为了避乱,最后进入闽地,寄食于福州乌石山僧寺。福州位于闽地东南方,周朴离开此前主要活动的区域北方,离他的故乡已越来越远,故而其思乡之情越来越浓烈。他在《登福州南涧寺》中感叹道:"晓日青山当大海,连云古堑对高楼",福州城内有乌山、于山、屏山,这三山挡住了人们遥望大海的视线;"万里重山绕福州,南横一道见溪流",福州南边对着大海,东、西、北都是高山,挡住了周朴登高遥望故乡的视线,"那堪望断他乡目,只此萧条自白头",因为思念故乡而遥望北方,但遥望的视线又被高山挡住,他因此而愁白了头。李白《秋浦歌》曰"白发三千丈,缘愁似个长",而周朴因为遥望故乡的视线被山挡住而"白了头"。

## 第二节　周朴诗作的艺术性

第一,风趣幽默的风格。

在我国古代诗人的诗作中,风趣幽默的风格颇为少见,因为诗人首先必须具风趣幽默的性格,而后才有可能使其诗作形成风趣幽默的风格,但不论是古代还是现当代,中国人的性格主要以勤奋、勇敢、坚韧、和蔼为主,而周朴于此之外,还颇具风趣幽默的另一面。

如其诗作《喜贺拔先辈衡阳除正字》云:

> 黄纸晴空坠一缄,圣朝恩泽洗冤谗。李膺门客为闲客,梅福官衔改旧衔。名自石渠书典籍,香从芸阁着衣衫。寰中不用忧天旱,霖雨看看属傅岩。

周朴此诗,"喜"是作者唯一的情感,"贺拔先辈衡阳除正字"是"喜"之原因,全诗的描述都围绕着作者的"喜"而展开。如说"黄纸晴空坠一缄,圣朝恩泽洗冤谗",把朝廷通过驿站传送的官方文书,写成"黄纸晴空坠一缄",说文书是从天上坠落的,此为风趣幽默之一;把贺拔先辈"洗冤谯"后"官除正字",写成"香从芸阁着衣衫",说朝廷藏书处的"芸阁"之所以飘出香味,是因为贺拔先辈来此履新、穿上带有香味之官服衣衫的缘故,此为风趣幽默之二;最具风趣幽默之风的,是诗的末二句"寰中不用忧天旱,霖雨看看属傅岩","霖雨"是古代用以比喻皇帝的恩泽,但周朴故意将"贺拔先辈衡阳除正字"说成是真的下了一场知时节的"霖雨",说"寰中不用忧天旱",从此天下农夫再也不用担忧天旱。这种风趣幽默的描述,正是作者风趣幽默性格的体现。

又如《客州赁居寄萧郎中》云:

松店茅轩向水开,东头舍赁一裴徊。窗吟苦为秋江静,枕梦惊因晓角催。邻舍见愁赊酒与,主人知去索钱来。眼看白笔为霖雨,肯使红鳞便曝腮。

这是一首求助诗,诗说自己"舍赁"于此,因生活艰难而"窗吟苦""枕梦惊",平时"赊酒"解愁,房主人又常来"索钱",以上是诉苦。诗的末二句为求助,说老兄你用手中笔写过奏章,求皇帝降下"霖雨",解救百姓于"旱灾",而如今你难道忍心看着我这只"红鳞"因得不到"霖雨"而"曝腮"吗?俗话说"上山擒虎易,开口求人难",而周朴用风趣幽默笔调,以"曝腮"的形象比喻,形容自己眼前的窘境,写难以启齿的求助,既避免了尴尬,又达到了目的,看来周朴的确是一位善于使用风趣幽默手法的诗家。

再如《赠李裕先辈》云:

晓攀弓箭入初场,一发曾穿百步杨。仙籍旧题前进士,圣朝新奏校书郎。马疑金马门前马,香认芸香阁上香。闲伴李膺红烛下,慢吟丝竹浅飞觞。

周朴诗中的李裕有着多重身份：是一位"百步穿杨"的神箭手，是一位神仙，曾经是三百多年前隋朝的进士，如今是唐朝校书郎；曾经待诏金马门，身上常飘逸出朝廷藏书处的"芸阁"之香；是一位敢于同宦官做斗争的朝臣，就像东汉的李膺；在红烛下，又常与歌女频频举杯"浅飞觞"。周朴将神箭手与芸阁之香、神仙的遐想与金马门待诏、隋朝前进士与唐朝校书郎、勇斗宦官的朝臣与"浅飞觞"的歌女等等融合为一，诗篇因了这些不和谐的描述，而有了风趣幽默的特色。周朴之所以要这样写，目的当然是为了写出李裕的多重性格，但采用的艺术手法却非常别致。

再如《桃花》云：

桃花春色暖先开，明媚谁人不看来。可惜狂风吹落后，殷红片片点莓苔。

阳春三月，人们万人空巷去观赏树上的桃花；一阵"狂风"之后，桃花被吹落掉地上，但依然"殷红片片点莓苔"，周朴认为这是桃花的另一种景观，可惜世人却不懂得欣赏。周朴借助"殷红片片"的描述，通过"可惜啊，可惜啊"的风趣叹词，讽刺世人不懂得如何真正观赏桃花。如果上升为哲理的角度，则周朴此诗借"殷红片片点莓苔"告诉世人：繁花盛时固然美丽，但花落之景更是别有风味，关键在于有否被发现。

第二，善于描写。

文学作品艺术性的一个重要方面是描写，有否形象、生动的描写，是评定一部或一篇文学作品艺术性之高低的一个重要依据。周朴的存世诗作虽然不多，但在描写方面，也有可称道之处。

首先，人物形象之描写。

如《董岭水》中的某高人形象。其诗云：

湖州安吉县，门与白云齐。禹力不到处，河声流向西。去衙山色远，近水月光低。中有高人在，沙中曳杖藜。

诗中所说的安吉县是浙江北部湖州的一个县，该县三面为天目山所围，东北方开口，董岭是安吉县的一座山岭，海拔800多米。从诗中可知，此高人住在湖州安吉县800多米高的董岭，因其高，故"门与白云齐""月光低"，"去徛山色远"，象征此高人行为清高，不与俗世来往；其住处"禹力不到处，河声流向西"，象征此高人言行独特，就像"河声向西"，而不是一般的向东流；"沙中曳杖藜"，说明此高人行为潇洒，迥异他人。此高人是谁？笔者以为，此高人极有可能就是周朴自己。关于周朴的生平，《唐才子传》卷九说是长乐（今河北冀州）人，《全唐诗》说是吴兴（今浙江湖州）人。笔者以为，周朴很可能是河北长乐人，但曾经在浙江吴兴安吉县的董岭隐居过比较长的时间，故《董岭水》中的高人，就是周朴运用各种艺术手法对自我形象的描绘。

再如，《宿刘温书斋》中的刘温形象。其诗云：

不掩盈窗日，天然格调高。凉风移蟋蟀，落叶在《离骚》。回笔挑灯烬，悬图见海潮。因论《三国志》，空载几英豪。

此诗采用描述与夸赞相结合的手法，写不论是夏天的"盈窗日"，还是蟋蟀由户外移入户内、凉风渐起的秋季，还是落叶纷飞的冬天，"天然格调高"的刘温都在天天诵读《离骚》、研究《三国志》书中所记载的"英豪"；有时夜深人静，他也要"回笔挑灯烬，悬图见海潮"，研究海外他国情况。此诗描绘了一位既有天赋又勤奋于做学问的刘温的形象。晚唐时期的刘温，因了周朴的这首诗而为后人所深知。

再如《赠大沩和尚》中的大沩和尚形象。其诗云：

大沩清复深，万象影沉沉。有客衣多毳，空门偈胜金。王侯皆作礼，陆子只来吟。我问师心处，师言无处心。

周朴曾问大沩和尚"心处何处",大沩说他"无处心",即无固定处于何处,即"无所不处"。故周朴总结道"大沩清复深,万象影沉沉",称赞大沩是一个思虑清复深、世间万象在他心中"无所不处"且留下深沉印记,同时又"空门偈胜金",即他的偈语在佛教界被称为"胜金"的大德高僧。周朴《赠大沩》残句云"禅是大沩诗是朴,大唐天子只三人",说大沩是唐朝僧人的代表。这是大沩形象的主要方面。但他同时又有两个侧面:"有客衣多毳""王侯皆作礼",他与士大夫交往甚密,王侯见到他,也要礼让三分,此其一;陆子前来拜访,只"吟诗",不说他事,说明他又有诗人气质,此其二。唐朝是一个开放的社会,故有的僧人会有多个侧面,如怀素,既是僧人,又是草书家;一行,既是僧人,又是天文学家;周朴在这首诗中所描写的僧人大沩,就是具多侧面之僧人的一个例子。

其他如《赠念经僧》,诗写一"白眉"老僧,从黄昏"海霞散"开始念经,念到"夜静",念到"露浓山草垂",念到"月皎",念得"禽听离寒枝",念得"天花坠";周朴借助写实与想象,描绘了一位"白眉"念经老僧的形象。又如《送梁道士》,描绘了一位"倒树造新屋"、爱护自然环境的道士形象:"造新屋"所用木材,均为自然倒伏之树,而非人为砍伐之木。道教与道家有紧密的联系,道家主张"天人合一",认为人与天,即人与自然界有紧密联系,人应当爱护自然界万物。故梁道士"倒树造新屋",乃是道家思想、道教宗旨生动而具体的体现。

除上述人物形象之描写外,还有几首是有关景色形象的描写。如《春日游北园寄韩侍郎》云:

> 灼灼春园晚色分,露珠千点映寒云。多情舞蝶穿花去,解语流莺隔水闻。冷酒杯中宜泛滟,暖风林下自氤氲。仙桃不肯全开拆,应借余芳待使君。

这是一首写景诗,但作者取景的角度却很别致。首二句以"露珠千点"倒映出"寒云","灼灼春园"以写景,其他诗人笔下的倒映,多借江水、河水以倒映，而周朴却取"露珠千点"以倒映，不仅新颖，而且"露珠千点"也成为春日北园的一个景观。三、四句以"舞蝶穿花"的多情之态、以"解语流莺"的隔水之声写景，一为形象之景，一为声音之景，可谓声色俱佳之景。五、六句，以杯中酒因暖风吹而泛起潋滟以写春景，这是以自然景为背景的人之景。末二句既写出桃花有已开、有未开，又表现出周朴与韩侍郎之间的亲密友情：未开的，是要等到韩侍郎来时再开，可谓景中有情，情中有景。整首诗情景交融，显得十分和谐。

再如《早春》云：

良夜岁应足，严风为变春。遍回寒作暖，通改旧成新。秀树因馨雨，融冰雨泛蘋。韶光不偏党，积渐煦疲民。

这是一首描写早春景色的诗，全诗突出春之"早"，描绘早春的种种新气象：首二联说早春即严寒之风刚刚变为春风，寒冷的大地刚刚回暖，旧的山川开始变成新的山川；三联说，早春之时，树因春雨而秀出新芽，冰因春风而融化，水面出现蘋草，春光普照大地，不偏不祖，就连"疲民"也得到温暖。周朴之前、同为唐朝诗人的白居易也写过早春的诗《钱塘湖春行》，其诗云："孤山寺北贾亭西，水面初平云脚低。几处早莺争暖树，谁家新燕啄春泥。乱花渐欲迷人眼，浅草才能没马蹄。最爱湖东行不足，绿杨阴里白沙堤。"比较白居易此诗与周朴诗，可谓各有千秋。

下编

晚唐五代之闽籍及流寓闽地其他作家

## 一 陈黯

《全唐诗》卷 607 云："陈黯，字希孺，泉州人，会昌迄咸通，累举不第。集五卷，今存诗一首。"《全唐文》卷 767 收陈黯文 10 篇，云："黯字希孺，颍川人。举进士，计偕十八上而不第。隐居同安（今属福建厦门，泉州附近）。"

诗。《自咏豆花》："玳瑁应难比，斑犀定不加。天嫌未端正，满面与妆花。"此诗是作者对自己因得天花病而留下一脸豆花的自我解嘲：这是上天对我的特别眷顾，特地给我的脸化了妆，以致玳瑁、斑犀都不如。

文。《送王榮序》。文中说王榮进士及第，欲"告归省于闽，命序送行。某辞以未第，言不为时重。辅文曰：'吾所知者，惟道与义。岂以已第未第为重轻哉！'愚繇是不得让"。从中可见王榮对朋友情谊的看重。陈黯在文中对王榮的及第夸赞道："辅文早岁业儒，而深于词赋，其体物讽调，与相如、扬雄之流异代而同工也。故角于文阵，而声光振起。今之中选，是荣其归。想宁庆之晨，为乡里改观，孰不谓人之龙凤乎！懿哉辅文，是行也，足以自重。"

其他如《御暴说》曰："权幸之暴，必祸害于天下也"，"权幸如之何能御也？曰：刑法。"表达作者依法治国的思想。《答问谏者》云："夫谏者，不独以言忠，而欲其气雄；不独以名彰，而欲其事立。四者克备，是为难矣。"这是对古代谏者提出的四点要求。

## 二 林嵩

《全唐文》卷 829 云：林嵩，字降神，长溪（在今福建霞浦境内）人，登乾符二年（875）进士，曾任秘书省正字、毛诗博士、金州刺史。《唐才子传》卷九云："嵩，字降臣，长乐（即今福州长乐）人也。乾符二年礼部侍郎崔沆下进士，官至秘书省正字。工诗善赋，才誉与公乘亿相高，功名之士，翕然而慕之。有诗一卷、赋一卷传于世。"《全唐文》收其文《太姥山记》《〈周朴诗集〉序》。

其《太姥山记》云：闽东太姥山中，"国兴寺东有岩洞，奇石万状，曰玉笋芽签，曰九鲤朝天，曰石楼。楼下有隐泉，曰观音洞，曰仙童玉女，曰半云洞，曰一丝天。石壁夹一小径，如委石石罅中，天光漏而入，仅容一人行，长可半里。"林嵩在此小节所记叙的岩洞，为太姥山最奇特之处，笔者十几年前曾穿行过此洞，至今想起，仍胆战心惊。

林嵩在《〈周朴诗集〉序》中，推崇周朴"视富贵如浮云，蔑珪璋如草芥。惟山僧钓叟，相与往还。蓬门芦户，不庇风雨。稔不粳，歉不变，晏如也"的高尚品格；又说："闽之廉问杨公发、李公诲，中朝重德，羽翼词人，奇君之诗，召而不往。"关于这事，林嵩引周朴语曰："二公怜才，吾固不往。苟或见之，以吾之贫，恐以摄假之牒见觑耳。"林嵩评道："亦接舆、於陵未能加也，松蟠鹤翅，泥曳龟尾，一邱一壑，宽于天地。"关于周朴的诗，林嵩甚为欣赏，说："先生为诗思迟，盈月方得一联一句。得必惊人，未暇全篇，已布人口。"

另《全唐诗》卷690载有林嵩一首七律《赠天台王处士》："深隐天台不记秋，琴台长别一何愁。茶烟岩外云初起，新月潭心钓未收。映宇异花丛发好，穿松孤鹤一声幽。赤城不掩高宗梦，宁久悬冠枕瀑流。"《全唐诗》曰："林嵩，字雄飞，大顺中（890－891）登进士第，官侍御史，诗一卷，今存一首。"此林嵩的字、及第时间均与《全唐文》《唐才子传》不同，是否即《全唐文》的"林嵩"，难以确断，今姑录以备考。

## 三 黄璞

黄璞，生卒年不详，字绍山，又字德温，号雾居子，闽县（今属福州）人，初居黄巷（今福州三坊七巷之黄巷），后移居莆田县，仍将其地取名为"黄巷"。大顺二年（891）杨赞禹榜进士，官校书郎。初，乾符五年(878)八月,黄巢率军夜过黄璞家门,知黄璞乃大儒,命士兵灭炬而过,勿惊动黄璞。(今三坊七巷之安民巷,即当年黄巢军队经过时张贴安民告示之处,故取名"安民巷"。)著有《闽川名士传》一卷、《雾居子》十卷、文集二十卷,多已散佚。《全唐文》卷817收录其文三篇,均出自《闽川名士传》。

《林孝子传》。文中写孝子林攒,莆田人,进士不第,后为福唐(今福州福清)县尉。"闻亲有疾,奔还其家;行不俟车,食而失哺;及罹难疾,殆至殒绝。"葬亲后,"独庐墓侧,飞走助哀",以致感动上天,"愁云四合,异香中来;触物氤氲,欻成甘露……灵乌素质,翻翩来翔"。唐德宗得知后,"降制褒异,命立双阙于其墓,旌表门闾;举宗皆蠲征徭,厚加爵饩,迨今号为阙下林家"。孝子事迹在流传过程中虽然增添了一些神秘色彩,但黄璞对"孝"之美德的颂扬,却是值得提倡的。

《王郎中传》。这篇是晚唐律赋高手王棨的传记。黄璞在传文中称赞王棨"公词赋清婉,托意奇巧",又说:公"成名归觐,廉使杜公宣猷请署团练巡官,景慕意深,将有瑶席之选。公辞以旧与同年陈郎中羣有要约,就陈氏婚好,时益以诚信奇之"。黄璞叙说此事,意在显示王棨坚守信约、不攀附富贵的品格。黄璞对王棨的才华甚为赞赏。他在文中写道:"公初上第,乡人李颜累举进士,郁有声芳,赠公歌诗云:'蓬瀛上客颜如玉,手探月窟如夜烛。笑顾姮娥玉兔言,谓折一枝情未足。'时谓颜状得共美,若有前知。"所谓"谓折一枝情未足",是说乡人李颜当时就预见到王棨必定还会折第二枝、第三枝,以成"共美"。果然,王棨于唐懿宗咸通三年(862)进士及第后,又于咸通六年(865)中博学宏词科,于咸通九年(868)平判入等。故黄璞说:"公十九年内三捷,其于盛美,盖七闽未之有也。"

《欧阳行周传》。本文记叙中唐闽地晋江进士欧阳詹(字行周)的一段凄美伤感之事:欧阳詹"贞元年登进士第。毕关试,薄游太原,于乐籍中因有所悦,情甚相得。及归,乃与之盟曰:'至都当相迎耳。'即洒泣而别。仍赠之诗曰:'……流萍与系匏,早晚期相亲。'寻除国子四门助教。

往乐籍中者思之不已,经年得疾且甚。乃危妆引髻,刃而匦之,顾谓女弟曰:'吾其死矣。苟欧阳生使至,可以是为信。'又遗之诗曰:'自从别后减容光,半是思郎半恨郎。欲识旧时云髻样,为奴开取镂金箱。'绝笔而逝。及詹使至,女弟如言。径持归京,具白其事。詹启函阅之,又见其诗",甚为恸怨,涉旬而詹亦殁。黄璞在文末感叹道:"呜呼!钟爱于男女,索(素)其效死,夫亦不蔽也。大凡以时断割,不为丽色所汨,岂若是乎?古乐府诗有《华山畿》,《玉台新咏》有庐江小吏,更相死类于此。"

## 四 郑准

郑准,字不欺,闽地莆田人,唐昭宗乾宁四年(897)杨赞图榜进士。曾为荆南节度使成汭推官,后因与汭意不合而为汭所杀。著有《渚宫集》,《全唐诗》卷694收其诗五首。

郑准留存的五首诗,写得颇新颖,也多能体现时代特点。《代寄边人》云,"片心因卜解,残梦过桥惊",说这位妻子因思夫而去占卜夫君的归期,结果她在梦中看见夫君过桥迎面向她走来,可惜这是残梦。无可奈何的她只好希望"凉风当为我,一一送砧声",希望凉风能把她洗涤征衣的声音送到边塞。"送砧声",这是甚为新颖的构思。

其《江南清明》写清明佳节,人们"无限归心",或"攀花别"或"带雨逢",可是诗的末句"路边戈甲正重重",却把人们的喜悦打得粉碎,写出晚唐五代的时代特点。

其《题宛陵北楼》,写自己登上宣州(宛陵,即安徽宣州,今宣城)北楼,看到风雨、独耕、望中烟、藏云寺、出浦船等,郑准觉得自己的诗才无法写出宣城的所有美景,但他没有直接说出此遗憾,而是说"若遣谢宣城不死,必应吟尽夕阳川",如果曾任宣城太守的南朝著名诗人谢朓还在,必定能"吟尽夕阳川"。这样写,既赞美了宣城的美,又夸赞了谢朓的才,显示出郑准思维的新颖别致。其他两首《寄进士崔鲁范》《云》,也有其各自的特点。

《全唐文》卷841收郑准文一篇《为荆南节度使成汭乞归本姓表》，成汭有一段时间更姓名为郭禹，后欲回归本姓，令郑准作此表。

## 五　陈乘

陈乘，闽地仙游人，唐昭宗乾宁元年（894）苏检榜进士，官至秘书郎。《全唐诗》卷694录其诗《游九鲤湖》一首。九鲤湖是一个颇具神话色彩的湖：汉武帝时，淮南地区有何氏九兄弟，来到福州，在于山结茅修炼成仙，后离开于山，来到仙游境内一湖畔，继续修炼。一日从湖内跃出九条鲤鱼，九兄弟立即乘上鲤鱼，九鲤鱼又化为九条龙，载着九兄弟飞升上天，故后人将此湖名为九鲤湖。陈乘的五律《游九鲤湖》的一、二联说自己在"雾雨""岩雪"天来到这里，三、四联写道"窟宅分三岛，烟霞接五城。却怜饶药物，欲辨不知名"，这四句紧扣九鲤湖的仙湖特点：这里的"窟宅"是从海上蓬莱、瀛洲、方丈三仙岛分出来的；这里的"烟霞"与"天上白玉京，五城十二楼"相连接；又说这里的仙药特别多，多得都叫不出名称。三、四联基本上是客观叙述，但从字里行间不难看出陈乘对九鲤湖的朝圣之情。

## 六　柯崇

《全唐诗》卷715云："柯崇，闽人，（唐昭宗）天复元年（901）进士第，授太子校书。诗二首。"这二首诗为宫怨诗。宫怨是古代传统题材，只要有皇帝，就会有皇后、妃嫔、宫女，就会有妃嫔失宠，就会有宫怨诗。柯崇的两首《宫怨》诗，写得颇新颖。其一的首二句写失宠妃嫔的孤独无聊，"尘满金炉不炷香，黄昏独自立重廊"；而与她们形成鲜明对比的，是得宠妃嫔的"笙歌何处承恩宠"。末句则作进一步拓展，"一一随风入上阳"，唐朝的上阳宫，是失宠妃嫔之居处，故此诗所揭示的失宠妃嫔，不是一个两个，而是住在上阳宫的一大群；而且今天"承恩宠"的妃子，也许明天就有可能被打入上阳宫，这是一般宫怨诗所未言及的。其二的首二句云"长门槐柳半萧疏，玉辇沉思恨有余"，写长门宫的萧条、失宠妃嫔的"恨有余"；三、四句云"红泪渐消倾国态，黄金谁为达相如"，失宠妃嫔说自己的"倾国之态"因长期的怨恨忧伤而"渐消"，这时即使有黄金也请不到像司马相如那样的辞赋高手，或者请到了，他也不愿意为我写赋，即使写了，也未必能起作用。显然，这位失宠妃嫔已经绝望了。

## 七  郑良士

郑良士（856—930），字君梦，闽地仙游人。唐昭宗时，献诗五百首，授补阙、国子四门博士；后返回闽地，闽王王审知授予威武军节度使书记官等职。曾著有《白岩集》十卷，《全唐诗》卷726收其诗三首。

《题兴化高田院桥亭》中的"兴化"即今莆田，与仙游是相邻的两个县。诗的首联云"到此溪亭上，浮生始觉非"，即作者此时方才意识到此前认为"浮生若梦"是错误的，易言之，今天方认识到人生是有意义的；二、三联分别举例道，野僧有惜别之意，游客有忘归之情，这自然是有意义的，"月满千岩静，风清一磬微"，敲钟击磬也是有意义之事；诗的末联水到渠成写道，"何时脱尘役，杖履愿相依"，作者准备皈依佛门，认为这也是有意义的。

《游九鲤湖》，前三联写九鲤湖的山水、气候：仄径、溟蒙、瀑影、细雨、丹灶冷、洞门空。末联上句"我来不乞邯郸梦"，九鲤湖是古代有名的祈梦之地，但作者明确表示他不想祈求富贵；下句"取醉聊乘郑国风"，"郑国风"即《诗经·国风·郑风》，这里应当指"郑风"首篇《缁衣》。《毛诗序》："《缁衣》，美武公也。父子（按，即郑武公、郑桓公）并为周司徒，善于其职，国人宜之。故美其德，以明有国善善之功焉。"郑良士说"取醉聊乘郑国风"，当然不是想歌颂春秋时代的郑武公，而是借此歌颂当时闽王王审知治理闽地的巨大成就。另，据莆田市莆仙文化研究院编

《莆田市名人志·郑良士》载，郑良士从都城长安弃官、回到闽地后，颇得闽王王审知的赏识，王审知先后任命他为八闽署、馆、驿巡视官，后升任建州判官、威武军节度使书记官、左散骑常侍兼御史大夫等职。显然，闽王王审知对郑良士有知遇之恩，故郑良士对王审知的歌颂，应当还蕴含着对王审知知遇之恩的感激之情。

《寄富洋院禅者》，主要是歌美"雪上茗芽因客煮，海南沉屑为斋烧"，"冷却心灰守寂寥"的具有高深佛教修养的富洋院禅者。

## 八 萧项

《全唐诗》卷726云："萧项，（闽地）莆田人，官侍郎，昭宗末年（按，此有误，应当是后梁开平三年），尝同翁承赞为册礼使使闽。诗一首。"

《赠翁承赞漆林书堂诗》是萧项与翁承赞于后梁开平三年（909）奉后梁朝廷之命，分别以册封正、副使的身份前往闽地，封王审知为闽王时所作的一首七律。诗题中的"漆林书堂"，是翁承赞之父翁巨隅在其故乡福清漆林建造的书堂，用以教育子弟，后翁承赞继承此书堂，并加以扩建。萧项在这首诗中说"昔日书堂二纪归"，"身荣金紫倍光辉"，说二十多年后，翁承赞以朝廷册封使的身份又回到书堂，使得书堂"倍光辉"；萧项看到"列坐儿童见等威"，书堂中坐着一列一列正在读书的儿童；诗的末联，萧项以赞赏的语气吟道"却对芸窗勤苦处，举头全是锦为衣"，说当年的书堂，如今挂满了官员的官服"锦衣"。萧项的赞美并非出于对同僚的客气夸饰，而是确有其事：翁承赞中进士后不久，他的两个弟弟翁承裕、翁承颖也先后进士及第，其后，他的长子翁玄度及孙子辈也多有进士及第者。

## 九　王涤

王涤，晚唐五代诗人，《全唐诗》卷726载王涤小传云：王涤，字用霖，琅琊人。唐昭宗景福年间（892—893）擢进士第，累官中书舍人，后入闽，并在王审知手下任职。韩偓在《手简·第六帖》中，曾求已经在王审知手下任职的王涤向王审知说，接待一下经过福州的"右司李郎中"李冉，这说明韩偓与王涤的关系还比较亲密。《全唐诗》卷827载有诗僧贯休的《寄王涤》，从该诗人们可以推测出王涤的生活状况，"梅月多开户，衣裳润欲滴"，住的房屋较简陋，到了梅雨季节，屋里的衣裳潮湿欲滴；"寂寥虽无形，不是小仇敌"，"永日无人来，庭花苦狼藉"，寂寞是王涤的大敌，因为长时间没人来，王涤也懒得去整理庭院，任凭"庭花狼藉"；"吟高好鸟觑，风静茶烟直"，虽然寂寞无聊，但王涤喜吟诗品茶，有好鸟相伴，也足以自得其乐；"唯思莱子来，衣拖五般色"，从这两句可以推测，贯休写这首诗时，王涤的年纪已较大，而其父母尚健在，王涤为了博得父母的快乐，经常像古时的老莱子那样，身着五彩衣跳舞，可见王涤又是一个大孝子。

《全唐诗》载有王涤《和三乡诗》一首，其诗云：

　　浣纱游女出关东，旧迹新词一梦中。槐陌柳亭何限事，年年回首向春风。

关于"三乡诗"的故事本末，晚唐范摅在《云溪友议·三乡略》条中曾有记叙。云有某女子隐其名姓，作《三乡诗》，并录十一首和诗，作序，其序云：

　　余本若耶溪东，与同志者二三，纫兰佩蕙，每贪幽闲之境，玩花光于松月之亭，竟昼绵宵，往往忘倦。洎乎初笄，至于五换星霜矣。自后不得已，从良人西入函关，寓居晋昌里第。其居也，门绝嚣尘，花木丛翠。东西邻二佛宫，皆上国胜游之最。伺其闲寂，因游览焉，亦不辜一时之风月也。不意良人已矣，邈然无依，帝里芳春，吊影东迈。涉浐水，历渭川，背终南，陟太华，经虢略，抵陕郊，把嘉祥之清流，面女几之苍翠。凡经过之所，皆曩昔谑笑之地，绸缪之所。衔冤加叹，举目魂销。虽残骸尚存，而精爽都失。假使潘岳复生，无以悼其幽思也。遂命笔聊题，终不能涤其怀抱，绝笔恸哭而去。以翰墨非妇人女子之事，名字是故隐而不书。时会昌壬戌岁（按，即唐武宗会昌二年，842）仲春十九日。

又赋诗曰："昔逐良人西入关，良人身殁妾空还。谢娘卫女不相待，为雨为云过此山。"

和诗十一首（按，此十一首和诗亦见《全唐诗》卷726）。进士陆贞洞："惆怅残花怨暮春，孤鸾舞镜倍伤神。清词好个干人事，疑是文姬第二身。"王祝："女几山前岚气低，佳人留恨此中题。不知云雨归何处，空使王孙见即迷。"刘谷："兰蕙芬芳（《全唐诗》作"香"）见玉姿，路傍花笑景迟迟。苎萝山下无穷意，并在三乡惜别时。"王涤："浣沙游女出关东，旧迹新词一梦中。槐陌柳亭何限事，年年回首向春风。"李昌邺："红粉萧娘手自题，分明幽怨发云闺。不应更学文君去，泣向残花归剡溪。"王硕："无姓无名越水滨，芳词空怨路傍人。莫教才子偏惆怅，宋玉东家是旧邻。"李缟："会稽王谢两风流，王子沉沦谢女愁。归思若随文字在，路傍空为感千秋。"张绮："洛川依旧好风光，莲帐无因见女郎。云雨散来音信断，此生遗恨寄三乡。"高衢："南北千山与万山，轩车谁不思乡关？独留芳翰悲前迹，陌上恐伤桃李颜。"韦冰："来时欢笑去时哀，家国迢迢向越台。待写百年幽思尽，故宫流水莫相催。"贾驰《复睹三乡题处留赠》："壁古字未灭，声长响不绝。蕙质本如云，松心应耐雪。耿耿离幽谷，悠悠望瓯越。杞妇哭夫时，城崩无此说。"

王涤的这首和诗，主要是从该女子的角度写的。诗说自从这位昔日若耶溪东的浣纱女子随夫君西入函关后，旧时"与同志者二三，纫兰佩蕙，每贪幽闲之境，玩花光于松月之亭，竟昼绵宵，往往忘倦"的快乐往事，及到了关西之后，"东西邻二佛宫，皆上国胜游之最，伺其闲寂，因游览焉，亦不辜一时之风月也"的幸福往事，如今都只能留在梦中；虽然往事已矣，但每到春风吹拂之时，都会情不自禁想起"槐陌柳亭"的往事，其凄苦与悲伤，令人一洒同情之泪。

如今可以见到的王涤诗作，除了这首《和三乡诗》外，还有五言古风《南涧寺阁》。此诗见于陈尚君《全唐诗续拾》，是从宋代王象之《舆地纪胜》卷128的"福州"条下辑出。

王涤《南涧寺阁》云：

上阁便见海，入门方是山。塔高端似笔，城转曲如环。

南涧寺，在福州市区乌山支麓天皇岭，南朝梁中大通六年（534），由居士苏清的住宅改建而成。唐末乾宁三年（896），闽王王审知合并慈善堂、普眼庵、净慈庵、瑞云庵等十二个庵堂为"南涧护国天王寺"，简称"天王寺"或"南涧寺"，因寺依凭于涧旁，故习惯上多仍称为"南涧寺"。乌山山麓还有一座建于唐代贞元十五年（799）的著名的乌塔。与王涤同时代、也是从北方流寓入闽的周朴也写过一首《登福州南涧寺》。

王涤的这首《南涧寺阁》，是他进入福建、到达福州后写的，全诗四句，均从写实角度着笔。首句"上阁便见海"，说登上寺阁便看到大海，写出福州背山面海的地理特征；二句"入门方是山"，南涧寺建在山中，所以入了寺门还是山；"塔高端似笔"，这是写眼中见到的塔；"城转曲如环"，这是写登上南涧寺阁看到的城区，福州城区向有"山在城中，城在山中"之说，故登上南涧寺阁，俯瞰城区，城中的道路自然是环绕着山而"曲如环"。

## 十　陈贶

《全唐诗》卷741云："陈贶,南闽人,隐庐山三十年,元宗(南唐中主李璟)聘至,献《景阳台怀古》诗,元宗称善,授以官,固辞,赐黍帛遣还。诗一首。"陈贶《景阳台怀古》的前半首写道："景阳六朝地,运极自依依。一会皆同是,到头谁论非?"说六朝各代的帝都建康景阳宫的统治者开始时都很强盛,但他们继位者的结局都很惨,有谁会去讨论其中的原因?"酒浓沉远虑,花好失前机",诗的后半首指出原因在于:贪酒而失去远虑,好色而失去原本尚在的机会。"见此尤宜戒,正当家国肥",希望当时的南唐中主要引以为戒,特别是在这"家国肥"之时。陈贶说得不无道理,在南唐先主、中主、后主统治时期,中主时期的南唐国力最强盛,疆域也最大。所以陈贶将这首诗献给南唐中主,可谓正当其时。可惜其后的南唐后主并没有引以为戒,最后导致南唐为宋所灭。

## 十一　梁藻

《全唐诗》卷757云："梁藻,字仲华,(闽地)长汀人,南唐总殿前步军晖之子,性乐萧散,应袭父任,不就。《处士集》若干卷,今存诗一首。"梁藻仅存的诗作《南山池》前两句云"翡翠戏翻荷叶雨,鹭鸶飞破竹林烟",几只翡翠鸟在雨中的荷叶丛中翻飞嬉戏,而鹭鸶鸟则时而穿过雨烟中的竹林;诗的后两句写身处此优美环境中的梁藻,"时沽村酒临轩酌,拟摘新茶靠石煎",用文字描绘了一幅他平时悠闲的处士生活图。性乐萧散的梁藻,自然不愿意放弃此惬意的生活去应袭父任。

## 十二　王感化

《全唐诗》卷757云："王感化,建州(即今福建建瓯)人,后入金陵教坊。少聪敏，未尝执卷，而多识，善为词，滑稽无穷。元宗（南唐中主李璟）嗣位，宴乐击鞠不辍，尝乘醉命感化奏水调词，感化唯歌'南朝天子爱风流'一句，如是者数四。元宗悟，覆杯叹曰：'使孙、陈二主得此一句，不当有衔璧之辱也。'由是有宠。诗二首。"其《建州节帅更代，筵上献诗》云："旌旗赴天台，溪山晓色开。万家悲更喜，迎佛送如来。"五代中期，自闽王王审知去世后，闽地很快陷入王审知儿孙之间以及与各军事将领之间的相互征战、自相残杀，并导致南唐国、吴越国的入侵；其中建州就是各种军事力量争夺的地方，因而建州节帅自然更代频繁，而每次新的节帅来，当地百姓都不知道是该悲还是该喜，王感化的这首诗就是当时建州百姓复杂心情的写照。另《奉元宗命咏苑中白野鹊》云："碧岩深洞恣游遨，天与芦花作羽毛。要识此来栖宿处，上林琼树一枝高。"诗的首句咏野鹊之恣意遨游，二句咏野鹊之"白"，三、四句咏"苑中"，全诗句句切题；但此诗的价值更在于对南唐中主的讽谏：原本在大自然"恣游遨"的野鹊因被关进帝王苑中而失去自由的天地，只剩下"一枝"之地，欲"恣游遨"而不得。

## 十三　王继勋

《全唐诗》卷 763 云："王继勋，审知诸孙，连重遇之乱，泉州军将留从效拥立为刺史。后执送南唐。诗一首。"据现存史料及考古资料，王继勋乃王审知之兄王审邽之孙。南唐灭闽后，将王继勋执送南唐，但仍然授予其官职；去世后，南唐还赐其谥号曰"敬礼"。王继勋一生对文学、书法都颇为钟爱，《赠和龙妙空禅师》是王继勋存世的一首诗。诗的首联介绍和龙妙空禅师所处禅院的方位，"白面山南灵庆院，茅斋道者雪峰禅"；二、三联进一步具体写禅院的"只栖云树两三亩"的面积，可就是这小禅院，和龙妙空禅师却"不下烟萝四五年"，其所以如此，是因为他跟山上的猿鸟成了好朋友，"猿鸟认声呼唤易"，是因为"龙神降伏住持坚"，他是禅院的住持，且具有降伏龙神的坚定意志。诗的末联写道，"谁知今日秋江畔，独步医王阐法筵"，说自己于秋日独自漫步于禅院的阐法筵，并称赞和龙妙空禅师高深的佛医修养独步当时。

## 十四　刘乙

《全唐诗》卷763云："刘乙，字子真，泉州人，仕闽，为凤阁舍人，弃官隐安溪凤髻山。集一卷，今存诗一首。"另，《全唐诗》卷886"补遗五"收刘乙诗二首。

《题建造寺》云：

> 曾看画图劳健羡，如今亲见画犹粗。减除天半石初泐，欠却几株松未枯。题像阁人渔浦叟，集生台鸟谢城乌。我来一听支公论，自是吾身幻得吾。

刘乙这首诗是通过建造寺画图与作者所造访之建造寺实体的对比而构思的。首联说对画图中建造寺不禁心生仰慕，但造访后，却发现画图太粗糙；二、三联说画图的种种不足：漏掉天半岩石及尚未枯槁的松树，且缺少扮成"渔浦叟"之像的凤阁舍人刘乙，生台上群鸟也少了谢宣城之乌；末联说来到建造寺听住持一番类似支遁高僧的言论，我从此在恍恍惚惚之中寻找到自己。此诗借画图与实体的对比，表达作者的审美观点，构思颇新颖。

《晓望》说自女娲补天以来，近日闽地又出现一个小王朝。诗的后半首云："即今新定业，何世不遗才。若是浮名道，须言有祸胎。"五代中期的闽地，自从闽王王审知去世后，各种军事势力频繁控制闽地或闽地的某几个州，刘乙诗中的"新定业"，就是这种类型的军事势力。刘乙劝其首领要重用人才，不能有遗漏，否则"有祸胎"。

在《山中早起》这首诗中，刘乙以清晨时"阔云霞并曜，高日月争辉"，比喻《晓望》中"新定业"之政权的现状；"日月争辉"，即君臣争权。针对这种现状，刘乙建议掌权者应当"以言当代事，闲辟紫宸扉"，即应当敞开宫门，让众臣对"当代事"发表见解。

## 十五　夏鸿

《全唐诗》卷763云："夏鸿，闽王氏客也。诗一首。"夏鸿存留的《和赠和龙妙空禅师》是和王继勋《赠和龙妙空禅师》一诗，故夏鸿可能曾任泉州刺史王继勋的门客。夏鸿和诗的前四句，描述和龙妙空禅师所处禅院的位置及当时的闽国："翰林遗迹镜潭前，孤峭高僧此处禅。出为信门兴化日，坐当吾国太平年。"后四句是对和龙妙空禅师的赞美："身同莹澈尼珠净，语并锋铓慧剑坚。道果已圆名已遂，即看千匝绕香筵。"说禅师身子莹澈，语带锋铓但充满智慧，道行已成名，讲经筵常有"千匝绕香"。较之王继勋原作，二诗有异曲同工之妙。

## 十六　颜仁郁

《全唐诗》卷763云："颜仁郁，字文杰，泉州人，仕王审知，为归德场（古代小的县称场）长。诗二首。"《农家》云："夜半呼儿趁晓耕，羸牛无力渐艰行。时人不识农家苦，将谓田中谷自生。"这首农家诗，不写"农家苦"，而写"时人不识农家苦"，认为自有"田中谷自生"的现象。这种现象并不少见，"谁知盘中餐，粒粒皆辛苦"（李绅《悯农》）也是"不识农家苦"的典型事例。《山居》写作者的山居，"柏树松阴覆竹斋"，竹斋四周是松柏，松柏之外是"云绕青松水绕阶"，作者住在此"世间应少山间景"之中，自然"罢烧药灶纵高怀"，过着神仙一样的生活。

## 十七　王延彬

王延彬（886—930），字表文，闽王王审知之兄王审邽长子，前后两次任泉州刺史。《全唐诗》卷763云："时中原人士杨承休、郑璘、韩偓、归传懿、杨赞图、郑戬等皆避乱入闽，依审邽，审邽振赈以财，遣延彬作招贤馆礼焉。诗二首。"其《春日寓感》末联云"也解为诗也为政，侬家何似谢宣城"，这是作者对自己任泉州刺史期间日常生活的归纳：既为诗也为政，而以为诗为主，因为历史上的谢宣城谢朓，以为诗著名，而不以为政著名。全诗就是围绕这一中心而写的。其首联云"两衙前后讼堂清，软锦披袍拥鼻行"，上句写为政，"讼堂清"，没什么事；下句写为诗，"拥鼻行"，借谢安拥鼻吟诗的典故以叙说。其后的二、三两联均写为诗："雨后绿苔侵履迹，春深红杏锁莺声。因携久酝松醪酒，自煮新抽竹笋羹。"不论是在雨后还是在春深，作者或携松醪酒，或煮竹笋羹，或留"履迹"，或听"莺声"。这样的场景状态，只能为诗，而不可能为政。其《哭徐夤》，因徐夤的去世，而引起他"人生能几何"的感叹。

## 十八　徐昌图

徐昌图，闽地莆田人，徐夤曾孙，约生于闽王王延政天德二年（944），初仕于闽之清源军节度使陈洪进，陈洪进遣其奉《纳地表》入宋，后遂仕于宋。《全唐诗》卷898收其词三首。

《木兰花》。此词写在"霜风""寒冰"季节，富贵人家仍然点燃"沉檀烟"，"长垂夹幕"欣赏歌舞；贵妇人或"学梅妆"或吟"雪诗"，而文人"酒病""相思"，难以入梦。

《河传》。此词写采莲女的情思："何处梦回，弄珠拾翠盈盈，倚阑桡，眉黛蹙"，"采莲调稳，吴侣声相续，倚棹吴江曲"，"鹭起暮天，几双交颈鸳鸯，入芦花深处宿"。

其《临江仙》云：

> 饮散离亭西去，浮生常恨飘蓬。回头烟柳渐重重，淡云孤雁远，寒日暮天红。　今夜画船何处，潮平淮月朦胧。酒醒人静

奈愁浓。残灯孤枕梦，轻浪五更风。

全词以情景交融的手法写旅人漂泊之愁，可分三个层次：首二句为第一层次，直抒"飘蓬"之愁，继之以"烟柳""孤雁""寒日"烘托；"今夜"句为第二层次，再抒"画船何处"之愁，继之以"月朦胧"烘托；"酒醒"句为第三层次，再抒"奈愁浓"，继之以"孤枕""五更"烘托。作者为闽地莆田人，其后长期仕于南唐及宋，故难免有旅人漂泊之愁。

## 十九　陈金凤

《全唐诗》卷899云："闽后陈氏，名金凤，闽嗣主王延钧之后。词二首。"陈金凤是闽王王延钧的皇后，后死于宫廷政变。其《乐游曲》二首云：

龙舟摇曳东复东，采莲湖上红更红。波淡淡，水溶溶，奴隔荷花路不通。

西湖南湖斗彩舟，青蒲紫蓼满中洲。波渺渺，水悠悠，长奉君王万岁游。

古代福州有东、西、南、北四湖，陈金凤这两首词，提到西湖、南湖。西湖为西晋太康三年（282）晋安（即福州）郡守严高所开凿；南湖为唐贞元十一年（795）福建观察使王翃所开凿，今已淤塞。陈金凤的第一首词，主要描写西湖、南湖湖面满是荷花，"采莲湖上红更红"，以至于"奴隔荷花路不通"，"路不通"，即很难划动船只。第二首陈金凤表达自己"长奉君王万岁游"的愿望。

## 二十　杨徽之

《全唐诗外编（上）》云："杨徽之，字仲猷，（闽地）浦城人，南唐时间道至汴中，周显德二年（955）进士。"后仕于宋。补诗四首。

《嘉州作》，写嘉州"俗遇腊辰持药献"的民俗。

《汉阳晚泊》，末联云，"夜静邻船问行计，晓帆相与向巴陵"，长途旅行，有邻船相伴，自然可以消除寂寞。

《赠谭先生》，次联云，"云生万壑投龙去，海隔三山放鹤归"，夸赞谭先生"投龙""放鹤"的神仙般生活。

其《寒食中寄郑起侍郎》云：

> 清明时节出郊原，寂寂山城柳映门。水隔淡烟修竹寺，路经疏雨落花村。天寒酒薄难成醉，地迥楼高易断魂。回首故山千里外，别离心绪向谁言？

古代寒食、清明节是兄弟、朋友一同出外踏青郊游的时节，可是作者却身处他乡，难免有"每逢佳节倍思亲"之感。故而作者虽在"清明时节出郊原"，但在他的眼中，看到的是"寂寂山城""淡烟修竹""疏雨落花"的冷景；他想喝酒，但"酒薄难成醉"，他想登高，但"楼高易断魂"；他不经意间，又"回首故山千里外"，强烈的"别离心绪向谁言"？只能向自己的好友郑起倾吐。于是就有了这首"冷景伤心"的诗作。

## 二十一　江为

《全唐诗》卷741云："江为，宋州（即今河南商丘）人，避乱家建阳，游庐山，师陈贶为诗。集一卷，今存诗八首。"另，《全唐诗外编（下）》

收其诗一首。

在江为现存的九首诗中，有三首是思念故乡、思念家中兄弟的。他在《登润州城》中写道，"天末江城晚，登临客望迷"，江为登上润州（今江苏镇江）城望到的是什么？是"春潮平岛屿，残雨隔虹霓。鸟与孤帆远，烟和独树低"，却望不到故乡。他只好伤心地写道"乡山何处是，目断广陵西"，他只看到北方一百多里的广陵（今江苏扬州），却看不到更北几百里远的宋州。他在《江行》中写道"越信隔年稀，孤舟几梦归"，说自己好几次在梦中乘"孤舟"回到故乡；他又在《旅怀》中说"半夜闻鸿雁，多年别弟兄"，自己半夜醒时，又思念家乡的兄弟。除上述内容外，他还考虑自己未来的前程，他的《岳阳楼》写道，"倚楼高望极，展转念前途"，"明月谁同我，悠悠上帝都"，他希望能"上帝都"，得到帝王的重用。当愿望无法实现时，他又想到归隐，"何当寻旧隐，泉石好生涯"（《送客》）。此外，他还写过题山水画的诗《观山水障歌》，题山水画诗，既要写出山水的景色，又要显示画的特点。如江为在诗中写道，"一岩嵯峨入云际，七贤镇在青松里"，"树婀娜，山崔嵬"，这是写景；又如"片云似去又不去，双鹤如飞又不飞"，这是写画，只有画中的云、鹤才能"似去又不去""如飞又不飞"。

江为还写过边塞诗、咏史诗。其《塞下曲》云："万里黄云冻不飞，碛烟烽火夜深微。胡儿移帐寒笳绝，雪路时闻探马归。"诗写在某次交战后，敌军败退，唐军派探马前去侦探，"雪路时闻探马归"，以"探马"作为诗的中心，这在唐代其他人的边塞诗中，是颇为少见的。江为的《隋堤柳》云："锦缆龙舟万里来，醉乡繁盛忽尘埃。空余两岸千株柳，雨叶风花作恨媒。"此诗讽刺当年让隋炀帝引为骄傲的"锦缆龙舟""醉乡繁盛"，如今都已化为"尘埃"，隋炀帝如果再次看到"雨叶风花"，必定会引起无穷的遗恨。

《全唐诗外编（下）》还收有录自明代李日华《紫桃轩杂缀》的江为的残句："竹影横斜水清浅，桂香浮动月黄昏。"清代郑方坤《全闽诗话》卷一"江为"引《紫桃轩杂缀》云："江为诗'竹影横斜水清浅，桂香浮动月黄昏'，林君复（即林逋）只改二字，为'疏影''暗香'以咏梅，遂成千古绝调。诗字点化之妙，如丹头在手，瓦砾皆金。"

## 二十二　林同颖

林同颖，《全唐文》卷900云："同颖，闽永隆（即闽国景宗王延曦年号，939－944年）时中散大夫。"《全唐文》收其《坚牢塔记》一文。

坚牢塔位于今福州鼓楼乌山之麓，原名无垢净光塔，为唐德宗贞元十五年（799）时任福州观察使柳冕为祝贺德宗皇帝寿辰而建，始为木结构；唐僖宗乾符六年（879），塔毁于大火；后闽景宗王延曦为祈福，决定在原址重建，改为石结构，定名崇妙保圣坚牢塔，原计划建九层，后因王延曦被部臣所杀，只建到七层，因石质乌黑，又俗称乌塔。文中有一段颇具文学色彩的描写："永隆三年岁次辛丑（941）冬十一月"，"是月八日，峻址环开，贞姿片合，层一至九，样独无双。暨某年某月，良工告成，凡一十六门七十二角，并随层隐出诸佛形像，共六十二躯。繇是影笼千室，犹趋润础之隅；势入重霄，已戴补天之色。壮矣哉！寿岳因之永固，他山为之一空。设使王曰毗沙，擎应不动；台称垒土，比则非牢。作之者莫与争功，目之者自然生善。"文末记曰："永隆三年岁次辛丑十一月记。"

## 二十三　陈致雍

《全唐文》卷873云："陈致雍，（闽地）莆田人，仕闽，为太常卿。入南唐，以通礼及第，除博士，迁秘书监，致仕。"《全唐文》收录陈致雍102篇有关典章制度及谥议的奏章及两篇墓志铭。其中《光山王延政谥议》云：王延政投降南唐后，封为"光山王"，因其"敬恭事上，慎重寡言；作牧鄱阳，民安其化"，按谥法"敬恭事上曰恭，安民法故曰定"，请以"恭定"为谥。其《左威卫大将军琅琊太尉侍中王府君墓志铭（并序）》，是有关王审邽之孙王继勋的墓志铭，可供闽国史研究者参考。

## 二十四　詹敦仁

《全唐诗》卷761云："詹敦仁，字君泽，固始（今属河南信阳）人，初隐（闽地）仙游，后为清溪令。诗六首。"另，《全唐诗外编（下）》收录詹敦仁诗六首。

《全唐文》卷900收录詹敦仁文一篇，云："敦仁，字君泽，固始人。隐仙游植德山下，闽王昶强以袍笏，不受。清源（今福建泉州）节度使留从效再辟之，乃求监小溪场。既至，请升场为县，举王直道自代，隐居佛耳山，自号清隐，数年卒。"

詹敦仁现收录于《全唐诗》《全唐诗外编》的诗共十二首。当时十国之南汉国君刘岩用自创的"龑"取代原有的"岩"，自认为是《易经·乾卦》所说"飞龙在天"的真命天子，詹敦仁《复留侯从效问南汉刘岩改名龑字音义》，揭露刘龑这种既险恶又愚蠢的心理："唐祚值倾危，刘龑怀僭伪。吁嗟毒蛟辈，睥睨飞龙位。"其《柳堤诗》描写自己"息末柳阴下，读书稻田隅"的耕读生活。《劝王氏入贡，宠予以官，作辞命篇》写在这"争霸图王事总非""胜负干戈似局棋"的年代，自己只想"江山有待早归去，好向鹪林择一枝"，过上隐士的生活。《余迁泉山城，留侯招游郡圃作此》，则揭示五代社会"几番衰谢几番荣"的无情现实。其《留侯受南唐节度使知郡事，辟予为属，以诗谢之》，再次表明自己只想过一种"晋江江畔趁春风，耕破云山几万重"的"两足一犁无外事"的悠闲生活。其《遣子访刘乙》描写刘乙"扫石耕山旧子真，布衣草履自随身"的形象。其《清隐堂》描写自己的隐居生活："一间茅屋宽容膝，半亩蔬园剩供厨。静把旧书重点勘，旋沽美酒养疏愚。"等等。

《全唐文》所收录的《清隐堂记》一文，描述作者自己隐居佛耳山的生活："若夫烟收雨霁，云卷天高，山耸髻以轩腾，风梳木而微动。寒泉聒耳，夏玉鸣琴。非宫非商，不调自协；非丝非桐，不抚自鸣。春而耕，一犁雨足；秋而敛，万顷云黄。饥餐饱适，遇酒狂歌。或咏月以嘲风，或眠云而漱石。"语言清新流丽，加之流畅工整的骈偶，很有艺术感染力，读之不禁令人想象当年詹敦仁悠然自乐的隐居生活。

## 二十五　詹琲

《全唐诗》卷 761 云："詹琲，敦仁子，劝陈洪进纳土，归隐凤山。诗三首。"另，《全唐诗外编（上）》收录诗四首。

詹琲现收录于《全唐诗》《全唐诗外编》的诗共七首。其《永嘉乱，衣冠南渡，流落南泉，作忆昔吟》云"南来频洒泪，渴骥每思泉"，在衣冠南渡六百多年后的晚唐五代，詹琲仍然会想起他们祖上所居住生活的北方故园。詹琲与其父亲一样，都鄙视富贵，向往隐居生活，说"蝇利薄于青纸扇，羊裘暖甚紫罗衣"（《追和秦隐君辞荐之韵，上陈侯乞归凤山》），又说"五斗嫌腰折，朋山刺眼新"（《癸卯闽乱，从弟监察御史敬凝迎仕别作》）。詹琲还有两首写梅花的诗，颇为新颖别致："迎风破萼未全折，含笑佳人对镜妆"（《雨后溪边见早梅》），"招魂不用开屏障，唯有诗情当写真"（《又一本》）。

## 二十六　王瞻

王瞻，《全唐文》卷 900 收其文一篇，云："瞻，闽乡贡进士。"

王瞻的《高盖名山院记》写的是闽地永泰的高盖山。闽地高盖山有三处：福州高盖山、永泰高盖山、南安高盖山。据此文所写，应当是永泰高盖山。永泰高盖山是一座道教色彩很浓的山，自唐代起，就有道士在此山中建道观，称"名山室"；道教经典《福地志》将此山列为道教七十二福地之"西岳第七福地"；山上有道教清凉地、道士羽化成仙之五彩洞窟。五代闽王王延钧还敕封此山为"大闽西岳"，而王瞻此文也明确记曰"大闽国西岳名山者"，这说明此文所记，只能是永泰高盖山。现将其文录之于下：

> 神仙变化，非灵洞而不栖；祖佛修行，非圣岳而不憩。以王子晋腾身于缑岭，能大师景迹于曹上，虽出凡之路斯然，而达命之元不尔。是谓控鹤骖鸾之客，以九仙六洞为家；生出离死之人，以大道三界为宅。或金骨化而烟霞停影，空闭古坛；或色身谢而水月回光，却归他世。岂可以凡心识予去住，岂可以元心测彼变通哉！大闽国西岳名山者，初有神仙以变化，次有祖佛以修行。圣迹聿兴，在于唐朝之首。为其山中分六合，高冠二仪；岩根而吼出雷声，峰首而戛横斗柄。寒生六月，风记五天。上有列仙聚会之坛，中有志士修真之室云云。

## 二十七　留从效

留从效，《全唐文》卷871云："从效，泉州永春人。初为散指挥使，击败朱文进之党，遂自领漳泉二州留后。南唐以泉州为清源军，授从效节度使、漳泉等州观察使。未几，加同平章事兼侍中、中书令，封鄂国公，进封晋江王。后遣使贡南唐，又入贡于宋，未至，卒，年五十七，南唐赠太尉、灵州大都督。"存文一篇《上周世宗表》。该文云："（闽国）王氏末年，建城失守。干戈扰攘，民庶苍黄。臣此际收聚余兵，保全两郡。北连瓯越，南接番禺。况属贡路未通，所以亲邻是附。今则伏遇皇帝陛下道侔诸圣，运应千年；布文德于中原，绍武王之丕业。"又云："臣生居海峤，实慕华风。辄倾葵藿之心，恭向照临之德。仍进獬豸通犀带一条，白龙脑香十斤。"表达愿归附后周之意，以免遭干戈之难。

## 二十八　林仁肇

《全唐文》卷876云："仁肇，建阳人。闽臣仁翰弟，少事闽为裨将。闽亡，入南唐，擢淮南屯营应援使，进授镇海军节度使，移镇武昌。开宝时，为后主鸩死。"存文一篇《龙兴寺钟款识》。此文是林仁肇入南唐后所写，作者借此文表达自己良好的愿望："伏愿上穷碧落，历净方而听必咸欢；下彻泥犁，遍业趣而闻皆离苦。触类闻此，俱脱羽鳞。然后军庶之间、城隍之外，戾耳俱登于善道，正心长叶于妙因。宗社兴隆，皇王福履。以至仁肇身宫克固，禄位恒延；保眷属之利贞，践岁华而安吉。所有信心众士，福利同增。仗此良因，永为不朽。"

# 后　记

笔者以为，美在于留心，在于兼具慧眼，在于发现。

在唐朝的文学家群体中，本书所论述的诗人、律赋家，除了韩偓小有名气外，其他人多默默无闻。平时人们所关注的诗人是初唐的王勃、骆宾王、陈子昂，盛唐的张九龄、孟浩然、王维、王昌龄、王之涣、李白、高适、岑参、杜甫、韦应物，中唐的李益、孟郊、韩愈、柳宗元、张籍、刘禹锡、元稹、白居易、李贺，晚唐的杜牧、李商隐、罗隐，等等。对于上述这些诗人，人们都无法全面顾及，哪有时间精力去注意本书所论述的翁承赞、王棨、黄滔、徐夤、林宽、陈陶、孟贯、韩偓、崔道融、周朴等这些陌生人的诗作律赋，笔者原先也是这些人中的一员。

然而，两年前笔者为了写这本书，开始关注起一千多年前闽地或流寓入闽的先辈诗人。随着阅读的深入，我不时惊讶于某些作品出人意表的艺术手法，因而时有眼前一亮的感觉。

如，翁承赞公的《寄示儿孙》：

力学烧丹二十年，辛勤方得遇真仙。便随羽客归三岛，旋听霓裳适九天。得路自能酬造化，立身何必恋林泉？予家药鼎分明在，好把仙方次第传。

翁承赞公此诗是写给儿孙的，目的是教育儿孙只要付出努力、坚持苦读，就一定有成果。这种主题的诗作并不少见，但翁承赞公却用烧丹、炼药、成仙之事进行劝说、鼓励，可谓绝无仅有，看似荒唐，实则新颖的艺术效果，不禁使人眼前一亮，而且劝说的效果还不错，翁承赞公家族子孙考上进士的，居全国家族前列。这首诗给天下所有想写出一首好诗的人一个艺术提醒：角度一定要新，哪怕带有几分荒唐，这就是"美"的发现，其前提自然是"留心"，而不是视而不见或走马观花；其次，需要一双能识别"美"的慧眼；最后才能谈得上"发现"。

又如崔道融《杨柳枝词》：

雾撚烟搓一索春，年年长似染来新。应须唤作风流线，系得东西南北人。

笔者眼前"初亮"于作者将春天的"雾烟"撚搓成春的"丝索"；再"亮"于这条"丝索"每年都"染"过，显得特别"新"；三亮于这条"丝索"即"风流线"，且"系得东西南北人"，使得作者及其他一些人每年都会来此欣赏美景。相较于白居易的江南词，这两首诗词显然有异曲同工之妙。这首诗的艺术美，显然要靠读者去注意，去认真赏析，然后才能发现。

故笔者认为，美在于留心，在于兼具慧眼，在于发现。唯如此，或只要如此，就可发现无数的美。

作者，2020年6月16日，于闽都。

【附录】

## 主要参考资料

［元］辛文房：《唐才子传》。

［清］彭定求、曹寅等：《全唐诗》。

［清］董诰、阮元等：《全唐文》。

［清］吴任臣：《十国春秋》，北京：中华书局，2010年9月第二版。

陈庆元：《福建文学发展史》，福州：福建教育出版社，1996年版。

陈世镕：《福州西湖宛在堂诗龛征录》，福州：福建人民出版社，2007年5月版。

徐晓望：《闽国史略》，北京：中国文史出版社，2014年3月版。

陈继龙：《韩偓事迹考略》，上海：上海古籍出版社，2004年6月版。

吴在庆：《韩偓集系年校注》，北京：中华书局，2015年8月版。

黄鸿恩主编：《黄滔学术研究论文集》，北京：中国文史出版社，2005年10月版。

林秋明：《开闽宰辅翁承赞》，香港：华文作家出版社，2010年7月版。

莆田市莆仙文化研究院编：《莆田市名人志》（上册），福州：福建人民出版社，2014年12月版。

王重民、孙望、童养年辑录：《全唐诗外编》（上下册），北京：中华书局，1982年版。

《辞海·历史地理分册》，上海：上海辞书出版社，1982年版。